JN262547

あこがれの彼と晴れて両思いになったケイティ。ところがはじめてのデートの朝，待ち合わせ場所に現れたのはおせじにも有能そうには見えないフェアリーゴッドマザー。よりによって生涯でいちばん必要のないときに「本物の恋を見つける手助けをする」とは。なんとかお引き取り願ったものの，肝心のデートは緊急事態発生でお流れ。前途多難だ。一方，魔法の悪用を企む一味が派手な広告戦略に打って出たため，対策を講じることになった㈱MSI。ケイティはまたしても危険な任務につくはめに。だが，それがふたりの仲に早くも亀裂を生じさせることになろうとは……。おしゃれでロマンチックなファンタジー。好評シリーズ第三弾。

登場人物

ケイティ（キャスリーン）・チャンドラー……テキサス出身の平凡な女の子

オーウェン・パーマー……㈱ＭＳＩの研究開発部理論魔術課の責任者。ケイティのボーイフレンド

マーリン（アンブローズ・マーヴィン）……㈱ＭＳＩの最高経営責任者《ＣＥＯ》

ロッド（ロドニー）・グワルトニー……㈱ＭＳＩの人事部長

サム……㈱ＭＳＩの警備担当責任者

イーサン・ウェインライト……㈱ＭＳＩの顧問弁護士。免疫者《イミューン》

ジェンマ……ケイティのルームメイト

マルシア……ケイティのルームメイト

フィリップ・ヴァンダミア……ジェンマのボーイフレンド

ジェイムズ・イートン……オーウェンの養父

グロリア・イートン……オーウェンの養母

エセリンダ……フェアリーゴッドマザー

フェラン・イドリス……魔法の悪用を企む元㈱ＭＳＩ社員

アリ（アリエル）……元㈱ＭＳＩ社員でイドリスの相棒

シルヴィア・メレディス……ヴァンダミア＆カンパニー会長の姪

㈱魔法製作所

おせっかいなゴッドマザー

シャンナ・スウェンドソン

今 泉 敦 子 訳

創元推理文庫

DAMSEL UNDER STRESS

by

Shanna Swendson

おせっかいなゴッドマザー

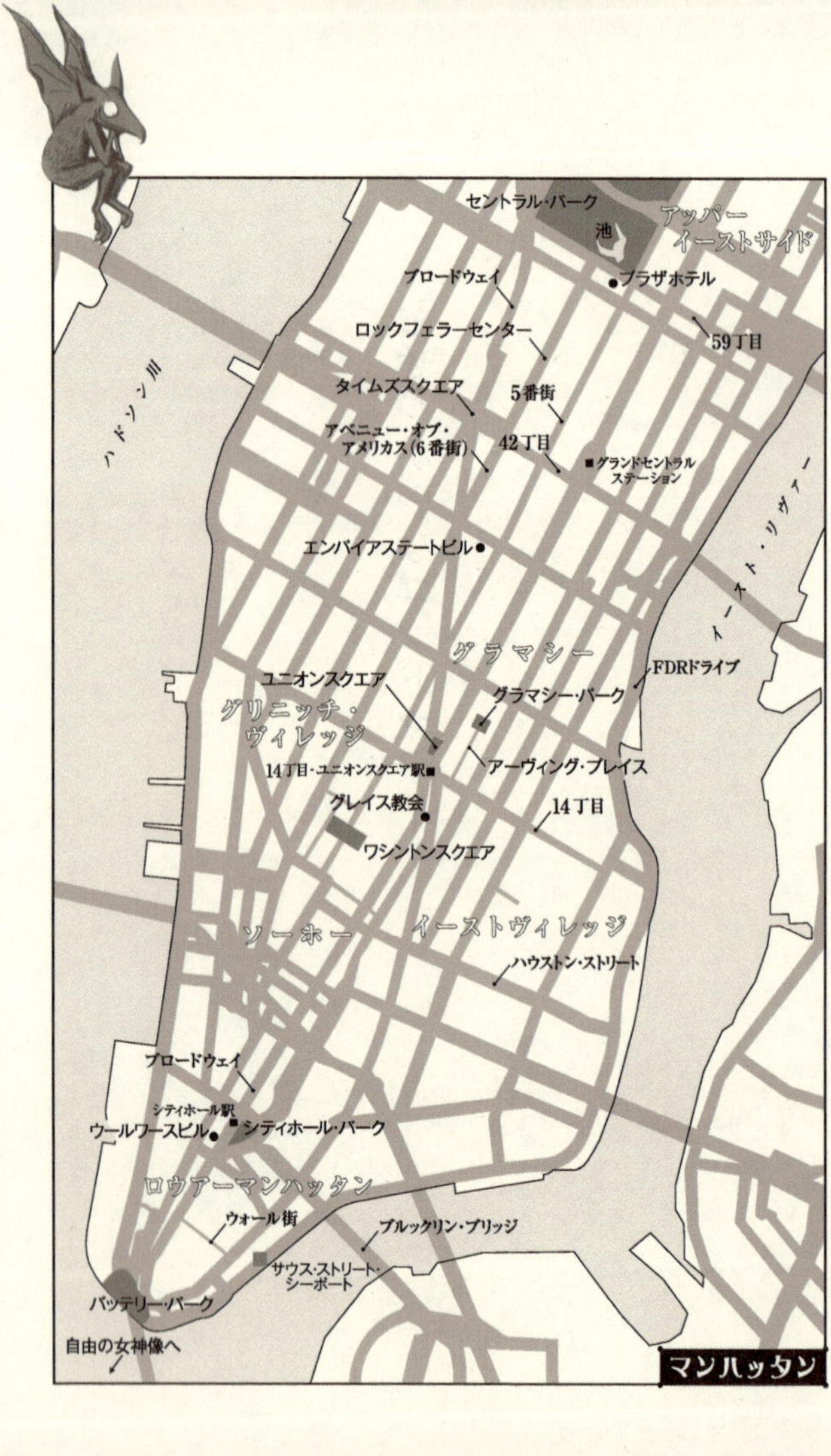

セントラル・パーク
池
アッパー
イーストサイド
ブロードウェイ
プラザホテル
ロックフェラーセンター
59丁目
ハドソン川
タイムズスクエア
5番街
アベニュー・オブ・
アメリカス(6番街)
42丁目
グランドセントラル
ステーション
イースト・リヴァー
エンパイアステートビル
グラマシー
FDRドライブ
ユニオンスクエア
グラマシー・パーク
グリニッチ・
ヴィレッジ
14丁目・ユニオンスクエア駅
アーヴィング・プレイス
グレイス教会
14丁目
ワシントンスクエア
ソーホー
イーストヴィレッジ
ハウストン・ストリート
ブロードウェイ
シティホール駅
ウールワースビル
シティホール・パーク
ロウアーマンハッタン
ウォール街
ブルックリン・ブリッジ
サウス・ストリート・
シーポート
バッテリー・パーク
自由の女神像へ
マンハッタン

1

コーヒーショップのドアを開けたとたん目に入ったのは、実に意外な人物だった。わたしの日常はもともと普通とはいいがたいけれど、街で偶然フェアリーゴッドマザーに出くわすという体験は、これまで一度もなかった。わたしは魔術を製作する会社で働いている。仕事柄、街なかで妖精《フェアリー》や地の精《ノーム》やエルフや魔法使いやしゃべるガーゴイルに出会うことは、決してめずらしくない。けれど、本物のフェアリーゴッドマザーには、まだ会ったことがなかった。何より、今朝出会ったというのが意外だ。なにしろ、わたしはいま、生まれてはじめてフェアリーゴッドマザーを必要としない状態にあるのだから。

昨夜、わたしにもついに王子様が現れた。素晴らしくハンサムで、頭がよくて、パワフルで、しかも信じられないくらい性格のいい魔法使い、オーウェン・パーマーが、会社のクリスマスパーティでわたしにキスをした。そう、驚くなかれ、だれもが一目置く魔法界のスーパーヒーローは、テキサスの田舎町からやってきた非魔法的このうえない平凡なケイティ・チャンドラーを好きらしい。今朝は、気持ちを打ち明け合ったカップルとしてはじめての正式なデートだ。

待ち合わせ場所は、アーヴィング・プレイスのこぢんまりとしたコーヒーショップ。ここでいっしょに土曜のブランチを食べることになっている。カジュアルな最初のデートとして、これ以上ロマンチックなプランはおそらくないだろう。

　というわけなので、フェアリーゴッドマザーが待っているのは別のだれかに違いない。まあ、彼女が本当にフェアリーゴッドマザーだとしての話だけれど。憶測で判断するのはよくないが、わたしが見ているのは真の姿のはずだし、彼女の風貌はまさにセントラルキャスティング（カリフォルニアに本部を置く大手キャスティング会社）が考えるフェアリーゴッドマザーそのものだ。わたしのまわりにいる妖精《フェアリー》たちより明らかに年を取っているし、何より背中の羽が、彼女が単なる変わり者のニューヨーカーではないことの証だ。テーブルの上には先端に星のついた杖《ワンド》まで置いてある。魔法界の知り合いのなかに、ワンドを使う人はひとりもいない。もし、いまわたしが見ているものが見えたら、だれだって同じ判断をするだろう。

　彼女のシンデレラがだれかはわからないけれど、少し同情してしまう。外見から判断するかぎり、彼女はおよそトップクラスのフェアリーゴッドマザーとはいいがたい。まず、知り合いの妖精たちと違って、背が低く、やけにずんぐりしている。でもそれが太っているせいなのか、それとも着ている服のせいなのかは定かでない。見たところ、毎日服を着がえるかわりに、前日の服の上にそのまま別の服を重ね着するということを何世紀にもわたってやってきたという感じだ。幾重にも重なる生地の層から、キャリコやらチュールやらパッチワークやらサテンやらベルベットやらが見え隠れしている。いちばん上は、あちこちすり切れて、かなりくたびれた感のある、くすんだピンクのベルベットだ。宝石がところどころ抜け落ちている錆びたティアラが、縦巻カールの白髪頭に取ってつけたようにのっていて、背中の羽は片方が曲がっている。

もちろん、コーヒーショップのなかに、彼女に奇異の目を向けている人はひとりもいない。でもそれは、彼らが新聞や会話に没頭しているからでも、摂取したカフェインがまだ脳に達していないからでもない。わたしは免疫者《イミューン》なので、彼女が魔法界での真の姿を隠すために使っている魔術が効かないのだ。魔法に対する免疫のおかげで、わたしはありのままの姿を見る。ほかの客たちの目には、おそらくツイードのスーツか何かを着て、歩きやすい靴を履いた年配の女性が映っているはずだ。

いずれにしても、わたしには関係のないこと。約束の時間まで、まだ五分ほどある。オーウエンは常におそろしいほど時間に正確だ。わかっていたはずなのに、やはりわたしは相当張りきっているらしい。先にテーブルを確保しておこうかと思ったが、あいにく店内は満席だ。もともと席数は多くない。オーウエンが現れるか、テーブルが空くかするのを、入口付近で待つことにした。

「ちょっと、ケイティ、こっち、こっち！」だれかがわたしの名前を呼んだ。振り返ると、フエアリーゴッドマザーがこちらに向かって手を振っている。半信半疑のまま手を振り返すと、彼女はワンドで自分の向かい側の椅子を指した。肩をすくめ、彼女のテーブルまで行って席につく。うまくすれば、オーウエンが到着する前に彼女が帰って、そのままテーブルをキープできるかもしれない。「よかった。時間どおりに来たわね」わたしが腰をおろすと同時に、彼女は言った。

「時間どおりって？」

「もちろん、あたしたちのミーティングよ」そう言って、鈴の音のような笑い声をあげる。「あら、やだ、自己紹介がまだだったわね。あたしはエセリンダ、あなたの件《ケース》を担当するフェアリーゴッドマザーよ。本物の恋を見つける手助けをするわ」

「あの、きっと何かの間違いだわ。いままさに、手助けが必要ないときなんだもの。この十年間ずっと必要だったけど、ようやくわたしにも運が巡ってきたの」

フェアリーゴッドマザーは先端に星のついたワンドをひと振りし、テーブルの上に豪華な磁器のティーセットを出現させると、ふたつのカップにお茶を注ぎ、両方に角砂糖を入れながら言った。「あたしたちに間違いってものはないの。きっとあなたは自分が思う以上に助けを必要としてるのよ。だからこうして、あたしが呼ばれたんだわ。ミルク、それともレモン？」

「ミルクを。でも現に、あと一、二分ほどで、デート相手がここに来ることになってるの。だから、本当に助けは必要ないわ。こんなこと、おそらく人生ではじめてだけど。わたしはついに王子様を見つけて、彼の気持ちも確認済みなの。つまり、いま、とっても順調なのよ」

フェアリーゴッドマザーは顔をしかめてふたたびワンドを振る。すると、テーブルの上にいかにも古そうなぼろぼろの本が一冊現れた。彼女は首からひもでさげた眼鏡を鼻にのせると――片方のつるが取れているので眼鏡は顔の上で傾いている――「えーと、どれどれ」とつぶやきながらページをめくった。「ああ、なるほど。こんなにひどいケースは長いことお目にかかってないわ。これじゃあ、たしかに、助けのひとつやふたつ必要だったわね」

おそらくわたしのデート歴について言っているのだろう。これだけぶ厚いということは、本にはほかにも大勢の人のデート歴が記されているはず。わたしの恋愛史を綴るならメモ用紙一枚で十分なのだから。「ひとつやふたつで足りたかどうか……。だから腑に落ちないのよ。出会う男性のほとんど全員が、わたしを妹みたいに扱うか、いい子すぎて退屈だと思うかのどちらかだったときに一度も姿を見せないで、なぜいま突然現れるの？」

「ささいなことで時間をむだにしない主義なの。あたしたちが関与するのは運命がかかっているときだけよ。運命の恋を成就できるか否かの正念場だけ」

運命の恋ねえ。これまたとびきり陳腐な恋愛小説に出てきそうな台詞《せりふ》だ。もっとも、わたしの密かな妄想のなかにも十分出てきそうな言葉だけれど。もし運命というものが本当に存在するなら、人生の伴侶を見つけるのも、それが運命の人かどうかを見極めるのも、もっとずっと簡単だろう。もしオーウェンとわたしが運命の糸で結ばれているなら、彼のようなスーパー魔法使いが果たしてわたしみたいな平凡な娘《こ》をずっと好きでいてくれるだろうか、なんてことを考える必要もないわけで、安心して彼とつき合うことができる。ふと不安になって訊いてみた。「あの、相手はオーウェン・パーマーよね？」彼女がこのタイミングで、わたしをまったく別の人とくっつけるために現れたのだとしたら、それこそ笑うに笑えない。

フェアリーゴッドマザーはふたたび鼻歌交じりにページをめくる。「ええ、間違いないわ。

あらまあ、過去の恋愛歴を見るかぎり、彼はあなた以上に手助けが必要だったみたいね。この人、相当な恥ずかしがり屋でしょう。でも、あたしたちが助けるのは女性の側だけよ。男は自力でなんとかするしかないの」そう言ってくすくす笑う。「だいたい、王子様がフェアリーゴッドマザーに助けてもらったなんて話、聞いたことないでしょ？　助けを受けるのはシンデレラだけよ」

「ええ、でもシンデレラって――」〝お伽話《フェアリーテール》〟と言いかけたところで、ふと語弊があるような気がして言葉を変える。「フィクションなんじゃ……」

フェアリーゴッドマザーの片方の眉が眼鏡フレームの上にくいっとあがった。眼鏡が鼻の片側に不安定にぶらさがって、顔がますますゆがんで見える。「じゃあ訊くけど、人類のほとんどすべての文化にシンデレラの話の変形版があるのはなぜかしら？」そう言ってふんと鼻を鳴らす。「あれは、あたしのキャリアのなかでも最高の功績のひとつよ。賞だってもらったんですから」彼女は襟もとを探り、金のチェーンを指にかけると、幾重にも重なる服の層の奥深くから星形のメダルを引っ張り出した。「ほらね。栄誉の証よ」

「素晴らしいわ」とりあえずそう言っておく。すっかり変色しているそのメダルが、どこかのカウンティフェア（郡主催の品評会）で開かれたアップルパイコンテストの優勝賞品ではないという証拠はどこにもないのだけれど。「でも、冒険に出た正直者の青年を助ける妖精の話はたくさんあるでしょう？」

「それは皆、妖精《フェアリー》よ。フェアリーゴッドマザーじゃないわ」彼女はいらいらしたようにため息をついた。そのての質問は聞き飽きたとでも言いたげに。「フェアリーとフェアリーゴッドマザーの間には大きな違いがあるの。あたしたちにはあたしたち独自の特別な魔力があるんですからね。ま、いいわ。あなたのケースについて話しましょ」

ドアの開く音が聞こえて振り返る。よかった、オーウェンじゃない。彼は時間厳守の習慣を破るのに絶好のときを選んでくれた。フェアリーゴッドマザーといっしょにいるところを見られたりしたら、とんでもない誤解を与えかねない。わたしはエセリンダの方を向いて言った。「お気持ちはうれしいけど、いま、本当に助けは必要ないの。自分の力でがんばってみたいし——」

眼鏡が鼻の上からふくよかな胸もとに落ち、ひもの先で弾んだ。ひどくがっかりしているのが表情からよくわかる。「そう、じゃあ好きにしたらいいわ」精いっぱい冷ややかに言ったつもりなのだろうけれど、その声は震えていた。

年老いた女性を——フェアリーゴッドマザーであろうがなかろうが——泣かせるわけにはいかない。「あ、でも、もし雲ゆきが怪しくなったら、あなたに連絡しようかな」

彼女の表情がぱっと明るくなった。本が消え、彼女の左手にハート形の金のロケットが出現した。「これを使ってちょうだい」テーブル越しにロケットを差し出す。「あたしが必要なときはそれを開けて。あとは指示に従っていけばいいわ」そう言うなり、こちらが質問をする暇もなく、彼女の姿は消えた。ティーセットとともに。

ロケットを上着のポケットに入れるやいなや、一陣の冷たい風が吹き抜けた。一瞬、彼女が虚空に消えた余波かと思ったが、すぐに店のドアが開いたためだとわかった。オーウェンが店に入ってくるのが見える。彼に目を奪われているのはわたしだけではない。とんでもなくハンサムな男性の登場に、どの映画で彼を見たのか懸命に思い出そうとしている客たちの声が聞こえてくるようだ。オーウェンはわたしに気づくと早足でやってきて、ほんの数秒前までエセリンダが座っていた椅子に腰をおろした。

今朝の彼は、さしずめパパラッチが盗み撮りしたプライベートショットに写っているセレブといった風貌だ。ほとんど黒に近い髪は、シャワーを浴びてまもないらしくまだ若干湿っていて、耳のまわりと襟足の部分が少しカールしている。あごにはうっすらと無精ひげが残り、深いブルーの瞳は細いメタルフレームの眼鏡の陰に隠れている。

彼がこれほど動揺した様子でなければ、はじめての正式なデートに寝起き同然の姿で現れたことに対して多少むっとしていたかもしれない。「遅れてごめん」オーウェンは言った。若干息が切れている。「ちょっと問題が起こって」

「どうしたの？」

オーウェンの両手の間に店のロゴの入った紙コップが現れた。彼はそれを口もとにもっていくと、ひと口ゆっくりすすった。ふと見ると、目の前にもうひとつ紙コップが出現している。彼が答えるのを待つ間、わたしも脳にカフェインを送ることにした。カップが突然虚空から現れるというのは、わたしの日常ではごく普通のことになっている――とりわけオーウェンがいっしょのときには。

「昨夜、アリが逃げた」ひと息ついて少し落ち着きを取り戻すと、オーウェンはようやく言った。アリはずる賢い妖精で――悲しいかな、わたしの元友人でもある――会社の敵のために社内でスパイ行為を働いていた。オーウェンとわたしが勤める株式会社マ《M》ジック・ス《S》ペル＆イ《I》リュージョンの社員だったのだが、昨夜のパーティでわたしたちに悪事を暴かれ、会社の警備部隊に身柄を拘束されていた。

「どうやって逃げたの？」

「わからない。これからオフィスに行って、魔法が使われたかどうか痕跡を調べてみる必要がある。こんな形できみを置いていかなきゃならなくて、本当に申しわけないんだけど……」

「大丈夫。気にしないで」わたしは、男の人に自分を優先順位のトップに置くよう地団駄踏んで訴えるというようなことができるタイプではない。まして、その優先事項が黒魔術から世界を救うことであるなら、なおさらだ。

「必ず埋め合わせするから」オーウェンはそう言うと、軽く首をかしげて、たとえ仕事を優先されてかんしゃくを起こしていたとしても即座にうなずいてしまいそうな笑顔を見せた。「地下鉄までいっしょに行ってくれる？」

「もちろんよ」わたしはコーヒーの入った紙コップを手に取った。「これはこのままテイクアウトしてもいいわよね」

オーウェンの頬がピンクに染まる。「ふだんならこんなことしないんだけど、今朝は並ぶ時間がなかったから」わたしたちは紙コップをもって出口へ向かい、階段をのぼって通りへ出た。

混んだコーヒーショップを出たことで、アリと、逃走劇の背後にいるに違いないフェラン・イドリスについて、もう少し自由に話せるようになった。「昨夜、イドリスが妙に冷静だったのは、きっと打つ手を用意してあったからだわ。普通ならあんなに簡単にあきらめたりしないもの」

「そうかもしれない。でも、彼がアリの救出法を考えていたとしたら意外だな。フェランなら、彼女のことなんかすぐに忘れて、さっさと次に利用できる人を探しそうだけど」

「彼女がどれだけ彼の企みを知っているかによるわ。イドリスのためにわたしたちを裏切ったということは、逆にわたしたちが、彼の秘密をばらすよう彼女を説得できる可能性だってあるわけだから」

「たしかに。説得という言葉が適当かどうかは別だけど」オーウェンの口調があまりに冷ややかで、ふと背筋が寒くなる。

「あの、彼女を拷問したりしないわよね？」

オーウェンはすすったばかりのコーヒーでむせそうになった。わたしは急いで彼の背中をたたく。「拷問？　まさか！　ぼくらがそんなことすると思った？　拷問なんかしなくても、情報を聞き出すための方法はいろいろあるから大丈夫だよ」

「よかった。アリには怒りを感じてるけど、そこまでしたいとは思わないもの。こんなに早く彼女が逃げ出せたということは、社内にまだイドリスの協力者がいるということかしら」

「それをこれから突き止めるんだ。社外からの犯行なのか、それとも内部の者の仕業なのか」

「わたしたちの仕事はいつまでたっても終わらないわね」

「ぼくの仕事が、だよ。この件に関しては、きみは心配しなくていい。少なくとも、いまはまだね。検証作業のために警備部隊にもイミューンを配属しているから、初動捜査は彼らに協力してもらうよ」

いつもなら、きみは必要ないというニュアンスに傷つくところだけれど、正直いってほっとしていた。わたしにはやらなければならない仕事があるし、社長室の隣にある小さな自分のオフィスを気に入ってもいる。それに、クリスマス休暇はぜひとも普通に過ごしたい。クリスマスまであと一週間だ。休暇まで数日というところであらたに大きなプロジェクトに関わるのは、あまり気が進まない。

ユニオンスクエア駅の入口まで来ると、オーウェンは立ち止まった。「あとで電話する。それと、必ず埋め合わせするから」

「あてにしてるわ」そう言って小さく手を振る。オーウェンの姿が階段の下に消えたとき、ふと、はじめての正式なデートも、いままでとなんら変わらなかったことに気がついた。仕事の話をしながらいっしょに地下鉄の駅まで歩いただけ——平日の朝、毎日しているように。みごとに何も変わっていない。さよならのキスもなければ、歩いている最中、手をつないだり、腰に腕を回したりといったスキンシップもいっさいなかった。

ため息をつき、紅白の縞模様の屋台が並ぶ週末のマーケットを横目に見ながら——こんな場所を好きな人と手をつないで散策できたらどんなに楽しいだろう——家路につく。ほんの十二時間前は、今日がこんな展開になるとは思いもしなかった。ゆうべのことを思い出し、思わず頬が緩む。

会社のパーティから帰るとき、わたしは依然として宙に浮いているような気分だった。アリがスパイであることを皆の前で明らかにできたことに加えて、オーウェン・パーマーがわたしにキスをし、わたしに好意を抱いていることを告白したという事実にくらくらしていた。

タクシーでいっしょにわたしのアパートまで戻ったあと、熱いココアでも飲みながらパーティで起こったことを振り返ろうと、オーウェンを部屋に誘った。彼の居心地のいいタウンハウスに比べたら、ふたりのルームメイトとシェアしているわたしの小さなアパートは悲しいくらい粗末だけれど、オーウェンに戸惑っているような感じはまったくなかった。キッチンでココアをいれている間、踊り出したくてたまらなかった。頭に浮かぶのは、あのオーウェン・パーマーがわたしの家にいる、しかも彼はわたしにキスをした！ということだけ。この二カ月ほどの間に、奇妙で素晴らしいことが——まあ、さほど素晴らしくないことも——たくさん起こったけれど、今回の一件が信じるのにいちばん苦労しているかもしれない。

キッチンからダイニングスペースになっているアルコーブに戻るとき、すべてはわたしの妄想で、彼はそこにいないんじゃないかと怖くなったほどだ。果たして、オーウェンはちゃんとそこにいた。見とれるほど素敵なタキシード姿で。ほんの少し前にキスやそのほかの愛情表現で互いに好意を示し合ったふたりの間には、いま、妙なぎこちなさが漂っていた。テーブルについてココアを飲み、クリスマスクッキーをつまみはじめたものの、ふたりともきちんと目を合わせることができない。彼を部屋に招いたのは失敗だっただろうかと不安になった。

「素敵なパーティだったわね」沈黙に耐えかねて、わたしはついに口を開いた。

「若干の混乱はあったけどね」オーウェンは顔をゆがめてほほえむ。

「まあ、そうね。この会社のパーティっていつもあんなに面白いの？」

「〝面白い〟をどう定義するかによるな。ぼくらにとっては特別なものじゃないけど、たいていの人には少々奇異に見えるかもしれないね」

「少々？　証券会社に勤めている人があのパーティを見たら、相当驚くと思うわ」ああ、もう！　せっかくオーウェンとふたりきりになったというのに、どうしてわたしは会社のパーティなんかについて語っているのだろう。

ぎこちない状況を助長するかのように、玄関の鍵を開ける音が聞こえた。ルームメイトの少なくともどちらかが帰ってきたのだ。彼女たちには、ふたりの関係がもう少し軌道にのってから彼を会わせたかったのだが、考えてみれば、彼を部屋に誘う前にこうなる可能性を考慮しておくべきだった。それにしても、あの娘たち、金曜の夜はいつだって遅いのに、なぜゆうべに限って早く帰ってきたのだろう？

ツキはとことんなかった。ジェンマとマルシアがそろって部屋に入ってきたのだ。そして、入ってくるなり、ふたりとも固まった。口をあんぐりと開けて、キッチンテーブルの前に座っている人物を凝視している。彼女たちの言いたいことは、顔を見れば明らかだった——これが例の彼なの？　いったいこれまで何をぐずぐずしてたわけ？

オーウェンの方をちらりと見る。顔が真っ赤だ。彼にも彼女たちの考えていることが読めたに違いない。オーウェンは紳士的にすぐ立ちあがった。わたしは急いで紹介を始める。「ジェンマ、マルシア、こちらはオーウェン。会社の同僚なの」それで、彼はわたしを好きなの！　キスもしたの！――の部分は品位を保つためにあえて割愛した。どうせ、彼が帰るやいなやその話になるのは目に見えている。「オーウェン、こちらはルームメイトのジェンマとマルシアよ」

オーウェンはテーブルを迂回し、ドアを入ってすぐのところに相変わらず固まったままでいるふたりに歩み寄ると、「はじめまして」と言って握手をした。彼女たちはなんとか返事をしたものの、ゾンビみたいに突っ立っている。ジェンマのあごにひと筋のよだれが見えた気がしたのは、目の錯覚だろうか。オーウェンはわたしの方を向くと、「じゃあ、ぼくはそろそろ」と言った。

ソファのアームにかけておいたコートを彼に手渡す。「下までいっしょに行くわ」二階の踊り場に着いたところで、オーウェンは立ち止まった。

「あらためて、今夜はありがとう」

「こちらこそ」

「よかったら、明日会わない？　ブランチをして、そのあといっしょに一日を過ごすっていうのはどう？」

夢のような提案だ。「ええ、もちろん」

「じゃあ、十時にアーヴィング・プレイスのコーヒーショップで待ち合わせよう。アパートまできみを迎えにきてもいいんだけど、きみのルームメイトたちにはまだ刺激が強すぎるかもしれないからね」オーウェンは冗談めかして言ったけれど、首からこめかみまでいっきに赤くなったところを見ると、むしろ彼の方が彼女たちとの対面を恐れているように思えた。

「いいわ。そうしましょう」

「じゃあ、明日」オーウェンはわたしの頰にそっと手を添えると、前屈みになってキスをした。柔らかくて、温かくて、優しくて、それでいてしっかりとした感触のある、どこか抱擁を思わせるキスだった。

一夜明けても、あのキスのことを考えると、この十二月の湿った寒さのなか、コートのボタンを外したくなるくらい体が熱くなってくる。彼の手の感触が、いまも頰に残っている。もっとも、この数時間で何かが大きく変わったわけではない。オーウェンは相変わらず仕事熱心なオーウェンのままだ。そして、そこが彼の素敵なところでもある。わたしと一日を過ごすために職場の緊急事態を放っておくような人だったら、たぶんこれほど好きにはなっていなかっただろう。

アパートの前に到着し、表玄関の鍵を開けた。階段をのぼり、ゆうべキスをした踊り場で少しだけ立ち止まる。さらに階段をのぼって部屋に入ると、なかはやけに賑やかだった。ジェンマとマルシアに加えて、コニーもいる。コニーは彼女たちの前のルームメイトで、結婚したため、わたしがニューヨークにやってくる直前にこのアパートを出た。三人でキッチンテーブルを囲み、何やら首脳会議でも行っているような雰囲気だ。

「ケイティ！　ずいぶん早いじゃない」わたしに気づいてジェンマが言った。「何かあったの？」

「仕事で緊急事態が発生したの。だからコーヒーだけ飲んで別れたわ」コートを脱ぎながら答える。コーヒーを飲んだのが、地下鉄の駅に向かいながらだったことは、あえて伏せておく。女友達としての正義感にあふれているときのジェンマとマルシアは、わたしのデート相手が犯した彼女たちが見なすところの〝過失〟に対して、きわめて手厳しい。

「彼の仕事ってなんだっけ」マルシアが訊く。

オーウェンの仕事について説明したことはない。そもそも、魔法使いの概念をもち出さずに彼の職務を説明するのは難しい。とはいえ、研究開発部で働いていると言っただけでは、〝緊急事態〟がさほど説得力をもたないだろう。「うちの会社の幹部のひとりよ」これなら嘘ではないし、ほどよく漠然としてもいる。仕事だからという言いわけも、ある程度通用するだろう。

マルシアはうなずく。「そうなのよねえ。実力のある男とつき合うと、そういうところが難点なのよ」野心家でキャリア志向のマルシアなら仕事を優先する人に理解を示すだろうと思ってはいたけれど、その口調がやけにもの憂げなのでちょっと驚いた。

「あれだけゴージャスな彼氏なら、ときには仕事を優先させてあげるのもしかたないけど、そうしょっちゅう認めたらだめよ」ジェンマはそう言うと、コニーの方を向いた。「彼のこと見たら驚くわよ。わたしたちもほんのちょっとしか会ってないんだけど、どうやら性格もよさそうなの。ケイティはかなりいい男を手に入れたわ」

「ところで、今日はどうしたの？」わたしはコニーに訊いた。

「恋愛問題でちょっと相談ごとがあったの」コニーが口を開くより早く、ジェンマが言った。

「あなた、ちょうどいいタイミングで帰ってきたわ」

「どうして？」

「ロックフェラーセンターでスケートするの」

アイススケートが恋愛問題とどう関係があるのか考えていると、ジェンマがきちんと折りたたまれた一枚の紙を差し出した。「これ、どう思う？」

正式な書簡に使われるような硬い厚手の紙を広げると、筆記体の手書き文字が現れた。今日、ジェンマと彼女の友人たちをロックフェラーセンターのスケートリンクに誘う内容で、フィリップが迎えにくる時間が記されている。「招待状でしょ？」わたしは肩をすくめて言った。

「なんか妙だと思わない？」

思わず吹き出しそうになって、あわてて唇を嚙む。ジェンマのボーイフレンド、フィリップについて語るなら、〝なんか妙〟どころの話ではすまない。ジェンマには隠しているが、フィリップは魔法界の人間だ。しかも、魔法でカエルにされたまま何十年も生きてきて、人間に戻ったのはつい一カ月ほど前ときている。セントラル・パークの池のそばでハエを食べて生きていた人に、普通を期待するのは酷というもの。わたしから見れば、彼は現代社会への適応も、人間としての生活への再適応も、なかなかみごとにこなしている。でも、それをジェンマに話すわけにはいかない。魔法のことはいっさい秘密にしている。魔法に触れずに彼がカエルだったことを説明するのは不可能だ。

「手書きの招待状っていうのはたしかに変わってるわね」わたしは言った。「でも、ちょっと素敵じゃない？　ロマンチックで」

「これ、手渡しで届けられたのよ。それも、別の人の手で。これじゃまるで、わたしに会うのを避けてるみたいじゃない。だいたい、メールってもんがあるでしょう？　じゃなかったら、電話という便利な発明品が！　携帯電話はいつももち歩いてるんだから、捉まらないっていう言いわけは通用しないわ。だいいち、友人一同を誘うってどういうことよ。いったいどういうデートなわけ？」

「何も起こらないデートってことよ」マルシアが素っ気なく言う。「問題を直視しなきゃだめよ。彼、いまだにあなたと寝てないんでしょ？」

ジェンマが赤くなったのを見たのはたぶんはじめてだ。「まあ、それもあるけど……。でも、問題はそれだけじゃないの。彼、最近、やたら〝忙しい〟を口にするのよ」

表玄関のブザーが鳴った。噂をすれば影だ。ジェンマは立ちあがり、インターフォンに駆け寄る。インターフォンを操作できるのがこちら側からだけなのは、フィリップにとって幸いだった。もし彼がいまの会話を聞いたら、卒倒していたに違いない。ジェンマはボタンを押して、「いま、おりていくわ」と言った。

「ぼくがあがっていくよ」フィリップの声がスピーカー越しに聞こえた。

「いいの。下で待ってて」ジェンマはそう言うと、ボタンから指を離して、わたしたちの方を向いた。「どうせつき添いをつけなきゃならないなら、あなたたちに来てもらうのがベストだわ。わたしが考えすぎなのかどうか、客観的な意見を聞かせてもらうわ」

わたしたちはハンドバッグとコートをもって、ぞろぞろと階段をおりはじめた。たしかに、この状況はいささか妙だ。あのシャイなオーウェンでさえ、デートにこんなアレンジを施したことはない。もっとも、わたしたちはまだ一度もちゃんとしたデートをしたことがないから、断言はできないけれど。

わたしたちが下まで行くと、フィリップはまず、おじぎをしながらジェンマに一輪のバラを差し出し、続いてほかの面々にも会釈をした。「皆さん、今日はわたしたちにおつき合いくださり、ありがとうございます。目的地への移動には公共交通機関がいちばん効率的だと思うので、地下鉄を利用することにしましょう」フィリップは慇懃《いんぎん》なもの腰でジェンマに片腕を差し出した。わたしたちは、歩き出したふたりのあとを、声が聞こえないくらいの距離を保ちつつついていく。「たしかにこれって、ちょっと変よね」マルシアが言った。「招待状はいいとしても、わたしたちを引き連れていくってのはどうなの?」

「何も起こらないデートっていうのは、案外当たってるかも」コニーがつぶやく。「言ってみれば、わたしたちってふたりの監視役じゃない」

「それだわ!」思いのほか大きな声が出て、あわてて咳き込むふりをする。彼がどのくらいの年月カエルでいたかは知らないが、結婚前の男女がふたりきりになることを御法度とする時代からきている可能性は十分にある。フィリップとジェンマが人目のないところでふたりきりになったという話はまだ聞いていない。しかし、魔法に触れずにこのことを説明するのはやはり不可能だ。「彼は古風なのよ」とりあえずそう言っておく。「まだそういう関係になるのは早いと思ってるんじゃない？　だとしたら、ジェンマに会いながら、でもなんらかの形でブレーキをかけられる状況をつくろうとするのは、わからないでもないわ」

「なるほどね」マルシアが言う。地下鉄の駅が見えてきたので、ふたりについての話はそこで中断せざるを得なかった。

あらためてフィリップとジェンマを観察してみる。特に不自然な感じはない。フィリップにはアスコットタイとスパッツ（乗馬などで使う布や革製のゲートル）の方が似合うだろうという点を除いて――彼にGAPのカーキパンツはどうも違和感がある。フィリップがジェンマに好意をもっているのは明らかだ。彼女からかたときも目を離さないし、彼女の言うことには常に熱心に耳を傾ける。ジェンマに対する仕草のひとつひとつに心遣いが感じられる。あいにく彼女の方は、そういうことにまったく気づいていないようだ。それどころか、どんどん不機嫌になっていく。このままだと、生まれた時代とよき男女交際についての考え方が違うという理由だけで、彼女は素晴らしい男性をみすみす失うことになりかねない。フェアリーゴッドマザーの助けが必要なのは、むしろ彼らの方だ。

もっとも、わたしでさえフェアリーゴッドマザーの介入を断ったのだから、ジェンマなら、たとえそんなものの存在を信じたとしても、即座に拒否するだろう。いずれにしても、いまのわたしには友人の恋愛問題に首を突っ込んでいる余裕はない。なにしろ、敵が野放しの状態にあるのだから。そういえば、先ほどから、どうもだれかに見られているような気がする。

2

いまが夏だったら、その辺をマルハナバチが飛んでいるとでも思っただろう。ぶーんという羽音がたしかに聞こえる。でも、気温は氷点下だ。先ほどからわたしをつけているものがなんであるにしても、昆虫でないのは間違いない。魔法界の生き物をかたっぱしから思い浮かべてみる。問題は、魔法界の生き物についてのわたしの知識がまだきわめて限られているということだ。それに、イドリスは新しいものをつくり出すのがお好きなようだし――。

駅の入口でメトロカードを探すふりをしながら立ち止まり、みんなとの距離を空ける。ほかの面々には見えないはずの羽音の正体をそれとなく確認するために。肩のあたりをホバリングしている小さなものが目にとまるのに一、二秒かかったが、なんであるかがわかっておおいにほっとした。それは男の妖精《フェアリー》、いや、精霊《スプライト》だった――彼らはフェアリーと呼ばれるのを好まないらしい。それにしても、彼らがこんなに小さくなれるとは知らなかった。もっとも、ティンカーベルという例もある。あれはフィクションだと言いたいところだけれど、これまでの経験からいって実在する可能性は十分にある。精霊はわたしに向かって敬礼した。どうやら、本日のボディガードのようだ。イドリスとその手下が何かといやがらせをしてくるため、わたしは常にＭＳＩの警備部隊のだれかに護衛されているのだ。

このまま彼女たちと出かけて大丈夫だろうか。敵が野放しの状態にあるいま、友人たちといっしょに公共の場所に行くのは賢明なことではないかもしれない。イドリスとアリなら、直接危害を加えないまでも、わたしをあわてふためかせるようなことをする可能性はおおいにある。ロックフェラーセンターの真ん中で魔法で悪戯《いたずら》などしかけられたらフォローのしようがない。

「ごめん、やらなきゃいけないことを思い出しちゃった。あなたたちはこのまま行って。どのみち、わたしは見てるだけのつもりだったし。アイススケートなんてやったことないもの。クリスマスを松葉杖ついて迎えるのはご免だわ」

「やらなきゃいけないことって、新しい彼氏へのプレゼント探しでしょう」コニーが言った。「大きなお祝いごとの直前にだれかとつき合いはじめると、そこが難しいのよね。ちゃんと思いがこもっていて、それでいて、重すぎないというか、関係の深さと釣り合いの取れたプレゼントを選ばなくちゃならないんだから」

その口実、使わせてもらおう。でも、コニーにそう言われて、急に不安になってきた。オーウェンにはすでにプレゼントをあげている。でもそれは、シークレットサンタというアクティビティのなかでのこと。今度は個人的に何かを贈ることになるのだ。「つき合いはじめたばかりのこのタイミングだと、どんなものがいいのかしら」

「そうねえ。自分の気持ちはちゃんと示したいけど、押しつけがましいのはだめよね。だから、適度に個人的で、かつ、先走ってるような印象を与えないものがいいわ。あまり高価すぎず、でも、何か特別な意味をもち続けるようなもの。今後も関係が続いた場合のためにね」

「いまは先のことまで考えられないわ。こっちが男だったら、たぶんぬいぐるみとかキャンドルセットなんかでいい段階なんだろうけど、男の人にはいったい何をあげたらいいわけ？」耳もとで甲高い笑い声がかすかに聞こえたような気がした。キッとにらみつけると、ボディガードはそそくさと視界の外へ移動していった。

「それって、おおいなる謎のひとつよね」マルシアが言う。「男が好きなものって、決まって高価なのよ。だから、つき合いはじめの段階ではどっちみち不適切なわけ。あなたたち、クリスマスが終わってからくっつけばよかったのに」

「彼、音楽は何が好きなの？」コニーが訊いた。「CDなんかはどうかしら」

オーウェンの家には一度だけ行ったことがあるが、CDどころかCDプレーヤーさえ見た記憶はない。目に入ったのはとにかく本ばかりだ。もしステレオがあったとしたら、本の山に埋もれていたに違いない。本が好きだということに疑いの余地はないけれど、あれだけたくさんの本を所有している人に、まだもっていなくて、かつ気に入ってもらえる本を贈るのは至難の業だ。だいたい、本はシークレットサンタとしてすでにあげている。わたしはため息をついて言った。「もう行くわ。どうやら大仕事になりそうだから」

ユニオンスクエアの周辺を少しウインドウショッピングしてみたが、つき合いはじめてまもない男性にあげるための、控えめで、それでいて意味のある――かつ、ありすぎない――贈り物が目に飛び込んでくることはなかった。その一方で、敵が姿を隠していやがらせをしてきたり、魔法で大混乱を引き起こすような気配もなかった。でも、それがよいことなのか悪いことなのかはわからない。アリをこの手で捕まえて会社に連行し、すべてを終わらせることができたら、さぞかしすっきりするだろう。しばらく歩いたのち、理想的なプレゼントを見つけることも、悪党たちが姿を現すのを待つこともとりあえずあきらめて、家に帰ることにした。オーウェンからなんらかの報告が入っていることを期待しつつ部屋に入る。残念ながら、留守番電話のランプは点滅していなかった。

わたしはオーウェンの能力を見くびっていたようだ。コートを脱いでハンガーにかけるやいなや、電話が鳴った。偶然にしてはタイミングがよすぎる。「ケイティ?」受話器を取ると、電話の向こうの声が言った。「オーウェンです」

わざわざ名乗ってくれなくても彼の声なら瞬時にわかる——会社以外の場所で電話で話すのはこれがはじめてだけれど。「どうだった?」わたしは訊いた。ルームメイトたちがいなくてよかった。いまならまわりを気にすることなく、存分に話ができる。

「ちょっと面倒な仕事になりそうだな」オーウェンはそう言ったけれど、口調から、それほど苦には感じていないようだ。たぶん、彼が得意とする、忍耐と綿密な分析を必要とする類の仕事なのだろう。「だれかが手助けしたのは間違いない。でも、指紋は見たことがないものなんだ。妙だよ、実に。いま、警備部隊が街を捜索している。ぼくはたぶん、今日一日オフィスにいることになると思う。きみの方はどんな感じ?」

「悪くないわ。友達がひとり遊びにきたの。少しショッピングもしたし。それなりに楽しんでるから大丈夫よ」

「それを聞いて安心した。明日の夜、何か予定は入ってる?」

「ううん、何も」

「いっしょにディナーはどうかな」

「いいわね」

「よかった。じゃあ、六時に迎えにいくよ。今度こそ約束は守るからね」

「わかってるわ」

「出だしでいきなりつまずくなんて、まいったな」

「大丈夫、あなたはつまずいてなんかいないから」

「ええと、じゃあ、そろそろ仕事に戻らないと」電話の向こうでみるみる赤くなっていくオーウェンの顔が目に浮かぶようだ。

「じゃあ明日の夜。今日はあまり無理しないでね」

「わかってる。無理はしないよ」彼のことだ、そうはいくまい。明日、迎えにきた彼の目の下にくまができているのは、ほぼ確実だろう。


翌日の午後、目の下のくまを気にしなければならないのは、むしろわたしの方だった。ゆうべは、オーウェンにあげるプレゼントのことや——だいたい、つき合いはじめてこんなに早い段階でクリスマスプレゼントを贈ること自体、適当なのかどうかさえわからない——今夜のデートに着ていく服についてあれこれ考えて、ほとんど眠れなかった。

教会へ行ったあと軽くランチを取り、ショッピングに出かけた。名目上はプレゼントの目星をつけるためだが、真の目的は今夜の服装のアイデアを得ることだ。第一印象をよくしようなんて思わなくていいとオーウェンに言っておきながら、結局、わたしも同じことをしようとしているわけだ。はじめての正式なデートを前に、かなり肩に力が入っているのが自分でもわかる。

ブロードウェイに沿ってソーホーを北上しながら、進行方向よりも店のウインドウの方に気を取られていたら、何か柔らかいものにぶつかった。小さく叫んで後ろに飛びのく。前をよく見ていなかったのはたしかだけれど、これだけ近くに人がいればさすがに気づいたはずだ。あらためてぶつかった相手を見たとき、自分の周辺視野がいかれてしまったわけではないことがわかった。虚空から突然目の前に出現されたら、ぶつかるのも無理はない。

「驚かすつもりはなかったのよ」エセリンダは言った。「あたしが必要みたいだから登場させてもらったの」

「あの、特に必要ではないんだけど……」

「あらそう？　だけどあなた、いまおおいなるジレンマを抱えてるじゃないの」彼女は小首をかしげる。「あなたが恋愛に関して手助けを求めてないってことはわかってるわ。でもここで、ちょっとしたアドバイスを提供するってのはどう？」

「アドバイスって、どんな？」警戒しながら訊いてみる。

「服装についてのアドバイスよ、今夜のディナーのためのね。衣装はあたしの専門のひとつでもあるの」

彼女がまとっている、なんとも奇妙でちぐはぐな衣服の層を見るかぎり――本日の最外層は黄ばんだレースの縁取りがある色褪せた深緑のシルクで、その下から昨日のピンクのベルベットがのぞいている――その言葉を真に受ける気にはなれない。でも、たしかにいま、コーディネートに関するアドバイスはのどから手が出るほど欲しいし、もし彼女が見当違いのことを言えば、ただ聞き流せばいいだけの話だ。失うものは何もない。「そうね、じゃあ、お願いしようかな。今夜は何を着ればいいかしら」

エセリンダは杖《ワンド》の先を軽く唇に当てながら、しばし考える。「彼のプロファイリングデータから判断すると、ちゃらちゃらした派手なものではなく、クラシックな服装がいいわね。形より機能を重視するタイプだから、素材や仕立てのよさに目がいくはずよ。まあ、本人にその自覚はないでしょうけど」驚いた。なかなか的確な分析をしている。ただ、残念ながら、わたしはそういう服をもっていないし、買う余裕もない。ジェンマかマルシアに何か貸してもらうしかないだろう。

「ありがとう。とても参考になっ――」わたしが言い終わらないうちに、エセリンダはふいにワンドを振った。静電気のような刺激が全身を包む。見おろすと、わたしはスカート部分が大きく膨らんだ赤いサテンのドレスを着ていた。抗議をしようにも、コルセットがあまりにきつくて息ができない。

「あらやだ、これじゃだめだわ」エセリンダは首を振る。「世紀を間違えちゃった。それに季節も違うわね」そう言って彼女がふたたびワンドを振ると、ふいに胸部の締めつけが消えた。喘ぎながらなんとか呼吸を整える。今度は何を着せられたのかわからないけれど、少なくとも着心地はだいぶましだ――首がちくちくする点を除けば。ふと見ると、店のウインドウに、ヴィクトリア朝風のハイネックブラウスにロングスカートというでたちの自分が映っていた。

「なかなか似合ってるわ」エセリンダは言った。「でも、デートには向かないわね」ワンドが再度空を切ると、今度はもとの服装に戻った。恐る恐る周囲を見回してみる。これまでの経験からいって、歩道に突っ立ったまま次々と衣装がえをしている姿はだれにも見えていないはず。もっとも、この界隈ならたとえそんな人がいたとしても、ファッション雑誌の撮影か何かだと思って、だれも振り返りすらしないだろう。

「そうだ、これだわ!」エセリンダの目がぱっと輝く。彼女がワンドを振ると、突然、着ていたコートがぐんと上質なものに変わった。サイズはぴったりだ。もしやと思ってボタンを外すと、コートの下には美しいシルクのニットドレスを着ていた。

「まあ、素敵。ありがとう」あまりの早変わりに少しくらくらしながら言う。おそらく家でも、着ていくものが決まるまでこのくらいの回数は着がえていただろう。ただ、ここまで極端なコーディネートは試みなかっただろうし、最終的にこんなに素敵な服にたどり着くこともなかったはず。ふと、お伽話のなかでこのてのものがどういう運命をたどるかを思い出した。「この服、有効期限みたいなものはあるのかしら。夜中の十二時になったら、着ている人物がかぼちゃに変身するとか、突然裸になっちゃうとか……」

「翌日まではもつはずよ。ただ、午前零時を基点とするのか、日の出まで大丈夫なのかは、実はあたしもよく知らないの。とりあえず、真夜中までに家に戻った方が無難ね。まあ、最初のデートで真夜中を過ぎること自体、考えものだけど」エセリンダはワンドの先を左右に振って〝ダメダメ〟の仕草をした。

「そうなるつもりはないわ。明日は仕事だもの」

彼女はわたしをじっと見つめる。「髪型とお化粧もなんとかしてあげたいんだけど、魔法に対する免疫のせいで、それは無理なの。服装は変えられても、あなた自身の体には手が出せないのよ。出かける前には必ず髪をとかして、鼻の頭におしろいをはたくようにね」

なによ、わたしの顔、そんなにだめ？――そう思いつつ、手は無意識に髪を触る。なんだか母と話しているような気分だ。母はわたしの顔を見るたびに、もっと華やかな色の口紅をつけなさいと言う。「その辺はルームメイトたちが協力してくれるわ。いろいろありがとう」

礼を言って歩き出すと、背後でエセリンダが叫んだ。「靴を忘れてた！」

足もとを見ると、ショッピング用に履いてきた歩きやすいフラットシューズのままだ。彼女がワンドを振りあげたのを見て、あわてて手で制す。「魔法の靴にはいやな思い出があるの。ちょうどこの服に合うのをもってるから、靴はけっこうよ」

「ああ、そうだったわね。だいたいのところは把握してるわ。でも、結局、あなたにとって悪くない展開になったんじゃなかった？」

「まあ、最終的にはそういえなくもないけど……」履いた人をこのうえなく魅力的にする靴といえば聞こえはいいが、現実はまったく違う。たしかにわたしは靴のおかげでオーウェンの腕に飛び込むことになり、それがハッピーエンドに結びついたわけだけれど、そこへ至る過程ではさんざんな目に遭わされた。

「今夜は楽しんでらっしゃい。あたしが必要になったらいつでも呼んでね」そう言うと、ポンッという軽い破裂音とともにエセリンダは消えた――きらきら光る塵の固まりをあとに残して。ブロードウェイを北に向かって歩きながら、見るからに高そうなデザイナーブランドの服を着て帰ってきたことをルームメイトたちにどう説明したものか考えた。しかも、家を出たときに着ていた服は跡形もなく消えているのだ。彼女たちは、わたしが超のつく倹約家であることを知っている。処分したという言いわけは通用しない。

一ブロックも行かないうちに、またまだれかにぶつかりそうになった。ただし、今度は、その人が突然虚空から現れたからではなく、歩道の真ん中で急に立ち止まったからだ。迷惑千万なその歩行者は、なんとフェラン・イドリスだった。オーウェンが休日返上で働かなければならない原因をつくっている張本人だ。とっさに横によけ、後ろの人のじゃまにならないようそのまま歩き続ける。イドリスは小走りで追いついてくると、並んで歩き出した。思わずため息が漏れる。

イドリスを過小評価するのは簡単だ。彼は一見、自分の能力と知性に過剰な自信をもつオタクにしか見えない。しかも、わたしは免疫者《イミューン》だ。彼が魔法で何をしようと影響は受けない。もっとも、たとえ取っ組み合いのけんかをしたとしても、おそらく負けはしないだろう。イドリスはおよそ肉体派とはいいがたいし、こっちは三人の兄のもとで育っている。体を使ったけんかの仕方はそれなりに心得ている。でも一方で、手下の怪物たちには何度かとても怖い目に遭わされているから、彼の登場を軽く見ることはできない。こうして現れたということは、何か企んでいるか、なんらかのメッセージを伝えようとしているかのどちらかだ。ここでうまく立ち回れば、何か有益な情報を引き出せるかもしれない。

「今日はやけにいけてるじゃねえか」イドリスは言った。彼にしてはずいぶん常識的なあいさつだ。にわかに警戒心が高まる。

「ありがとう」反射的に言ってしまった。わたしのなかには、昔ながらの南部のマナーが徹底的に染みついているらしい。

「今夜は彼氏とデートかい？」

「あなたには関係のないことだわ。何か用？」返事がないので横を見ると、イドリスはすでにそこにいなかった。ショーウインドウの前に立ち、口を半開きにしたまま、セクシーなドレスを着たマネキンを眺めている。彼の集中力の短さには定評がある。気をそらすのはちっとも難しいことではない。さて、どうしよう。このすきにさっさと消えてしまおうか。それとも、何か情報を引き出せるか探りを入れてみるべきだろうか。

イドリスが新たな興味の対象に夢中になっている間に、それとなく周囲を見回してみる。どこかにボディガードがいるはずだ。問題は、わたしがいま敵と話をしているということに気づいていない可能性があること。めくらまし《イリュージョン》が使われていれば、彼らにはイドリスの真の姿が見えない。こういうときに備えて、魔法がらみでよからぬことが進行中だということを伝えるサインでもつくっておけばよかった。せめて魔法が使われているか否かだけでも知ることはできないものだろうか。ほかの人たちが自分と同じものを見ているのかどうかがわからないのは、なんとも不便でしかたがない。魔力が大量に使われているときには、たいていビリッという静電気のような刺激を感じるのだけれど、いまはイドリスがすぐそこにいるにもかかわらず、特に何も感じない。

通りの向こうにロッド・グワルトニーの姿が見えた。こちらに背を向けてショーウインドウをのぞいている。よかった。ロッドはＭＳＩの人事部長でオーウェンの親友でもある。おしゃれな彼ならソーホーで買い物をしても不思議ではないけれど、今日はおそらく、わたしのボディガード役を任されているというのが正解だろう。ウインドウのガラスには、彼の背後の通りが映っている。ロッドがそこにいるのなら、この機会にわれらが重要容疑者をさりげなく尋問してみてもいいような気がした。

ため息を堪《こら》えながら、イドリスが立ち止まっているところまで引き返す。「それ、あなたの色じゃないわ」

「え？」イドリスはこちらを見てきょとんとした。わたしのことなど完全に忘れていたらしい。

「そのドレスよ。あなたには似合わないわ」

「店の娘《こ》を見てたんだよ。どっかで会ったような気がするんだ」

「あ、そう。じゃあ、その娘《こ》と感動の再会を果たす前に、わたしになんの用だったのかを教えてくれる？」

「用？」

思わず声を荒らげそうになり、十数えてなんとか気持ちを静める。「用があったんじゃないの？　わたしたち友達じゃないんだから、ただあいさつするためだけに突然現れたりしないでしょう？　わたしを脅すとか、いやがらせをするとか、オーウェンへの伝言を残すとか、何かあったんじゃない？」

イドリスはぽかんとしている。もしオーウェンから彼の能力の高さを聞いていなければ、そして実際に、彼が集中して魔法を使う場面に遭遇していなければ、わたしは世界の平和をかなり楽観していただろう。「ああ、そうだ」イドリスはようやく言った。そしてうなだれると、自分の履いているハイトップスニーカーのつま先を見つめる。「アリがどうしてるか訊こうと思ったんだ。あのまま置き去りにしたのは、さすがにちょっと悪かったと思ってさ」

今度はわたしがぽかんとする番だ。アリの様子を尋ねるということは、彼女が逃げたことを知らないということだ。つまり、逃がしたのは彼ではない――？

「あなたがそんなこと訊くなんて変ね」そう言ってから、イドリスの視線がふたたび別のところへいっているのに気づいて、ため息をついた。夜通し遊んだ証を目の下にくっきりと残した三人のモデル風の女の子が通り過ぎていく。イドリスの頭が彼女たちを追ってくるりと回った。そのままついていこうとするので、急いで彼の黒いトレンチコートのベルトをつかみ、こちらへ引き戻す。「アリについて訊きたいんじゃなかった？」

「え、ああ、そうそう。彼女がなんだって？」

「だから、そんなことを訊くなんて変ねって言ったの。だって彼女、もう拘束されてないんだもの」

「釈放したのか」

「逃げたのよ。だれかが彼女を逃がしたの」

イドリスはにやりと笑った。「そりゃいい。さすが、抜け目のない女だ」

「本当に知らなかったの？　あなたが彼女を逃がしたのかと思ったわ」

「もし、おれがあんたの会社の厳重警備エリアに忍び込めるんなら、最初から気まぐれな妖精にスパイを頼んだりしねえよ。そうか、アリは逃げたか。すげえや」そう言うと、こちらが言葉を返す間もなく、イドリスは消えた。

あらためてアパートの方角へ歩き出すと、ロッドが駆け寄ってきた。「大丈夫？　ひょっとして、いまの男、きみのこと困らせてた？」

「あれ、イドリスよ」

「ほんと？　こんな真っ昼間にブロードウェイできみに話しかけるなんて、ずいぶん大胆だな」

「でしょ？　でも、わたしを避ける必要は特になかったみたい。なにせ、アリが逃げたこと知らなかったんだから」

「ほんとに？　それは妙だな。で、きみは大丈夫なの？」

「ええ、わたしは大丈夫。アリがどうしてるか訊かれただけ。脅し文句のひとつさえなかったわ」そのときふと、ロッドの感じがいつもと違うことに気がついた。何が違うのだろうと少し考えてから、わたしはにやりと笑った。「その髪型、素敵ね」

ロッドは自分を絶世のハンサムに見せるめくらましをまとっている。イミューンであるわたしには彼の真の姿しか見えないのだが、正直、ハンサムとはいいがたい。決してぶ男ではないのだけれど、顔の造作にいくつか不運な点があるのは事実だ。でも、自分を目の覚めるような美男子に見せることができると、人は毎朝の身支度にあまり労力をかけなくなる。魔法を使って相手の心をときめかせることができるとなれば、なおさらだ。

ところが、今日のロッドはちゃんと髪の手入れをしていた。ふだんはただ無造作に後ろになでつけて終わりなのだが、今日はずいぶん自然な感じだ。ポマードでべたべたに固めていない彼の髪は、濃い栗色で、ふんわりとウェーブがかかっている。顔を縁取るウェーブは彼のとがった顔立ちを和らげ、髪が脂ぎっていない分、顔もいつもほどテカって見えない。笑うと、なかなかキュートでさえある。

「そう?」ロッドは少し不安げに訊いた。

「ええ、とても。いつもそんなふうにしたらいいのに」

ロッドはうれしそうにほほえんだ。いったいどんな心境の変化があったのだろう。彼を大変身させたいとは常々思っていたけれど、気持ちを傷つけずに切り出す方法がわからなくて実行できずにいた。でも、自らその気になったのなら、おおいに後押ししたい。「きみも素敵だよ」ロッドは言った。「それは今夜のデートのため?」

なぜ知っているのかは訊くまでもない。ＭＳＩでは、ゴシップは光の速度で飛び交う。ましてロッドはオーウェンの親友だ。ところで、ロッドがわたしたちのことを応援してくれているのは知っているけれど、ほかの社員たちはふたりの社内恋愛をどう思っているのだろう。「ありがとう。ええ、そうなの。今夜のディナーのためよ。友達に、その、借りたんだけど、これに合うアクセサリーを見つけるために着てきちゃったの」

「完璧なチョイスだよ。まさにあいつの好みだ。今夜はばっちりだね」


アパートに戻ると、幸い、ルームメイトたちはまだ帰っていなかった。おかげで、髪をセットしているところへ彼女たちが戻ってきたとき、会社の同僚から服を借りたという、ほぼ真実に近い話をすることで問題は解決した。

「素敵じゃない！」ジェンマが言った。「その同僚の娘《こ》、かなりセンスがいいわね。今度、ショッピングに誘いましょうよ」

誘わなくても彼女の方から押しかけてくる可能性は高い。「うーん、そうねえ……」表玄関のブザーが鳴って、その先の台詞《せりふ》を考える必要はなくなった。いつもながら、オーウェンは絶好のタイミングで現れてくれる。マルシアが彼に尋問を始めないうちに、わたしは急いでインターフォンに駆け寄った。「いま、おりていくわ」有無を言わせぬ口調できっぱりと言う。いまのわたしには、自ら盾になってルームメイトたちから彼を守る精神的余裕はない。

「つまんないの」ジェンマはふくれ面をして見せたが、すぐにまた笑顔になった。「楽しんでらっしゃい。それから、明日は月曜だってことを忘れないように」

「はーい、ママ」そう言いながら、ハンドバッグをつかんで部屋を出る。表玄関のドアを開けたとたん、オーウェンを部屋にあげなくてよかったとあらためて思った。今夜の彼は、いつにも増してハンサムだ。ひげをきれいに剃り、眼鏡を外し、シルクのスーツにオープンカラーのシャツを着ている。まるで『GQ』の見開き写真を見ているみたいだ。こんな男性を前にしたら、ルームメイトたちはわたしに宣戦布告しかねない。エセリンダに服を調達してもらってよかった。そうでなければ、彼の隣に並ぶことに引け目を感じていただろう。

オーウェンの顔にゆっくりと笑みが広がる。「すごく素敵だよ。その、いつもは素敵じゃないという意味じゃなくて、今夜はいちだんと、素敵っていうか……」これこそわたしのオーウェンだ。この不器用さが、たまらなくかわいい。

「あなただってなかなかのものよ」顔が熱くなるのを感じる。なるほど、このての賛辞を口にするのは意外に難しいのだ。

オーウェンはわたしに近寄ると、そっとキスをした。土曜の朝キスがなかったことを埋め合わせて、さらにおつりがくるようなキスだ。近くで見ると、彼の目の下にはやはりくまができていた。「少しは寝られたの？」

「うん、まあね」オーウェンは目を合わせずに、そのまま通りの方を向いた。「タクシーを捉まえよう」この街で魔法がひときわありがたく感じる瞬間だ。彼が片手をひと振りするやいなや、一台のタクシーが歩道に乗りあげんばかりの勢いで、わたしたちの前に止まった。

オーウェンが連れていってくれたのは、ヴィレッジのとあるレストランだった。いわゆる高級レストランではあるけれど、これみよがしなところのない上品で感じのいい店だ。これまで友達同士として行った店とは明らかに違っていて、今夜のデートを特別なものにしようという彼の心遣いが感じられる。それでいて、無理をしているんじゃないかと心配になるような豪勢さはない。メニューに並んだ値段には思わず目が飛び出そうになったが、料理の説明は気取らない平易な英語で書かれていた。

メニューを手に、しばし注文するものを話し合う。オーダーを済ませ、飲み物を運んできたウエイターが立ち去ると、ぎこちない沈黙がふたりのテーブルを包んだ。これまでオーウェンを相手に会話に詰まったことはない。つき合いはじめる前はどんなことを話してたっけ？　ああ、そうか、仕事のことだ。ええい、背に腹はかえられない。

「例のことはどうなってる？　何かわかった？」

話題が提供されたことで、オーウェンの顔に安堵の表情が広がった。あまりにわかりやすくて、ちょっと可笑しくなる。「まあね。ただ、どれほど役に立つかはわからないけど。ぼくの知らないだれかが魔法を使って彼女を逃がしたのはたしかだよ。どうやってセキュリティを突破したのかは、まだわからない」

「イドリスが関わってる可能性は？」

オーウェンは首を振る。「ないね」

「彼、今回のことは何も知らなかったみたい」昼間のイドリスとの遭遇について簡単に説明する。「つまり、わたしたちはいま、極端に集中力に欠ける不良魔法使いだけでなく、五分以上ひとつのことに集中できて、かつ、わたしたちに恨みをもっている彼のガールフレンドと、それに加えて、こちらのセキュリティシステムを突破できるまったく別の何者かを相手にしなければならなくなったってことね。最高だわ」

オーウェンは浮かない顔をしてみせる。「そのとおり。いま、いどころを突き止めようとしているんだけど、彼らが次に何をするかということにも興味があるんだ。まあ、遠からず知ることになるとは思うけど」

「彼らの最終目的は、南の島に逃げて余生を過ごすってことじゃなさそうね」

オーウェンは笑った。「ああ、残念ながらね」

思いきり気の利いたジョークを思いついて口を開きかけたとき、店の奥から悲鳴が聞こえた。続いて非常ベルがけたたましく鳴り出し、天井のスプリンクラーから冷たい水が噴射された。

「火事だ!」だれかが叫んだ。声の緊迫感からして、言論の自由を主張するために混んだレストランで〝火事だ〟と叫んだわけではなさそうだ。

3

人々が出口に向かっていっせいに走り出した。あちこちで椅子やテーブルがなぎ倒される。幸い、わたしたちのテーブルは壁際だったので、逃げ出す客たちの流れに呑み込まれることはなかった。いつものように、危機に際したオーウェンは実に冷静だった。「コートをもって。外は寒いからね」そう言いながら、自分もコートを着る。わたしはコートを腕にかけ、ハンドバッグをつかむと、オーウェンとともに逃げまどう人々の群れに飛び込んだ。オーウェンに体を抱えられながら、群れのなかを進んでいく。しかし、せまい出口に人々が殺到したため、ドア付近では完全に流れが止まっていた。スプリンクラーから噴射される水で、皆ずぶ濡れだ。

「まずいな」オーウェンはそうつぶやくと、右手をひと振りし、なにやら意味不明な言葉を唱えた。すると、通りに面した床から天井まである窓から突然ガラスが消えた。ふたたび手を振ると、今度は窓の前にあったテーブルや椅子が別の場所に移動した。オーウェンはわたしをガラスの消えた窓の方に導きながら、皆に向かって「こっちへ！」と叫ぶ。しかし、例によって彼の声はあまりにソフトで、人々の悲鳴や非常ベルや近づいてくる消防車のサイレンの音にかき消されてしまった。

わたしは指を口にくわえて思いきり吹いた。兄が教えてくれた技だ。「こっちよ！」群れが割れ、人々はわたしたちに続いて次々と窓から脱出しはじめた。歩道に出たときには、すでに警察と消防車が到着していて、警官が避難した人たちを通りの反対側の歩道へ誘導していた。窓から突然ガラスが消えたことや、破片がどこにも見当たらないことについて疑問を唱える人はひとりもいない。「あれ、もとに戻さなくて大丈夫？」わたしはオーウェンに言った。歯がガチガチ鳴る。ずぶ濡れの髪と服が冷たい外気にさらされて、体の芯まで冷えてきた。

「おっと、ごめん」オーウェンはそう言って片手を振った。でも、窓ガラスは相変わらず消えたままだ。そのかわり、着ている服が乾いていた。オーウェンはコートを着せてくれる。折りたたんで腕にかけていたコートはそれほどひどく濡れていなかったけれど、彼はそれも魔法で乾かしてくれた。オーウェン自身の服も、いつの間にか乾いていた。「きみの髪も乾かしてあげたいんだけど、免疫のせいで、洋服みたいに簡単にはいかないんだ。それに、ぼくらふたりだけドライヤーをかけた直後みたいになってるのも変だしね」オーウェンは苦笑いする。見回すと、レストランから逃げ出した人たちは、皆、気の毒なくらいずぶ濡れだった。「それと、窓ガラスは一時間ほどでもとに戻るようにしたよ」

オーウェンはわたしを引き寄せ、自分のコートでくるむと、両腕でしっかりと抱えてくれた。こうしていると、髪が濡れていてもそれほど寒くはない。オーウェンは大柄ではないが、スリムな骨格にかなりしっかりと筋肉がついているので、抱き締められると安心する。「またいつものパターンね。デートとなると、いつもこうよ」わたしはため息をついた。「これまではわたしだけの問題だったけど、ついに居合わせたみんなの夜まで台無しにするようになっちゃったわ」

オーウェンはくすくす笑って、ほんの少し腕の力を強めた。「これはきみのせいじゃないよ。たまたま起こったんだ」彼はそこでふと言葉を止めると、ぽつりと言った。「それとも……」

「それとも、何？」

「建物をよく見て。何が見える？」わたしはレストランの入っている建物の方を向く。炎は出ているけれど、それが実際になんらかのダメージを与えているようには見えない。建物自体にはなんの変化もないし、だいたい煙のにおいがしない。何より、火事の現場から逃げてきたというのに、咳き込んでいる人がひとりもいないではないか。

「本物の火じゃないわ。ひょっとして魔法？」

「どうやらそうらしいね。来て」オーウェンはわたしの手を取り、レストランの方へ向かった。そして、建物の壁に手のひらを当て二秒ほど目を閉じると、おもむろに言った。「やっぱりね。これは魔術だよ。いまいきなり魔術を消したら、怪しまれるかな」

「徐々に消えるようにすることはできない？　消防士に自分たちが消火したと思ってもらえるように。この火事で実質的な被害が出ることはないんでしょう？」

「ああ、ないはずだよ。実は使われている魔術の見当もついてる。もし、これがその魔術だったら、止めるのは簡単だよ。魔術そのものを解除することはできないけど、対抗魔術《カウンタースペル》はたくさんある」

「何か追跡できる手がかりを残してないかしら」

「すでに探してるよ」しゃがれ声が言った。見あげると、小さな石のガーゴイルがすぐそばの避難梯子のいちばん下の段にとまっている。

「こんばんは、サム」わたしは言った。サムはＭＳＩの警備担当責任者だ。

「何か見つけた?」オーウェンが訊く。

「いや、何も。でもいま、うちの連中が散開して捜査に当たってるよ」

「わかった」オーウェンはうなずく。

「すぐに捕まえるさ」サムは言った。「ここはおれたちが引き受けたから、あんたらふたりはどこか暖かい場所に行ってディナーの続きをするんだな」

「そういうことらしいから」オーウェンはそう言って、片方の腕を差し出す。わたしはその腕を取り、現場から散っていくほかの客たちに交じって通りを歩きはじめた。レストランから一ブロックほど来たところで、髪に温かい風が当たるのを感じ、オーウェンの方を見た。オーウェンは肩をすくめる。「濡れた髪のまま歩くのはよくないからね」水を浴びたあとこんなふうに乾かされた髪がいまどんな状態になっているか気にならないでもないけれど、寒さはずいぶん和らいだ。

さらに数ブロック行ったところに閉店直前のベーカリーを見つけ、陳列ケースに二枚だけ残っていたチョコレートクッキーを買い、ホットコーヒーをふたつテイクアウトした。クッキーをかじり、コーヒーをすすりながら、ウエストヴィレッジをそぞろ歩く。冷たい風にのってイタリア料理のおいしそうな匂いが漂ってくる。クッキーがあってよかった——。結局、ディナーはひと口も食べられなかった。「予定とはずいぶん違う展開になっちゃったな」しばらくしてから、オーウェンが言った。

「予定どおりだって言われたら、あなたのこと心配になるわ」わたしはそう言ってため息をつく。「もしこれが例の人物の仕業だとしたら、やっぱり、標的はわたし、というか、わたしたちだったってことになるわ。つまり、わたしのデート運のなさは今夜も健在だったというわけ」

クッキーを食べ終え、自由になった片手で、これまでのデートにおける災難を数えあげていく。

「ええと、まず、前回のデートでは魔法の靴のせいでとんでもないことをやらかしてしまったでしょう？　その前は、パーティに行く途中で妖怪の集団に襲撃されたわ。さらにその前は、魔法で詐欺を働こうとする悪徳レストランに行ってしまった。そして、その前は、デート中に自分がかつてカエルだったと思い込んでいる輩《やから》が現れて、セレナーデを歌い出したわ。ねえ、ほんとにわたしとつき合いたい？　わたしにとってこういうことは日常茶飯事なのよ」

「ぼくの日常だって、とても普通とはいえないと思うけど」

「たしかに」

「いい方に考えよう。最初に最悪を経験しておけば、あとはよくなる一方だよ。これ以上ひどいデートはないだろうからね」

思わず身をすくめる。「ああ、言わないで。それを言うと、なぜか必ず逆の展開になるんだから」

服と髪を乾かしてもらい、さらにコーヒーを飲んだおかげで、体もだいぶ温まった。オーウエンが自分のコーヒーを飲み干し、紙コップを近くにあったゴミ箱に捨てて、空いた腕をわたしの肩に回してくれてからは、さらに温かくなった。結果的に、今夜のデートはかなりいい感じになってきている。わたしたちはこうしていっしょにいるし、チョコレートも食べたし、クリスマス飾りできらきら輝く、おとぎの国のような通りを歩いている。

クリスマス飾りを見て、あらためて、クリスマスがもうすぐそこまで来ていることに気がついた。このところ忙しくて、プレゼントをどうするかでは気をもんでも、クリスマスそのものについては考えていなかった。「もうすぐクリスマスだなんて信じられないわ。子どものころはクリスマスまでがあんなに長く感じられたのに、大人になるとどうしてこんなにあっという間なのかしら」

「このところかなり忙しかったからね」

「そうね。それに、わたしの場合、感謝祭《サンクスギビング》に両親がやってきた時点で、すでにクリスマスを迎えてしまったような感じだから、今年のクリスマスは、気分的にいまひとつ盛りあがらないのかも」

「何か予定は立ててるの？」

「ううん、特に何も。たぶんルームメイトたちと何かするとは思うけど。クリスマスはご両親のところへ？」オーウェンは孤児で、里親に育てられた。夫婦は彼を正式な養子にはせず、両者の間には常に一定の距離があったようだ。オーウェンの性格の多くの部分は、そのことで説明がつくような気がする。

「うん。実は招待されているんだ。楽しみな反面、期待しすぎないようにもしてる。ぼくらがウォルトン一家（『ザ・ウォルトンズ』大恐慌と第二次世界大戦を生き抜く大家族を描いたテレビシリーズ）になることはあり得ないわけだから」

「ウォルトン一家みたいな家族なんてどこにもいないわ。うちですら違うもの。まあ、見た目はかなり近いものがあるけど」

アベニュー・オブ・アメリカスまでやってきた。ここはタクシーがたくさん通るので、オーウェンの魔法に頼らなくてもすぐに一台拾うことができた。タクシーに乗り込んでまもなく、回転しているのが車のタイヤだけではないことに気づいた。オーウェンはすでに、その並はずれた頭脳のすべての細胞をフル稼働させて、今夜起こった奇妙な出来事について考えているようだ。タクシーがわたしのアパートの前に到着すると、オーウェンはタクシー代を払って車を降り、表玄関までいっしょに来てくれたが、心は明らかにここにあらずといった感じだ。「今夜はありがとう。忘れがたい夜になったわ」

「同感だよ。災難にもかかわらず、楽しい夜にしてくれてありがとう」オーウェンは身をかがめて、すばやくキスをすると言った。「じゃあ、明日の朝」本格的なおやすみのキスを返そうとしたときには、オーウェンはすでに歩道の先を歩いていて、わたしは中途半端に唇を突き出したままひとりその場に突っ立っていた。

「ええ、明日の朝……」落胆のため息を押し殺し、オーウェンが消えたあとの虚空に向かってもごもごとつぶやく。自分たちがいま置かれている状況を考えれば、こうしたことはたびたび起こり得るということを、あらためて自分に言い聞かせる。それに、なんといっても、まだ一回目のデートではないか。関係を深めていく時間はこの先たっぷりあるのだ。

翌朝、アパートの階段をおりていくとき、わたしの胸はいつものように高鳴った。MSIに勤めるようになってまもないころから、オーウェンとわたしはほぼ毎日いっしょに通勤していて、朝になると彼に会えるうれしさでぞくぞくするのが、もはや日課みたいになっている。ただの友人兼同僚以上の間柄になってからはじめての通勤となる今朝は、いつもに増してぞくぞくが激しい。わたしたちがいっしょに通勤するそもそもの理由は、敵の攻撃から互いの身を守るためだ。わたしは免疫者《イミューン》なので、敵が魔法で姿を変えたり、あるいは消したりしていても、見破ることができる。一方、魔法使いであるオーウェンは、彼自身、魔法の影響を受けるため、危険に気づかない場合がある。でも、わたしが危険の存在を知らせれば、それに対処できるというわけだ。彼はわたしのアパートから数ブロックのところに住んでいるので、迎えにくるのにそう遠回りする必要もない。とはいえ、毎朝ふたりで通勤することを彼が個人的にも楽しんでくれていたらどんなにいいだろうと、ずっと思っていた。それがうれしいことに、そのとおりだった。

表玄関のドアを開けるときには、胸の高鳴りはハリケーン級に達していた。前の晩に彼とデートしているのだから、これほど舞いあがらなくてもよさそうなものだが、こと相手がオーウェンとなると、自分のリアクションが予測できない。

顔じゅうに笑みが広がるのを感じながら、入口の階段に足を踏み出す。しかし、笑顔はすぐに消えることになった。歩道のいつもの場所にオーウェンがいない。早すぎたのだろうか。今朝は少々興奮しすぎている感がある。腕時計を見ると、時間はいつもと同じだった。それに、たとえ多少前後にずれたとしても、オーウェンは必ずこちらに合わせて待っていてくれる。どうしよう。このままオーウェンを待つべきだろうか、待つとしたらどのくらい待ったらいいだろう。そのとき、しゃがれ声が聞こえた。「あんた、チャンドラー嬢かい？」

通りを見渡してみる。通行人は大勢いるが、だれもわたしに話しかけているようには見えない。「おう、上だよ」同じ声が言った。前に一歩踏み出して振り返り、首を伸ばす。頭上の非常階段に一頭のガーゴイルがとまっているのが見えた。サムではない。見たことのないガーゴイルだが、おそらくMSIの警備部隊の一員だろう。

「ええ、ケイティ・チャンドラーよ」

ガーゴイルは羽を広げると、舞いおりてきて、そばにあるパーキングメーターにとまった。「ミスター・パーマーにあんたを迎えにいくよう頼まれた。急ぎの用で先に会社に行かなきゃならなくなったそうだ。あんたが無事会社に到着するまで、お供させてもらうよ」そう言うと、ふたたび羽を広げて地下鉄の駅の方向へ飛んでいく。

わたしは急いで彼のあとを追った。「何か起こったの？」息を切らしながら訊く。飛んでいくガーゴイルについていくのは楽ではない。

「おれは伝言をことづかっただけだ。それ以外のことは知らないね」

不安と落胆が同時に襲ってきた。毎朝のルーティンを放棄するくらいだから、よほどのことがあったに違いない。仕事がふたりの時間を奪ったのは、この三日間ですでに二度目だ。彼が直面していることを考えれば、この先こういうことがちょくちょく起こるであろうことは十分予想できるけれど、そう思ったからといって落胆が軽くなるわけではない。まあ、少なくとも、彼はわたしに待ちぼうけを食らわせるようなことはしなかった。安全に会社に行けるよう手配もしてくれたし――。

オーウェンは決して口数の多い方ではないけれど、前を行くガーゴイルに比べれば、はるかに話上手だ。このガーゴイルは会話をしようという素ぶりさえ見せない。あくまで任務のみに徹している。幸い、周囲に不穏な動きはないようだ。今朝の通勤は、寡黙なガーゴイルにエスコートされているという点を除けば、このうえなく平凡なものだった。

オフィスに到着すると、次なる試練が待っていた。会社じゅうに広まったオーウェンとわたしにまつわるゴシップに対処しなければならない。できれば、ふたりの関係がもう少し確実なものになるまで秘密にしておきたかったけれど、スパイの正体を暴くために会社のパーティでカップルを演じ、事件が解決したあともカップルのままでいたのだからしかたない。あれだけシャイなオーウェンから、先々のことを考えていれば、皆の前であんなふうにキスをしたりはしなかっただろう。パーティの興奮は人の頭をショートさせてしまうらしい。もっとも、どんな代償があったとしても、あんなに素敵なキスを拒むなんてことはあり得ないけれど。

社長室の受付をしている妖精《フェアリー》のトリックスが、羽をぱたぱたさせながら、わたしにウインクした。「あ、来たわね！　週末はどうだった？」

「よかったわよ」

「よかった？　それだけ？　パーティでのことはちゃーんと見てたわよ。目がやけどしそうになっちゃった」

「週末にふたりでラスベガスに行ったとか、そういうことを期待してるなら、見当違いよ。二度ほど会っただけ。オーウェンを知ってるでしょう？　このてのことは、ゆっくり一歩ずつ、なのよ」今度はわたしがからかう番だ。「ところで、パーティの間、ほとんどの時間を彼氏と掃除用具入れのなかで過ごしたのはだれだったかしら」

トリックスは急にうつむいて、羽をぴくりとさせる。「あれはわたしたちの意思じゃないわ。アリと、あのイドリスってやつに閉じ込められたのよ」

「でも、機会に乗じた部分はあるんじゃない？」

「ま、わたしも一応、大人ですから」反撃はうまくいったようだ。トリックスはにわかにビジネスライクな口調になった。「ボスが十時にミーティングをしたいそうよ。彼のオフィスで」

「了解。ありがとう」わたしはそう言って、自分のオフィスへ向かった。

「これで終わりじゃないからね！」トリックスが背後で言う。「あとで詳しい話をちゃーんと聞かせてもらいますから」

彼女を無視して自分のデスクにつくと、伝言やeメールのチェックに取りかかった。わたしは株式会社マジック・スペル&イリュージョン《MSI》の最高経営責任者《CEO》、アンブローズ・マーヴィンのアシスタントをしている。この名前は、ウェールズ語やラテン語――たしかその間にさらに数種類の言語が入っていたはず――への訳がからむと、最終的に〝マーリン〟となるらしい。そう、あのキャメロットの魔法使いだ。彼は魔術の向上と統制のために、MSIの前身となる魔法使いたちの組織を創設したあと、引退という形で深い眠りについていたのだが、最近、魔法による長い冬眠から呼び覚まされた。魔法の安全かつ正しい使用を守るための組織の努力を台無しにしようとする者が暗躍しはじめたため、ふたたび会社の指揮官の座についたのだ。

十時少し前、わたしは必要な道具をもってマーリンのオフィスへ向かった。部屋に入るなり、平らな床を歩いているにもかかわらず、思わずつまずきそうになった。オーウェンが会議用のテーブルの前に座って、指でペンを回している。いったいいつまで彼を見るたび息を呑まなくてはならないのだろう。オーウェンは実質的に研究開発部の代表代行なのだから、マーリンの招集する会議に彼が出席することは十分予測できたはずなのに、ここで顔を合わせる心の準備はまったくできていなかった。ビジネススーツに身を包んだ彼は、いつもながらとても素敵だけれど、昨夜以上に疲れているように見えた。

「ああ、ケイティ、来ましたね」マーリンがそう言って片手を振ると、背後でドアが閉まった。オーウェンは顔をあげ、わたしを見るなり、小さくほほえんで真っ赤になり、すぐさまテーブルの上のノートに視線を落とした。どうやら、相手の姿を見て動揺しているのはわたしだけではないようだ。

わたしはいつものようにマーリンの右側に座り、あとで作成するレポートの土台となるメモの準備を始めた。次の瞬間、オフィスのドアが開き、サムが入ってきてオーウェンの向かい側の椅子の背にとまった。マーリンがふたたび手を振ってドアを閉める。ほかの部署のトップたちが現れるのを待ちながら、メモ用紙のいちばん上にミーティングの日時を書く。続けて参加者の名前を書き出そうとしたところで、マーリンが口を開いた。

「ケイティ、金曜日に身柄を確保したスパイが逃亡したことはもう知っていますね?」

「はい、知っています」ミーティングが始まったということだろうか。予想していた重役会議とは、少し様子が違う。

「彼女を見つけ出すことがきわめて重要であることも、おわかりですな?」

「彼女の存在は、イドリスをさらに危険にする可能性があります。彼自身は必ずしも邪悪ではありません。たとえそうだとしても、悪意を具体的な形にするだけの集中力が欠如しています。一方で、彼女にはかなり悪賢いところがあります。気まぐれで移り気な性格なのかと思っていましたが、どうやら、ひとつのことをやり抜く執念深さもあるようです」

「いかにも。そこで、あなたとミスター・パーマーにチームを組んでもらって、彼女を見つけ出すか、もしくは彼女とミスター・イドリスが何を企んでいるかを探り出してほしいのです。この件にはセキュリティの侵害がからんでいるので、サムとも協力してください」

比較的ストレスのない状態でクリスマスを迎えるのは、どうやら無理なようだ。「わたしが捜査を担当するということですか?」

「彼女がスパイだということを見抜いたのはきみだよ」オーウェンが言った。彼がチームを組むことを提案したのだろうか。もしそうなら、あとでひとこと言っておく必要がある。

「それに、あなたの魔法に対する免疫とミスター・パーマーの能力を考えれば、ふたりは捜査チームとしてまさに理想的です。個人的にもきわめてよい関係にあるようですからな」マーリンの瞳がきらりと光った。なんてことだ。いまやボスまでがわたしたちの関係に精通している。

「もちろん、クリスマス休暇の間は捜査を中断していただいてけっこうです。ただ、念頭には置いておいていただきたい。サム、必要に応じて、彼らに警備要員を提供してください」

「でも、ほかの仕事はどうすればいいでしょう。スパイ捜査に関わっている間に、だいぶ遅れてしまっているんですが……」任務を逃れようとしているわけではないが、実際のところ、これはわたしの職務説明書には記載されていない仕事だし、記載されている仕事の方は、ほとんどが中途半端な状態だ。

「あなたの仕事のうち事務的なものは、だれかに代行してもらいましょう。会議の議事録はだれにでも取れますが、この仕事はあなたでなければ務まりません」マーリンの声にはどこか反論を許さない響きがあった。まるで、いまの言葉がそのままそっくりどこかの山の頂の石板に刻まれたのではないかと思えるほどに。

「それは大変助かります」わたしは言った。

ミーティングが終わり、オフィスを出ていくとき、オーウェンがわたしのひじをつかんだ。

「作戦を練りたいんだけど、いま、時間ある？」いたって真剣な表情で、少しも赤くなることなく言ったところを見ると、何かほかのことをするための口実というわけではなさそうだ。会社にいる間はあくまでビジネスだけの関係を貫くということらしい。もちろん、異論はない。

彼に触れられたひじは、すでにしびれているけれど。これまで、これほど近しく仕事をしている同僚とつき合ったことはないし、つき合っている相手とこれほど近しく仕事をした経験もない。ボスはふたりの個人的な関係を気にしていないようだけれど、わたしとしては、こういう場合のうまい立ち回り方を教えてくれる就業規則書が欲しいところだ。

「あなたのオフィスで？　それともわたしの？」

「ぼくのオフィスでもいいかな。あっちの方がホワイトボードも多いし」

「いいわ」受付デスクの横を通り過ぎるとき、トリックスにしばらく研究開発部の方にいる旨を告げる。

彼女は、研究開発部で何をするかはお見通しだとでも言いたげな視線を送ってよこした。

「電話が入ったらそちらに回す？　それともボイスメールの方につないだ方がいい？」

「ありがとう。下に転送して。まあ、電話はほとんどないと思うけど」彼女の思い込みはあえて訂正しないことにした。オーウェンを狼狽させるだけだし、だいいち、否定すればするほど怪しいと思われるに決まっている。

オーウェンは研究開発部の理論魔術課の責任者だ。古い文献にあたって、そこに書かれている魔術を翻訳し、どんな魔術かを調べ、実際に機能するかを確かめて、機能すれば現代に応用できる方法を探す。彼のラボは古い本でいっぱいだ。ほとんどは壁に沿って部屋を囲むように設置された本棚に収まっているが、そのほかにもかなりの量の本がテーブルや椅子や床の上に散らばっている。キャスターのついた二台のホワイトボードは、両方とも几帳面な活字体の文字でうまっていた。非の打ちどころのない完璧な手書き文字だけれど、すべて英語以外の言語で書かれているので意味はわからない。ラボに隣接するオーウェンのオフィスは、イギリスのマナーハウスの一室を思わせる。彼のオフィスに行くと、いつも無性に温かい紅茶が飲みたくなるのだ。

ラボに入ると、オーウェンは片方のホワイトボードを消して、マーカーを手に取った。わたしは部屋の真ん中にある大きな木のテーブルに腰かける。「まず、すでにわかっていることから確認していこう」オーウェンが言った。「ぼくはイドリスの癖や行動パターンをある程度把握してる。彼とのつき合いはそれなりに長いからね。きみはアリや彼女の友人関係について知っている。それぞれがもってる情報から、彼らが行きそうな場所を割り出してみよう」オーウェンはボードの上隅に〝アリ〟と書いて、わたしの方を向いた。

「ええと、そうね。まず、彼女はかなり男好きで、男と見ればすぐに追いかけるところがあるわね。でも、別にちゃんとした恋愛がしたいわけじゃなく、男を落とすこと自体が目的って感じだわ。実際、相手が自分のものになったとたん、興味を失うみたい。でも、なぜかいつも、傷ついたのは自分の方になってて、仕返しを企てるの。それから、こと遊びにかけては、ものすごくスタミナがあるわ。はやりの場所はすべて把握しているし、夜通し遊んでても平気みたい。夜遊びのあと、ひとりで家に帰るってことは、まずないみたいね」

オーウェンは口をぽかんと開けてこちらを見つめている。「しょうがないでしょ。女同士が話すのはこういうことなんだもの。ガールズナイトやランチの時間に世界征服のプランなんて立てたりしないの。申しわけないけど、わたしが知ってるのはこの程度よ」

「いや、そうじゃなくて、それだけのことを知ってるってことに驚いてるんだ。ロッドとは子どものころからのつき合いだけど、ぼくはたぶん彼についてそんなにたくさん知らないと思う」

「それはあなたたちが男だからよ。男性はものごとそのものについて話すでしょ。それについてどう思うかじゃなくて。ということは、イドリスについても、それほど特ダネはなさそうね」

「きみがアリについてつかんでいるようにはね。彼とはできるだけ話さないようにしてたから。彼は何につけても、どこまでやれるか限界を試すのが好きなんだ。悪い意味でね。きちんと認められた方法で何かをするのをとにかく嫌う。黒魔術に手を出しさえしなければ、会社にとって実に有益な人材になり得たんだけど、なにしろ普通のことにはすぐに飽きてしまって、いつも突飛なことばかり試そうとするから——」

「アリの男に対する姿勢と似てるわ。あのふたり、まさに夢の組み合わせってとこね」

「彼女、どうしてイドリスと組んだりしたんだろう」オーウェンの表情を見るかぎり、アリがイドリスのもとに行ったことに驚いているのか、それともイドリスがアリを選んだことに驚いているのか、よくわからない。

「そうね。彼女が言ってたことのうちどのくらいが真実で、どのくらいが演技だったのかはわからないけど、おそらく、イドリスは彼女のあまり高尚とはいえない能力に表現手段を与える存在なんじゃないかしら。アリは人を利用したり復讐を企てたりするのがうまいわ。イドリスにとって、それは使える能力なのよ。アリが自ら進んで彼のもとに行って悪の側に加わったわけではないと思う。おそらく、イドリスに誘われて、いつの間にか深みにはまっていたってことじゃないかしら」

「ということは、彼女をこちらに引き戻すのも可能だってことだな。彼女のデートパターンに関するきみの観察が正しければ、イドリスとうまくいかなくなるのも時間の問題だろうから」

「彼女を見つけることができればね。つまり、ここで最初の問題に戻るわけ。イドリスはアリのことを気にしてたわ。彼女が逃げたことを知らなかったみたい。彼、案外アリのことが好きなのかも。まあ、ほかのことに気を取られていないときはっていう条件はつくけど。彼女が逃げたことを知ったとたんにどこかへ消えたから、行き先の見当がついていたのかもしれないわ。気になるのは、イドリスと組んでいるかもしれないもうひとりの人物のことね。彼がここで働いていたころ、だれと親しかったか思い出してみて。たしか、グレゴールとは仲がよかったのよね。ほかにはだれかいる?」

オーウェンはひどく言いにくそうな顔をした。そしてようやく、ほとんどささやくように言った。「ぼくのボスとはかなりうまが合うようだったけど……」

「ボスって、あのカエルになっちゃった人?」思わず声が大きくなる。研究開発部の部長は、その昔、〝就労中の事故〟でカエルになり、以来、自分のオフィスからほとんど出なくなったと聞いている。「この部署にはずいぶん就労中の事故が多いのね。カエルになった彼といい、鬼になったグレゴールといい」現在、検証部の部長をしているグレゴールはいつも鬼でいるわけではない。怒ったときだけ体が緑色に変わり、角や牙が生えてくるのだ。もっとも、機嫌が悪くても外見からはほとんどわからない前の職場の上司に比べれば、彼の方がずっと扱いやすくはある。

「以前の社長のもとでは、かなりリスクの高い実験もやっていたんだ」

「以前のって、マーリンの前ってこと？」

オーウェンはうなずく。「でも、特によこしまな意図は感じられなかった。ただ単に、より高いレベルを目指そうということだったんだと思う」

「その社長はどうなったの？」

「退職したよ。彼についてはまったく悪い噂は聞かなかったな」いまの発言は、話半分に聞いておく必要がある。オーウェンほど社内の噂話に疎い人はいない。たとえ、前CEOがスキャンダルまみれで、社員全員が熊手とたいまつを振りかざして会社から追い出していたとしても、オーウェンだけが気づかなかったという可能性は十分にある。イドリスとの戦いの最前線に駆り出されるまでは、ほかの部署で起こっていることなどいっさい気にとめず、ラボにこもってひたすら古《いにしえ》の魔術の翻訳にいそしんでいたようだから——。

一方、わたしは、スパイ捜しを仰せつかったおかげで、社内のスキャンダルについては相当量の情報を得た。もし前CEOを巡って少しでも不穏な噂があれば、おそらく何か耳にしていたはず。やはり、ここからは何も出てこないということだろうか。

「魔法の指紋は見たことのないものだったのよね？」

オーウェンは力なく首を振る。「残念ながら、痕跡《シグネチャー》はいつも役に立つとはかぎらないんだ。

比較できるものがあってはじめて、だれが魔術を使ったのかがわかる。本物の指紋と同じだよ。指紋を発見するだけでは事件は解決しない。手もとにあるデータと照合できなければ意味がないんだ。ひとつはっきりしているのは、ぼくがこれまでいっしょに仕事をした人のなかにこういう魔法の型をもつ人はいないってことだよ」

「その型っていうのは変えられるの？　たとえば、手袋をして指紋を隠すように」

「不可能ではないけど、かなりの労力を必要とするね。魔法を一から学び直すようなものだから。それに、たとえそうしたところで、必ずどこかにヒントとなるものは残ってしまう」

「型が見たことのないものなら、社内の人間ではないってことね」

「それはまだなんとも言えない。ひと目見てすぐにだれの型かわかるほど、社員全員と親しく仕事をしているわけじゃないからね。いま、手もとにあるデータとの照合を進めているところだよ。ただ、この作業にはどうしても時間がかかるんだ」

「じゃあ、とりあえずはその結果待ちね。ひとまずオフィスに戻るわ。ボスが助っ人をよこしてくれるまでに、引き継ぎの準備をしておかなきゃ」

戻ってみると、臨時の代行スタッフはすでにわたしのオフィスに到着していた。入社当初に知り合ったおそろしく野心的な検証人キムだ。わたしが得たポストは、彼女が常々自分にこそふさわしいと公言していたものだった。そのキムがわがもの顔でわたしのデスクに座っている。できるだけ早くこの問題を解決しなければ——。ぐずぐずしていたら、仕事を乗っ取られかねない。

4

キムはしたり顔でにっこりほほえんだ。「ここを借りた方が仕事がしやすいと思ったの。いいわよね？　どうせあなたの特別作業班《タスクフォース》は別にオフィスを構えるんでしょう？」

「オフィスを移動する話は特にしてなかったと思うけど」いまひとつ状況が呑み込めない。彼女はわたしの仕事の事務的な部分を代行するわけだから、マーリンやトリックスへのアクセス面からも、この階で仕事をするというのは理解できる。でも、わたしのデスクに座る必要はないんじゃない？

「暫定措置よ。わたしだって、仕事をするのにデスクは必要でしょう？」そう長く彼女を知っているわけではないけれど、こんなにいきいきとしたキムを見るのははじめてだ。彼女は朗らかなタイプではない。強引で、積極果敢で、やる気に満ちてはいるが、決していきいきとはしていない。いやな予感がするけれど、彼女の言っていることは一応筋が通っているので、とりたてて反論する理由もない。

「それじゃあ、とりあえずコンピュータをもって研究開発部の方へ移動するわ」

「コンピュータは置いていってくれると助かるわ。アポの申し込みはたいていあなたのeメールに入るんでしょう？」

いくらなんでも、それは無理だ。デスクならしぶしぶ譲っても、eメールにアクセスされるのはご免被る。もし彼女がわたしのコンピュータとeメールアカウントを手にしたら、それこそ『ルームメイト』（自分のまねをするルームメイトの狂気に次第に追いつめられていく女性を描いたサスペンス映画）のオフィス版になりかねない。生活全般を乗っ取られるのも時間の問題だろう。「あなた用のコンピュータを用意してもらうわ。あなたの職務に関係のあるメールはすべて転送するから大丈夫よ」よし、一本取った。われながら、なかなかクールな切り返しだ。

キムはわたしをにらみつけたが、他人のコンピュータを使いたいと言い張るわけにもいかず、それ以上食い下がりはしなかった。「あなたのもち物はみんなこっちに寄せておいたわ。わたしのものと交ざってしまうといけないから」キムは言った。わたしの卓上カレンダーや計画表、マグカップなどが、すべてデスクの隅に押しやられている。本棚にはすでに彼女の鉢植えと写真立てが飾られていた。次に来たときには、壁の色まで変わっていそうだ。

「ああ、ありがとう……。それ、どけるわね」わたしはラップトップの接続を切り、電源を落とすと、そのほかのこまごましたものをトートバッグのなかに入れた。最後にコートをつかみ、荷物を抱えてオフィスを出る。「しばらくオーウェンのラボで仕事することになると思うわ」受付デスクの横を通るとき、トリックスに言った。

「本気？　彼女、油断もすきもないわね。そんなに簡単にオフィスを明け渡しちゃっていいの？」

「あなたなら、キムとオーウェンのどちらとオフィスをシェアしたい？」

「そりゃそうだけど……」

トリックスのデスクのインターフォンが鳴り、キムの声が聞こえた。「ＩＴ部に連絡してコンピュータを一台用意してもらえる？　それからコーヒーをお願い」

トリックスはあきれたように目玉を回す。「女王陛下からのお達しよ。彼女が免疫者《イミューン》でなければ、呪いをかけてやるところだわ」

研究開発部に荷物を運びながら、わたしが本当に必要としているのは、仕事用のフェアリーゴッドマザーかもしれないと思った。たしかに、わたしの恋愛経歴はおせじにも晴れがましいとはいえないが、恋の達人となるためのテクニックも経験も素材ももち合わせていないのだから、これはもうしかたがない。でも、仕事においては、もう少しうまく立ち回れてもいいような気がする。実家の店の経営には十代のころから携わっていたし、大学では経営学を専攻した。ニューヨークのビジネス界で一年以上生き延びてきた実績もある。それなのに、職場での処世術となると、いまだに勝手がわからない。

フェアリーゴッドマザーというのは、王子様を射止める手助けしかしてくれないのだろうか。プレゼンの必殺技や、足をすくおうとするあくどい同僚に言ってやる気の利いた台詞《せりふ》や、勝負のかかった重要な会議のためにアルマーニのスーツなんかを提供してくれる慈悲深い妖精《フェアリー》がどこかにいないものだろうか。もっとも、その場合、会議は必ず五時までに終えなければならないだろう。アルマーニのスーツが突然ＪＣペニーで買ったポリエステルのツーピースに変わったり、最新の高性能ラップトップがエッチ・ア・スケッチ（左右にあるダイヤルを回すと線画が描けるお絵描きボード）になったりしたら、それこそ目も当てられない。

もしエセリンダが本当にわたしの力になりたいと思っているなら、オーウェンとのことに首を突っ込むのではなく、従来のポストを維持したまま、いたずらに敵をつくることなくこの臨時の任務を遂行する方法を教えてほしい。二十一世紀に合わせてフェアリーゴッドマザーの役割をアップデートする必要があると言ったら、彼女はどんな反応をするだろう。今日《こんにち》の女性たちにとって、自分を養ってくれるよき夫を見つけることは必ずしも最大の関心事ではないのだ。

研究開発部の入口に近づくと、ドアがひとりでに開いた。オーウェンはわたしの到着を予期していたらしい。スパイ捜査の際にマーリンに渡された水晶のアクセスカードを使うこともできたけれど、両手がふさがっているので、魔法によるこのちょっとした騎士道精神はありがたかった。

世俗的なオフィス用具を抱えてラボに入っていくと、オーウェンは目を丸くした。「しばらくここにいる予定なの？」

わたしはラボのテーブルのひとつにラップトップを置き、トートバッグを足もとに落とすと、近くにあった椅子の背にコートをかけた。「事務仕事のピンチヒッターにはキムが任命されたみたい。すでにオフィスを乗っ取られたわ。一応、わたしたちはチームとして任務に当たるわけだから、ここで仕事をしてもいいかなと思って。上で場所の取り合いをするわけにもいかないし」

「そのこと、ミスター・マーヴィンには話したの？」

そんなこと考えもしなかった。末っ子として育ったのだから、もう少し告げ口がうまくてもいいはずなのに。「ううん。まあ、彼女の言い分もわからなくはないしね。もちろん、こんなに早く人のデスクを私物化しなくてもいいのにとは思ったけど。彼女、すでに鉢植えと写真立てまで置いてるわ」

オーウェンはラボのなかを手でぐるりと指し示す。「こんなありさまだけど、きみさえよければどこでも好きな場所を使って。置いてあるものを動かさないでいてさえくれれば、こっちはなんの問題もないよ」一見ただ散らかっているだけのようでも、実は本人にしかわからない方法ですべてのものの位置を把握しているという人がいるけれど、オーウェンはまさにそのタイプだ。

「心配いらないわ。わたしにはここにあるものの半分も読めないから。それに、あなたが研究していることをすべて知る勇気もないし」

オーウェンは部屋を見回し、まるではじめてその散らかりぶりに気づいたかのような顔をした。実際、どのテーブルにも本の山を動かさずに確保できる場所などない。彼は片手を振る。すると、部屋の隅にデスクが一台現れた。「あそこならネットにも接続できるはずだよ。ええと、あとは壁がいるな」オーウェンはキャスターつきのホワイトボードを一台デスクのそばへ押していき、パーティションがわりにした。「ほかに必要なものは?」

キムに奪われた本物のオフィスには見劣りするけれど、その分を補ってあまりあるオフィスメイトがいるのだから文句は言うまい。電話がなかったが、なければないでかまわない。その分じゃまされずに仕事ができる。「ありがとう。十分だわ」

コンピュータをつなぎ、もってきたオフィス用具をデスクの上に並べ、コートをホワイトボードの角に引っかける。ちょうど一段落したとき、オーウェンがホワイトボードの横から顔を出した。「きみに電話だよ」

だれだろう。オーウェンのオフィスまで行き、受話器を取る。「ケイティです」

「そこにかければ捉まると思ったの」トリックスだ。「あなたに電話が入ってるわ。いまつなぐわね」

一瞬おいてマルシアの声が聞こえた。「ケイティ？」

「ええ、どうしたの？」

「あなた、クリスマスの予定はどうなってる？」

「別にまだ何も決めてないわ。とりあえず、あなたたちのプランに便乗するつもりではいるけど」

「実は、ダラスへの超格安航空券を発見したの。ただし、明日発《た》ってクリスマス当日に戻ってくるっていうばかげた条件がつくんだけど。でも、通常の半額以下よ。ジェンマとわたしは突然帰って両親を驚かすことにしたんだけど、あなたはどうする？」

「うーん、ちょっと難しいわ」

「お金が問題なら、融通できるわよ。あとで返してくれればいいわ」

「お金というより、時間の問題なの。どう考えても明日発つのは無理だわ。ついさっき、あるプロジェクトの担当に任命されたばかりなの。それに、クリスマス当日に戻るんでしょう？うちからだと空港へ行くだけで、クリスマスはほぼ潰れるわ」

「なーるほど、時間を惜しむ理由がわかったわ。例のゴージャスな彼ね。このタイミングで数日ニューヨークを離れたら、彼の気持ちも離れてしまうと思ってるんでしょう」

「違うわよ」ラボの方をうかがいながら言う。ホワイトボードの前で何か考え込むようにマーカーの端を噛んでいるオーウェンが見える。わたしは声を低めて言った。「どうせ、彼もクリスマス休暇は里親の家に行くんだから」ふと、ジェンマとマルシアが帰省したら、わたしはクリスマスをたったひとりで過ごすことになるということに気がついた。オーウェンもいないし、コニーは夫の両親が訪ねてくると言っていた。一瞬、心が揺らぐ。明日、明後日でどれだけの仕事ができるだろう。でも、イドリスとアリなら、まさにそういうときをねらってとんでもないことをやらかすような気もする。

「教えてくれてありがとう」彼女より、自分自身を納得させるつもりできっぱりと言う。「でも、やっぱり今回は無理だわ」

「あなたひとりになっちゃうけど平気？」

「平気どころか！　こんなに長くアパートをひとりじめできるのは、こっちに来て以来はじめてよ。あなたたちが留守の間に鍵をかえちゃったりして」

マルシアは笑った。「わかったわ。じゃあ、今夜ね」

マルシアにはあんなふうに言ったものの、正直、途方に暮れていた。「何か問題？」ラボに戻ると、オーウェンが言った。

「ううん。ルームメイトからよ。クリスマスにテキサスに帰る格安チケットがあるらしくて、わたしも必要かどうか訊いてくれたの」

「きみも帰るの？」

わたしは首を振る。「ううん。安いだけあって妙なスケジュールなのよ。明日ニューヨークを発って、クリスマス当日に帰ってくるの。実家から空港までは数時間かかるから、クリスマスディナーすら食べられずに家を出ることになるわ。ルームメイトたちは家がダラス近郊だからずっと楽なの」

「じゃあ、クリスマスはきみひとり？」

「まあね。でも、たまにはひとり静かな時間を過ごすのも悪くないわ」

「ぼくといっしょに来る？」オーウェンはマーカーのキャップを外し、ホワイトボードに歩み寄って何か書きながら、さらっと言った。

「あなたと？　でも、せっかくご両親との関係がうまくいきはじめたところなんでしょう？　そんなときによそ者は必要ないんじゃない？」

「よそ者がいてくれるとかえって助かるんだ」オーウェンはボードの方を向いたまま言う。

「つまり、クッションになってもらえるっていうのかな」

「でも、彼らはどう思うかしら」

「きみはすでに招待されてるよ」

「えっ？」いくらなんでも、親に会うのはちょっと早すぎやしないだろうか。ほんの数日前に魔法のからまないはじめてのキスをしたばかりだというのに、もう実家に招待されるなんて——しかもクリスマスに。

「そういう意味じゃなくて」オーウェンはやっとこちらを向いた。頬がピンクに染まっている。内心かなりうろたえているということだ。彼はわたしの目を見ずに言った。「きみのことはもう彼らに話してるんだ。その、交際相手としてじゃなく、ニューヨークに来て比較的日が浅い職場の友人としてね。クリスマスに会いにくるよう誘われたとき、もしほかに予定がないようならきみのことも招待したらどうかと言われたんだ。ほかに予定があるだろうと思ってたから、いままで切り出さなかったんだけど、そういうことなら、その、きみさえよければ、歓迎するよ」

オーウェンにしては、とても長い、心のこもったスピーチだった。同時に、魔法や研究や翻訳といったことに関しては素晴らしい才能があっても、女性の心理についてはまるでわかっていないことをあらためて露呈するスピーチでもあった。家に呼ぶべきだと養母に思わせるほど、彼がわたしについて話したのだとしたら、いまごろ彼女はわたしがオーウェンにふさわしいか否かを見極めようと手ぐすね引いて待ち構えているはずだ。つまり、これはかなり微妙な状況だということになる。

「ぎくしゃくしないかしら」

「ぎくしゃくはするよ。きみがいっしょであろうがなかろうがね。ぼくにとっては、きみがいてくれた方がぎくしゃくの度合いが減る」

「あなたはそうかもしれないけど、わたしの方はその分よけいにぎくしゃくしそうだわ」

オーウェンはわたしに一歩近づくと、恥ずかしそうにほほえんだ。はじめて会ったとき、わたしを完全にノックアウトしたあのほほえみだ。「もしいっしょに来てくれたら、すごくうれしいよ」

こんなふうに言われて、どうして断ることなどできるだろう。それに、彼の里親がどんな人たちか知りたくないと言えば嘘になる。クリスマスをひとりこの街で過ごしたいわけでもない。

「わかった、行くわ。出発はいつ？　それと、何をもっていけばいいかしら」

オーウェンはにっこり笑った。一瞬、キスされるか、でなければ、抱き締められるかと思ったけれど、結局そのどちらもなかった。なんといっても、ここは職場だ。そしてオーウェンは、品行方正の権化みたいな人だ。「クリスマスイブの朝に列車で行こうと思ってる。一時間ほどで着くよ。向こうはクリスマスの翌朝に発つつもりだけど、きみの都合は大丈夫？」

「オーウェン、わたしたち同じ職場で働いてるのよ。スケジュールは同じだわ」

彼は少し赤くなって言った。「ほかに予定があるといけないと思って。もっていくものについては、そうだな、彼らはかなり格式を重んじる人たちだから、ディナーとイブの礼拝用にちゃんとした服が必要かな。食べるものは何ももっていかなくていいよ。クリスマスディナーはかなり前もって周到に準備されているはずだから」

「クリスマスプレゼントは必要よね。何かアドバイスはある？」

「彼らにあげるプレゼントを考えてくれたのはきみだよ」オーウェンの買ったプレゼントはわたしの予算をはるかに超えていたけれど、それについてはあえて言わないでおく。ああ、なんてことだ。これでオーウェンへのプレゼントは、このタイミングで贈るのに適したものであるだけでなく、彼の親がわりの人たちの前で披露するのにふさわしいものでもなければならなくなったわけだ。さらに、その親がわりの人たちへのプレゼントも用意しなければならない。しかも、できればこちらの印象をよくするようなものを。オーウェンの説明からイメージするかぎり、彼の養父母はとても厳格で気難しそうだ。でも、オーウェンみたいな人が育ったわけだから、それほどひどいはずはない。人の優しさというのは遺伝子の問題というより、育ち方の影響が大きいはず。

「じゃあ、これで決まりだね」オーウェンが実にうれしそうにほほえんだので、いっしょに行くことを承諾してよかったと思った。こんなに喜んでくれるなら、がぜん勇気もわいてくる。

「時刻表を調べて、グランドセントラルステーションを出る時間を知らせるよ。ところで、向こうへ行く前の日に一日いっしょに過ごすっていうのはどう?」

「え?」一瞬意味がわからなくて目をパチクリさせる。男女間のこのてのやり取りにおいてわたしがいかに洗練されていないかが、みごとに露呈されてしまった。オーウェンのことを言える立場ではない。

「アリをおびき出す方法がひとつあるとしたら、それはぼくたちがいっしょにいることだと思うんだ。彼女にとって、ぼくらがふたりでニューヨークのロマンチックなクリスマスを楽しんでいる光景以上に、食指を動かされるものはないんじゃないかな」

「つまり、これは仕事ってこと?」

オーウェンはふたたびあの恥ずかしげな笑みを浮かべた。「もちろん、実際に楽しんでもおとがめはないと思うよ。というか、ぼくらが楽しんだ方がかえって効果的だよ」

「任務のためなら、喜んでおつき合いするわ」ウインクしながら言う。「一応言っておくけど、わたし、ニューヨークのクリスマスシーンが出てくる映画はほぼすべて見てるから、ちょっとやそっとの演出じゃ満足しないわよ」

「粉雪は約束できないな。まあ、本当はできなくもないんだけど、気象パターンに手を加えるのはあまり奨励されてないんだ。とりあえず、ほかにいいアイデアはないか考えておくよ」

オーウェンが職場でキスをするとは思えないが、彼はいま、ものすごく近い位置に立っている。ふたりの頭はいまにも接触しそうだ。キスをしようと思えば、ほとんど動かなくてもできる。突然、背後で咳払いが聞こえ、わたしたちは飛びのいた。当然ながら、思いきりやましく見えただろう。振り返ると、オーウェンのアシスタントのジェイクが懸命にこちらを見ないようにして立っていた。「ええと、あの、荷物が届いてたんでもってきました、ボス」まるでわたしたちが裸で床を転げ回っていたところに出くわしたような顔をしている。

おまけに、オーウェンが例のごとく真っ赤になって、わたしの横を通らず、わざわざテーブルを迂回して郵便物を受け取りにいくものだから、よけいに怪しく見えたに違いない。「ありがとう、ジェイク」オーウェンは、さがってよろしいというニュアンスをあからさまに込めてきっぱりと言った。

しかし、ジェイクは動かない。「アリが逃げたって本当ですか？」

「ああ、本当だよ。これ、ありがとう。ご苦労様」

「いったいどうやって逃げたんだろう。それにしても、金曜のパーティはなかなか見ものでしたね」

ジェイクがアリの正体を暴くに至った一連のやり取りについて言っているのは——オーウェンがわたしにキスをしたことではなく——わかっていたけれど、顔が勝手に赤くなる。ジェイクのことはオーウェンに任せて、わたしはそそくさと急ごしらえのオフィススペースに引っ込んだ。オーウェンの家族に会うのだ。ここで神経をすり減らしている余裕はない。


ルームメイトたちの里帰りを明日に控え、その夜は荷づくりでおおわらわだった。ふたりが荷物を詰めている間、わたしはコインランドリーで彼女たちの最後の洗濯物を済ませる役目を引き受けた。

「あなたをひとり置いていくなんて、ほんとにいやだわ」わたしが運んできた洗濯物をたたんで鞄に詰めながら、ジェンマが言う。

ついでに洗濯機に投げ込んだ自分の衣類をかごから取り出しながら、わたしは言った。「実は、オーウェンといっしょに彼の実家に行くことになったの」

「ほんと？」ジェンマは声をあげると、マルシアが荷づくりをしているリビングルームに向かって叫んだ。「ケイティ、彼氏の親に会うんですって！」

マルシアがすごいスピードでベッドルームにやってきた。「ほんと？　彼、ク、ク、クリスマスにあなたを実家に連れていくの？」

「そういう意味じゃなくて。彼の養父母はわたしたちがつき合ってることすら知らないんだから。彼らはただ、わたしが職場の友人で、クリスマスにひとりになるってことを知って、招待してくれただけなの」ふたりは顔を見合わせて、あきれたというように目玉を回す。わたしは思わず吹き出した。「わかってる。わたしだってそんなこと信じてないわ。でも、彼は本当にそう思ってるのよ」

「彼ら、明らかにあなたをチェックする気だわね。彼がちょくちょくあなたのことを口にするわけを確かめたいのよ」マルシアが断言する。

「これはちょっとした緊急事態ね」ジェンマはそう言うと、すぐさまウォークインクロゼットに向かった。「ガールフレンドとして正式に紹介されるわけじゃないとしても、親に会うってことに変わりはないわ。とにかく第一印象が肝心よ」彼女はしばしクロゼットのなかに消えると、小さなスーツケースをもって戻ってきた。「これがいいわ。上質だし、ブランドロゴで埋め尽くされてもいないし」

「一泊旅行用の鞄ならもってるわ」

「あなたのはジム用のバッグに毛が生えたようなものでしょ。これをもっていきなさい。さてと、彼らについてほかに知ってることは？」

「ハドソン川上流の村に住んでて、たぶん、かなり裕福だと思う。それと、オーウェンいわく、格式を重んじる人たちだそうよ。ディナーは正装だって」

「なるほど、わかったわ」ジェンマはふたたびクロゼットのなかに消えると、今度はセーターを山のように抱えて出てきた。「ここは絶対カシミアね。控えめで上品な感じがいいわ。これみよがしなのはだめよ。特にバーゲン品やはやりのデザインは絶対だめ。はじめて親に会うときは、この線でいくのがいちばん安全よ」

「それから、プレゼントも用意しなきゃならないの」

ジェンマは天を仰ぐ。「ああ、時間がない。テキサスになんか帰ることにしなきゃよかった」

「あなたたちがテキサスに帰らなければ、そもそもこういう話にはなってなかったわ。大丈夫、心配しないで。買い物ぐらいひとりでできるから」

いまひとつ納得していない様子のジェンマをよそに、マルシアが言った。「そうよ、ジェンマ。ケイティはもう大人なんだから」マルシアはリビングルームに戻って荷づくりを再開したが、ジェンマはその後もしばらく、プレゼントのアイデアをあげ続けた。

次の日の夜、仕事を終え、めったにないひとりの時間を楽しみにしながら帰宅すると、コートも脱がないうちにインターフォンのブザーが鳴った。ボタンを押すと、フィリップの声が聞こえた。ジェンマを訪ねてきたらしい。

「ジェンマは今日実家に帰ったけど、クリスマス休暇で。彼女何も言ってなかった？」

少し間があって、ふたたび彼の声が聞こえた。「いいえ、何も。あの、あなたとお話しできますか？」

フィリップとは一度きちんと腹を割って話をしたいと思っていたので、ちょうどよかった。

「どうぞ、あがって」そう言って表玄関の鍵を解除する。

数秒後、ノックの音が聞こえた。彼を部屋に招き入れ、コートを受け取る。「お茶でいい？」

「はい、ありがとうございます」ひどく疲れているようだ。哀れなほど元気がない。「彼女はいつ発ったんですか？」わたしはお茶とクリスマスクッキーをのせた皿を彼の前に置く。向かい側に回って椅子に座ろうとすると、彼は反射的に立ちあがり、こちらが座るのを待ってふたたび腰をおろした。

「今日の昼間よ。クリスマスの夜遅くに戻るわ。今回の帰省は突然決まったのよ。昨日、たまたま超格安のチケットを見つけたらしいの。ゆうべは出発の準備で大忙しだったから、あなたに知らせるのを忘れてしまったんだと思う」

フィリップはため息をつくと、ジンジャーブレッドマンの頭をかじった。「そうかもしれません」

「ねえ、あなたたちふたりの問題に首を突っ込む気はないのよ。でも、わかってると思うけど、わたしはあなたの事情を少しばかり知ってるわ。ジェンマとの問題のほとんどは、おそらくそこに原因があると思うの。いきなり別の時代に放り込まれたっていうのは、何かと大変だと思う。あなたの時代からはいろんなことが大きく変わってるはずだもの。男女のつき合い方は特にね。たとえば、正式な招待状や付添人は、いまの時代、必要ないのよ」

「彼女にもはっきりそう言われました」

「連絡を取る方法はほかにもあるの」そう言って、携帯電話の驚異について説明しようとしたら、フィリップが胸ポケットから小さな折りたたみ式の最新モデルを取り出した。ジェンマのそれよりしゃれているかもしれない。「ああ、知ってるならいいわ」

「彼女はおそらく、なおざりにされていると思ってるんです」フィリップはジンジャーブレッドマンの脚を折って言った。「このところ忙しくて。でも、彼女に多忙の理由を説明することはできません」

「どうしてそんなに忙しいの?」

「家業を奪還しようとしているんです。わたしに魔法をかけたのは父の知人でした。息子のわたしを行方知れずにして、父の死後、その不心得者はわが家の事業を継いだのです。その男の子孫がいまも会社を経営しています。わたしはなんとかして、会社を取り戻さなければなりません」

「なるほど……それじゃあ忙しいのも無理ないわね。それに、説明するのはたしかに難しいわ。でも、せめて仕事で忙しいということは言ったの? 彼女だってそのくらいは理解できるはずよ」

フィリップは、皿の上の首のないジンジャーブレッドマンの胴体に、先ほど折った脚を合体させる。「このようなときにわたしたちが交際すること自体、果たしてよいことなのかわかりません。彼女がわたしの前に現れたのは、わたしがまさに失意のどん底にいるときでした。彼女ほど美しい女性は見たことがありませんでした。でもいま、わたしには取り組まなければならない重要な仕事があります。それに、わたしといっしょにいることで、彼女の身が危険にさらされる可能性もあります。かといって、彼女を待たせ続けることもできません」

「わたしね、いま魔法界の大物のもとで働いてるの。よかったら、力を借りられないか訊いてみましょうか」

フィリップの目に希望の光が灯る。「そうしていただけたら心強い。わたしの理解が正しければ、あなたは免疫者《イミューン》なのですよね」

「そうよ」

「実は、今度、本来わたしのものであるべきその会社の会長と会うことになっているんです。彼はこちらが何者かを知りません。わたしは新規の投資先を探している投資家ということになっています。万一何か姑息な手が使われたとき、イミューンであるあなたがその場にいてくれると大変助かります」

「そうね、たしかに。ミーティングはいつ？　それと、わたしはどういう理由で同行すればいい？」

「面会は木曜日の午後です。あなたはわたしの妻か、もしくは女性の友人ということでどうでしょう」

「おとり捜査なんて、ちょっとわくわくするわね。木曜は仕事が早く終わるから大丈夫よ。そうだ、わたしの役、テキサスの石油王の娘っていうのはどうかしら。娘自身、投資用の資金をたんまりもってるの」

フィリップのぽかんとした顔を見て、彼が『ダラス』（石油成金として一大勢力を築いた一族の愛憎、金と権力争いを描いた人気テレビシリーズ）など見たことがないことを思い出した。フィリップは礼儀正しくうなずいて言った。「あなたがよいと思うものでけっこうです。面会は二時からです。こちらに迎えにきましょうか」

「ええ、そうね」

「ご協力に感謝します。それから、お茶をありがとうございました」コートを羽織り、帽子をかぶってフィリップが出ていくと、ようやくアパートはわたしだけのものになった。ジェンマの恋愛問題について話したことで、自分のそれを思い出した。夢に描いてきた数々のロマンチックなクリスマスシーンをいっしょに実現できるかもしれない相手がついに現れたというのに、心は不安でいっぱいだ。わたしはオーウェンの養父母に会うのだ。彼らが今回のことを重要なイベントとしてとらえていることは間違いない。そして、プレゼントだ。

もしそんなときが一度でもあるとするなら、これはフェアリーゴッドマザーを呼び出すのにふさわしい状況かもしれない。ベッドルームへ行き、サイドテーブルの引き出しの奥にしまった宝石箱からエセリンダにもらったロケットを取り出してみる。ベッドに腰かけ、ロケットのふたに指をかけたところで、ふと躊躇した。わたしはこれまで、男性の両親にはいつも受けがよかった――たとえ男性本人がそれほどわたしに夢中でなかったとしても。あえて言わせてもらえば、故郷では、わたしは常に、親が息子のガールフレンドにしたいと思う女の子のナンバーワンだったのだ。これは、高校時代、デートの数があれほど少なかった理由のひとつでもある――三人の過保護な兄たちの存在も大きなハンデではあったけれど。考えてみれば、この件でわざわざフェアリーゴッドマザーの助けを借りる必要はないかもしれない。

わたしはロケットを宝石箱のなかに戻し、引き出しを閉めた。そのとき、ベッドルームの窓のすぐ外で、花火のようなものが炸裂した。窓の外はせまい通気孔になっている。通気孔は、隣接する建物の住人に砂糖を貸してくれと言われれば、窓から簡単に手渡せるぐらいせまい。そんなところでだれかが花火をあげているとは思えない。わたしは窓辺まで行くと、ブラインドをあげて窓を開け、外を見ようと体を乗り出した。

5

次の瞬間、とっさに後ろに飛びのいた。窓のすぐ外にエセリンダが浮かんでいる。「魔法じゃあなたの家に入れないわ」エセリンダは言った。「あの若者の魔法除《よ》けは完璧ね。まったくすき間が見つからないもの」

「ここで何してるの？　呼び出してないんだから、家に入る必要なんてないじゃない」

「わざわざ呼び出す必要はないわ。あなたのことはずっと見てるの。あなたはいま、アドバイスを求めてるわ」

「そんなことないわ。大丈夫、すべて順調よ」

「食事はしたの？」

「は？」

「まあ、キャスリーン、なんて返事？　パードンとかエクスキューズミーって言わなきゃだめでしょう」

「わたしが食事したかどうかが、いったい何にどう関係するの？」

「この件については、食事しながら話し合った方がいいと思わない？」

いや、思わない、まったく。食事をするということは、このちょっといかれたフェアリーゴッドマザーといっしょに公共の場へ行くということだ。彼女が魔法をカモフラージュし忘れないという保証はない。だいいち、わたしはいま彼女を必要としていないのだ。「ほんとに、それには及ばないわ」

「何を言ってるの。彼の家族に会うんでしょう？　これはおおごとよ。もしここでうまくいかなかったら、ふたりに将来はないかもしれないわ。さ、早くコートを着て。外で待ってるから」

そう言うと、こちらが反論する間もなく、銀色の塵のシャワーを残して彼女は消えた。ひとり静かな夕べを過ごすというプランは、どうやら実現しないようだ。しかたがない。従わなければ、彼女はさらに花火を打ちあげて、こちらが折れるまで近所に迷惑をかけ続けるだろう。コートとハンドバッグをもって下へおりていくと、歩道でエセリンダが待っていた。

今夜の彼女は、バレリーナのチュチュがくるぶしまで届く長いロングスカートだった時代の『くるみ割り人形』の舞台に出てくる、こんぺい糖の精のような格好をしていた。前に着ていたピンクのベルベットや緑のシルクが裾の下からのぞいている。青いサテンのボディスはすっかり色褪せてほとんど白に近くなっている。襟もとのパールはところどころ取れていて、ほつれた糸が垂れ下がったままだ。

彼女のまとっているめくらまし《イリュージョン》がまともな姿であることを祈る。そうでなかった場合は、とりあえず、ホームレスの老女に夕食をごちそうするボランティアのふりをすることにしよう。ところで、食事代はわたしが払うのだろうか。財布にいま、いくら入ってたっけ。母が教えてくれた礼儀作法のなかにフェアリーゴッドマザーとのつき合いを想定したものはなかったし、シンデレラが彼女のフェアリーゴッドマザーとレストランに行ったという話も聞いたことがない。厳密にいえば、誘ったのはエセリンダの方だ。でも、彼女が現金をもち歩いているとは思えない。

わたしが歩道に足を踏み出すと同時に、エセリンダはくるっと後ろを向いた。羽ばたきながらこちらを振り返り、「ついてらっしゃい」と言う。

羽のある彼女は断然有利だ。わたしは小走りでついていかなければならない。早くも後悔しはじめていた。オーウェンの養父母について質問できる人は、ほかにもたくさんいる。たとえばロッドなら、彼らを直接知ってもいる。エセリンダはずっと先の方を飛んでいるから、ここで走るのをやめて家に帰ってしまうこともできなくはない。彼女なら、そのままわたしのことなどすっかり忘れてしまいそうだ。でも、その一方で、今夜の埋め合わせだと言って、近い将来、ふたたび最悪のタイミングで登場する可能性もまた、十分にある。

やがて、彼女の向かっているのがオーウェンの家の方角であることに気がついた。まさか……。もしそうなら、断固お断りだ。フェアリーゴッドマザーに相談するほど彼との交際に不安を感じているなどと思われたら、たまったものではない。

幸い、エセリンダはオーウェンの家の近所にあるバー兼レストランの前で止まった。彼がそこで夕食を取っている可能性もなくはないが、もし外で食べるつもりだったら、きっと会社の帰りにわたしを誘ってくれただろう。

エセリンダはずんずん店のなかに入っていき、テーブルをひとつ占拠した。ウエイターたちが瞬きひとつしなかったところを見ると、どうやら魔法がからんでいるようだ。わたしたちが席について数秒もしないうちに、ステーキディナーがテーブルの上に現れた。どうやら、どちらが払うかという問題は解決したと考えてよさそうだ。

「じゃあさっそく、彼の家族と対面するこのクリスマス休暇について話しましょうか」

口を開きかけたとき、エセリンダの注意がよそへいっていることに気がついた。彼女の視線の先を見ると、近くのテーブルに三十代とおぼしきカップルが座っていた。食事を終え、コーヒーを飲みながらデザートを待っている様子。フェアリーゴッドマザーの注意を引くような点は特に見受けられない。口論しているわけでもないし、互いに緊張しているようにも見えない。ふたりの間には、結婚して何年もたっている夫婦に特有の安心感のようなものが漂っている。

「ん〜、よくないわね」エセリンダが言った。

わたしは彼女の方に向き直る。「何がよくないの？」

「彼らは長くいっしょにいるけど、何かが欠けてるわ。しかるべき方向へ進むために、ちょっとした後押しが必要ね」エセリンダはふいににやりとする。「いいことを思いついたわ」

ウエイターがデザートをのせたトレイをもってわたしたちのテーブルの横を通り過ぎたとき、エセリンダは杖《ワンド》をひと振りした。ウエイターがふたりのテーブルにデザートを置くのを見ていると、一瞬の間をおいて女性の叫び声が聞こえた。喜びの叫びだ。

「ああ、マイク。素敵だわ。わたし、あなたはてっきり……。イエスよ、答は断然イエスよ！」

彼女はデザート皿からダイヤモンドの指輪をつまみあげると、薬指にはめ、手を顔の前に掲げてうっとりと眺めた。頬を涙が伝っている。

つられて少々感動しながら、わたしはエセリンダの方に向き直った。「あなたがやったのね」

彼女はしたり顔で言う。「至極簡単なことよ」そのまま愛の軌道修正がいかに容易《たやす》いことかを説明しはじめようとしたところで、例のテーブルから何やら不穏なやり取りが聞こえてきた。

「なんだよ、それ」男性が言った。

さりげなく様子をうかがう。ほかの客たちも彼らの方を見ている。ほとんどの人はさりげなさを装うことすらしていない。他人に無関心なニューヨーカーはどこへやら。色恋ざたがからむと、皆、それなりにもの見高くなるようだ。

「わたしのデザート皿にあったのよ」女性が答えた。声が震えている。「あなたがセッティングしたんじゃないの？」

「どうしてぼくが。結婚に対するぼくの考えは知ってるだろう？　そういう約束ごとに縛られるのはいやなんだ。いったいなんのまねだよ。ぼくを罠にはめようとでもしてるのか？」

「マイク、わたしたち、もう十年もいっしょに暮らしてるのよ。指輪や式や紙切れ一枚で何が変わるっていうの？」

「ぼくが訊きたいのも、まさにそれだよ」

「じゃあ言うわ。わたしはそれで安心できるの。幸せを実感できるの。どうやら、わたしを幸せにすることは、あなたにとって苦痛なようね。わたしは別にあなたを縛りつけたいわけじゃないわ」女性は立ちあがると、指輪を引き抜き、彼に投げつけるような仕草をしたが、思い直したのか、そのままポケットに入れ、ハンドバッグとコートをつかんだ。「明日、仕事から戻るまでに、わたしのアパートから出ていってちょうだい」

わたしは首をすくめ、エセリンダの方に向き直った。彼女は満足げにステーキを頬張っている。「大成功ね」

「ええ、そうね」彼女は答える。皮肉はまったく通じていないようだ。「変な男に引っかかったままじゃ、ちゃんとした人を見つけられないわ。これで彼女は自由の身よ。新しい可能性を受け入れる態勢ができたわ」

「最初からこうなることを見越していたの？」

彼女は謎めいた表情のまま、ステーキをまたひと切れ口に入れた。「さ、あなたの問題について話しましょう」

「別に問題ってわけじゃないのよ。でも、もしあなたのあの本にオーウェンの家族の情報が書かれているなら、参考にできるかも」

「もちろん情報はあるわ。あたしは、あなたの恋愛に関わるすべての記録にアクセスできるの。あなたがクリスマスに彼らの家に招待されたことも、それで知ったんですからね」エセリンダの手に例の本が現れた。彼女はボディスのなかからゆがんだ眼鏡を取り出す。「どれどれ、ええと、あら、変ね。この本に白紙のページはないはずなんだけど」白紙の意味を尋ねようとしたところで、彼女は言った。「ああ、あったわ。イートン夫妻、グロリアとジェイムズね。晩婚で、子どもはなし。あらまあ、このふたりをくっつけるのはなかなか大変だったみたいね」

エセリンダは眼鏡越しに上目遣いでわたしを見る。「ふたりとも、かなりの頑固者よ」そう言うと、ふたたびページの上に視線を戻した。「大学を退職したあと、古い友人の依頼を受けて孤児を引き取った——あらやだ、ここも空白だわ。変ねえ」

エセリンダは本をぱたんと閉じる。本が消えると、彼女は眼鏡を取ってわたしを見た。「悪いわね、あまり役に立ちそうな情報はなかったわ」

「いいのよ。試しに聞いてみただけだから」わたしはディナーの方に注意を戻す。ステーキを食べる機会はあまりない。せっかくだからしっかりいただくつもりだ。

エセリンダの視線がふたたびほかの場所へ移る。近くのテーブルに別のカップルが座っていた。このふたりの間には、感情面で若干距離があるように見えた。互いに友好的ではあるけれど、愛情表現らしきものはいっさいない。両者ともビジネススーツを着ているので、おそらくデートではないのだろう。女性の方が身をかがめて足もとのブリーフケースからフォルダーを取り出すのを見て、間違いないと思った。

ところが、トレイをもったウエイターがそばを通ったとき、わたしが止める間もなくエセリンダはふたたびワンドを振った。ウエイターが女性の前に置いた皿の横には、一輪の赤いバラの花が添えられていた。「こちらの紳士からです」

女性は一瞬青くなったかと思うと、今度はみるみる真っ赤になり、テーブルに身を乗り出した。声を落とそうとはしているようだが、怒りのせいでうまくいっていない。「どういうつもり？　わたしが結婚しているのは知ってるんでしょう？　こんなに低俗な人だとは思わなかったわ」哀れなのは相手の男性だ。わけがわからないといった顔で、しどろもどろに意味不明の弁明をしている。

だれかがなんとかしなければならない。このなかで若干でも状況を把握しているのはわたしだけだということを考えると、どうやらそれはわたしの役目のようだ。そっと立ちあがり、急いでバーカウンターへ行くと、バーテンダーに向かって思いきり目をしばたたかせた。「あなたのエプロン、一瞬お借りしてもいいかしら。友達が来てるんだけど、彼女まだわたしに気づいてないの。ウエイトレスのふりして驚かしたら面白いかと思って」

わたしの〝まつげパタパタ〟テクニックが向上したのか、はたまた、女はボーイフレンドができると、とたんに男たちの目に魅力的に映りはじめるという話が本当だったのか、バーテンダーはにっこり笑ってエプロンのひもをほどいた。わたしはさっそくそれを腰につけると、くだんのテーブルへと向かう。女性は依然として、完全に気が動転している同僚相手にセクハラについての講義を続けていた。

「すみません」彼らが近くのテーブルにいたわたしに気づいていないことを祈りながら声をかける。「大変申しわけありません。厨房の方でオーダーナンバーとテーブルナンバーを取り違えてしまいまして、これは本来こちらにくるべきものではありませんでした」そう言ってテーブルの上のバラをつかむ。「何か誤解を生じさせてしまったのであれば、お詫びいたします。このバラは急いで別の部屋にいるお客様にもっていかないと。まだプロポーズが始まってなければいいんですけど――」

ふたりは顔を見合わせたが、やがて女性の方がフォルダーで顔を隠し、くすくす笑いはじめた。「ごめんなさい！　わたしの早とちりだったようね」

わたしはエプロンのひもをほどきながらその場を立ち去る。背後で男性の声が聞こえた。「あなたに言い寄ろうなんて絶対思わないから安心してください。別にあなたが魅力的じゃないということじゃなくて……つまり、いや、とりあえず、このことは忘れましょう。いまは何を言っても、誤解を生みそうだから」

わたしはバーテンダーにエプロンを返し、大げさなジェスチャーでバラを差し出した。「ありがとう！　彼女の顔、あなたにも見せたかったわ」そして、彼が何か言う前に、急いでエセリンダのところへ戻った。席を外している間に彼女がまた何かやらかしていないことを祈りつつ。

「一応言っておくけど――」席につきながら言う。「男女がいっしょに夕食を取るのには、ロマンス以外の理由もあるの。介入する前に理由をしっかり確かめた方がいいわ。あなた、あの男の人のキャリアを潰すところだったのよ」

エセリンダは権高にふんと鼻を鳴らすと、デザートを出現させた。いまの騒ぎでわたしの問題などすっかり忘れてしまったのかと思ったら、出されたチョコレートケーキを食べはじめようとしたところで、彼女は言った。「彼とはうまくいってるのね？　日曜のディナーはどうだった？」

思考を自分の恋愛問題に戻すのに、二、三秒かかった。その仕事ぶりを目の当たりにしたいま、彼女の助けを受けることだけはなんとしても避けたい。「とてもうまくいってるわよ」できるだけ表情を変えずに言う。「そうでなかったら、そもそもクリスマスに実家に招待してくれたりしないでしょう？　それに、その前にもデートをする約束なの」

「で、日曜のディナーはうまくいったの？　服はあれでよかった？」

「服は大成功だったわ。ディナーも楽しかったわよ。出だしはちょっとぎこちなかったけど、友達から恋人へ移行するときってそういうものでしょ？　結果的にはとてもいいデートだったわ」

「何も起こらなかった？」

「どういう意味？」わたしはにわかに警戒する。

「その、何か普通じゃないことっていうの？」

「つまり、レストランが火事になるとか？」

「まあ！　そんなことになったの？」彼女の驚きようを見るかぎり、本当に心底驚いているか、ジュディ・デンチ（『007』シリーズのM役で知られるオスカー女優）がコスチュームを着て迫真の演技を見せているかのいずれかだ。

「ええ、でも幸い、ぼやですんで、けが人は出なかったわ」

エセリンダは、不整脈でも起こしたかのような顔で手を胸に当てている。「あたしのクライアントがそんな危ない目に遭ったなんて！」

警戒心がふたたび頭をもたげる。この話題にばかり妙に反応が大きい。「大丈夫よ。特に問題はなかったんだから」

「ほんとに？」

「ほんとよ。だから心配しないで」

「よかった」彼女がデザートを食べ終わると、空になった皿がすべてテーブルから消えた。

「何かほかにしてほしいことはある？」

もともと彼女にしてほしいことがあったわけではないが、とりあえず、「もうないわ。あなたの時間をむだにしていなければいいんだけど」と言った。

エセリンダは〝よして〟というように片手を振る。「クライアントといっしょに過ごす時間にむだなものなどないわ。それに、どのみち夕食を食べるつもりだったし。本当にもう何も必要ない？」

「ええ。ルームメイトがカシミアのセーターを貸してくれたの。だから服の心配はないわ。かぼちゃをガラスのＢＭＷに変えてもらう必要もないし、次のデートも決まってるから、いまのところ特に問題はないと思う。もちろん、多少ナーバスにはなってるけど、でもそれって、つき合いはじめの醍醐味のひとつでしょう？　どきどきが恋を盛りあげるんだもの」

「わかったわ。気が変わったら呼んでちょうだい。やり方は知ってるでしょ？」エセリンダは立ちあがる。いっしょに店を出たところで、彼女はいきなり消えた――いつものように、きらきら光る塵を残して。ふと、オーウェンの家のある通りまで行って、窓の明かりがついているか見てみたい気がした。書斎もベッドルームも通りに面した側にある。でも、わたしのふだんの間の悪さを考えると、まさに窓を見あげた瞬間に、ケイティ専用レーダーが寸分の狂いもなく働いて、オーウェンが外をのぞくような気がする。そしてわたしは、このうえなくばつの悪い思いをするのだ。だめだめ、やめておこう。わたしはきびすを返し、家路を急いだ。エセリンダの本の白紙部分には本来何が書かれているはずだったのだろうと思いながら。

翌朝、ラボに急ごしらえした仮のオフィスで仕事をしていると、ロッドがホワイトボードの横から顔を出した。「やあ」日曜に会ったときと同じ髪型をしている。肌の状態はかつてないほどいい。

「スクラブ洗顔でも始めたの？」思わず口に出していた。

急いで謝ろうとすると、ロッドが先に、にやりと笑って言った。「まあね。わかる？」

「なんか、さっぱりしてとてもいい感じだわ」ふだんはとんでもなく脂ぎっているというニュアンスが出ないよう、言葉を選んで賛辞を贈る。

「じゃあ、ブルーミングデールズの女性販売員の口車に乗った甲斐はあったってことかな。何か買ったら電話番号を教えてくれるかもしれないと思って話を聞いたんだけど。で、オーウェンは？」

「部局会議よ。あと一時間はかかると思うわ。何か用だった？」

ロッドは手にしていたぶ厚い封筒を掲げてみせる。「社員の魔法の使用に関する調査結果だよ。データを比較するための」

「ああ、あれね。オーウェンが戻るまでわたしが預かっておいてもいいわよ。彼に直接話すことがあるなら別だけど」

「いや、特にないよ。じゃあ、お願いしようかな」

封筒を置いて立ち去ろうとするロッドに、わたしは言った。「ねえ、ちょっと訊いていい？」

「もちろん、何？」

「もしかしたらもう知ってるかもしれないけど、わたし、クリスマスにオーウェンといっしょに彼の実家に行くの。それで、彼の養父母について少し情報をもらえたらうれしいなと思って」

ロッドは低く口笛を吹く。「彼らかあ。このテーマで一本論文が書けるね」

「そんなにひどいの？」

「ひどいっていうのとはちょっと違うけど。でも、まあ、きみに警告しておくべきことは多少あるかな」

エセリンダの本の白紙のページが脳裏をよぎる。「座って」

ロッドは近くからひとつ椅子をもってくると、何やらつぶやきながらドアの方に向かって片手を振った。「後ろからこっそり近づかれないよう、一応用心しておかないとね」そう言って腰をおろす。「オーウェンが引き取られたときはぼくも子どもだったから、詳しいいきさつは知らないんだ。ジェイムズとグロリアはいい人たちだよ。子どもを虐待するようなことは絶対にない。身体的にも精神的にもね。ただ、オーウェンに対する態度に温かみが感じられないんだ。そもそも、子どもそのものにまったく興味がないのに、どうして引き取ろうと思ったのかが不思議だよ。親戚ですらないのに」

「オーウェンは彼らに畏敬の念を抱いてるようだけど」

「人に畏敬の念を抱かせるようなタイプの人たちなんだ。あのふたりなら、かんむりをかぶってたってさほど違和感はないよ。基本的に、彼らはだれに対してもあまり親しげに振る舞うことはないから、オーウェンにだけ特別そうだというわけでもないんだ」

「オーウェンの話を聞いてると、彼らはあくまで里親として彼に接してきたみたいね。決して本当の親のようには振る舞わなかったというか――」

「彼らはオーウェンと正式に養子縁組みすることはなかった。なぜかはわからない。オーウェンには常に自分たちのことを名前で呼ばせてたよ。ママとかパパじゃなくてね。だからこそ、オーウェンが十八歳になっても彼らが役目を終えようとしなかったのが意外なんだ。本来なら、子どもが十八になると里親としての責任は終了する。オーウエン自身、彼らが関係を絶つことを覚悟してたよ。大学で注文魔術のビジネスを始めたのもそのためなんだ。たとえ仕送りが止まってもイェールに残れるようにね。でも、何も変わらなかった。彼らは結局、オーウェンが大学院を修了するまで学費と小遣いを送り続けたし、卒業してニューヨークに出てくるまで、休暇には必ず家に呼んでたよ」

「彼らはどんな感じの人？　威厳があるということ以外には――」

「何に対してもすごくきちっとしてる。家では魔法を使わないらしいよ。手抜きは嫌いだそうだ」ロッドは肩をすくめる。「よくわからないけど、もし彼らがきみを招待するようオーウェンに言ったのなら——まあ、オーウェンが自ら提案するとは思えないけど——それは幸先がいいんじゃないかな。きっと、きみの存在がオーウェンにとってプラスになると思ったんだよ。ぼくも同感だけどね。彼らはいわゆる普通の親のようには振る舞わないかもしれないけど、オーウェンを引き取って以来、彼がふたりの生活の中心であったことに変わりはないんだ」

「つまり、結論として、わたしはどうすればいいのかしら」

ロッドは肩をすくめる。「いつものきみでいればいいんだよ。あとは彼らのリードに任せればいい。それと、朝食の前に身支度を済ませること」

「え？」

「本当だよ。オーウェンでさえ彼らのパジャマ姿は見たことがないんだ。ふたりとも寝室を出る前に完璧に身支度を調えるらしい。毎日、例外なくね」

「うわあ、すごい。ねえ、彼らって本当に人間なのかしら。実はめくらましをまとっていて、服はカモフラージュの一部だったりして」

「さあね。もし何かわかったら、必ず教えてよ」

オフィスを出ていくロッドを見ながら、ふと思った。今年のクリスマスはかなり興味深いものになりそうだ。わたしのボーイフレンドを育てたのは魔法界の王侯貴族か、はたまた何か得体の知れない生き物なのか。いずれにしても、まもなく対面することになる。

子どものころのわが家のかなりいかれたクリスマスが、なんだかひどく普通のものに思えてきた。

木曜日の勤務は午前中で終わりだ。明日からのクリスマス休暇に備えて仕事を一段落させ、オーウェンのオフィスをのぞく。「帰れる？」

オーウェンは顔をあげて、眉をひそめた。「もうそんな時間？」

「五分過ぎよ」

「まだやっておかなきゃならないことがあるんだ。先に帰ってもらってもいいかな」

かえってよかった。買い物もあるし、フィリップといっしょに例のミーティングにも行かなければならない。「いいわよ。わたしもいくつかやることがあるし。じゃあ、明日の朝ね」

「オーケー、じゃあ明日」オーウェンはそう言うと、わたしの後ろ姿を見ることもなく、すぐに仕事を再開した。わたしがラボを出ていくときも、気づかない様子だった。開いていたオフィスのドアの前を通るとき手を振ったのだが、なんの反応もない。彼は仕事に没頭していて、おそらく今日は一日じゅうあんな感じなのだろう。せめて一晩じゅうでないことを祈る。

オーウェンの養父母へのプレゼント選びはかなり難航しそうな気がする。オーウェン本人が、ギフトバスケット（贈りものの詰め合わせ）や彼ら名義の寄付をやめてもう少し個人的なものをあげたいと思ったとき、わたしにアドバイスを求めたくらいだ。彼らが明らかに裕福で、かつ威厳に満ちた人たちであることを考えると、わたしの予算で何かを選ぶのはますます難しい。

ユニオンスクエアのホリデーマーケットを散策しながら、さまざまなアイテムを手に取っては陳列台に戻すということを繰り返しているうちに、ある結論に至った。彼らのようなタイプの人にそれなりのプレゼントを贈ろうと思ったら、お金をたくさんかけるか、個人的な労力をたくさんかけるかのいずれかだ。個人的な労力なら、わたしにもなんとかできる。クロゼットのどこかに、完成間近のクロスステッチがあったはずだ。ステッチに合う額を買って、これから残りを仕上げれば、心のこもった個人的なプレゼントになるだろう。露店のひとつで、凝った装飾の施されたメタルの額縁を見つけ、さっそく購入する。オーウェンには上質なウールのマフラーを買った。これなら彼のコートと合うし、ブルーの小さな斑点は彼の瞳の色ともマッチする。このタイミングであげるプレゼントとしては、まずまずのチョイスだろう。個人的だけれど、個人的すぎはしないし、彼への思いもそれなりに伝わるはず。

さて、次はフィリップだ。彼が来る前に、急いで石油王の娘に変身しなければならない。アパートに戻り、タイトスカートとジェンマのシルクのブラウスに着がえる。足もとは、魔法の解かれた赤いハイヒールだ。母が送ってくるメアリー・ケイのサンプルをふんだんに使って化粧をし、逆毛を立ててボリュームを出した髪を、これでもかというくらいスプレーで固めた。これで毛皮のコートがあれば完璧だが、そこは我慢するしかない。迎えにきたフィリップの反応が、変身の成功を物語っていた。

「ハーイ、ハニー」べたべたの南部訛りで言いながら、フィリップの腕に自分の腕をからめる。

「パパのお金をどーんと投資できちゃう場所、見つけにいきましょ」

「石油王の娘というのは本当にそんな感じなのですか?」フィリップがぎょっとした顔で訊く。大きく見開かれた目を見て、つい、彼が以前カエルだったことを思い出してしまった。

「わたしが実際に会った娘たちは違うわ。でも、この辺の人たちがテレビや映画を見て抱いているイメージはまさにこんな感じよ」

「そうですか。ではその感じでお願いします。先方へは地下鉄で参りましょう。地上の交通手段よりも確実にはやいですから」

石油王の娘が地下鉄に乗るとは思えないが、時間的効率を考えればたしかにいちばんよい方法だ。本来彼のものであるべき会社は、ウォール街よりさらに下のマンハッタンの先端に位置していた。植民地時代の面影を残す古風な社屋の前まで来ると、フィリップはしばし歩道に立ち止まり、じっと建物を見あげた。家族の営んでいた会社に百年後のすっかり変わってしまった世界で再会するというのは、どんな気持ちだろう。彼はひとつ大きく深呼吸すると、正面玄関のドアを開けた。

建物のなかは、重厚な骨董品で埋め尽くされていた。建物ができたころは、おそらくどれも新しかったのだろう。フィリップは受付デスクまで行き、「二時にミスター・メレディスと約束している者です」と告げた。

受付の女性はコンピュータをチェックする。「ああ、ミスター・スミスですね」

思わず吹き出しそうになった。偽名を使う理由はわかるが、もう少し偽名っぽくない名前を選べばいいのに。そういえば、わたしにも偽名が必要だ。

受付嬢はわたしを横目でちらりと見る。「お連れ様は――」

「テキサスハント社のスーエレン・ハントです」南部訛りを強調しながら、右手をさっと差し出す。わたしの偽名も、いかにもという点ではフィリップのそれと大差ない。スーエレンは『ダラス』の登場人物の名前だし、ハントは石油ビジネス関連でとりあえず頭に浮かんだ名字だ。グーグルで検索すれば、まず間違いなくテキサスの石油関連企業のどれかに行き当たるだろう。

彼女は一瞬わたしの手を見つめると、思い出したように握手をし、フィリップに向かって言った。「ミス・メレディスがすぐにお相手いたします」

「わたしはミスター・メレディスと約束していたんですが」フィリップが言う。「ヴァンダミア&カンパニーの現会長は彼だと聞いております」

「ミスター・メレディスはただいま体調が優れません。彼の姪がかわりに指揮をとっています」彼女は周囲を見回し、声を落として言った。「先週、脳梗塞を起こして寝たきりの状態なんです。近々ミス・メレディスが会長職を継ぐことになるはずです」

これから会うのが女性だとしたら、少々まずいことになった。今日のわたしのいでたちは男性の気を散らせるためのもので、いってみれば、同性にひと目で嫌われるタイプの女性を演じている。とりあえず、そのミス・メレディスなる人物がどんな人かを見極めながら、即興で態度を調整していくしかない。

まもなく、男性社員がひとりロビーに現れた。「ミスター・スミス、こちらへどうぞ」若いのにひどくやつれた感じだ。〝人質に取られているんです、助けてください!〟と書かれたメモをこっそり渡されても、さほど驚きはしないだろう。このやつれ方にはなじみがある。前の職場にいたときのわたしがまさにこうだった。

会長のオフィスはロビー以上に豪勢だった。中央に置かれたデスクは、親しい友人を二十人ほど招いて夕食会が開けそうなくらい大きい。各席にコース料理用のシルバーウエアをずらりと並べても、真ん中に弦楽四重奏団が演奏できそうなスペースが余る。三インチあるハイヒールのかかとを呑み込んで、さらにくるぶしあたりまで毛足が届く絨毯は、マットレスとしても使えそうだ。しかし、何よりわたしの目を引いたのは、オフィスの奥にひそんでいるものだった。

6

それは、この二カ月ほどの間わたしをストーキングしているやつによく似た骸骨の化けものだった。同一骸骨かどうかはわからない。彼らは皆同じように見える。ひとつたしかなのは、わたしの知っているやつはイドリスの手下だということだ。これは妙な展開になってきた。ミスター・ガイコツは部屋の隅でじっとしている。自分の姿はわたしたちに見えていないと思っているようなので、こちらもいっさい反応しないことにした。でも、これがなかなか難しい。なにしろ、部屋の真ん中にピンクの象がいるのに見て見ぬふりをしなければならないようなものだから。

まもなく、ミス・メレディスが部屋に入ってきて、フィリップと握手をした。「ミスター・スミス、ようこそお越しくださいました。シルヴィア・メレディスです」ひょっとしたら、ミスター・ガイコツよりこちらの方が危険かもしれない。彼女はまさに人間の姿をしたサメだ。しなやかで、有能で、命取り——彼女の口のなかにあと二列予備の歯が生えていたとしてもさほど意外ではない。とりあえず正面から見える列は、白くて並びもきれいだ。彼女はそれを誇示するかのように、フィリップに向かってにっこりとほほえむ。チャーミングな笑みのつもりなのだろうけれど、はっきりいって、いまにも血がしたたりそうな感じだ。フィリップは思った以上に冷静だった。彼女の愛想に引っかかる様子はまったくない。

自分が厚かましい石油会社の令嬢だったことを思い出し、わたしは彼女に歩み寄って右手を差し出した。「テキサスハントのスーエレン・ハントです」何を言っているか理解してもらえるぎりぎりのところまで訛りを強める。「素敵なオフィスですこと。ここだけで、きっとうちのパパの土地をぜーんぶ合わせたのと同じぐらい管理費がかかるんでしょうね。ほら、テキサスっ子ってなんでも大きくないと気がすまないってとこあるでしょう？」やっている本人がいらいらしてきたぐらいだから、ニューヨーカーにとってこのキャラクターは黒板を爪で引っかかれるようなものだろう。

「ミス・ハントはわたしの婚約者です」フィリップがすかさず言う。「わたしがこちらにうかがうことを話したら、ぜひ同行したいと言うので」

「わたしも自分の資金で何かをしたいと思ったの。靴ばかり買っててもしょうがないじゃない？」さも楽しげに言ってみる。

「どうぞ、おかけください」ミス・メレディスは豪華な二脚のウイングバックチェアを指しながら言った。目にほんのわずかないらつきが見て取れる。ということは、内心煮えくり返っているはずだ――よほど強烈な感情以外、その冷徹な仮面の外に表れることはないはずだから。

投資についての話し合いに適当に相づちを打ちながら、部屋のなかを観察した。壁にずらりと肖像が並んでいる。いちばん端は、厳めしいあごをした白髪男性の比較的新しい写真。反対側の端の方には、髪粉をつけたかつら姿の男性の油絵が並ぶ。いちばん新しい肖像写真から五つ目あたりで、モデルの顔つきががらっと変わっている。フィリップと同じ金髪と上品な顔立ちの人たちが、突然、粗野で意地の悪そうな男たちに変わるのだ。会社が乗っ取られた時期がおのずと知れる。部屋の隅に依然としてひそんでいる骸骨を除けば、ほかに魔法の存在を感じさせるものはなかった。事情を知らない非免疫者《イミューン》なら、なんの違和感も抱かないだろう。

ふと気づくと、話し合いはほとんど終了していた。「よくわかりました。さっそくアドバイザーと相談してみます」とフィリップが言っている。

シルヴィアは探るような目で彼のことを見た。肖像画の男たちと似ていることに気づいたのでなければいいのだけれど。「わたしどもと同等のサービスを提供できるところはまずないはずです。魔法界を顧客とする数少ないハイレベルな投資会社のひとつであると自負しておりますから」彼女はそう言うと、わたしの方を向いた。「そちら様のご要望にも、ぜひお応えできるよう努力させていただきます」

「彼の判断に任せるわ。重要なことはいつもフィリップに決めてもらってるの」母音を思いきり伸ばしてしゃべる。「あ、そうそう。おじ様のことうかがいました。早くよくなられるといいですわね」

シルヴィアの表情が一瞬変化したように見えたが、その意味を読み取ることはできなかった。「容態は思わしくありません」彼女は言った。悲しげというより、どこか断固とした感じの口調だ。会長の〝脳梗塞〟には、どうも彼女が関与しているような気がしてならない。シルヴィアはわたしたちをオフィスのドアまで送る。ふいにビリッという刺激を感じた。近くで魔法が使われたようだ。わたしにはなんの影響もないが、フィリップのことが心配だ。彼とシルヴィアの間に割って入り、フィリップの腕を取る。ここを出るまでは、とりあえずわたしが彼の盾にならなければならない。

歩道に出て、社屋から十分離れたところまで来てから、わたしたちはそろって大きなため息をついた。「何か気づいたことはありましたか?」フィリップが訊く。

「ええ。部屋に不気味な面構えのボディガードがいたわ。あなたには見えなかったと思うけど。妙なことに、わたしの宿敵のお気に入りと同じ種類の怪物だった。歩く骸骨って、魔法界の暴力団にはよくいるものなの?」

「さあ、そういう話は特に聞いたことがありませんね」

「ということは、彼女、イドリスとぐるなのかしら。だとしたら、妙なことになってきたわ。あ、そうだ、彼女、わたしたちがオフィスを出るとき、あなたに魔法をかけようとしたわよ」

「それはわたしも気づきました。特に影響はなかったようですが、今後は用心するようにします」

「彼女はかなり手強そうね。〝先祖があなたに魔法をかけて申しわけありませんでした。会社はお返しします〟なんて台詞《せりふ》、まず期待できないわ。じゃま者はカエルに変えるんじゃなく、さっさと殺してしまうタイプよ。おそらく、おじさんも彼女の手にかかったんだわ」

フィリップはため息をつく。「もともと簡単にいくとは思っていませんでしたが、これは予想以上に難しい仕事となりそうです」

「イーサンを覚えてる？　以前わたしがつき合ってた――。彼、イミューンで弁護士なの。彼女と戦うにあたって、まさにあなたが必要とする人物だわ。それに、もし彼女がわたしたちの敵と組んでいるなら、あなたは株式会社ＭＳＩそのものを味方につけることになる。あのマーリンを含めてね」

フィリップはにっこりほほえみ、うやうやしく頭を下げた。「あなたにお礼を申しあげなければなりませんね」

「まだ早いわ。あなただって、うちの会社に何かやらされることになるかもしれないわよ」

家に帰って、ミーティング用の服から部屋着のスウェットに着がえるとき、コスチュームを脱いでごく平凡な人物に戻るスーパーヒーローのような気分になった。夜は、ポップスターのクリスマス特別番組をＢＧＭに、オーウェンの養父母に贈るクロスステッチの仕上げに取り組んだ。スーエレン・ハントは決してこんなことはしないだろう。彼女ならカシミアのスウェットスーツを着るだろうし――そもそもスウェットを着ることがあるとして――縫い物は人にやってもらうに違いない。ポップスターはテレビのなかではなく、彼女のリビングルームで歌っているはずだ。スーエレンはあまりに現実のわたしとかけ離れている。正体がばれる心配はまずないだろう。

針仕事に集中することで、しばし、明日のオーウェンとのデートや彼の家族と過ごす休暇についての不安を忘れることができた。こういう作業がどれほどストレスの解消になるかをすっかり忘れていた。とはいえ、これを定期的にやるようになったら、ルームメイトたちはきっと、古くさいと言ってからかうだろう。でも、編み物なら大丈夫かもしれない。最近、ハリウッドのスターたちのおかげで、編み物はいけてる趣味になっているらしいから。

翌朝、オーウェンの家に向かうわたしの頭は昨日の件を知らせることでいっぱいで、ニューヨークの街で過ごすロマンチックな一日のことなど、ほとんど二の次になっていた。オーウェンの家には行ったことがあるけれど、玄関から入るのははじめてだ。前回は瞬間移動《テレポーテーション》で直接部屋のなかへ入った。今朝は正面玄関からの訪問だ。建物正面の重厚な階段をのぼり、ブザーを鳴らす。インターフォンから応答があるかわりに、ドアがいきなり開いた。玄関ホールの階段をのぼって、オーウェンの住まいがある三階へ行くと、またもやドアが勝手に開いた。

オーウェンが迎えてくれるものと思っていたのだが、廊下にはだれの姿もない。そのとき、足もとで「ミャオ！」という大きな声が聞こえた。「ハーイ、ルーニー」わたしの足首にうれしそうに体をこすりつける白地に黒ぶちの猫に向かって言う。

「こっちだよ」キッチンからオーウェンの声が聞こえた。コートと帽子を脱ぎ、手袋を外すと、辛抱強く待っていたルーニーは〝ついてきて〟というようにしっぽをひと振りして、廊下を歩き出した。彼女の案内に従って居心地のいいこぢんまりとしたキッチンへ行くと、オーウェンがコンロの前に立って、ふたつのフライパンでそれぞれフレンチトーストとベーコンを焼いていた。

「わたしのためにに料理してくれてるの？」

「この間のがまぐれでないことを証明しないとね。ちょうどいいタイミングで到着したよ。もうすぐ出来あがるから」

振り返ったオーウェンの目の下には黒いくまができていた。わたしは腕組みして言う。「まさか、昨日一日じゅう仕事をしたあげく、夜もほとんど寝てないとかいうんじゃないわよね」

オーウェンはフレンチトーストを器用に裏返す。「ポットにコーヒーが入ってるよ」

「オーウェン」少しだけ語気を強める。

「うん、まあ、ゆうべは遅くまで仕事したよ。休暇に入る前に終わらせておきたかったんだ」

オーウェンは朝食を皿に盛りつけると、キッチンの隅にある小さなテーブルに運んだ。二週間ほどかけて家じゅうを大掃除したのでないかぎり、ダイニングルームの大きなテーブルは相変わらず本で埋まっていて、とても食事のできるスペースなどないはずだ。「さあ、召しあがれ」

「おいしそう」腰をおろしながら言う。ルーニーがすかさずひざに飛び乗ってきた。オーウェンが指をぱちんと鳴らして床を指すと、彼女は憮然とした様子で下におりた。

「勝手に家で食べることにしてしまったけど――」オーウェンは席につきながら言った。「この方が話しやすいと思ったし――」そこでにやりと笑う。「今日のプランを考えたら、きみにはエネルギーを蓄えておいてもらう必要があるからね」

「わあ、なんだろう。気になるわね」フレンチトーストにかじりつき、出来ばえについて賛辞を述べる。「それで、残業の成果は？」

「何も。現在の社員のなかに型がマッチする人はひとりもいなかったよ」

「いい見方をすれば、社内にふたり目のスパイは存在しなかったってことじゃない？」

「あまりよくない見方をすれば、うちのセキュリティシステムをやすやすと通過できる部外者がいるということになる」

「なるほど、たしかに」これ以上まぬけなことを口にしないよう、トーストをかじってしばし咀嚼に励む。しばらくすると、どうにもがまんができなくなってふたたび口を開いた。「以前社員だった人っていう可能性はない？　元社員で、セキュリティの通り方を知ってる人。魔法で、いわゆる鍵をかえるようなことができるのかどうかは知らないけど、社内に侵入できる人が外部に存在することの説明にはなるわ」

「イドリスが解雇されたあと、セキュリティ用の魔法除《よ》けはすべてかえたよ。そのあと辞めた社員のなかに、社内の厳重警備区域にアクセスできるような権限をもっていた人はいないはずだ」

「前の社長がいるわ」

オーウェンは顔をしかめる。「それはないな。前にも言ったように、彼はきわめて円満に退職したんだ。それに、もうこの街には住んでいない。そもそもマーリンを呼び戻すというのは彼のアイデアだったんだ。もしイドリスと組んでいるなら、そんなことをするはずがない。イドリスの解雇を最終的に決めたのも彼だし、もしそのての魔術を研究したいと思っていたなら、あのまま社長の座にとどまって会社の方針を転換していたはずだよ」オーウェンは片方の眉をあげ、苦笑いする。「その場合、ぼくが会社を潰そうとするならず者の魔法使いになってたわけだ」

「あなたなら、イドリスよりずっとうまくやっていたと思うわ。ところで、わたしの方も報告することがあるの」そう言って、フィリップの窮境と会長室にいた骸骨についてざっと説明する。

「ほかにそのての生き物を使っている連中がいるという話は聞いたことがないな。おそらくイドリスだけだと思う。もしその人物と組んでいるとしたら、彼は資金源を手にしたと考えていいかもしれない。つまり、その会社に彼の目的をサポートする人たちがいるということだよ。だとしたら、ぼくたちが直面している問題の規模はいちだんと大きくなったことになる」

朝食を終え、後片づけを済ませると、わたしたちはしっかりと防寒を施して、外へ繰り出した。地下鉄で三十四丁目まで行き、メイシーズのサンタクロースを見てから五番街へ行った。通りを北に向かいながら、みごとに飾りつけられたショーウインドウの前でたびたび立ち止まる。なんだか子どもに返ったような気分だ。小さいころ、家族と出かけた町の広場で、店のウインドウに張り巡らされたモールやライトにすっかり魅了されたことを思い出す。

ある店の前に来たとき、オーウエンは人垣をかき分け、わたしをウインドウの前まで連れていった。そこに現れたのは、ものすごく複雑な構造の森の風景だった。地の精《ノーム》の住むきのこの村の上を妖精《フェアリー》たちが飛び交い、空から雪が舞っている。有名デパートでもないのに、これまでに見たどのウインドウよりも精巧な飾りつけだ。人形たちはそれぞれ驚くほどリアルで、ひとつひとつがちゃんと表情をもっている。妖精がひとり、ウインドウの前方をウインクしながら通り過ぎた。しばらく見ているうちに、人形の動きが一定のパターンを繰り返しているわけではないことに気がついた。おのおのが自由に動き回っている。「これ、本物だわ……」わたしは思わずつぶやいた。

オーウェンは小声で話すために、前屈みになってあごをわたしの肩にのせた。もしこれほど寒くなかったら、わたしはあっという間に溶けて歩道の水たまりと化していただろう。「そのとおり。彼ら、シフト制で働いてるんだ。魔法界では人気の高いアルバイトだよ」

「ほかのショーウインドウにも魔法が使われているものがあるの？」

「どのウインドウでも多少の魔法《マジック》は使われてるんじゃないかな」

「それは文字どおりの意味で？　それとも比喩的な表現？」

「さあ、どうだろう」

わたしたちはクリスマスの街並みを堪能しながら五番街をさらに歩いて、ＦＡＯシュワルツ（高級玩具のチェーン店）の前までやってきた。「少しの間子どもに戻ってみる？」オーウェンが訊く。

「もちろん！」

おもちゃの兵隊に扮したドアマンに促されて店内に入ると、ありとあらゆる種類のぬいぐるみが目に飛び込んできた。「面白いものは上にあるんだ」エスカレーターで上階にあがったとたん、オーウェンの言わんとしたことがわかった。そこは鍵盤の上を走り回って遊べる巨大なピアノのあるフロアだが、オーウェンの目的はそれではない。彼の視線は、若い店員が実演販売をしている手品セットのコーナーに注がれている。わたしは思わず笑い出しそうになった。

オーウェンは本物の魔法使いであるだけでなく、手品の名人でもある。手品の種を知らなければ、彼が手品をしているのか、本物の魔法を使っているのか、見分けがつかないだろう。客に協力を求めるとき十分気をつけて相手を選ばないと、あの店員は墓穴を掘ることになる。

はじめのうち、わたしたちはテーブルの前に集まった人だかりの後ろの方に立っていたが、店員が手品をひとつ終えるごとに見物人が徐々に散っていき、いつの間にか最前列に来ていた。次の協力者は小さな男の子で、引かれたカードが何かを言い当てることになった。男の子がことごとく間違える一方で、当然ながら、店員はすべてに正解した。店員は次に、オーウェンを指名した。オーウェンがカードの種類を正確に言い当てると、店員はひどく面食らった様子で、ケースのなかから別の手品セットを取り出した。オーウェンはわたしに耳打ちする。「あのセット、もってるよ」

そこからは、一対一の手品コンテストのような状態になった。見たところ、オーウェンは魔法を使っていないようだ。近くで魔法が使われたときのあのビリッという独特の刺激を感じない。手品ショーが派手になるにつれて、人だかりはどんどん大きくなっていった。店員はついにシルクハットを出してくると、皆に空《から》であることを見せておいて、なかから鳥の羽根を一本取り出した。店員はシルクハットをオーウェンに差し出す。オーウェンはそれを受け取ると、肩をすくめ、なかに手を入れた。今度は例の刺激を感じた。オーウェンはシルクハットのなかから生きたうさぎを取り出した。大歓声が起こる。拍手喝采のなか、うさぎはぬいぐるみに変わり、オーウェンはそれをそばにいた小さな女の子に手渡した。

手品セットを買おうと見物人たちがどっとテーブルに押し寄せるなか、わたしたちはそっとその場を離れた。店員が当惑した表情のまま、うさぎはセットに含まれていないと繰り返し叫んでいる。エスカレーターに向かって歩きながら、わたしはオーウェンをひじでつついた。

「ずるしたでしょう」

「本物の魔法使いがアルバイトの学生に負けるわけにはいかないからね」オーウェンは頬をほんのり赤くしながらにやりとする。「ぼくの沽券《こけん》に関わる。それに、これで彼の売上もかなり伸びるはずだよ」

「うまいこと正当化したわね。でも、彼はきっと、これから何カ月もの間、あなたがあのシルクハットからどうやってうさぎを出したのか悩み続けることになるわ。ちょっと気の毒だと思わない？」

「彼は腕を磨く必要があるよ。せめて十歳の子どもをごまかせる程度にはならなきゃ。そろそろランチにする？」

朝食をしっかり食べたにもかかわらず、すでにお腹がすいていたので、彼がいきなり話題を変えたことにはあえて突っ込まないでおいた。わたしたちは近くのデリに入った。たくさん歩いたので、腰をおろせるのが思いのほかうれしい。「ここまでのところ、どうかな、楽しめてる？」

「ええ、とっても。この辺りは感謝祭《サンクスギビング》のときに母といっしょに歩いたんだけど、何に出くわすか気が気じゃなくて、まわりの風景なんかほとんど目に入らなかったわ。こんなふうにゆっくり見て歩けるのは最高よ」

「よかった。じゃあ、それほど退屈な時間ではなかったわけだね」

「退屈だなんて！　すごく楽しかったわ」

「まだ終わりじゃないよ」オーウェンは例のいたずらっ子のような笑みを見せた。いつものように、瞬時に鼓動がはやくなる。

食事を終え、デリを出たところで、オーウェンは言った。「それじゃあ、この辺で本日のメインイベントといこうか」

「えー、何？」子どもに戻ったような気分で、わくわくしながら訊く。

「ぼくは事前に種明かしをしないってこと、そろそろ覚えるべきじゃない？」

まもなく、向かっている先がセントラル・パークであることがわかった。オーウェンに導かれるまま、池沿いの道を歩く。いつか同僚たちと出かけたとんでもなくワイルドなガールズナイトで、カエルにキスをした池だ。やがて、ウォルマン・リンクを見おろす広場までやってきた。氷の上に輪を描くスケーターたちをしばし眺めたあと、オーウェンが言った。「来て」

言われるままについていく。なんと、彼は自分たちもリンクにおりる気でいるらしい。「ちょ、ちょっと待って。わたし、アイススケートはやったことがないの」

「じゃあ、なおさらやってみなきゃ」

「でも、滑り方を知らないわ」

「ローラースケートはやったことがある？」

「ええ、まあ。小学三年生のとき、バービーのローラースケートをもってたけど……」

「大丈夫。絶対転ばせないから」

その点は信頼してもいいだろう。彼にはわたしを支える腕力以外にも特別な力がある。それでもやはり、気は進まない。「大勢の前でぶざまな姿をさらすことになるわ」

「それはきみだけじゃないよ」その言葉を証明するように、すぐそばで女の子がみごとに尻もちをついた。オーウェンの演出ではないだろう。わたしを安心させるためにわざと彼女を転ばせるようなことは、性格的にできないはず。

「あなたにはスケートの心得があるわけね？」

「まあね。子どものころ、村の池でよくロッドとアイスホッケーをやったんだ」

「ほらね、そこからしてもう、わたしは断然不利だわ。うちの田舎じゃ、池や川に人の体重を支えられるぐらいの氷が張るなんてこと、よほど寒さが異常な年でもないかぎり、まずないものの」

「クリスマスにここでスケートをするっていうのは、この街でできる最高にロマンチックなことのひとつだよ。よく映画にも出てくるしね」たしかにそのとおりではある。このスケートリンクで恋人たちが戯れるロマンチックなシーンに、何度ため息をついたかわからない。あれが自分だったらどんなにいいだろうと思いながら。その場所に、クリスマスを二日後に控えたいま、わたしは立っているのだ――素晴らしく素敵な男性といっしょに。まさに映画のシナリオそのままではないか。そのとき、オーウェンが最後の切り札を出した。「それに、うまくすれば雪が降り出すかもしれないよ」

わたしの負けだ。それに、内心かなりやる気になっていた。「わかったわ。でも、もし脚の骨が折れたら、わたしを担いでアパートまで帰らなきゃならないわよ」

「約束するよ」オーウェンが入場料とスケート靴のレンタル料を払ったあと、ふたりでベンチまで行ってスケート靴に履きかえ、履いていた靴をロッカーに預けた。ふらつきながらリンクに向かう。地面の上でこれでは、リンクにおりたときのことが思いやられる。つるつるで冷たいというのは、わたしのなかではあまり好ましい組み合わせではない。

約束どおり、オーウェンは片方の腕をしっかりとわたしの腰に回して、氷の上に導いてくれた。たしかに、彼のスケートのレベルはかなりのもののようだ。自分のバランスを取りつつ、同時にわたしを支えるという離れ業をこともなげにやってのけている。

いまのわたしは、足もとがおぼつかず、進む方向も定まらない、生まれたばかりの子馬のように見えているに違いない。それでも転ぶ気だけはしなかった。やがて、少しずつ自信がついてきて自ら足を出せるようになった。そして気がつくと、スケートを楽しんでいる自分がいた。腰にしっかりと回されたオーウェンの腕と、わたしを見おろしているその笑顔に負うところが大きいとは思うけれど。

リンクを一周し終えたところで、オーウェンは腰に回していた腕を緩めた。手の位置はそのままだが、それまでのようにきつく抱えてはいない。まわりの風景に目を向けてみる。公園の木々、頭上にそびえる高層ビル、ほかのスケーターたち。クリスマスミュージックが聞こえる。

これで、雪がちらつきはじめれば言うことなしだ。

そう思ったとたん、粉雪がちらちらと舞いはじめた。わたしは思わず声を出して笑った。

「ほんと、あなたの言うとおりね。完璧だわ」

「だろう?」ほほえむオーウェンの瞳がきらっと光った。

「これ、あなたの仕業ね」

オーウェンは知らぬふりを試みたようだが、あえなく失敗した。「かもね。でも、ほら、みんなあんなに喜んでるし……」たしかにそのとおりだ。子どもたちは歓声をあげ、大人たちも満面の笑みを浮かべている。

「ありがとう」わたしはオーウェンを見あげてささやいた。そのとたん、体が冷たい液体のなかに沈んだ。

7

転ぶことは予想していた。氷の上におり立つ前から、思いきり尻もちをつくことは十分覚悟していた。ただ、氷というものは冷たくて硬いはずだ。わたしはいま、冷たい液体のなかに肩まで浸かっている。さっきオーウェンの子どものころの話を聞いたせいか、一瞬、氷が割れて池のなかに落ちたのかと思った。頭まで沈まずにすんでいるのは、オーウェンがわたしの腕をつかんでくれているからにすぎない。

「ケイティ!」オーウェンの声で、ふとわれに返った。氷の上に腹ばいになり、もう一方の腕をわたしの脇の下にくぐらせようとしている彼の姿が目に入る。氷が割れはじめたら寝そべって体重を分散させるべきだと、何かで読んだような気がする。彼は本能的にそうしているのだろうか。あ、でも、ここは池の上じゃないわよね。リンクの下はコンクリートだし、氷の厚さはせいぜい数インチのはず。どうしてだろう。何に落ちたのかはわからないが、足は底についていない。

気持ちを落ち着け、もう一方の腕を伸ばして何かにつかまろうとしたが、寒さでかじかんだ指は思うように動かない。おまけに、周囲の氷がどんどん割れていく。オーウェンはわたしの腕をつかむと、思いきり引っ張った。体が少しだけ穴から抜け出す。彼は先ほどからずっと何かをつぶやいていて、断続的に感じる刺激から魔法を使っていることがわかった。周囲に人が集まってきた。まもなくふたりの男性がオーウェンに手を貸し、わたしはようやく氷の上に引きあげられた。振り返ると、氷があっという間に穴をふさぐのが見えた。

人々が口々に何が起こったのかを尋ねているが、ガチガチ鳴る自分の歯の音で、とぎれとぎれにしか聞こえない。ふいに何か重いものが体に巻かれ、だれかがわたしを立ちあがらせた。続いて、足が地面から離れる。つま先にはほとんど感覚がなかったけれど、ひざの裏にだれかの腕があり、引き締まった温かい体に抱えられていることはわかった。風が吹き抜け、震えがますますひどくなる。どうやらわたしを抱えている人物は、どこかへ移動しているようだ。

まもなく、わたしはベンチの上におろされ、オーウェンが大声で指示を飛ばすのが聞こえた。「だれか毛布と温かい飲み物をもってきてください!」続いて、彼の顔がすぐ目の前に現れた。「ケイティ?」緊張した面持ちで、心配そうに尋ねる。

大丈夫だと言おうとしたが、歯がガチガチ震えてうまくしゃべれない。オーウェンはわたしの体をくるんでいたものをはぎ取ると——彼のコートだった——ぐっしょり濡れたわたし自身のコートを脱がせようとした。思わず抵抗する。いまこれだけ寒いのだから、コートを脱いだらどうなることか——。すると彼は耳もとでささやいた。「ぼくに任せて。濡れたコートは脱いだ方がいい」とりあえずされるがままになっていると、まもなく下に着ていた服が乾き、だいぶ体が楽になった。オーウェンはふたたび自分のコートでわたしの体をくるむと、濡れた方をベンチの上に置いた。したたる水滴が氷の結晶に変わりはじめている。寒さがずいぶん和らいで、頭がはっきりしてくると、彼が何をしたのかが見えてきた。わたしのコートを濡れたままにして、下に着ている服だけを魔法で乾かしたのだ。上から彼のコートを羽織っていれば、だれも服が乾いていることには気づかない。傍《かたわ》らに置かれたびしょ濡れのコートを見れば、わたしの体も同じように濡れたままだと思って、特に不審感は抱かないだろう。コンクリートの上に張られた氷の下にどうして落ちたのかという点は別として。危機に際したときの彼の冷静さには頭が下がる。

まもなく、だれかが体に毛布をかけてくれ、オーウェンが湯気のあがる紙コップを口もとに差し出した。「さあ、飲んで」ホットココアだ。温かいココアの効果は大きかった。指先に感覚が戻ってきて、まもなく自分でカップをもてるようになった。オーウェンは少しの間どこかへ行き、ふたたび戻ってくると、足もとにひざまずいた。彼がスケート靴を脱がせて、預けていた靴を履かせてくれていることに気づくのに、数秒かかった。足先に感覚が戻るのは、もう少しあとのようだ。

まわりでは依然として人々が騒いでいる。「あの下だけ陥没してるのかな」だれかが言った。「まさか」別の人が言う。「あんなに深いわけがない」「妙なものは相当目にしてきたつもりだけど、あんなのはじめて見たぜ」ふいに羽音が聞こえて振り返ると、ベンチの背にサムがとまっていた。サムはわたしにウインクし、オーウェンの方を向く。オーウェンが問いかけるようなまなざしを向けると、サムは険しい表情で首を振り、ふたたび舞いあがって、動物の死骸を探すハゲタカのようにリンクの上空をゆっくり旋回しはじめた。

制服姿の公園スタッフがやってきた。オーウェンが彼に、わたしにけががないこと、氷の溶けている場所があったというようなことを言っているのが聞こえる。スタッフはほかの客たちに連れられて、つい先ほどまで氷水をたたえた大きな穴があった場所まで行ったようだが、いまとなっては、おそらくなんの痕跡も確認できないだろう。気の毒に、今回の事故の報告書を書くに当たって、彼は相当苦労するに違いない。

戻ってきた公園スタッフは、ふたたびオーウェンと話を始めた。オーウェンが声を荒らげているのが聞こえる。なんの話をしているのだろう。オーウェンは怒れば怒るほど冷静沈着になるタイプだから、こんなことはきわめてめずらしい。耳を澄ますと、彼がかなり激しい口調で話しているのが聞こえた。「早く帰らせてください。何があったのかなんて、よくわかりませんよ。いずれにしても、苦情を申し立てたり訴えたりはしませんから、心配しないでください。あなたの書類のことなんてこっちはどうでもいいんです。とにかく、一刻も早く彼女を温めないと――」

オーウェンはわたしのところに戻ってくると、ベンチに腰かけて言った。「歩ける?」いつもの穏やかな口調に戻っている。

「ええ」なんとか声を絞り出す。

「タクシーを拾おう」

オーウェンは半分凍っているコートをつかむと、腰に腕を回してわたしを立ちあがらせ、五番街側の出口に向かって歩きはじめた。人の群れから十分離れると、彼は言った。「この前のように瞬間移動《テレポーテーション》するという手もあるんだけど、今回はかなり距離があるのと、きみの免疫が万全だということを考えると、うまくできるかどうかわからない。もしできたとしても、エネルギーを完全に使い果たしてしまうことになる。このあと万が一何かあったときのために、それは避けた方がいいと思うんだ」

「わたしもそう思うわ。タクシーで十分よ。この時期はたいていかなり高めにヒーターがかかってるはずだから」

通りに出ると、オーウェンはいつもの方法でタクシーを呼び、まもなくわたしは、カレーとお香の匂いがかすかに漂う暑いぐらいに暖房の効いたタクシーの後部座席に座っていた。「ダウンタウンへ」オーウェンは運転手にそう告げると、わたしの方を向いた。「きみのアパートがいい、それともぼくの家に行く?」

「あなたの家に」躊躇せずに答える。「あなたの家には暖炉があるし、猫もいる。それにたしか、わたしが着られるスウェットスーツが一着あったはずだから」

「わかった、ぼくのところにしよう」オーウェンは運転手に住所を告げると、あらためてこちらを見た。わたしの手から手袋を外し、両手でさすって温めてくれる。もちろん、わたしには必要以上の効果があった。完全にのぼせてしまう前にそっと手を引き抜くと、拒絶しているのではないことをそれとなく伝えるため、彼の肩に頭をのせる。あるべきはずのない穴に落ちるという恐ろしい体験の記憶は、急速に薄れていった。いまとなっては、自分が大切にされていることをこんなに強く実感させてもらうために支払った、小さな代償にさえ思える。

オーウェンの家に着き、玄関のドアを開けると、ルーニーが大きな声で鳴きながらわたしたちを出迎えた。オーウェンは軽くにらんで彼女を黙らせる。リビングルームの暖炉にすぐさま火が入り、オーウェンの腕にはいつの間にか着がえ用の服がのっていた。「階段下のバスルームにタオルが置いてあるよ。申しわけないけど、ぼくが乾かせるのはきみの服だけなんだ。体そのものには魔法が効かないから」わたしに着がえを渡しながら言う。「熱いお風呂かシャワーで温まりたかったら、遠慮せずにそうして」

わたしは首を振った。「ううん、けっこうよ。しばらくの間、濡れるのはやめておきたい気分だわ」

渡されたスウェットスーツは、前回、やはり濡れて凍えた状態でここに来たときに借りたのと同じものだった。なんだかいつもこのパターンだ。ほぼ乾いている服を脱ぎ、タオルで体をふいてから、急いでスウェットスーツを着た。足が冷えきったままなので、ぶ厚い靴下がひときわありがたい。

リビングルームに戻ると、オーウェンが両手にひとつずつ湯気のあがるマグカップをもって待っていた。片方をわたしに差し出す。それはたっぷりのスパイスと、おそらくそれ以外にも何かが入った、グロッグ（ラム酒を湯とレモン汁で割って砂糖を加えた飲み物）のような飲み物だった。子どものころ風邪を引いたときに、よく祖母がつくってくれたものと似ている。暖炉の前の絨毯に腰をおろすと、オーウェンはわたしのひざにアフガン編みの毛布をかけ、そのまま隣に座った。

温かい飲み物をゆっくりとすする。目の前に暖炉、ひざの上にルーニー、そして横には寄りかかれるオーウェンの肩がある。わたしはようやく尋ねてみる気になった。「あそこで起こったことはいったいなんだったの？」

「実は、ぼくにもよくわからないんだ。普通にスケートをしてたら、突然、きみが氷の下に落ちた」

「間違ってたら言ってほしいんだけど、あれは池の上に張ったリンクじゃないわよね。夏に行ったときに見たけど、あの下はコンクリートだわ。たとえ氷が溶けたり割れたりしたとしても、数インチ以上沈むのは不可能でしょ？」

「魔法がからんでいるのは間違いない。ただ、ぼくの知らない魔術だった。まあ、特に研究したいと思う魔術ではないけどね。いや、でも、水が必要なときには役に立つかもしれないな。氷があるところでしか使えない魔術かどうかにもよるけど——」

「オーウェン」軽くひじで突いて彼を現実へと引き戻す。

オーウェンの耳の先がほんのり赤くなった。「あ、ごめん。とにかく、きみが落ちたとき、ぼくも同じように引っ張られたんだ。幸い穴には落ちなかったけどね。なんとかきみの腕をつかんだんだけど、体が滑ってうまく引っ張りあげることができなかった。ああいう状況で役立ちそうな魔術は思いつくかぎり試したよ。でも、まったく効果はなかった。きみの免疫のせいなのか、氷にかけられた魔術のせいなのか、それとも何かほかに原因があったのか、理由はよくわからない。とにかく、どうすることもできなくて——」

「なすすべがないっていう状況はあまり経験したことがないんでしょ？」

「うん、まあね」オーウェンはそう言うと、暖炉の火を見つめた。その肩がほんの少し震えたように見えた。

「でも、ほかの人たちと協力してちゃんと救い出してくれたじゃない。体を温めてくれたし、服も乾かしてくれた。わたしがいまこうして無事でいるのは、あなたのおかげよ」それに、こんなふうに部屋で寄り添っていられるのはそう悪いことではない――。「容疑者はいつもの連中と考えてよさそうね」

「おそらくね。不審なものは特に見なかったけど、相手が魔法で姿を隠していれば、それも不思議なことじゃない。穴に落ちる前に、きみは何か見た？」

「いいえ、何も。でも、特に注意を払っていたわけじゃないし。とりあえず立っていることで精いっぱいだったから。そういうところをねらうのが、いかにも彼らっぽいわ」

「うちの会社に来て以来、きみは何度かこういう目に遭ってるよね」

「襲われた回数を数えようと思ったら、靴下を脱いで足の指も使わなきゃならないわ。残念ながら、いまはかじかんでて動かせないけど」

「まだ寒い？　部屋をもう少し暖めようか。それとも、もう一枚毛布をかける？」

オーウェンが矢継ぎ早に訊くので、思わず吹き出しそうになった。「大丈夫よ、ほんとに。一時間もすれば、家に帰って明日の荷づくりを始められるわ。だから心配しないで」

わたしたちはピザをオーダーし、暖炉の前で食べた。オーウェンはときおり小さな肉片をルーニーに与えつつ、休暇中の注意事項について説明した。「いろいろ脅かすようなことを言ったかもしれないけど、ジェイムズもグロリアも決して悪い人たちじゃないんだ。きみのことは気に入るはずだから、何も心配することはないよ。ただ、ディナーは正装だけどね。あ、これはもう言ったか」わたしはうなずく。「それと、家のなかをパジャマで歩き回るのもだめなんだ。ふたりとも、朝、寝室を出る前に、完璧に身支度を済ませている人たちだから」

「わかったわ」ロッドからすでに聞いていることは言わないでおく。「何か事前に知っておいた方がいい家族の変な伝統とかはない？」

「特に思いつかないけど、でも、きみが何を変だと思うかわからないからな」もし立場が逆だったら、兄たちが勝手にとんでもない〝伝統〟をでっちあげて、彼に恒例の家族行事だと信じ込ませたりしそうだけれど、彼の養父母がそのてのことをするとは思えない。

その後、アパートの前まで送ると言ってきかないオーウェンにつき添われて、わたしは歩道に呑み込まれることもなく、無事、帰宅した。明日の準備をしていたら、ベッドに入るのがかなり遅くなってしまった。まあ、いい。どうせ、明日のことや今日の出来事についてあれこれ考えてしまい、たいして眠れないだろうから。

思ったとおり、目を閉じるやいなや、わたしはふたたびあのスケートリンクに立っていた。ロマンチックなクリスマス映画のワンシーンを自ら演じているような高揚感にもう一度浸り、続いて、氷のなかに吸い込まれる恐怖をあらためて味わう。脳裏に昼間の記憶が生々しく再現されていくなかで、突然、あることを思い出した。間違いない。穴に落ちる直前、きらきら光る銀色の塵がかすかに宙に舞っていた。

わたしはガバッと体を起こし、「エセリンダ！」と叫んだ。幸い、ルームメイトたちは留守なので、いまの行動を説明する必要はない。それにしても、いまごろ気づくなんて！　自分の鈍さ加減に腹が立つ。先日、レストランで目撃したことを考えれば、あれはいかにも彼女が引き起こしそうな惨事だ。まあ、ある意味、一定の成果があったといえなくもないけれど。わたしが穴に落ちたことで、オーウェンは頼りがいのあるところを見せられたわけだし、そのあとなかなか素敵なふたりきりの時間を過ごすこともできた。

とはいえ、一歩間違えればふたりともけがをしていたかもしれない。それに、わたしが被害者で彼が助ける側というこの構図も納得がいかない。だいたい、彼女には干渉しないようはっきり言ったはずだ。

ロケットで呼び出して、ひとこと言ってやろうか。でも、エセリンダが夜中の呼び出しに応じるかどうかはわからないし、彼女のことだから、下手をしたらオーウェンの養父母の家にいるときに現れかねない。やはり、やめておこう。休暇が終わるまではできるだけ彼女に関わらない方がいい。とにかく、しばらくは銀色の塵に要注意だ。

翌朝遅く、わたしたちは線路の両側にコンクリートのプラットホームを配しただけの殺風景な鉄道駅に降り立った。列車に乗っている間、目的地が近づくにつれてオーウェンがどんどんぴりぴりしていくのがわかった。オーウェンはふたりの荷物をもって階段をおりると、立ち止まって周囲を見回した。通りの向こうの駐車場に、車の横に立って手を振る人がいる。オーウエンはうなずき、歩き出した。

車はボルボのワゴンで、数年前の型だが、傷ひとつなかった。その横に、黒っぽいコートと帽子を身につけた、背の高い細身の男性が立っている。その風貌は、ちょうどハリウッド映画に出てくる典型的なイギリス人執事を思わせた。頭の悪い主人をうまくフォローしながら、家のことを完璧に取りしきる有能な執事――。オーウェンは使用人がいるとは言っていなかったけれど、たとえいたとしても意外ではない。

オーウェンが歩み寄ると、男性は愛情のこもった表情で彼と握手をした。この男性にとっては、これが限りなく抱擁に等しい行為であるに違いない。近くで見ると、かなりの高齢のようだった。薄いブルーの瞳は輪郭がぼんやりとにじみ、年齢を重ねた肌は薄くて透き通りそうだ。

「ケイティ、こちらはジェイムズ・イートン。ジェイムズ、こちらが友人で同僚のケイティ・チャンドラーだよ」

ジェイムズはわたしに向かってほほえんだ。控えめだが、温かい心のこもった笑顔だ。しわだらけの顔は、思いきり笑ったりしたらそのまま粉々に砕けてしまいそうにすら見える。彼は両手でわたしの手を包むと、「よく来てくれましたね、ケイティ」と言った。早口で歯切れのよい美しい東部英語だ。

「ご招待ありがとうございます」訛りが出ないよう気をつけたが、むだだった。いまのところ、この男性はモンスターには見えない。完全な人間か、もしくは人間の姿をした別の生き物であるかのどちらかだ。

ジェイムズはオーウェンの方を向いた。「運転を頼めるかな。最近はすっかり目が利かなくなってね」

「もちろん」オーウェンはそう言うと、ジェイムズからキーを受け取り、トランクに荷物を積んだ。ジェイムズは後部座席のドアを開け、車に乗り込む。オーウェンは助手席のドアを開け、わたしが座るのを待って、自分も運転席に乗り込んだ。座席を調節し、車を発進させる。

駅から村へは、そのうち車を降りて後ろから押すはめになるのではないかと心配になるほどの急な坂道だった。路面が凍結していたら、上るのはまず無理だろう。道の両側には、建物が丘の傾斜に沿って階段状に並んでいて、町並みに古風な趣を与えている。文字どおり、絵本から抜け出してきたような村だ。腕に買い物袋を提げた妖精《フエアリー》が歩道の上をぱたぱたと飛んでゆく。ゴシック様式の公会堂の前では地の精《ノーム》が花壇の手入れをしている。まさに、昨日見たショーウインドウを再現したかのようだ。

「ここにはずいぶんたくさん魔法界の人たちが住んでいるんですね。それとも、この地方の町や村はどこもこんな感じなのかしら」

「この村はもともと魔法使いによってつくられたんですよ」ジェイムズが言った。「住人のほとんど全員が、魔法使いか、なんらかの形で魔法に関わっている人たちです」

車は村の中心部を抜け、いったん大きな道に出たあと、ふたたび急な坂を上りはじめた。車窓の風景に思わずため息が漏れそうになる。家々のほとんどが、大きな古木の点在する手入れの行き届いた広い敷地に建つ古い屋敷だ。オーウェンは脇道に入った。錬鉄製の門扉が自動的に開き、車はそのまま私道に入っていく。

イートン夫妻の家は、ホテルのパティシエがクリスマスのディスプレイ用につくる手の込んだジンジャーブレッドハウスを思わせた。温かみのある茶色い煉瓦を使用した装飾豊かなヴィクトリア朝様式の家で、棟や庇《ひさし》や煙突がいくつもあり、木造部は緑色で統一されている。屋根に積もった雪がちょうど砂糖衣《アイシング》のようで、この家をますますお菓子の家のように見せている。これで棟に沿ってガムドロップでも並べれば完璧だ。「とても素敵なお宅ですね」わたしは言った。

「ありがとう。たしかに、なかなかみごとなヴィクトリアンです」ジェイムズが答える。「念のために言っておきますが、施工主はわれわれではありませんよ」振り返ったとき、一瞬、彼の瞳が茶目っ気たっぷりに光るのが見えた。わたしは思わずほほえみ返す。彼のことは好きになれそうだ。

オーウェンは、別棟になった車庫に車を入れた。おそらく、かつては馬車置き場だったのだろう。車庫のなかは、みごとなまでに整頓されていた。多くの車庫にありがちながらくたの収納場所といった観はまったくない。自分が何に直面しようとしているのかをあらためて思い知らされたような気がして、にわかに緊張感が高まる。ジェイムズの比較的親しみやすい態度とユーモアにいつしかすっかりリラックスしていたけれど、車庫のなかをいつでも客間にできる状態に維持しているような人物は、だれであれ、注意してかかる必要がある。

家に入るためにわざわざ正面玄関に回ったことも、これがいつもの里帰りとはわけが違うことを物語っていた。うちの実家では皆、勝手口から出入りする。玄関のドアはもう何年も開け閉めされていないんじゃないだろうか。この家の玄関は、よく磨かれた焦げ茶色の床板の上に東洋風の絨毯が敷かれた広間で、奥には同じようによく磨かれた螺旋階段があった。彫刻の施された手すりが、うねりながら二階へ延びている。ジェイムズは帽子を脱いで、薄くなった白髪を露《あらわ》にした。オーウェンが自分のコートを脱いでいる間に、わたしからコートと帽子を受け取り、階段下のクロゼットへと向かう。

大きな鼻息が聞こえたと思ったら、隣接する部屋から黒いラブラドールが出てきた。全力疾走しているかのような息の荒さに反して、動きはカタツムリ並みだ。しっぽの振りも弱々しい。鼻のまわりが白っぽくなっているところを見ると、犬としてはジェイムズと同じぐらいの高齢に違いない。ラブラドールは、痛々しいほどゆっくりとした足取りでまっすぐオーウェンに向かっていった。オーウェンは自ら途中まで歩み寄り、ひざまずいて頭をなでてやる。「ぼくのことちゃんと覚えてたのか、アラウン」

ジェイムズは鼻を鳴らした。「もちろん覚えているさ。おまえが帰ったあとはいつも、二、三日、窓の前から動こうとしないんだからな。子犬のころ、さんざん甘やかしたせいだぞ」それはジェイムズが今日はじめて発した、〝厳格な養父母の姿〟を彷彿とさせる言葉だったが、その口調は愛情に満ちていて批判的な感じはしなかった。犬の寿命を考えれば――子どものころ、うちにもアラウンそっくりの黒ラブがいた――この子が子犬だったのはオーウェンが十代後半のとき、おそらく大学に行くために家を出るころだろう。

アラウンはオーウェンへのあいさつを終えると、わたしのことをチェックしにやってきた。たとえオーウェンの養父母にいい印象を与えられなくても、彼の犬に気に入られる自信はある。わたしは前屈みになり、かつてうちの犬が好きだったやり方で彼の頭をなでた。しっぽの振りが勢いを増したところを見ると、どうやら受け入れてもらえたようだ。

そのとき、別の部屋から声が聞こえた。「ジェイムズ？　もう駅から戻ったの？」

ジェイムズとオーウェンが同時に気をつけの姿勢になる。犬までが、声の方を向いて〝お座り〟の体勢になっている。オーウェンがこれだけナーバスになっている理由がなんとなくわかってきた。

8

「いま戻ったところだよ」ジェイムズはそう叫ぶと、わたしたちの方を向いて言った。「さあ、こっちへ」オーウェンが死刑台に向かう囚人のような顔で彼のあとに続く。その足もとをアラウンが忠実についていく。わたしは鞄から手づくりのクッキーを詰めた缶を取り出し、緊張しながら最後尾についた。オーウェンのことは、恐ろしいモンスターたちとの魔法による決闘を含めて、緊張を要するさまざまな場面で見てきたけれど、こんなに不安そうな彼を見るのははじめてだ。

応接室に立っていた女性は、たしかにかなり手強そうに見えた。その姿は、晩年のキャサリン・ヘプバーンが演じた役どころ——一見、気難しくて辛辣で貴族的だが、内面は温かくて情が深い八十代の老女——を彷彿とさせた。もちろん、この女性が実際どの程度情が深いかは、いまのところ不明だけれど。彼女はとても背が高く——年齢のせいでやや猫背であるにもかかわらず、ほとんどオーウェンと変わらない——とても痩せていて、かつては赤毛だったとおぼしき白髪をひっつめて頭のてっぺんでシニョンにしている。瞳は青く、まなざしは射るように鋭い。透視能力があると言われたら、素直に納得してしまいそうだ。

彼女はすべてを見通すようなそのまなざしでわたしたちを順番に見据えていく。分析用のデータでも収集しているかのように。その間微動だにしないので、瞳が動いていなければ、花崗岩でできた彫像かと思っただろう。いや、氷の彫像かな——。

その表情がふいに緩み、笑顔になる。彼女はオーウェンに歩み寄ると、両肩に手を置き、頬にキスをした。オーウェンはいまにも気絶しそうな顔をしている。ジェイムズはジェイムズで、ボブ・ホープ（アメリカの喜劇俳優）も顔負けのぎょっとした表情で彼女を見つめている。アラウンまでが「クゥ？」と鳴いて首をかしげた。

彼女の視線はまたしても唐突に、今度はわたしに注がれた。後ずさりしそうになるのを懸命に堪《こら》える。「あなたがケイティね」彼女は早口で素っ気なく言った。

「はい、そうです」思わずひざを曲げておじぎをしそうになる。「ご招待いただきありがとうございます」手が震えないよう気をつけて、クッキーの缶を差し出す。「少しですが、どうぞ」

「よくいらしてくれたわ」彼女は缶を受け取りながら言う。「ご丁寧にありがとう」彼女はふだんからこんな調子で話すのだろうか、それとも今日は特別冷ややかなのだろうか。氷の下に落ちたときの方が、彼女の視線を浴びているいまより、まだ温かかったような気がする。彼女はオーウェンの方を向くと、ふたたび頬を緩めた。「疲れてない？」

「え、ああ、大丈夫だよ」オーウェンは養父の方をちらりと見る。ふたりは困惑した表情で視線を交わした。

当の彼女は、そんな彼らの様子に気づいていないようだ。あるいは、気づいているのにあからさまに無視しているかのどちらかだ。「ひと休みなさい。昼食は三十分後よ」そう言って、いきなり部屋を出ていく。オーウェンは頭をくいっと傾けて、わたしについてくるよう合図すると、玄関広間で荷物を拾い、すでに階段のなかほどをのぼっているグロリアのあとを追った。わたしは階段の下に寝そべっているアラウンをまたいで、ふたりを追いかける。オーウェンがなぜ歩くのがはやいのか、わかったような気がした。

「ケイティ、あなたには青のゲストルームを使っていただくわね」わたしが階段をのぼりきるのを待って、グロリアは言った。返事をする間もなく、彼女は右へ曲がり、短い廊下を進んでいく。案内されたのは、前庭の芝生を見おろす部屋だった。「あのドアがこの部屋専用のバスルームよ。あなた用のタオルが出してあります。クロゼットに何本か予備のハンガーがかけてあるわ。それから、化粧ダンスのいちばん上の引き出しを空けてあるので、使っていただいてけっこうよ。ほかに必要なものがあったら言ってちょうだいね」返事をしようと口を開けたときには、彼女はすでに部屋からいなくなっていた。オーウェンはわたしの鞄を化粧ダンスの前に置くと、すぐさま彼女のあとに続いた。廊下からオーウェンに話しかけるグロリアの声が聞こえた。口調が優しくなっている。「あなたはいつもどおり自分の部屋よ。すぐに使えるようにしておいたわ」

わたしにあてがわれたのは、繊細で女性的なアンティーク家具で統一された部屋で、壁紙は淡いブルーの花柄、窓にはレースのカーテン、四柱式のベッドには青と白のキルトがかかっていた。万が一グロリアにチェックされたときのために、鞄の中味を出し、指定された場所にしまい直す。それから、ランチに備えてバスルームで軽く化粧を直した。

グロリアが予告したランチの時間までまだ十五分ほどあるので、オーウェンを捜しにいくことにした。彼の部屋は廊下のちょうど反対側にあった。床はかなり大きな音を立ててきしむ。いまはいいとしても、夜、廊下を歩くときは十分気をつけなければなるまい。実家の床にもこんなふうにきしむ箇所があったので、歩き方のこつは心得ている。

オーウェンの部屋は、旅行雑誌に出てくるどこかの有名なＢ＆Ｂ《ベッド・アンド・ブレークファースト》ではなく、ちゃんと生身の人間が住んでいる部屋という感じがした。隅にベッドが一台あるほかは、壁のほとんどが本棚で埋めつくされていて、最上段にはトロフィーがずらりと並んでいる。ベッドの上とその前の床には、すでに本が数冊散らばっていた。ときどき、オーウェンが部屋に入ると本が自動的に飛び出してくるのではないかとすら思えることがある。

オーウェンはベッドに座って、何かを照合するように二冊の本を同時に眺めていた。クロゼットの前に置かれた旅行鞄は口を開けたままで、なかからシャツが半分はみ出している。荷をほどいている途中で何かを思いついて、そのままその場を離れたといった感じだ。

ドアの枠を軽くノックすると、オーウェンはぎくりとして顔をあげたが、わたしを見てすぐにほっとした表情になった。「一瞬、グロリアかと思ったよ。やっぱり先に荷物を片づけた方がいいな」

オーウェンが立ちあがって荷ほどきを始めたので、わたしはベッドの上の彼が座っていた場所に腰をおろした。広げたままの本をちらっと見てみると、どちらも英語ではない言語で書かれていた。ウォークインクロゼットのなかからオーウェンが言った。「グロリアはいつもあんなふうだから気にしないでって言いたいところだけど、実はそういうわけでもないんだ」

全然気にしてないわと言ってあげるべきだろうけれど、それはそれで白々しい。そこで、かわりにこう言った。「あなたも少し驚いてたみたいね」

「少しなんてもんじゃないよ。彼女がぼくにキスをすることなんて、過去に一度あったかどうかってところだからね」そう言うと、クロゼットから青い顔をして出てきた。「まさか、死が近いなんてことはないよね……」

彼女の年を考えれば完全に否定することはできないけれど、ここはひとまず彼を安心させなければならない。「大丈夫よ。感謝祭《サンクスギビング》のとき、彼らとの関係がずいぶんよくなったって言ってたじゃない」

オーウェンは片手にネクタイをもったまま深刻な顔つきでベッドに腰をおろす。「もしかしたら、あのときすでに診断が出ていたのかもしれない」

「あるいは、この前言ったように、あなたが大人になったことで、以前より自然につき合えるようになったってことかもしれないわ」

「今日の彼女がどれほど変か、きみにはわからないから」

「ジェイムズのあの表情を見れば、だいたいの想像はつくわ。彼も同じようにおかしいと思ったのなら、これは彼女の健康状態とはなんの関係もないことよ。だって、もしそうなら、夫である彼が知らないわけないでしょう？」

オーウェンの顔にいくらか血の気が戻る。「まあ、たしかにそうだな。すべてを話すわけじやないにしても、彼女は運転しないから、医者に行くとすればジェイムズが送り迎えすることになる」オーウェンは手にもったネクタイを見て、ふたたび片づけを中断していたことにはじめて気づいたような顔をした。

クロゼットに戻ったオーウェンに向かって言う。「あなたの犬、すごく愛嬌があるわね」

「ああ。ぼくが家を出る少し前に、生まれて数週間でうちに来たんだ。ジェイムズの言うとおり、たしかに甘やかしすぎたと思う。ぼくが家を出たあと、ふたりは大変だったと思うよ。老夫婦のもとに、常に注目されていないと気がすまない育ち盛りの子犬が残されたんだから」

「ラブラドールだもの。どんなふうに育てたって、注目されないと気がすまない子になってたわ。でも、彼はうちで飼ってた犬よりずっと頭がよさそうね。クレタスは本当に間抜けだったから」

オーウェンはにやにやしながら部屋に戻ってくると、わたしの隣に座った。「クレタスっていうの？　本当に？」

「本当よ。言っとくけど、わたしはテキサス出身ですからね。それに、この名前はあの犬にぴったりだったのよ」（クレタスは、いわゆる〝田舎者〟の代名詞的な名前で、通常気はいいが、あまり知的ではない人物をイメージさせる）

オーウェンはにやにやしたまま立ちあがると、片手を差し出して言った。「ランチの前に、家のなかをひととおり案内するよ」

わたしはその手を取り、引っ張られるようにして立ちあがる。オーウェンはわたしの手をつかんだまま廊下に出ると、階段の方に向かった。「階段の向こう側には、ジェイムズとグロリアの寝室と、もうひとつ客室がある」階段をおりていくと、アラウンがひょいと頭をあげ、しっぽを振った。「応接室はもう見たよね」階段をおりきったところでアラウンがツアーに加わり、いっしょに家の奥へと向かう。「ここがジェイムズの書斎」ドアは開いていて、暖炉のそばで本を読むジェイムズの姿が見えた。本や書類の散らばった部屋はオーウェンのオフィスによく似ていた。

ジェイムズが顔をあげる。「荷物の整理は済んだようだね」

「はい」わたしは言った。

彼は瞳にほんの少し茶目っ気を浮かべてオーウェンの方を見る。「部屋は感謝祭のときのままだったろう？　何かを調べているようだったから、グロリアには本を片づけさせなかったよ」

「ありがとう。特に重要なわけではないんだけど、ちょっと思いついたことがあって……」

「革新的なアイデアの多くは、ちょっとした思いつきから生まれるものだよ」

わたしはふたりの男たちが話す様子を興味深く眺めた。血のつながりはなくても、彼らは驚くほど似ている。生まれつきの性格か育った環境かという議論がよくなされるけれど、これは間違いなく後者の方に説得力を与えるケースだ。もっとも、ふたりの関わり方にはいささか妙な点もある。ジェイムズのオーウェンに対する態度はたしかに親しみのこもったものではあるけれど、息子同然の人物を相手にしているというより、仲のよい同僚と話しているような感じだ。自分を客のように――歓迎された客であるとしても――扱う家で育ったにもかかわらず、オーウェンの性根がちっとも曲がっていないのは、まさに奇蹟といっていい。

ジェイムズは炉棚の上の時計を見て言った。「昼食の時間だ。さ、遅れないようにしよう」彼は椅子から立ちあがるとき少しもたついたが、オーウェンが手を差し伸べようとすると、きっぱりと首を振った。

アラウンはダイニングルームの入口までついてきたが、なかには入らずドアの前に座った。「彼は入れないんだ」オーウェンが説明する。「テーブルの横でしつこく食べ物をねだるようになったから、いまは立入禁止なんだ」

「そういう癖をつけたのはどこのだれだったかな」ジェイムズがにやっとしながらつぶやく。食事のときオーウェンがいつもルーニーに食べ物を分けてやっているのを思い出し、思わず吹き出しそうになった。教訓は生かされていないようだ。

ダイニングルームは圧巻だった。まるで歴史的建造物に指定された屋敷の展示用の部屋のようだ。アンティークの家具や博物館にあってもおかしくない陶磁器が、有名な一族が住んだ当時のままに保存されている部屋——。しかも、陶磁器は展示ケースのなかにあるだけではない。エミリー・ポスト（アメリカで多くのエチケット本を出している礼儀作法の権威）の本をそっくり再現したかのように、人数分のセットがテーブルの上に並べられている。どうやらスープとサンドイッチで済ませる類のランチではないらしい。イートン家が格式を重んじるということはロッドから聞いていたが、これはわたしの予想をはるかに超えている。うちの母もそれなりに高級な陶磁器のセットをもっているけれど、よほど特別な日にしか食器棚から出すことはない。この家ではいつもこんなふうに食事をするのだろうか。

「こんなにしてくれなくてもよかったのに……」オーウェンが言った。批判的な口調にならないよう気を遣っているのがわかる。

「このくらい当然です」グロリアはぴしゃりと言った。「せっかくあなたが帰ってきたんですから。それに、今回はお客様もいるのよ。最近はあまり楽しみもないし、この機会を利用しないのは愚かというものだわ」グロリアが突然こちらを見たので、思わずびくりとする。「好きなところに座ってちょうだいね、ケイティ。この家では、特に指定の席というものはないの」

ジェイムズがごく当たり前のようにある席に向かったので、わたしはほかのメンバーが席につくのを待って自分の椅子を選んだ。テーブルにずらりと並んだ皿やグラスやシルバーウエアを見て、母がテーブルマナーを教え込んでくれたことに感謝した。皆がそれぞれの席に落ち着き、ジェイムズが短い祈りを捧げると、グロリアが料理の器を回しはじめた。

わたしはローストチキンを自分の皿にのせると、まもなく始まるであろう尋問に備えた。部屋には張りつめた空気が漂っている。格調高いアンティークに囲まれているにもかかわらず、冷たいコンクリートの部屋で、ジャックブーツを履き手に乗馬鞭をもった尋問官ににらみつけられながら、スポットライトを浴びて座っているような気分だ。なんとか気持ちを落ち着けて、事前に考えておいた自分の出身地や家族や将来の計画についての回答を頭のなかで復習してみる。

ところが、いざ始まった尋問は、わたしに向けられたものではなかった。「仕事の方は順調なの？」グロリアがオーウェンに訊く。

た。


「うん、順調だよ」オーウェンは当たり障りなく答えた。

「じゃあイドリスとその一味が逃げたことは、特に大きな問題になってないのね」

オーウェンとわたしはちらりと視線を交わす。「そのこと知ってるの?」オーウェンは訊いた。

「わたしたちだって完全に隠居したわけではないのよ」

「そういうことなら、うん、たしかに問題にはなってるよ。いどころを捜すのと並行して、彼らが何を企んでるのかを突き止めようといろいろやってるんだけど、今回は手がかりがほとんどなくて——」オーウェンは自分の皿に視線を落とすと、フォークでひと口分の料理をすくう。オーウェンの視線が離れたとたん、グロリアの表情が柔らかくなった。心配そうに彼を見つめている。

オーウェンは皿を見つめたまま答える。「必ず捕まえられるわ。そのときは彼と対決するつもりなの?」

「前回は危うく死にかけたんじゃなかった? たしか、けががあの程度ですんだのはケイティのおかげだって言ってたわよね」

ふいに自分のことに言及されて顔が熱くなるのを感じたが、だれもわたしの方は見ていない。

「次回もケイティがいてくれるさ」ジェイムズがサヤインゲンのおかわりを皿に取りながら言う。「そういうことに気づくのが彼女の仕事なんだ。われわれはそのために免疫者《イミューン》を採用するんだからな」

「いまは彼女とチームを組んでるんだ」オーウェンは言った。

わたしも会話に加わるべきだろうか。言うべきことを考えているうちに、グロリアが先を続けた。「マーリンはこの件についてどう考えてるの?」

「ぼくたちがチームを組むというのは彼のアイデアなんだ。イドリスの目的がただ単にぼくらを撹乱することだとしても、あるいは本気で魔法界を乗っ取ろうとしているにしても、こちらはあらゆる可能性に備えておく必要があるから」

「おまえ自身は彼の目的はなんだと思う?」ジェイムズの口調は穏やかだったが、視線は鋭くオーウェンのことを見据えていた。

「彼は利用されているんだと思う。本当の敵はおそらく彼じゃない。イドリスはこちらの目をそらすためのコマにすぎないような気がするんだ」オーウェンはふたりのことをまっすぐ見つめた。「前回、魔法界を牛耳《ぎゅうじ》ろうとする者が現れたときのことはふたりとも知ってるんだよね。そのときはどんなふうに対処したの? 年代記にはほとんど記録が残ってなくて――」

ジェイムズとグロリアが顔を見合わせるのを見て、思わず背筋がぞくっとした。ふたりがひどく怯えた表情をしたからだ。オーウェンは顔をしかめ、唇を嚙んでいる。彼もふたりの表情に気づいたのだろう。やがてグロリアがジェイムズにうなずき、ジェイムズが口を開いた。

「あまり参考にはならんよ」先ほどと同じ穏やかな口調だが、かすかに緊張が感じられる。

「あのとき敵は、権力の座を求めて直接的で明白な行動に出た。しかし、今回の相手は、より破壊活動的な作戦を取っているようだ。われわれは連中と魔法で全面対決することができたが、おまえの敵は姿を隠している。ゲリラ戦といった感じだな」

「あの出来事から学べることは特にないと思うわ」グロリアが言った。口調が少しだけ優しくなっている。「調べても時間をむだにするだけよ。過去から学びたいなら、マーリンにモードレッドとモルガナについて訊いた方がよほどためになるわ。おかわりが欲しい人は？」

それは、この話題は終了だという明白な合図だった。オーウェンもわたしも皿に取った料理をまだほんの二、三口食べただけだし、グロリアにいたってはまったく手をつけていないから、本当におかわりを促す必要を感じているわけではないだろう。わたしは意を決して言ってみた。「わたしはけっこうです。でも、このお料理、とってもおいしいです」グロリアは鋭い視線をこちらに向けた。わたしがここにいることをいまはじめて思い出したかのように。わたしは口を開いたことを即座に後悔した。

「ケイティも料理がうまいんだ」オーウェンが言った。「お菓子づくりは特にね」

今度こそわたしに対する尋問が始まると思い、自分の得意料理とどのように料理を習ったかについての説明を急いで頭のなかに用意する。ところが、グロリアはオーウェンの方を向いたまま言った。「ロッドはどうしてるかしら。クリスマスには帰ってくるの？」

「元気だと思うよ。休暇中は基本的にニューヨークにいるらしいけど、詳しいことは知らない。最近あまり話してないから」

ジェイムズとグロリアはふたたび顔を見合わせる。ただし、今回は先ほどのような緊迫した表情ではない。「そうなの？」グロリアが言った。「どうして？」その声にはどこか不安とも疑念とも取れるようなニュアンスが感じられたが、それが何を意味するのかはわからない。

「このところお互い忙しくて、会社でもなかなか顔を合わすことがないんだ。それに、彼には例の課外活動があるし——」

「あなたたち、けんかしたわけじゃないんでしょう?」

オーウェンはふたたび下を向き、皿の上の料理をフォークでつつきはじめた。頬が真っ赤になっている。「別にけんかなんかしてないよ。たまたまふたりとも忙しいだけさ」明らかに本当のことは言っていない。すでに仲直りしたにせよ、魔法の影響下でロッドとわたしの間に起こったことを巡って彼とけんかをしたのは事実だ。どんなささいなことも見逃さない感じのグロリアだから、オーウェンが嘘をついていることには気づいたはずだが、あえて追及するつもりはないようだ。

「例のウェールズの古写本を手に入れたと言っていたな」ジェイムズが突然話題を変えた。ジェイムズとオーウェンの間でふたたび専門的な会話が始まる。わたしは聞くふりをしながら食べることに精を出した。グロリアもときどきコメントを挟むものの、基本的に聞く側に回っている。ふと見ると、オーウェンを見つめる彼女の目が潤んでいる。健康状態に関するオーウェンの懸念は、意外に見当外れではないのかも——。

ランチのあと、わたしはグロリアの異議を押しきってテーブルの片づけを手伝った。しかし、皿洗いだけはどうしてもさせてもらえなかった。「あなたはお客様です。少なくとも次回いらっしゃるときまでは、あなたに皿洗いをさせるわけにはいかないわ。それに、わたしは洗い物が好きなの。温水は手に気持ちいいし、考えごともできるわ。あなたはオーウェンといっしょにアラウンを散歩に連れていっていただける？」廊下にいたアラウンが賛意を示すかのようにひと声「ワン」と吠えた。

わたしたちは暖かい格好をして、通りを往復するだけの短い散歩をした。オーウェンは口数が少なく、わたしも無理に話しかけなかったので、互いにほとんど無言のまま歩いた。家に戻ると、応接室にデザートの準備ができていた。本格的な銀食器一式を使って、温かいコーヒーと紅茶も用意されている。

席につき、全員に飲み物が出されたところで、ついにわたしへの尋問が始まった。グロリアは品定めでもするような目でわたしを見つめる。「ところでケイティ、想像がつくと思うけど、会社の同僚だということと州外の出身だということ以外、オーウェンはあなたについてほとんど何も話してくれてないのよ。ニューヨークに来る前はどちらにいらしたの？」

「テキサスの小さな田舎町です。大学のときをのぞいて、ずっとそこで暮らしていました」

「そちらでは何を？」彼女の口調はオーウェンに対するものほど鋭くはないが、それでもやはり、嘘発見器にかけられて、終身刑を免れるための証言をしているような気分だ。

「実家が飼料店をやっていて、高校のころから実質的にわたしが店を運営していました」

「ニューヨークには長くいらっしゃるつもりなの？」

「一時的な滞在にしようとは思っていません。あの街が大好きですし、できれば長く暮らしたいと考えています」グロリアはわたしの答に満足したようにうなずくと、ちらりとオーウェンの方を見た。そのとき、彼女のことがようやく少しわかった気がした。彼女は母ライオンなのだ。厳しい野生の世界では甘やかしは禁物だ。他人に頼らずとも強く生きていける人間になるよう、彼女はオーウェンのことをできるかぎり突き放して育てたのだろう。一方で、彼に害を与える者に対しては、命をかけてでも立ち向かう。たとえ相手がわたしでもだ。オーウェンほど洞察力のある人がどうしてそれに気づかないのかが不思議だ。もっとも、グロリアが母親の顔を見せるのは、彼が彼女の方を見ていないときだけなのだけれど。

グロリアの質問はそこで終了した。とりあえず、即不合格とはならなかったようだ。わたしを正式に受け入れてくれるにはまだしばらくかかりそうな気がするけれど、彼女を相手にとりあえず可もなく不可もなくというところにいられるなら、上出来だと考えていいだろう。

皆がデザートを食べ終えると、グロリアが言った。「今年は早い回の礼拝に出るつもりなの。最近は夜遅くなるのがすっかり苦手になって。四時半までに家を出れば、いい席が取れるわ。少し休憩して服を着がえる時間はあるわね」

それは提案というより、ほとんど命令に近かった。わたしたちは粛々と二階にあがる。オーウェンにはしばし本の時間が必要だと思えたので、わたしはそのまま自分の部屋へ行き、散歩で冷えきったままの足をラジエーターの前にかざした。

四時少し前に、礼拝用の服に着がえた。ジェンマに借りたクリーム色のカシミアのセーターに自分の黒いスカートを合わせる。準備もできたし、そろそろ下へ行った方がいいだろう。この家では時間厳守が絶対的なルールのようだから。用意しておいたプレゼントを手に取り、廊下へ出る。オーウェンの部屋のドアはまだ閉まっていた。じゃましないよう、きしむ部分を注意深く避けながら階段へ向かう。

応接室へ行き、窓の前に置かれたツリーの下のプレゼントの山に、もってきた包みを加える。宛名がわたしになっているプレゼントがふたつあった。腰をおろし、アラウンと遊びながら皆がおりてくるのを待つ。最初に来たのはジェイムズだった。ふたりでややぎこちなく世間話をしていると、まもなくグロリアとオーウェンが現れた。グロリアに急《せ》き立てられるようにして、皆、家を出る。車の運転はオーウェンがした。グロリアの有無を言わせぬすすめで、わたしは助手席に座ることになった。

村の中心部に、クリスマスカードの絵をそのまま再現したかのような教会があった。石づくりの壁に、うっすらと雪の積もったスレート屋根。アーチ形の正面扉には赤いリボンのついた常緑樹のリースがかかっている。ただし、なかに集まった面々は、世にも奇妙な集団だった。これまで出会ったあらゆる種類の魔法界の住人が一堂に会したといった感じだ。信者席の前の方には、地の精《ノーム》用に座面をあげた列がある。人間たちに交じってエルフや妖精《フェアリー》の姿も見える。座席の背にガーゴイルが数頭とまっているが、彼らが地元のガーゴイルなのか、MSIの警備部隊のメンバーなのかは定かでない。教会内にはものすごいレベルのパワーが充満していて、髪の毛が逆立ちそうだ。

賛美歌の斉唱が始まった。オーウェンはなかなかいい声をしている。自分がひどい音痴であることを思い出し、急に恥ずかしくなった。オーウェンといると、いつもこうして妙な劣等感が頭をもたげてくる。彼はあまりに完璧で、すべてにおいて優れていて、わたしを好きだということがいまでもときどき信じられなくなる。でも、実際、彼はわたしを好きで、そのことを言葉と態度ではっきり示してくれた。それに、親しくなるにつれて、彼がそれほど完璧ではないこともわかってきた。たとえば、彼は感情面でいささか問題を抱えている。その理由は、今回の訪問でなんとなく見えてきたけれど——。

でも、その少しばかりの弱さが、彼をますます魅力的にするのだ。だいたい、ハンサムで、お金持ちで、パワフルで、優しくて、心にほんの少し脆さをもった男性に魅了されない女がいるだろうか。すべてを兼ね備えているように見えるにもかかわらず、彼はわたしのもつ何かを必要としているのだ。だから、彼がスーパー魔法使いだとわかっていても、つい守ってあげたくなってしまう。

教会のホールでイブの集いがあるというアナウンスを合図に、礼拝は終了した。わたしたちはコートを手に礼拝堂から出ていく人の群れに加わった。「顔だけ出して帰りましょう」グロリアがささやく。ホールはいくぶんモダンな——でも決して新しくはない——建物のなかにあった。壁にはクルミ材を模した合板が張られ、床は黄ばんだリノリウムだ。これまで見てきた教会のホールとたいした違いはない。部屋の奥の壁際に赤と緑の紙製のテーブルクロスをかけた折りたたみ式のテーブルが二台置いてある。一方にはクリスマスクッキーとカップケーキをのせたトレイが、もう一方にはポンチの入ったボウルと紅茶のセット、そしてコーヒーポットがのっている。入口の横のフックにコートをかけながら、グロリアが小声で言った。「知り合いにあいさつして、クッキーを少しつまんだら、すぐに帰るわよ。これからディナーなんだから、くれぐれもお腹をいっぱいにしないように」

「彼女、このての集まりが大嫌いなんだけど、出なきゃ悪いと思うらしい」グロリアがむりやり笑顔をつくり、わたしたちの先頭を切ってホールへ出ていくのを見届けてから、オーウェンが耳打ちした。「彼女にとって、社交のためのおしゃべりは時間のむだなんだ」

「その点については、わたしも同感だわ」その先を続けようとしたところで、自分たちが取り囲まれていることに気がついた。

「いやあ、大きくなったもんだ！」男の地の精《ノーム》が首を伸ばしてオーウェンを見あげている。「少し前まで、おれの肩ぐらいまでしかなかったのにな」

人々が口々にオーウェンの帰省を歓迎する言葉を述べはじめた。オーウェンは真っ赤になったが、動揺している様子はない。小さいころからよく知っている人たちなのだろう。わたしがコーヒーを飲む仕草をして見せると、彼はにっこり笑ってうなずき、皆との会話に戻った。

テーブルへ行くと、クッキーがほとんど手つかずの状態で残っていた。テキサスなら、これはつくり手に対する最大の侮辱だ。ふたつほど手に取る。もちろん、礼儀として。「足りないかもしれないなんて心配は杞憂でしたな」後ろで声がした。ふり向くと、牧師が礼拝のときに着ていた黒衣姿のままで立っていた。「イートン家のご友人かな？」

「オーウェンの同僚です。クリスマスに家に帰れなかったので、招待をお受けしたんです」

牧師はうなずいた。彼のほほえみは、わたしがこの説明をするたびに人々が見せるそれと同種のものだった。わたしが同僚以上の存在で、養父母のチェックを受けていることを、彼はちやんとわかっている。「彼が友達を連れてきたのは大変喜ばしいことです」牧師は〝友達〟の部分をわざとらしく強調して言った。「あの子は常にもの静かな子どもでしたから――」牧師は肩越しに話題の人物の方を見やり、ふいにぎょっとした。つられて彼の視線の先を見たわたしも、まったく同じ反応をすることになった。

オーウェンのまわりに集まっていた年配の人々や生き物はすでに姿を消し、かわりに若い女の子たちがまるでロックスターに群がるように彼を取り囲んでいる。オーウェンは少しずつ後ずさりしているけれど、このままでは彼女たちに身ぐるみ剝がされるのも時間の問題という感じだ。幸い、女の子の母親たちの存在が歯止めになっていた。自分の娘を少しでも優位に立たせようと、互いにほかの娘《こ》を押しのけている。あちこちでハンドバッグが空を切る。こんな光景を見るのは、ジェンマにむりやりつき合わされた人気デザイナーのサンプルセール以来だ。

群れはだんだんこちらに近づいてくる。おそらく、オーウェンが無意識にわたしの方へ向かっているからだろう。さて、どうしたものか。わたしがあのなかに割って入り、自分こそが彼のガールフレンドだと宣言したところで、彼女たちが退散するとは思えない。かえって状況を悪化させるだけだろう。

「お嬢さんがた、お嬢さんがた」牧師が呼びかける。「時と場所を考えましょう!」そのとき、彼の祭儀用の紫のストールにスノーマンクッキーが当たった。信じられない。いかにもWAS《ワス》P《プ》的な魔法界の令嬢たちが教会のホールで食べ物の投げ合い《フードファイト》を始めたのだ。わたしは飛び交うクッキーやカップケーキをよけながら、急いでテーブルの反対側に回った。オーウェンも、騒ぎに乗じてすばやくテーブルの下に潜り込んだ。例の刺激を感じたから、おそらく姿も消しているに違いない。

でも、単に姿を消す魔術が使われただけにしては、少々パワーが強すぎる。首の後ろの産毛がいっせいに逆立ち、背中がぞくぞくする。つまり、部屋のなかで相当量の魔法が使用されているということだ。周囲を見回し、ジェイムズとグロリアを捜してみる。ジェイムズはコーヒーを手にホールの隅で年配の男性たちと話をしている。騒ぎをまったく気にとめていないのか、あえて無視しているのかはわからない。一方、グロリアの方は憤然とした様子で、母親のひとりを乱闘のなかから引き離そうとしていた。飛び交うクッキーやカップケーキが彼女にだけまったく当たらないのは、みごととしか言いようがない。

これはまさに、どたばた喜劇そのものだ。騒ぎを静めようと、いまこの場にキーストンコップ（警察を舞台にしたコメディシリーズ『キーストンコップス』に出てくるドジで無能な警官たち）たちがなだれ込んできても、まったく違和感はないだろう。かつてバプティストたちはテキサスのメソジストを野蛮だと言ってばかにしたけれど、少なくともわたしたちは教会のホールでフードファイトをしたことはない――子どもたちだけのときは別として。そんなことを考えて、ひとり笑いを嚙み殺す。

わたしはジェイムズを見習い、とばっちりを受ける心配がなく、かつ必要となればすぐに逃げ出せる、出口付近へ移動することにした。壁際に立ち、笑いを堪えていると、急に空中のパワーが強まり、だれかが背後からわたしの体をつかんだ。

9

最初はオーウェンかと思った——無事テーブルの下から抜け出してきた彼が、わたしを連れてホールの外へ逃げようとしているのかと。悪くないアイデアだと思い、引っ張られるままホールを出て駐車場まで来た。しかし、彼はわたしの体を放そうとしない。そのときようやく、わたしを引っ張り出したのがオーウェンではないことに気がついた。とっさに向こうずねを蹴って、相手の腕をふりほどく。

それはイドリスの手下のひとり、おなじみのミスター・ガイコツだった。仲間の連中がまわりを取り囲んでいる。いまあらためて目の前にして、あのオフィスで見たのと同じ骸骨であることがはっきりとわかった。

叫んでもむだだということは言われなくてもわかっている。ホール内の騒ぎは、この駐車場にまで聞こえてくる。これだけ女性の金切り声が飛び交っていれば、悲鳴がひとつ加わったところで、だれも気づいてくれないだろう。ここはとにかく、自分が最もうまくやれることをやるしかない。わたしはしゃがんでシャーベット状になった雪をひとつかみし、丸く固めて思いきり投げつけた。肩とコントロールにはそれなりに自信がある。こういう状況に備えて、いい加減、何か新しい技を習得しなければと思うが、いまはこれしかない。仕事が一段落したら、空手教室にでも通うことにしよう――。

雪の球はミスター・ガイコツの顔に命中した。泥交じりの雪が眼窩に入り込む。彼が頭を振っているすきに、ほかの連中に向かって次の球を投げる。雪合戦は、テキサスにめずらしく雪球をつくれるほど雪が積もった冬に二度やったことがあるだけだ。連中はじりじりと近づいてくる。雪球だけで彼らを牽制し続けるのは、やはり無理なようだ。

突然、空から何かがおりてきて、わたしはとっさに身をかわした。空からやってくるもののなかにはしばしばとんでもなく凶暴なやつがいるということを経験から学んでいる。しかし、今宵の飛行部隊は味方のようだった。二頭の見知らぬガーゴイルが、わたしとモンスターたちの間を猛スピードで飛び回る。「いまのうちに逃げな」一頭がわたしの横をかすめ飛びながら叫んだ。「おれたち、攻撃の魔術はあんまり得意じゃないんでね」

「なにしろ、石の体を動かすだけでかなりのエネルギーを食っちまうもんでさ」もう一頭が言った。

「ガーゴイルでいるのも楽じゃねえのよ」と、ふたたび最初のガーゴイル。

「うわっと、どこ見てんだよ、この間抜けが！」空中でぶつかりそうになり、もう一頭の方が叫んだ。ニアミスのあと、ふたりはヒステリックに笑い出し、あやうく落下しそうになった。

二頭のガーゴイルのおかげで、怪物たちとの間に一定の距離を保つことはできているが、囲まれていることに変わりはない。ガーゴイルたちだって、いつまでも飛び続けてはいられないだろう。わたしはあらたに雪球をつくり、ホールの側にいるモンスターにねらいを定める。包囲網に穴を開け、オーウェンやグロリアやジェイムズや大勢の——見たところフレンドリーな——魔法使いたちのいるホール内に逃げ込めば、とりあえず身の安全は確保できるはず。うまくすれば、同時になかの騒ぎを中断させて、娘の売り込みに躍起になっているママ連中からオーウェンを救い出せるかもしれない。

そのとき、ホールのドアが開き、人影がひとつ、ものすごい勢いで飛び出してきた。オーウェンだ。ミスター・ガイコツとその仲間たちもすぐに彼に気がついた。気をつけるよう叫んだときには、すでに怪物たちの注意は完全にオーウェンの方に移っていた。もしかすると、はじめからわたしを餌にオーウェンをおびき出す作戦だったのかもしれない。

オーウェンがいかに有能な魔法使いだとしても、魔法使いである以上、彼もまた魔法にかかる。空中を魔法が激しく飛び交いはじめた。モンスターたちが投げつける魔術を、オーウェンはすばやくかわしていく。わたしも雪球を投げて加勢する。ガーゴイルたちは引き続き空中を飛び回って連中のじゃまをした。それでもやはり、多勢に無勢であることに変わりはない。

しかし、その状態も長くは続かなかった。まもなく、男に飢えた娘たちとその母親たちが、オーウェンを追ってホールからどっとあふれ出してきた。彼女たちが駐車場の状況をどう理解したのかはわからないが、別の集団が自分たちからオーウェンを奪おうとしているとでも思ったのか、皆すごい形相で悪党たちに飛びかかっていく。ミスター・ガイコツはあっという間に取り囲まれ、高級ブランドのハンドバッグでめちゃくちゃに殴られていた。なかには相変わらず女同士でつかみ合いをしているところもあるが、駐車場の混乱はオーウェンが襲撃者たちから逃れるのに十分だった。彼はわたしの腕を取り、ジェイムズとグロリアの車に向かって走り出した。

ジェイムズとグロリアはすでにコートを着て車の横に立っていた。オーウェンとわたしが合流すると、グロリアは腕にかけていたわたしたちのコートを差し出した。「まったく……」コートを着るオーウェンに手を貸しながら優しくたしなめる。「人前であんなふうに振る舞うよう教えた覚えはありませんよ」

わたしがコートを着るのを手伝いながら、ジェイムズが言う。「オーウェンを責めることはできんだろう」

「魔法が使われていたんです」わたしは言った。「人を操る魔術だわ、イドリスお気に入りの。わたしを外へ連れ出すために、あんな騒ぎを引き起こしたんです」

「作戦は裏目に出たようだけどね」オーウェンが言う。「あのいかれた女性たちのおかげで、ぼくらは助かったんだ。もし彼女たちが追いかけてこなかったら、どうなっていたかわからない」

「どんなふうになっていても、あなたはちゃんと対処できたはずよ」グロリアは言った。「さあ、車に乗って。さっさと帰りましょう。このての集まりは、長居するとろくなことがないわ」

教会での出来事が会話の材料をたっぷりと提供してくれたこともあり、ディナーの席はランチに比べていくぶん打ち解けたものになった。村の女性たちがオーウェンをいかに理想的な花婿候補として見ているかという話になると、当の本人は思いきりきまりが悪そうだったけれど、グロリアが彼女たちのいずれのことも認めていないようだったのには、正直ほっとした。彼女がどのようにわたしを評価しているかはわからないが、少なくとも、この村に花嫁候補として目をつけた娘がいるわけではなさそうだ。

食事のあと、わたしはテーブルの片づけを手伝い、あらためて皿洗いを申し出たが、グロリアはやはりきっぱりと首を振った。「洗い物は明日の朝やるからけっこうよ。ジェイムズとわたしはそろそろ失礼するわね。若い人たちはどうぞご自由に。好きなだけ起きていてもらってかまわないわ」

「ただし、サンタクロースが来るまでにはベッドに入るように」ジェイムズがウインクしながら言う。「彼に恥をかかせてはまずいからね」

オーウェンとわたしは応接室に場所を移し、暖炉のそばの、それ自体がお目付役のようなソファに並んで腰かけた。フォーマルなベルベットのソファは、座ると自然に背筋が伸び、無意識に行儀がよくなってしまう。人目がなくても、このソファでいちゃつくことはちょっと想像できない。アラウンは満足そうにオーウェンの足もとに寝そべり、すぐに眠ってしまった。

「なかなか面白い夜だったわね」

「一応言っておくけど、この村の教会の集いはいつもあんなふうなわけではないからね」オーウェンはため息をつく。「これでしばらくの間、ぼくはゴシップの的だよ。当分はグロリアとジェイムズに会いにきてもらった方がいいな。ここはぼくにとって危なすぎる」

「でも、ニューヨークがどれだけ安全かしら。なにしろ、敵が野放しの状態なんだから。ちなみに、あの骸骨は間違いなく、先日例の会社の会長室で見たのと同じだわ」

「つまり、イドリスは百年前にフィリップの家業を乗っ取った人物の子孫と組んでいるってこと?」

「そうみたいね。もちろん、ミスター・ガイコツはフリーランスなのかもしれないし、あの会社は単にイドリスの顧客だっていう可能性もないわけじゃないけど。でも、なんか妙だわ。調べる価値はありそう」

「ありがたいね、またあらたに謎が増えたってことか。状況が見えてくるどころか、ますますわけがわからなくなってくる」

それからしばらくの間、暖炉のそばでこの新しい情報の意味するところを考えてみたが、結局、答が出ないまま、やがてオーウェンが言った。「そろそろ寝ようか。彼ら、ものすごく朝が早いんだ」

「それに、サンタクロースのご機嫌を損ねちゃまずいものね」

応接室を出るとき、ドアのところでオーウェンが言った。「あ、ヤドリギだ」

上を見ようとした瞬間、オーウェンが身をかがめてキスをした（クリスマスにはヤドリギの下にいる異性にキスしてもよいという言い伝えがある）。わたしは彼の首に腕をからめてそれに応える。「メリークリスマス」オーウェンがささやいた。

「メリークリスマス」わたしもささやき返す。「でも、こんなところにヤドリギなんかあったかしら」

「ほら」

言われるままに見あげると、赤いリボンのついたヤドリギの小枝が宙に浮かんでいる。「これって、ずるじゃない？」

「だめ？」

「ま、これは見逃してもいいかな」

わたしたちはふたたびキスをした。オーウェンはやがて顔を離すと言った。

「寝る前にもう一度犬を散歩に連れていかなくちゃならないから、きみは先に休んでて」

「つき合う？」

「いや、大丈夫。ほんの数分連れ出すだけだから。アラウンも寒いところには長くいたくないらしくて」

オーウェンはコートを着て外へ出ていった。アラウンがうれしそうにあとをついていく。わたしは音を立てないよう気をつけながら二階へあがった。階段をのぼりきったところで、左側にある部屋から話し声が聞こえた。盗み聞きがよくないことはわかっているが、グロリアの声に思わず立ち止まる。「いつまでこんなやり方を続けなければならないのかしら。規則がつくられたころから、時代はずいぶん変わったのよ」

ジェイムズの話し方はずっと静かで、彼が話しているということがかろうじてわかるだけだ。内容までは聞き取れない。すると、またグロリアの声が聞こえた。彼の言ったことに答えているらしい。「それのどこに問題があるの？　いまさらわたしたちから奪えるわけでもあるまいし。だいたい、あの子はもう、わたしたちの保護下にはないのよ。関わりをもち続けるかどうかは、完全に彼とわたしたち次第だわ」

ふたたびジェイムズが何か言ったが、わずかに〝責任〟という言葉が聞き取れただけだった。

「それはそうだけど――」グロリアが答える。「いずれにしても、この段階でどれほどの影響を与えられるというの？　よくも悪くも、あの子がこのように育ったのはあの子自身の資質によるものだわ」

この場を立ち去るべきだということはわかっていた。わたしには関わりのないことだ。でも、足を踏み出すことができない。

ジェイムズがまた何か言ったが、やはり内容を聞き取ることはできない。それに答えるグロリアの口調にはどこか思いつめたものがあった。「とにかく、いまあの子に必要なのは、自分は決してひとりではないということを知ることよ。今夜の一件を見たでしょう？　彼らは本気よ。あの娘は助けになるかもしれないけど、同時に障害にもなりかねないわ」

あの娘ってわたしのこと？　姿を隠した妖怪たちを見つけて知らせる以外に、何かすべきことがあるの？　それより、わたしが〝障害〟になるというのはいったいどういうことだろう。話し声はどんどん小さくなり、もはや言葉を聞き取ることはできなくなった。オーウェンに盗み聞きしているところを見られる前に、自分の部屋へ戻ることにした。

ふだんベッドに入る時間よりまだ一時間以上早かったけれど、移動の疲れと、この一日半の間にたまったストレスで、あっという間に眠りに落ちた。どのくらい眠っただろう。カタカタという奇妙な物音と窓から差し込むまぶしい光で目が覚めた。

隣家にタイムズスクエアも顔負けの電光掲示板があったという記憶はない。ベッドに入ったときには部屋は完全に暗闇だったから、この光はあとからついたものだ。脈がいっきにはやくなる。兄たちのおかげでサンタクロースについての真実は二十年ほど前に知ったけれど、わたしにはいまだにどこかで言い伝えを信じたがっている子どもじみたところがある。クリスマスイブの夜には、そりの鈴や屋根を蹴るトナカイの蹄の音がしないかとつい聞き耳を立ててしまうし、夜中にしかるべきタイミングで目を覚ませば何か非現実的な光景を目にするんじゃないかと期待してしまう。もっとも、魔法が存在することがわかったいまなら、それもさほどばかげた考えではないように思える。サンタクロースが本当に存在するなら、わたしには見えてもよさそうだ。空から舞いおりて、だれにも気づかれずに人の家に出入りできる生き物なんて、免疫者《イミューン》であるわたしがいかにも目撃しそうではないか。

かの有名な古い詩（クレメント・ムーア作『ザ・ナイト・ビフォー・クリスマス』）の一節そのままに、音の正体を知りたくてわたしはベッドから飛び起きると、すばやく窓に駆け寄り、カーテンを開けた――この部屋には鎧戸はない。ところが、そこにいたのはミニチュアのそりを引く八頭の小さなトナカイでも、小人のエルフでもなかった。かわりに、襟と袖口にすすけた白い毛皮の縁取りがある赤いベルベットの服を着たミセス・サンタクロースもどきのフェアリーゴッドマザーが、空中でホバリングしていた。

そのままカーテンを閉めて無視を決め込みたかったが、彼女の立てている音――窓ガラスに向かって杖《ワンド》の先から銀色の火花を噴射している――でグロリアとジェイムズを起こしてしまってはまずい。わたしはしぶしぶバスローブを羽織り、窓を開けた。流れ込んできた冷たい外気に思わず身震いする。「なんの用？」愛想笑いをする気にもなれない。

フェアリーゴッドマザーはチッチッと舌を鳴らして首を振る。「用があるのは、あたしじゃなくてあなたの方でしょ」

「こっちに用など何もないわ。ただ寝たいだけよ。魔法がらみのちょっとした騒動はあったけど、実際、思ったよりずっといい感じでことが運んでるの。彼の養父母ともうまくやれているし、オーウェンとの関係も問題ないわ。だからあなたも、わたしのことはいっさい気にせずに、楽しいクリスマスを過ごしてちょうだい」

「あら、でも、今回の訪問でいくつか気になることが出てきたんじゃなあい？　たとえば、彼のもつパワーが彼自身や彼の将来にどんな影響を与えるのか、とか――」

たしかにそれはおおいに気になるところではある。とりわけ、先ほど廊下で耳にしたことを思えば。「そのことについては、とりあえず考えないようにしてるの。いま頭にあるのは、眠ることと、フェアリーゴッドマザーといっしょにいるところをボーイフレンドの親に見られるのはご免だということだけ」

「彼らにあたしのことは見えないわ」フェアリーゴッドマザーはふんと鼻を鳴らす。「見くびってもらっちゃや困るわね」

「この件については、またあらためて話すことにしない？　ニューヨークに帰ってから、できれば真夜中以外の時間に……」

「ま、あなたがどうしてもと言うなら、それでもいいわ。また顔を出すわね」彼女が消えたとたん、スケートリンクの事件について聞くのを忘れたことに気がついた。まあ、いい、それは向こうに帰ってからでも遅くはない。どうやら、彼女とは一度じっくり話をしなければならないようだ。おそらく、それ以外にこのフェアリーゴッドマザーから解放される道はないだろう。

窓とカーテンを閉め、ベッドに戻ろうとしたとき、思わず悲鳴をあげそうになった。羽根ぼうきをもった小さな生き物がチェストの上に立っている。なんとか悲鳴だけは堪《こら》えたものの、ひゃっと言って飛びあがってしまった。どうやら、それが相手を驚かしたようだ。生き物の方もまた、ひゃっと言って飛びあがり、そのままじっと固まっている。まるで、そうしていればわたしに気づかれないとでも思っているように。

生き物から目を離さずにゆっくりベッドまで戻る。「ここで何してるの?」声をひそめて訊いた。

生き物はぎょっとした顔をこちらに向けた。「見えんの?」体のサイズから、きんきんした甲高い声を出すのかと思ったら、二百年ぐらいの間、煙草を毎日二箱ずつ吸ってきたような低いしゃがれ声だった。

「わたしイミューンなの。あなたが姿を消していたとしても、わたしには効かないのよ。ねえ、質問に対する答がまだだわ。あなたはだれ? わたしの部屋で何をしてるの?」魔法界とつき合うようになってしばらくたつが、このタイプの生き物にはまだ遭遇したことがなかった。見たところ、小妖精《エルフィン》のようでもあるが、ＭＳＩのエルフたちがぶどうだとすると、こちらは干しぶどうといった感じだ。つまり、しぼんでいて、しわしわで、全体的に茶色っぽい。くびれのないすとんとした茶色の服にエプロンをつけていて、長い白髪は霞のように細い。女性のように見えるけれど、近ごろは髪型や仕事の種類で安易に性別を決めつけることはできない。

「あたしはこの家の家事を任されてんのさ」彼女――たぶん――は言った。「でも、あたしのことはだれも知らないことになってんだ。秘密がばれたら、グロリア奥さまに合わせる顔がなくなっちまう」Ｒが巻き舌で、かすかなスコットランド訛りがある。「あんた、後生だからだれにも言わないでおくれよ」

この状況、なんとなくなじみがある――そうだ、小さいころに聞いたお伽話《フェアリーテール》だ。茶色いふちなし帽をかぶり、ほかの女の子たちといっしょに輪になって座っている自分の姿が脳裏に浮かぶ。「わかった！　あなた、ブラウニーね！」はじめて出席したブラウニースカウト（小学校低学年対象のガールスカウト）の集会で聞かされたのが、夜中にやってきてこっそり家事の手伝いをする働き者の妖精《フェアリー》の話だった。

ブラウニーはやれやれというように目玉を回す。「ああ、そうだよ。それ以外のなんだっていうんだい。まさか、フェアリーゴッドマザーがもうひとり現れたと思ったんじゃないだろうね。さっきの変なお客といっしょにしないでおくれよ」そう言うと、ふたたび心配そうな顔になった。「あんた、だれにも言わないだろうね」

「ええ、もちろん言わないわ。ただ、グロリアに助っ人がいることを知ったら、彼女の息子はおおいに安心するとは思うけど。彼、グロリアの体のことを心配してるから」

彼女は顔をしかめて何やら考えている。厳密には、顔をしかめているように見える、ということだけれど——もともとしわだらけなので、たしかなことはいえない。「しょうがないね。街に戻ったら彼には教えてもいいよ。ただし、息子も口外は無用だよ。せがれに知られるなんて、奥さまには耐えがたいことだからね」

「この家には長いの？」

ブラウニーは掃除を再開し、ほうきを動かしながら言った。「もう何年たったかわからなくなっちまったね。はじめてここに来たとき、あの子はまだほんのチビ助だったよ。奥さまのことはその前から知ってたけどね。あたしの家が潰れたとき、奥さまが住む場所を提供してくれたんだ。これはあたしなりの恩返しさ」彼女は最後に鏡をふくと言った。「さてと、これから皿洗いだ。あんたはゆっくり休むんだね」こちらが〝おやすみなさい〟とも〝メリークリスマス〟とも言えないうちに、彼女は部屋から消えていた。ベッドに入り、次はなんだろうと考える。サンタクロースは赤鼻のルドルフやグリンチを同伴して現れでもしないかぎり、今夜のわたしを驚かすことはできないだろう。

幸い、その後はだれにもじゃまされることなく眠ることができた。翌朝は早く目が覚めた。グロリアの機嫌を損ねてはいけないという気持ちが潜在意識にあるのか、自然に目が覚めてしまったのだ。ジェンマに借りた赤いセーターに黒いスラックスを合わせ、軽く化粧をしたあと、そっと寝室のドアを開け、廊下をのぞいてみる。オーウェンの部屋のドアはまだ閉まっていた。

ひとりで下へ行くのは気が引ける。階下からかすかに話し声が聞こえるから、ジェイムズとグロリアはすでに起きているようだ。いまのところ、ふたりともそれなりに感じよく接してくれてはいるけれど、ひとりで長時間彼らの相手をする自信はまだない。とはいえ、最後にのこのこおりていくのも、できれば避けたい。

ここは廊下のきしみにひと役買ってもらうことにしよう。わたしはひとつ大きく深呼吸すると、廊下に出て、踏むと音が出る場所を目指した——わたしがすでに起きていることがオーウェンに伝わることを期待しつつ。ところが、その場所を踏むと同時にオーウェンの部屋のドアが開き、彼の顔がいきなり目の前に現れた。思わず小さな悲鳴をあげる。オーウェンはよろめくわたしの腕をつかんで言った。「ごめん、驚かした？」

「すごいタイミングね」

オーウェンの首から上がみるみる赤くなる。「どうしてだろう。潜在意識のせいかな。ほんとにわざとじゃないんだ」

「ふたりとも起きたの？」階下からグロリアの声がした。

「いまおりていくところだよ」オーウェンは下に向かって言うと、わたしに腕を差し出した。

「じゃ、行こうか」

グロリアはスウィートロールの軽い朝食を用意していた。軽いといっても、ダイニングテーブルにはちゃんと人数分の磁器がセットしてある。おそらくこれにも、ゆうべのブラウニーが関わっているのだろう。うちにもひとり彼女みたいな助っ人が欲しい。

朝食のあと、わたしたちはそろって応接室に移動した。ジェイムズとグロリアはソファに腰かける。彼らの年になると、床に座るのは――立ちあがるのはさらに――大儀なのだろう。オーウェンがツリーのそばにあぐらをかいて座ったので、わたしも彼の横に腰をおろす。どうやらこの家では、ツリーの下のプレゼントを配るのはオーウェンの役目のようだ。

「これはケイティからふたりへ」オーウェンはわたしが用意した包みをグロリアに手渡す。鼓動がにわかにはやくなった。手づくりのささやかな贈り物が、急にひどく粗末なものに思えてくる。

ところが、包みを開けたグロリアの反応は思いのほかよかった。「まあ、素敵だわ。ありがとう」その口調は、ほとんど優しくさえあった。「自分でなさったの？」

「はい。料理と並んでストレス解消法のひとつなんです」

「とてもよいことだわ。わたしも縫い物は好きだったのよ。いまは目と指先が思うようじゃなくて、すっかりやらなくなったけど」

オーウェンが養父母に贈ったプレゼントは大当たりだった。オーウェンはわたしが選ぶのを手伝ったことをわざわざ強調してくれた。オーウェン自身もわたしが用意したマフラーをとても喜んでくれて、部屋のなかは十分暖かいにもかかわらず、うれしそうに首に巻いて、ありがとうと言った。彼の笑顔はわたしのことまで温かくした。続いてオーウェンがわたしに自分のプレゼントを差し出したときには、室温がさらに二、三度あがったような気がした。

それはとても美しいロケットだった。エセリンダのロケットのようなハート形ではなく、なめらかな楕円形で、細い鎖がついていた。「わあ、素敵……」箱を開けた瞬間、思わずつぶやいた。一方で、親がわりの人たちの前でこうした贈り物を受け取るのは、少々気恥ずかしくもあった。ジュエリーはふたりの関係がそれなりの段階にあることを意味する。

どうやら、オーウェンもそのことに気づいたようだ。彼は顔を真っ赤にしながら急いで言った。「重要なのはロケットそのものじゃないんだ。純金が使われてるのは魔術を機能させるためで、本当に重要なのはその魔術の方で……その、つまり、もしこれが適切に機能すれば、近くで魔法が使われたときに感じる例の感覚を強めることができるんだ。きみにはめくらまし《イリュージョン》が見えないわけだから、相手が真の姿を隠していても、つまり、ほかの人たちがきみとは違うものを見ていても、わからない可能性が高い。魔法の使用に対するきみの感覚はだんだん鋭くなっているようだけど、これがあればもっと確実に感知できる。ちなみに、きみがイミューンであるかどうかは関係ない。このロケットは、使われている魔法に対して直接反応するようになってるから」

「へえ、すごいじゃない。でも会社ではしない方がいいわね。一日じゅうビリビリくることになっちゃうもの」

「まあ、特に害はないけどね。でも、そうだね、これをするのは会社の外や、知り合いの魔法使いが近くにいないときがいいかもしれない」

ジェイムズもわたし同様に興味をかき立てられているようだ。「これはひょっとしてあの本に書いてあっ——」そう言いかけたところで、グロリアが割って入った。

「ふたりとも、いまはプレゼントを開ける時間よ。魔法の話はあとで好きなだけしてちょうだい」

オーウェンはわたしの方に身を乗り出して、箱のなかからロケットを取り出した。「さあ、つけてみて。ちゃんと効くか試してみよう」オーウェンが留め金をはめられるよう、わたしは髪の毛をもちあげる。うなじに彼の指が触れて、全身の神経回路がいっきに過熱する。ロケットが増幅させるのがこのての感覚じゃなくてよかった。もしそうだったら、わたしはあっという間に爆発していただろう。グロリアの前でただの同僚のふりを続けるのは、もはや無意味だ。彼女は鋭い。オーウェンに触れられたとき、わたしが思わず身震いしそうになったのを見逃したとは思えない。彼女の目には、全身から湯気をあげるわたしの姿が映っていそうだ。

ジェイムズとグロリアからのプレゼントを開けたとき、グロリアが何もかもお見通しであることがはっきりした。ふたりからの贈り物は、かごに入った美しいウールの毛糸だった。オーウェンは彼らに相当わたしのことを話していたようだ。たしかに、通勤の途中で編み物も嫌いじゃないというようなことをちらっと言ったかもしれない。そんな細かなことを覚えていて、それをわざわざ彼らに話したとすれば、グロリアは間違いなくオーウェンとわたしの間に何かが進行中であることを察知したはずだ。

「わあ、きれい。それにすごく柔らかい。ありがとうございます」

「ご自分のものを何かつくるといいわ」グロリアは言った。「そのためにピンクを選んだの。その色で別のだれかへの贈り物を編もうとは思わないでしょう?」彼女は意味ありげな視線をオーウェンに向ける。わたしはピンクのセーターを着ている彼を想像して思わず吹き出しそうになった。

包み紙やリボンを片づけはじめたところで、玄関のベルが鳴った。グロリアはすぐに立ちあがると、皆を制し、部屋を出ていく。まもなく、彼女はひとりの若い女性を連れて応接室に戻ってきた。「オーウェン、レベッカ・ミドルトンを覚えているわね」

オーウェンが立ちあがる。わたしもマナーと好奇心の両方から立ちあがった。客人は背が高く、ほっそりとしていて、おそらく十代のころは〝痩せののっぽ〟と言われたであろう体つきをしていた。色つきのセロファンに包んだ四角い物体を手にもち、オーウェンに露骨なほど熱い視線を送っている。「ママがクリスマス用に焼いたバナナブレッドをもってきたの。それと、ゆうべはごめんなさい。わたしったら完全にどうかしてたみたい……」

グロリアは、バナナブレッドと立ち寄ってくれたことに対して手短に礼を述べると、玄関の方へさりげなく彼女をエスコートしていった。「あの娘もようやく人並みに肉がついたわね」応接室に戻ってくると、グロリアは言った。「だいぶ大人になったけど、まだまだ成長の余地はあるわ」同感だ。案外、グロリアとは気が合うかもしれない。

「そのバナナブレッド、もって帰らなくていいよね?」オーウェンが身震いしながら言った。「高校のとき、これでもかっていうくらいもらったんだ。しまいにはアレルギー反応が出るようになっちゃって」

ふたたび玄関のベルが鳴ったとき、グロリアはキッチンでクリスマスディナーの準備をしている最中だった。胸もとでロケットが振動していることから察して、若干魔法の助けを借りているようだ。どうりで手伝いはいらないと言い張るわけだ。オーウェンが玄関へ行き、まもなくフルーツケーキの缶を手に、頬を真っ赤に染めて戻ってきた。「ステファニー・ヘラーだった」ジェイムズに言う。「ふたりによろしくと言ってたよ。それからゆうべはごめんなさいって」

「この調子でいくと、イースターまで焼き菓子は買わなくてよさそうだな」ジェイムズが皮肉を言う。オーウェンはますます赤くなった。

次にベルが鳴ったとき、わたしもオーウェンといっしょに玄関へ行った。ドアを開け、母娘とおぼしきふたりの女性の姿が現れるなり、オーウェンはわたしの腰に腕を回して、まるでわたしを盾にするかのように自分の前に引き寄せた。無理もない。母親の方はかなり恐ろしい風貌をしている。わたしの記憶が正しければ、昨夜の食べ物の投げ合い《フードファイト》で最初にクッキーを投げた人物だ。一方、娘はもじもじとうつむき加減に立っている。おそらくむりやり引っ張られてきたのだろう。地元一の花婿候補にご執心なのは、どうやら母親の方らしい。ロケットが反応している。この母親、オーウェンに魔法をかけようとしているのだろうか。なるほど、それで彼はわたしを盾にしているのか。

「ミセス・エリス」オーウェンがこわばった声で言う。「わざわざ寄ってくださってありがとうございます。ただ、あいにくジェイムズもグロリアもいま手が離せなくて……」

「あら、いいのよ」母親は大げさなつくり笑いをする。その姿はなぜかエセリンダを思い出させた。「ふたりにはいつでも会えるもの。ご近所同士なんですから。それより、あなたに会えてよかったわ」彼女がひじで突くと、娘がナプキンのかかったかごを差し出した。オーウェンの両腕は相変わらずわたしの腰に回されたままなので、わたしがかわりにかごを受け取る。母親はふたたび娘をひじで突いた。

「しばらくこっちにいるの？」娘がおずおずと訊く。かなり内気な感じだ。オーウェンにはぴったりの相手だといえなくもない――この恐ろしい母親は別として。そういえば、まだふたりともゆうべのことを謝っていない。

「いや、明日帰るんだ」オーウェンが答える。「寄ってくれてありがとう」ふたりが玄関から出るやいなや、彼はわたしの後ろから腕を伸ばしてドアを閉め、身震いした。「あの人はどのハーピーより怖いよ。娘がおかしくならないのが不思議なくらいだ」

「今度はだれだい？」いつの間にか書斎に移動していたジェイムズが開いた本の陰から言った。

「ミセス・エリスと、ええと、娘はなんていう名前だったっけ……」

「さあ、なんといったかな。母親がそばにいると、あの子はほとんどものを言わせてもらえないんだ。で、今回の収穫は？」

わたしはナプキンの下をのぞいてみる。「ブルーベリーマフィンです」

「おまえにはもっとひんぱんに来てもらうべきだな、オーウェン」

みんながディナーの席についたとたん、またもやベルが鳴った。「適齢期の娘をもつ隣人はもういないはずだけど――」グロリアがそう言って腰をあげる。

「わたしが行くよ」彼女を手ぶりで制して、ジェイムズが言った。「今度はクッキーだといいんだが……」

ところが、数秒とたたないうちに、玄関の方からジェイムズの声がした。「オーウェン、ケイティ！」やや緊迫した口調から、少なくとも焼き菓子やオーウェンの追っかけに関わることではなさそうだ。

急いで玄関へ行くと、サムが螺旋階段の手すりにとまっていた。「ふたりともすぐ街に戻ってくれ」彼は言った。

10

「どうしたの？」わたしは訊いた。

オーウェンがサムのかわりに答える。「イドリスだ。やっぱりな。そんな気がしたんだ。彼なら絶対クリスマスをねらうって。ゆうべの一件は牽制にすぎなかったんだよ。最初からニューヨークを離れるべきじゃなかった」

「おうおう、ちょっと待ちな」手で〝ストップ〟のジェスチャーをしながら、サムが言った。「大惨事だとはだれも言ってないぜ。あんたが街にいたとしても、たいした違いはなかっただろうよ。とにかく、至急ニューヨークに戻って現状を把握して、さっそく明日の朝から対応に当たってほしいってのが、ボスからの伝言だ」

「つまり、だれも死んだり、血を流したり、危険な目に遭ったりはしてないのね？」わたしは念を押す。

「まだ、いまのところはな。ただかなり異様なことにはなってるぜ」

「休日運行だから、次の列車まで二時間はある」ジェイムズが腕時計を見ながら言った。「わたしたちの車を使いなさい」

「それには及びませんよ、おやっさん」サムが言った。「足は手配済みです。ロールズがいまこっちに向かってますよ」運転手つきのロールスロイスでニューヨークに戻る自分たちの姿が頭に浮かぶ。しかし、そんな妄想はサムの次の言葉にあえなく打ち砕かれた。「そういえば、ずいぶん遅いな。絶対おれより先に着いてると思ったんだが。なにしろ、制限速度なんか眼中にないやつだから。つうか、あいつの辞書には物理の法則そのものが存在してないって感じだな」どうやらロールズというのは車ではなく、人のようだ。

グロリアが玄関広間にやってきた。「ディナーが冷めてしまうわ。どうかしたの？」

オーウェンが彼女の方を向いて言う。「ニューヨークの方で何か問題が起きたらしいんだ。詳しいことはまだわからないけど、すぐに戻らなければならなくなった。いま迎えが来るそうなんだけど――」

「食事をする時間もないの？」

「申しわけない、マダム」サムが言う。そのとき、彼の背後で甲高い急ブレーキの音が聞こえた。「お、ロールズが到着したようだ」

「あなたたちは荷物をまとめなさい。その間にディナーを少しでももっていけるようにしておくわ」グロリアが言った。「さあ、急いで！」

オーウェンとわたしは二階に駆けあがる。荷物はそれほど多くないので、荷づくりはすぐに終わった。玄関に戻ると、すでにオーウェンがいてクロゼットからふたりのコートを取り出していた。グロリアが小さなピクニック用のバスケットをもってキッチンの方からやってくる。

彼女に急《せ》かされて外へ出ると、家の前の私道にシルバーのタウンカー（フォード社の大型セダン）がとまっていた。屋根の上に二頭のガーゴイルがいる。ガーゴイル自体もともと奇妙な生き物だが、この二頭はまたとびきり奇妙だった。しかも、よく見ると、彼らはゆうべわたしのボディガード役を担ったコンビだ。

「こちらが今夜の乗客だ」サムがガーゴイルたちに言う。「手厚く扱えよ。大ボスの信頼厚いふたりだからな。坊やの方は、おまえらを永久に石に戻しちまうことだってできる。ケイティ、ミスターP、ロッキーとロロを紹介するぜ」

「別名、ロック&ロールだ！」二頭のガーゴイルが声を合わせて言う。目をぎょろりと見開いたこっけいな表情は、土曜の朝のアニメ番組を見ているようだ。

細長い顔をした背の高い方が続ける。「ゆうべ教会で会ったけど、ちゃんとした紹介はまだだったよな。おっと、ロッキーってのは本名じゃないぜ。あくまでニックネームなんで、そこんとこよろしく。なんたって、こちとら石でできてるんでね」そう言うなり、彼とロロはげらげら笑い出して、車の屋根から落ちそうになった。ロッキーはむせながらなんとか体勢を立て直すと、「わかる？　ロッキー、ロック、石──」と言って相棒をひじで突く。そしてふたたび、ふたりそろって笑い転げた。

ジェイムズの方を向き、やはり車を貸してくださいと言おうとしたところで、サムが後部座席のドアを開けて言った。「さあ、乗った。おれは先に行って、ボスにあんたらが向かっていることを伝えておくよ」

「負けた方は罰ゲームな」ロロが言った。彼は背が低く、ずんぐりしていて、羽とは別に二本の腕をもつロッキーとは違い、羽の先端に小さな手がついている。

おおいに不安を感じながら後部座席に乗り込む。オーウェンは最後にもう一度アラウンの耳の後ろをなでてやってから、わたしの横に滑り込んだ。グロリアが体をかがめて、ディナーを詰めたバスケットを差し出す。「車のなかで食べなさい。ふたり分のディナーにデザートを少しと、ナプキンを多めに入れておいたから。いっしょに食べられなくて残念だけど、仕事ではしかたないわね。ケイティ、会えてよかったわ。また来てちょうだいね」

「ありがとうございます。とても楽しかったです」オーウェンは言った。グロリアが彼の頬に軽くキスをして後ろに下がると、ロッキーがドアを閉めた。

「向こうに着いて一段落したら電話するよ」オーウェンは言った。グロリアが彼の頬に軽くキ
どちらのガーゴイルも、ハンドルの上から前方を見て、同時に足もとのペダルを踏めるだけの体長がない。ガーゴイルも妖精《フェアリー》のように体のサイズを変えられるのだろうか。サムの話し方からすると運転者はロロのようだが、彼が前方を見ながらハンドル操作をし、なおかつアクセルやブレーキが踏めるとはとうてい思えない。しかし、その疑問はすぐに晴れた。ロッキーが足でハンドル、手でウインカーやギアやクラクションを操作し、ロロが床に座ってペダルを担当するのだ。

わたしは本能的にシートベルトに手を伸ばす。オーウェンも同じようにした。「いい心がけだぜ、ご両人」ロッキーが振り返って言う。「なんたって、ロロの運転は向こう見ずだからな」そう言うなり、笑い転げてハンドルから落ちそうになった。ダッシュボードの下からもく

ぐもった笑い声が聞こえてくる。「わかる？　向こう見ず。この下じゃ、こいつは文字どおり向こうが見えない。くーっ、うまいね！　オーケー、ロールズ、ギアをバックに入れたぜ。そろそろ出発進行といこうや」

　車がバックで私道から出ると、ロッキーはギアをドライブに入れて言った。「さあ、道路に出たぞ。アクセルを頼むぜ」

　たとえ、ここで急きょ、事態の収拾をオーウェンに任せて自分は次の列車を待つことにしたとしても、できることは何もなかっただろう。ロロの運転はたしかに向こう見ずだった。住宅地のなかを飛ぶように走り抜けていく。むりやり車から降りたりしたら、間違いなく即死だろう。村の通りですでにこれだ。ハイウェイに出たらいったいどうなってしまうのだろう。

「ブレーキ！」幹線道路に出る交差点に近づいたとき、ロッキーが叫んだ。車はものすごいブレーキ音とともに、後部を若干横にスリップさせながら急停止する。ロッキーは左右を確かめると、体重をずらしてハンドルを右に切りながら、「踏め！」と叫んだ。あまりのスピードに、タイヤが地面から浮いているような感じさえする。

「スピード違反で捕まるわよ」

　二頭のガーゴイルはヒステリックに笑い出す。「見えない車をどうやって捕まえるのさ」ロッキーが喘ぎながら言った。

「よう、ロッキー」ロロがダッシュボードの下から言った。「一度ぐらい捕まってみるのも面白いんじゃねえか？　二頭のガーゴイルが運転しているのを見たら、ポリ公、どんな反応するだろうな」

「間違いなく絶叫だな」

「それはあまりおすすめしないな」座席の縁をぎゅっとつかんだまま、オーウェンが穏やかに言った。「真の姿の露出に関しては厳格なルールがあるだろう？」

「露出するなんて言ってねえよ」ロッキーが笑いながらつばを飛ばして言う。「おれたちがガーゴイルだってことをちょこっと見せてやるだけさ」ふたりはさらに激しく笑い出す。「わかる？　普通、露出と言ったら、やばい部分を見せることだろ？」

「ところが、おれたちガーゴイルには、やばい部分がないときた」ロロが言う。「よう、ロッキー、もうちょっと飛ばしても平気か？」

「おう、アクセル踏みな。ぶっ飛ばそうぜ！」

車がぐんと加速すると、二頭のガーゴイルは「ひゃっほうー！」と奇声をあげた。

オーウェンがわたしの方を向いて言った。「食事にする？」「そうね」

音速をも超えようかという状況でものが食べられるかわからなかったが、窓の外の風景がぼやけるほどのスピードから気を紛らわしたくもあった。

グロリアが用意してくれたバスケットには、クリスマス料理を種類別に詰めたテイクアウト用の箱が入っていた。料理はまだ温かい。さっそく食べはじめようとしたところで、ふと前にいる運転手たちのことを思い出した。「ごめんなさい。あなたたちも何か食べる？」

「おれたちのことは気にしないでくれ」ロッキーが言う。「このスピードじゃ脇見はできないし、それに、おれたちはあんたらの食べ物は食わないからな。まさかそのなかに、小石料理は入ってないだろ?」例によって、ふたりはどっと笑う。

ロロが続ける。「じゃなかったら、ペカンサンデー(ペカンナッツを使った丸いクッキー)は? わかる? サンデー、サンド《砂》、ほら、おれたちって石でできてるから」これはさっきの以上に可笑しかったようだ。ガーゴイルのユーモアはどうもわかりにくい。

わたしたちは遠慮なく食事を始めた。超高速運転と二頭のガーゴイルによる共同作業のわりに、走りはなかなかスムーズだった。首にかけたロケットがずっと振動し続けている。オーウェンのくれた魔法探知機は、場合によって必ずしもつけ心地がいいわけではないようだ。

「それ、外しても傷ついたりしないから大丈夫だよ」オーウェンに言われて、自分が無意識のうちにロケットを触っていたことに気づいた。「さっきも言ったように、魔法を使う生き物のそばではわずらわしく感じることもあるからね。後ろを向いて。外してあげるよ」

彼の指がうなじに触れる瞬間のしびれるような感覚に備えて、ほとんど条件反射的に肩に力が入る。自分が及ぼしている影響にまったく気づく様子もなく、オーウェンは外したネックレスを差し出した。わたしはひとまずそれをポケットにしまう。オーウェンはバスケットのなかからデザートを取り出した。デザートはクリームと砂糖衣《アイシング》にチョコレートをたっぷり使ったブッシュドノエルのスライスだった。「グロリアって最高だわ」

「彼女もきみが気に入ったみたいだよ。ただ、あの年であの大きな家をひとりで切り盛りしているのが心配だよ。無理をしてないといいんだけど」

「彼女、ひとりじゃないわ。家事を手伝ってるブラウニーがいるの」

「本当？　どうしてわかったの？」

「ゆうべ、わたしの部屋を掃除してるところに出くわしたの。仕事中は姿を見られないようめくらまし《イリュージョン》を使ってるらしいわ。彼女の存在を知ればあなたが安心するだろうって言ったら、教えてもいいって。ただし、あなたが知ったことはグロリアには内緒にするっていうのが条件よ」

「たしかに安心したよ。いつからうちに来てたんだろう」

「どうやら、あなたが小さいころかららしいわ」

　運転席では、二頭のガーゴイルが大声でクリスマスキャロルを歌い出した。ロッキーはわたしの上をいく音痴だ。そして、彼にハモろうとするロロの試みも成功しているとはいいがたい。でも、ふたりの楽しげなムードには伝染性があって、いつの間にかわたしもいっしょに歌い出していた。わたしのひどい歌声は、かれらのそれに違和感なくマッチした。オーウェンもにやりと笑い、コーラスに加わる。このメンバーのなかにあって音を外さないのは、まったくもって驚くべき才能だ。

　まもなく、コーラスは中断した。車がニューヨーク・シティに入り、ロッキーがその自慢ののどをロロへの指示を叫ぶのに使わなくてはならなくなったからだ。クリスマス当日ということもあって交通量は少なかったが、そこはニューヨーク。少ないといっても、比較的ということになる。「よーし、速度を落とせ」ロッキーが指示を出す。「ブレーキ。ちょっとだけ前進、いや、もうちょっとだ。青だぞ、行け！　ゴー、ゴー、ゴー！　あ、待て！　ブレーキ！　ブレーーーキ!!!」

前にいるトラックのテールランプがいっきに迫ってきて、思わず目を閉じる。とりあえず大きな衝撃もなく、金属が潰れる音もしなかったので、恐る恐る目を開けてみたものの、数秒とたたないうちにまた閉じることになった。この車の乗客でいるくらいなら、残りの道のりを歩いて帰る方がずっと心臓に優しい。そうしないのは、この辺りがなじみのないエリアで、かつ外がかなり寒そうだからにすぎない。

マンハッタンに入ると、状況はますます悪化した。ブロードウェイを走るのは、たとえ車の流れが最高にスムーズなときでさえ、停止と発進の繰り返しだ。この先しばらくの間、〝もうちょい前、いや、ブレーキ、ゴー！　ブレーーーーキ!!!〟という叫び声が夢に出てきそうな気がする。それでも、ほかの車がなぜか次々に行く手から外れてくれるので、わたしたちは驚くほどはやく進むことができた。車はついに、タイムズスクエアの真ん中で急ブレーキをかけて止まった。縁石に乗りあげた片方の前輪は、街灯の柱からわずか数インチのところだ。

「着いたぜ、おふたりさん」ロッキーが宣言する。ロロが運転席によじ登ってきた。「サムは見当たらないな。ということは、おれたちの勝ちだ」ロッキーとロロは勝利のダンスを始める。「ロックしたぜ、ロールしたぜ、おれたちゃ、ロック&ロールだぜ」

「早とちりは困るぜ」サムが車の屋根に舞いおりた。「さあ、あんたたち、あれを見てくれ」

オーウェンはドアを開けて車の外へ出た。わたしもあとに続く。安全地帯《トラフィックアイランド》にすでにマーリンの姿があった。立ったまま上空を見あげている。周囲を見回し、あらためてマーリンの視線の先を追ってみる。即座に、自分たちがなぜニューヨークに呼び戻されたのかが理解できた。

「なんなの、これ……」

わたしの声は意図したほど小さくはなかったようだ。マーリンがこちらを向いて言う。「あなたにも見えますか。つまり、これはめくらましではなく、本物だということですな」

「ええ、そのようですね」

タイムズスクエアの巨大な掲示板がすべて、フェラン・イドリスとスペルワークスなる彼の新会社に関するど派手な広告で埋め尽くされている。掲示板のひとつは、〈スペル・ディファレント〉と謳っている。少なくとも、スペリングコンテスト（単語のスペルを正確に綴るコンテスト）への参加呼びかけではないはずだ。「あまりオリジナリティはないですね。アップルコンピュータの昔のスローガンをもじっただけです」別の広告は、〈ドゥ・マジック・ユア・ウェイ〉なるキャッチコピーと、地味なスーツを着た頭の固そうな連中がカラフルな急進派に驚いている写真だ。

「こういうことだったのか」オーウェンが掲示板を見つめながら言った。

「これって一般の人には見えないようになっているのよね」わたしは言った。「魔法を使える人たちだけに見えるよう、魔術がかけられているんでしょう？」

「おそらくそうだろう」オーウェンが同意する。「とにかく、何か大規模なことをやろうとしているのは間違いない。それに、自分の会社を合法的なものとして魔法界に認知させようともしている。怪しげな一坪ショップでパソコンでつくった魔術のマニュアルを売る段階は終わったらしい」

「このことが意味するのはそれだけじゃないわ」重苦しい気分がお腹のあたりに広がっていく。「こういった広告にどれくらい費用がかかるか知ってる？　この広告はすべて本物よ。めくらましではなく、物理的にちゃんとそこにあるわ。つまり、彼は実際にこれらの広告スペースを買ったということになる。何百万ドルも出してね。タイムズスクエアが最もにぎわうのが大晦日だということを考えると、少なくとも一週間は押さえたはずよ。それに、おそらく広告はこれだけじゃないわ。タイムズスクエアを占領することで世間をあっと言わせると同時に、個々の目に確実に触れるよういろんなメディアを使って宣伝を打つはず。ここの広告はむしろ、わたしたちへの挑戦状的な意味合いが強いような気がするわ」

「つまり、彼は資金源を得たということか――」オーウェンが険しい表情でわたしの考えを代弁した。「彼お得意の姑息な商売だけで捻出できる額じゃない。だれか相当な資金力と、おそらく権力をもつ人物が背後にいるんだ。きみの友人の敵がからんでくるのはそこなんじゃないかな」オーウェンはフィリップとミスター・ガイコツのことをざっとマーリンに説明した。

「その会社ならこうした活動に必要な資金は十分提供できるでしょう」マーリンは言った。「彼らはわが社の得意先のひとつですよ。警備と契約強化関連の魔術が主ですがね。ジャクソン・メレディスとは何度か会ったことがありますが、たしかに好ましい人物とはいいがたい。ただ、このようなことに関わるほど倫理観の低い男だとは思いませんでした」

「彼は現在、体調がすぐれないそうです」わたしは〝体調がすぐれない〟の部分をわざとらしく強調して言った。「彼の姪のシルヴィアが会長代行を務めています」

「なるほど、それなら説明はつく。彼女は相当なくせ者ですからな」

「まわりに注意した方がいいですね。何か起こるかもしれないわ」巨大なイドリスがコンクリートの箱を空手チョップで割っているポスターを見つめながら言う。コンクリートを割っている手の部分は、たぶん、空手のポーズを取るイドリスの写真にフォトショップか何かで貼りつけられたものだろう。かなりお粗末な出来ばえだ。

「どういう意味?」オーウェンが訊く。

「これまでイドリスが何か派手なことをやらかしたとき、本人が現場にいなかったことがあった? それが彼の大きな弱点でもあるの。わたしたちの反応を見ることに夢中になって、せっかく有利な立場にいてもそれを生かすことを忘れてしまうのよ」

「そのためにあなたがたを呼び戻したのです」マーリンが言った。「張り込みをするにはよいタイミングでしょう。彼は間違いなく近くにいるはずです」

わたしたちはいっせいにタイムズスクエアを見回した。ふだんの夕暮れどきに比べれば人出は多くないものの、それでも、これだけの人のなかから見た目のぱっとしない魔法使いをひとり見つけ出すのは容易ではない。「見当たらないわね」たとえ近くにいたとしても、実際に彼の姿を見つけることができるのは自分だけだろうと思って言った。

しばらく待つ覚悟を決め、オーウェンが魔法で温かいコーヒーを三つ出す。ロッキー、ロロ、サムは空中パトロールに飛び立った。路上にたむろすることを禁じる法律があるかどうかは知らないけれど、タイムズスクエアでそれを施行するのは難しい気がする。それでも、警官が近くを通るたびになんだかびくびくしてしまう。やがてついに、ひとりの警官が立ち止まった。

「あなたがた、何か待ってるんですか？」

「ここの看板は実に素晴らしいですな」マーリンがうれしそうに言う。「テレビよりずっと面白い。あんたもそう思わんかね」

警官は肩をすくめてこちらを見た。わたしはマーリンの腕を取る。「おじいちゃんが老人ホームを出ることってめったにないんです。こうしてたまに外出したときは、できるだけ好きなことをさせてあげたくて」

警官はうなずいた。「なるほど。では、よいクリスマスを」彼が立ち去るのを見届けてから、オーウェンとわたしはそろって吹き出した。

マーリンも愉快そうにしている。「仕事のために老いぼれを演じることになるとは思いもしませんでしたな」

言葉を返そうとしたとき、ふと視界の端にイドリスらしき人影が見えたような気がした。

「あれって――、ああ、なんだ、違った」

「違ったって、何が？」突然、別の声がして振り向くと、ロッドが立っていた。髪は今日もナチュラルで、肌の状態はさらによくなっている。見間違いでなければ、歯を白くしたようだ。

「メッセージを聞いて来てみたんだ。何か動きはあった？」

「今日は老人ホームの外出日で、ぼけちゃったおじいちゃんに大好きなネオンを見せにきたってことを警官に信じさせた以外に？」

「じゃあ、まだ血を見るような事態にはなってないってことだね」ロッドは頭上の広告をぐるりと見回す。「こりゃまた、最悪だな……」

返事をしようと口を開いたとき、ふたたび視界の隅に何かが入った。イドリスだ。今度は間違いない。近くのレストランのドアの内側に隠れていて、いつもの連中がまわりを囲んでいる。

「あそこよ!」

「どこ?」オーウェンが訊く。そしてすぐに、「あれか——」と言って手を翻した。でも、何も変わったようには見えない。目の前には、敵も味方も含めて、相変わらず多種多様な魔法界の生き物がいる。ただし、あちこちで悲鳴があがっていることから察すると、いまや一般の人たちにもミスター・ガイコツや空を旋回するガーゴイルが見えているようだ。「こんなつもりじゃ……」オーウェンは首を振る。「ケイティ、きみとロッドはイドリスを追ってくれ」そう言うと、彼はマーリンとともに何やら呪文を唱えはじめた。突然姿を暴かれたすべての魔法界の生き物たちにめくらましをかけ直そうとしているのだろう。

ロッドがガーゴイルたちに手を振る。すると彼らは、イドリスに向かっていっせいに急降下を始めた。ロッキーの足がイドリスの肩をつかむ。「よし、捕まえた!」しかし、その直後、足は肩から離れた。「うわっ! なんだよ、いてえじゃねえか! 汚ねえぞ!」

ロッドとわたしが彼らに追いつき、もう少しでイドリスに手が届きそうになったところで、突然、旅行者の群れが現れ、ゾンビのような薄気味悪い動きで行く手をふさいだ。彼らをかき分けて向こう側に抜けたときには、すでにイドリスの姿はなかった。ぐるりと一回転してみたが、ロッドがふたりの女性に言い寄られているのが見えただけだ。イドリスは彼の攻略法を心得ているようだ。ロッドが女性を振り払おうとするのは、おそらく人生始まって以来のことだろう。いつの間にか、イドリスの手下たちも姿を消していた。ただ少なくとも、人々のパニックは収まったようだ。魔法界の連中の姿がオーウェンとマーリンによって無事カモフラージュされたのだろう。

「逃げられたわ」ふたりのところに戻って報告する。ロッドもようやく女性たちを振りきってやってきた——電話番号が書かれたメモをふたつもって。「例の魔術を使ったのよ。あの魔術で旅行者たちを操って、わたしたちのじゃまをさせたんだわ。こっちは大丈夫?」

「ああ、なんとかね」オーウェンがため息交じりに言う。「この次めくらましを剥がすときは、もう少し正確に的を絞るようにするよ。それにしても、まさかタイムズスクエア一帯に効力が及ぶとはね。この魔術は、もっとせまい範囲にしか効かないものだと思ってた……」

「一度にあれだけの人数からめくらましを外すパワーをもつ者はそう多くはありません」マーリンが言った。「なかなかみごとでした。幸い、実害もほとんどなかったようです。すぐにめくらましを戻したので、ほとんどの人は目の錯覚だったと思うことでしょう。もちろん、今後はもう少し慎重に頼みますよ。これだけのパワーをもつからには、常に慎重でなければなりません」立ち聞きしたジェイムズとグロリアの会話が思い出された。マーリンの口調にも同じような響きがあった——誇りと懸念が交じり合ったような。

「この魔術は改良の余地があるな……」オーウェンは肩をすくめ、ひとりごとのように言った。

顔が赤くなっている。

「今夜はもう、ミスター・イドリスが姿を現すことはないでしょう」マーリンが言った。「あなたがたの休日をだいぶ潰してしまいましたな。これで解散としましょう。残りの夜を楽しんでください。そのかわり、明日の朝十時にわたしのオフィスに集まっていただけますかな」

オーウェンとわたしは視線を交わす。「わかりました」オーウェンが言った。

「ロッキーとロロがあんたらを家まで送り届けるよ」サムが言った。そしてガーゴイルのコンビに向かって、「無傷でな」とつけ加えた。

ふたりは敬礼のポーズを取る。「イエス、サー、サム様!」

「ほら、とっとと行け」サムが仏頂面で言った。

タイムズスクエアからユニオンスクエアの近くにあるわたしのアパートまでのドライブは、イートン家からマンハッタンへのそれ以上に奇妙奇天烈《きみょうきてれつ》なものとなった。交差点にさしかかるたびにオーウェンがロッキーに進むべき方向を告げ、そのつどロッキーがロロにアクセルとブレーキの指示を出す。そのため車内には、〝次の交差点で左だ。速度を落とせ。ブレーーキ。オーケー、進め。もう一度左だ。ストップ、ストップ、ストップ! ゴー!〟というロッキーの大声がひっきりなしに響くことになった。

ようやくアパートの前に到着したとき——前輪の片方は縁石に乗りあげ、フェンダーは街路樹からわずか数インチのところだ——オーウェンが言った。「ぼくの家はすぐそこだから、きみたちはもうあがっていいよ」彼の顔色も、いまのわたしの気分に負けないくらい悪い。車から降り、荷物をすべて歩道におろしたとき、この先二度とニューヨークのタクシー運転手について不満を言うまいと心に誓った。タウンカーは急発進し、けたたましいクラクションの音を浴びながら車の列に割り込むと、車体の片側を浮かせて次の角を曲がっていった。オーウェンはあらためてわたしの方を向く。「荷物を運ぶのを手伝おうか」

イエスと言いたいのをぐっと堪《こら》える。部屋に入ってもらって、残りわずかなクリスマスをいっしょに過ごしたいのは山々だが、まもなくルームメイトたちが帰ってくるし、オーウェンも早く家に帰って一連の問題について考えたいに違いない。「大丈夫」心とは裏腹にそう言った。「ひとりで運べるわ。じゃあ、明日の朝、ね？」

「ああ、そうだね。九時二十分ごろ来るよ」

「了解」表玄関の鍵を開け、オーウェンの方に向き直る。「メリークリスマス。それと、招待してくれてありがとう。最後の約一時間は別として、とても楽しかったわ」

「こちらこそ、招待を受けてくれてありがとう。きみがいてくれたおかげで、いろんなことがスムーズにいったよ」

キスを期待したいところだが、オーウェンはすでに別のことで頭がいっぱいのようだった。おそらく、めくらましを解く魔術がどうしてああいうことになったのか考えているのだろう。ジェイムズとグロリアに会ったいま、オーウェンが身体的な愛情表現を得意としないのも理解できる気がする。家路につくオーウェンに手を振ったあと、荷物をもちあげ、重い足取りで階段をのぼりはじめた。オーウェンのそばで過ごす時間が長くなればなるほど——彼の実家を訪ねたあとではなおのこと——この階段のみすぼらしさが際立って見える。タイタニック号の三等船室の乗客がファーストクラスの甲板から自分の船室におりていくときの気分は、きっとこんな感じなのではないだろうか。一度そういう世界を見てしまうと下界におりるのが難しくなるというのは、どうも本当のようだ。

たった一日留守にしていただけだというのに、アパートが見知らぬ場所のように思える。部屋のなかは息苦しいほど暑かった。例によって、下の住人が管理人室に行って寒いとさんざん文句を言ったのだろう。管理人は休みの間に呼び出されないよう設定温度を思いきりあげたに違いない。荷物の片づけを始める前に窓という窓をすべて開け、ジェンマのカシミアのセーターからTシャツに着がえた。ひとりの時間を楽しむとか、留守の間に鍵をかえるとか、いろいろ軽口をたたいたけれど、ルームメイトたちのいないアパートはひどくがらんとして見えた。

そういえば、彼女たちは今夜わたしが帰宅するとは思っていない。当初の予定では明日帰ることになっていた。一日早く帰ってきた理由と明日の朝仕事に行かなければならない理由をでっちあげなければならない——それも、早急に。玄関のドアに鍵が差し込まれる音がしている。

ドアを開けてわたしを見るなり、ジェンマが小さく悲鳴をあげた。後ろにいたマルシアがもっていた荷物を床に落とし、あわてて防御のポーズを取る。

「やだ、わたしってそんなに恐ろしい？」

「だって、無人のはずのアパートにいきなりいるんだもの」ジェンマが言った。「なんで帰ってるの？　明日まで彼氏の実家にいるんじゃなかった？　何かあったの？」

荷物をクロゼットへ運ぶふたりのあとをついていく。「ううん、何もないわ。向こうでは楽しく過ごしたわよ。わたし、けっこう気に入られたみたいだし」

「当然よ」マルシアが言った。「世の母親たちにとって、あなたほど理想的な息子のガールフレンドはいないもの。息子をほかの女に譲るなんて耐えられないっていう一部の子離れできないママは別として――」

「会社の方で問題が発生したのよ」わたしは続けた。「それで彼がこっちに戻らなくちゃならなくなったの。わたしのボスも関係してるから、明日の朝、ちょっと会社に顔を出してくるわ」

「クリスマスに問題が発生するなんて、いったいどういう仕事なの？」マルシアが訊く。

「そうめずらしいことでもないわ。戦争だってクリスマスに奇襲をかけたりするでしょう？　敵はこっちの警戒心が薄くなってるところをねらうのよ」

さすがのマルシアも、これにはあえて反論しなかった。荷物をひとまずベッドルームに置くと、ジェンマは電話でチャイニーズフードの宅配を注文した。夕食を食べながら、それぞれの休暇について報告し合う。なにげなく見ていたクリスマスの特別番組がコマーシャルに切りかわったとき、わたしは思わず口の中のライスを部屋じゅうに吹き出しそうになった。

11

フェラン・イドリスの顔がテレビ画面いっぱいに映し出されている。それ自体、気持ちのいい眺めではないが、その意味するところを考えるとさらに気分が悪くなった。これはかなり本格的なキャンペーン活動だ。コマーシャルは魔法ユーザーに対して、まったく新しい魔術で単調な日常生活から抜け出そうと訴えている。ＢＧＭはひどく耳障りな音楽で、たしかに注意を引きそうだ。何より驚いたのは、明日、五番街にスペルワークスの路面店がオープンするという告知だ。

むせたふりをしてショックをごまかす。「なんか、気管の方に入っちゃった」そう言いながら、ルームメイトたちの反応をうかがう。だれかが魔術の店を開いて本物の魔術を売ると宣言しているのを見て彼女たちが黙っているはずはないから、無反応だということは、一般の人向けに別のコマーシャルが流されていたということだろう。何かひとことでも言ってくれれば、どんなコマーシャルが使われたのか推測できるのに。たとえば、〝へえ、ヴィクトリアズシークレットでセールだって〟とか〝まったく、ボディスプレーにそんな効果があるわけないじゃない〟とか——。残念ながら、カモフラージュ用のＣＭは文句をつける価値すらないものらしい。わたしの咳が収まりつつあるのを確認すると、ふたりは食事とおしゃべりを再開した。

翌朝、アパートの前でオーウェンと会うなり、わたしは開口一番ゆうべ見たテレビコマーシャルのことを話した。「一般の人に何が見えているのかがわかればいいんだけど。でも、隣でいっしょに見ていながら、いまなんのコマーシャルやってたって訊くわけにもいかなくて」

「まずいな」オーウェンは首を振る。疲れているようだ。ゆうべはほとんど寝ていないに違いない。

「そうね。でも、ほら、少なくとも彼が何を企んでたのかはわかったわけじゃない」明るく言ってみたが、オーウェンはのってこない。眉間のしわはかえって深くなった。「ねえ、わたしの知らないことで、何か気になることがあるの?」

なかなか返事がないので聞こえなかったのかと思いはじめたとき、ようやくオーウェンは言った。「いや、特にないよ」そして、それきり地下鉄の駅に着くまでひとことも発しなかった。わたしもあえて話しかけなかった。オーウェンはむりやりしゃべらせることのできるタイプの人ではない。

世間は休暇中とあって、地下鉄はいつもより若干空いていた。めずらしく座ることができたので、ふだん見る余裕のない車内広告を眺めてみようと顔をあげ、啞然とする。車両内のすべての広告スペースがスペルワークスのそれで埋め尽くされていた。オーウェンをひじでつつく。彼は車両のなかを見渡し、無言のまま首を振った。

地下鉄を出て、会社に向かって歩いているとき、オーウェンはついに口を開いた。「なんだか何もかもおかしなことになってしまってごめん。デートも、休暇も……。これじゃあ、おせじにも幸先のいいスタートが切れたとはいえないよね」オーウェンはうっすらと苦笑いを浮かべる。「きみがもうつき合いきれないと言っても、責めることはできないよ」

「これまで起こったことはすべて、あなただけじゃなく、わたしにも関係があることだわ。もしあなたと別れて普通の人とつき合ったりしたら、きっともっとひどい事態になるはずよ」ふいに、心臓をわしづかみされたような気分になった。「もしかして、つき合いをやめにしたいわけじゃ……」

「違うよ。ただ、ぼくといっしょにいると、いろいろ大変なことが多いと思う。ぼくの仕事や、ぼくという人間のせいで」

「ふたりでいっしょに取り組めば、大変さも軽減すると思うわ」努めて明るい声で言う。「それに、わたしのデート歴を知れば、大変じゃなかったことなんてこれまで一度もなかったことがわかるわよ。あと一回デートをすれば、この一年余りの記録を塗りかえることになるわ。事件に遭遇しようがしまいがね」

オーウェンの表情が少し和らぐ。「わかった。きみがそう思うなら」

「そう思いますとも」

どうやらマーリンは、わたしたちの小さなチームだけに対処させるには事態が重大すぎると判断したようだ。彼のオフィスに行くと、部屋にはすでに大勢の人――および生き物――が集まっていた。サムをはじめ、営業部長に経理部長、予測部門であるプロフェット&ロスト《予言&失せ物捜査》部の責任者、さらには、ふだん決して自分のオフィスを出ないオーウェンの直属の上司の姿まである。

なかでも、わが社の顧問弁護士イーサン・ウェインライトがいたのには驚いた。彼はわたしと同じ免疫者《イミユーン》で、わたしたちはひと月ほど前、ごく短い期間つき合った。彼にふられて以来、仕事の場で会うのはこれがはじめてだ。いまはオーウェンとつき合っているのだから、もう動じなくてもよさそうなものだが、顔を見ると、やはりまだ少しつらい。こういう場で元彼と遭遇した場合、どうするのがいちばんよいのだろう。何もなかったように振る舞うべきか、それともあえて過去に触れるべきか。とりあえず、できるだけ遠い席につき、話しかける必要が生じないかぎり接触を避けることにした。

イーサンの存在に何か反応を示しているだろうかと思い、隣に座ったオーウェンをちらりと見る。そのときふと、同じような状況がオーウェンとの間にも起こり得ることに気がついた。もし、ふたりがうまくいかなくなったら——。もし、今朝彼が言ったように、次から次へと生じる難題にふたりのどちらかが音をあげたら——。いつかわたしたちにも、会議用のテーブルを隔てて何もなかったように振る舞うべきか否かを悩む日がくるのだろうか。そう思っただけで、ひどく気が滅入ってきた。

マーリンが会議のはじまりを宣言し、昨日目撃したことを大まかに振り返った。「ミス・チャンドラーが指摘してくれたように、ミスター・イドリスはこの新会社を正当でハイレベルなビジネスであるかのごとく見せるための資金源を得たようです」

「それだけじゃありません」オーウェンが言う。「ケイティ、ゆうべ見たことをみんなに話して」

「昨夜、テレビを見ていた人はいますか？」皆、ぽかんとしている。クリスマスに家でテレビなど見ている負け犬はわたしひとりかとがっくりしたが、すぐに、こちらの常識で魔法界の住人である彼らのライフスタイルを考えてはいけないことに気がついた。

「テレビコマーシャルのことをおっしゃりたいのですかな？」マーリンが言った。

わたしはぎょっとして彼の方を見た。わたし以外にテレビを見ていた唯一の人物が、よりによってマーリンだとは。まあ、彼の現代社会への適応の早さを考えれば、そう驚くべきことではないかもしれない。「そうです、コマーシャルです。テレビのCM枠を買ったとなると、彼の資金はわたしたちが想像した以上に潤沢です。それに、より多くの消費者をターゲットにしているということでもあります。ちなみに、コマーシャルは魔法界以外の人にはカモフラージュされているようです。ルームメイトたちがなんの反応も見せませんでしたから」

「コマーシャルによると、ミスター・イドリスは小売店を開店するようです」マーリンが続ける。「まずはこの店舗を調査して、彼が現在どのような魔術を販売しているかを把握しなければなりませんな」

「覆面調査員を潜入させましょう」オーウェンのボス、ランシングが言った。「社員のほとんどは面が割れていますから」

オーウェンが首を振る。「それはむしろ逆効果です。覆面を見破るのは難しいことではありませんし、もし見破られれば、かえってこちらの意図がよりはっきり相手に伝わってしまいます。調査員はすぐに追い出されるか、まったく別の製品を与えられるかのいずれかでしょう。魔法を使う者を送り込むこと自体、危険かもしれません。彼は製品を買わせるために、あるいは買わせやすくするために、店にやってきた客に例の感化魔術を使うはずです。そもそも、われわれが彼と戦っている理由は、その魔術です。店や広告は、より多くの人を自分の影響下に置くための手段にすぎないのかもしれません」

これだけはっきり上司に反論するとはちょっと驚いた。しかし、ランシングに特に気を悪くしている様子はない。「では、イミューンを送り込むということになるな。一般人ではおそらく店そのものが見えないだろうし、見えてもまずなかには入れないだろう」

ランシングがこちらをまっすぐ見つめて言ったので、今度はわたしが首を振ることになった。「イドリスはわたしのことを知っています。彼と面識がない人を行かせないと」

部屋じゅうの顔がいっせいにイーサンの方を向く。彼もまた首を振った。「残念ですけど、ぼくもだめです。最初の直接対決に立ち会ってますから。彼があのフライングタックルを忘れたとは思えない」

「彼がここで働いていたとき、検証部とはほとんど接触がなかったはずです」オーウェンがつぶやく。「あの部署に、彼に顔を知られていなくて、かつ、この仕事を任せるだけの信頼に足る人物がいるんじゃないでしょうか」

検証部にいたころの同僚たちを思い浮かべてみる。あのなかに信頼に足る人物などいるだろうか。魔法に免疫をもつ人たちは、しばしば説明のつかない奇怪な現象を目にすることになる。それは精神衛生に必ずしもよい影響を与えない。一方、正気を保っている場合でも、自分のもつ能力がきわめて特殊で、魔法使いたちが自分には手出しができないことを知ると、たいてい究極の怠け者と化してしまうのだ。

いや、この任務を遂行できそうな人がひとり、いることはいる——認めたくはないけれど。

「キムならできるかもしれません」わたしは言った。早くも胃のあたりがきりきりと痛み出す。「検証人のなかでは、おそらく彼女がいちばん頭が切れると思います」これはあくまで会社のためだ。もっといえば魔法界のためだ。いや、たぶん世界全体のためですらある。オフィスに戻ったら、仕事を乗っ取られるかもしれないという不安を払拭するために、手帳に〝これは世の中のため!〟と百回ぐらい書くことになりそうだ。

マーリンはうなずく。「たしかに、彼女はなかなか有能です。わかりました、この任務は彼女にやってもらいましょう」

「店で見るべきもののリストをつくって彼女に渡しておきます」ノートにメモを取りながらオーウェンが言った。

「この店が一般の人たちの目にどう映っているかは、興味のあるところですな」マーリンが言う。「ただ、それを知るのは少々難しい。彼の使っている隠蔽用の魔術は魔力をもつ者を対象から外しているようですから、わたしたちは皆、そこに実際に存在するものを見てしまいます。その点はイミューンも同じです。しかしながら、わが社には魔法使いでなく、かつイミューンでもない社員はおりません。とはいえ、部外者に秘密を明かし協力を求めることはしたくない。それはごく特殊な状況でのみ取る手段です。現段階では、そこまでして一般社会が何を見ているかを調べる必要はないでしょう」

よかった。この面子《メンツ》のなかで、いわゆる〝一般人〟の知り合いがいちばん多いのはわたしだろう。魔法界の探究に情熱を燃やすイーサンは、非魔法界の友達と疎遠になっている可能性が高い。でも、わたしは友人たちをこの件に巻き込みたくはない。いつかなんらかの説明を余儀なくされることになるかもしれないけれど、そのときはそのときだ。マーリンの言うごく特殊な状況を自らつくる必要もない。それに、実はもうひとつ、方法がないわけではないのだ。

ただ、それはあえて提示したい案ではなかった。実際、考えただけで落ち着かなくなってくる。でも、それ以外の方法を思いつかない。「あのう、一時的に、魔法使いでもなくイミューンでもない人をつくることはできますよね」

オーウェンが驚いたようにこちらを見る。「いや、だめだよ。それはだめだ」

「前回、自分に何が起こっているのかまったくわからず、しかもだれにも相談しなかったときでさえ、なんとか切り抜けることができたのよ。ボディガードをつけて、きちんと管理された状態でやれば、きっと大丈夫よ。あなたのことだから、一時的に免疫を消滅させるための正確な処方はすでに調べてあるんでしょう？」オーウェンは赤くなって目をそらした。図星だ。

「それに、別に大がかりな極秘任務につくわけじゃないわ。タイムズスクエアをひと巡りして、地下鉄の広告をざっと見て、できれば店の前を軽く往復するだけよ。その程度の間わたしの安全を確保できなければ、そもそもこの戦いに勝つ見込みはないんじゃない？」
「でも、さっききみも言ったように、イミューンの社員はほかにもいる」
「しかし、免疫の喪失を経験した人はいません」マーリンが言葉を挟んだ。「ミス・チャンドラーは免疫がある状態とない状態の両方を知っています。しかも、それぞれの不利な点を補う方法まで心得ている。今後ほかのイミューンにもこうした訓練を施すべきかもしれませんが、現時点では、彼女が最も適任でしょう」

オーウェンの方を向き、〝ほらね〟というように肩をすくめてみせたが、彼はわたしではなく、マーリンを見ていた。「でも、彼女が必要なんです！」彼がこれほど語気を強めるのを見たのははじめてかもしれない。オーウェン自身も言葉の響きに気づいたようで、襟もとから額までみるみる赤くなった。「その、つまり、スペルワークスの店舗で入手したアイテムを分析する際に、彼女の協力が必要だということです。商品に何か隠されている可能性がありますから。広告が一般の人々の目にどう映っているかを調べるのは、いまのところ優先順位のずっと低いことだと思います」

マーリンはうなずく。「たしかにそのとおりですな。わかりました。ミス・チャンドラーにこの件を調査してもらうのはもう少し待ちましょう。一応言っておきますが、こうした判断は個人的な感情ではなく、あくまで職務上の理由にもとづいて下すようお願いしますよ」オーウェンは真っ赤になったままテーブルを見つめてうなずいた。マーリンはそれを見て軽くうなずくと、先を続けた。「さて、敵の不当な手法については以上の方法で対処するとして、ビジネスの観点からはどのように対応すればよろしいですかな？」

　営業部の責任者であるハートウェルが、いつものように取ってつけたような笑顔で言った。

「わが社はこれまで、店舗の開設も、このような覆面による広告活動も、検討したことすらありませんでした。製品自体が、わが社を世に知らしめる唯一のものだったといっていいでしょう。パッケージに広告メッセージを掲載するようになったのもごく最近です。本格的な競合相手が現れたいま、マーケティングをもう一、二段階強化する必要があるかもしれません」

「でもそれでは、みすみす相手の術中にはまることにはならないかしら？　ある意味、彼の主張を正当化するわけだから――」思わず声に出して言う。「彼はどうやら、わたしたちをIBM対アップルコンピュータの戦いにおけるIBMの立場に置きたいようです。アップルの昔の宣伝文句を流用しているぐらいですから。彼の会社は新しくて、斬新で、革新的。一方、わたしたちは、古くて、頭が固くて、変化に対応できない――」

「まあそれも、まったく当たってないわけではないけれど……」プロフェット＆ロストのミネルバ・フェルプスがつぶやく。

「その戦争はどのような結果になったのですか？」マーリンが訊いた。

　たしかに、あれは現代の戦争といえなくもない。わたしはあえて彼の解釈を訂正せずに言った。「両社とも健在です。IBMはビジネスモデルを変更しました。でも、アップルのせいでそうしたわけではありません。アップルのマーケットシェアは依然として限られていますし。この戦いの真の勝者は、基本《オペレーティングシステム》ソフトの市場を制覇したマイクロソフトです。この構図がわたしたちのケースにどうあてはまるのかはわかりませんけど。ちなみに、わたしの知るかぎり、これらの会社はいずれも極悪企業ではないし、世界の破滅や征服を目論んでるわけでもありません。まあ、少なくとも、いまのところだれもそれを証明することはできていない、ということですが――」

「彼の活動に対抗することが、どうして術中にはまることになるんだい？」ハートウェルが異議を唱えた。腕組みをし、眉間にしわが寄っている。

「まず第一に、そうするには多額の資金が必要になります。もしあのレベルで競い合ったら、相手に勝つどころか、逆に自分たちを追い込むことになりかねません。大ヒット商品でも出さないかぎり、これだけ大規模な宣伝を長期間続けるのは不可能です。つまり、彼には相当に大きな資金源があるということです」

「あなたの推察が正しいとすれば」マーリンが言った。「彼がどこから資金を得ているかは明らかですな」

部屋のなかのすべての頭がいっせいにわたしの方を向く。「先週、友人につき合ってヴァンダミア&カンパニー社を訪ねたんですが、そこでイドリスの手下のひとりを見たんです。どうもボディガード的な役割を担っているようでした。その生き物にはイドリスのことを調べているときに何度か襲われています。あの会社がイドリスと手を組んでいる可能性は十分に考えられます」

「メレディス家の連中はたしかに善人とはいいがたいわ」ミネルバ・フェルプスがつぶやく。

「行方不明になったヴァンダミア家の跡取り息子はいったいどうなったのかしら。彼がいれば、会社を乗っ取られることもなかったのに」

「彼はカエルにされていたんです。少し前に魔法が解けて、いま、わたしのルームメイトとつき合っています。会社に行ったのは、彼に頼まれたからです。会社を取り戻すために状況を探りにいったんです」

「最初からずっと、その会社が陰で糸を引いていたんだろうか」オーウェンがつぶやく。ランシングが水かきのついた指で器用にペンを回しながら言った。「可能性はあるな。いずれにしても、イドリスに利用価値を認めただれかが背後にいるのは間違いないだろう」

「ミネルバ、あなたたちの方で何か気づいたことはありませんか?」マーリンが訊く。

「いくつか前兆といえるものが見えていますが、依然として分析中です。すべてがぼんやりしていて、どうも意図的に視界を遮断されているような気がするんです。部署の者を店のそばまで行かせて、シグナルが強くなるかどうか見てみようと思っています。それから明日、部署をあげての瞑想セッションを行う予定です。驚天動地の啓示があるとは思えませんが、とりあえずやってみないことには――」

イーサンがわたしの方を見る。「それって、あのフィリップのこと?」わたしがうなずくと、彼は言った。「彼と会って、法的な側面から何かできないか検討してみましょうか。彼がだれであるかを証明して、その投資会社の所有権を取り戻せたら、イドリスの資金源を断つことにもなります」イーサンはふと顔をしかめる。「ちなみに、魔法界にはこうした問題に対処するシステムがあるんですよね？　ぼくがやろうとしていることは、カエルにされていたという訴えが正当な主張として認められて、精神病院送りになったりはしないということが前提になるんで――」

「もちろんですよ。魔法界には魔法にからむ争いを法的に解決する独自の制度がちゃんと存在します」ハートウェルが言った。

「わかりました。では、法的な角度からこの問題を調べてみます。邪悪な策略家を相手にするのは、本来、専門分野ではないんだけど、最近、なんだか十八番《おはこ》になりつつある感じだな」

「それじゃあ、こっちはさっそく店の張り込みを開始しますよ」サムが言った。「イドリスが自分でレジをやるとは思わないが、だれが店に立ち寄るかわからないからな。尾行する価値のあるやつが現れるかもしれない。もっとも、そいつの変装用めくらまし《イリュージョン》を見破れればの話だが。おれたちには、タイムズスクエアにいる連中のめくらましをいっぺんに剝がすパワーはないんでね」サムの皮肉に、オーウェンは真っ赤になってうつむく。

マーリンがうなずいて言った。「わかりました。新たな情報が入るまで、できることはさほどなさそうですな。明日、さっそくキムを店に送り込んで、商品を入手することにしましょう。それらの分析結果を見れば、向こうの思惑ももう少し明らかになるはず。ビジネス面でどう対応すべきかも、ある程度明確になるでしょう。さて、皆さんには休日返上で集まっていただき、ごくろうさまでした。今日はこれで解散とします。二日後にまた集まってください。調査の結果について話し合いましょう」

皆が退出を始めると、オーウェンはマーリンのところへ話をしにいった。気がつくと、わたしはイーサンと向かい合う格好になっていた。「元気？」イーサンが言った。もはや彼に気づかないふりはできない。

「ええ、元気よ」

「オーウェンとつき合ってるそうだね」

「ええ」

「よかった。彼はいいやつだ。それに見たところ、羽のついた女の子には興味がなさそうだからね」イーサンはそう言って、だれも座っていないトリックスのデスクの方をちらりと見る。

「結果的に、きみの指摘は当たってたみたいだ」

たしかにあれは、なかなか気の利いた捨て台詞《ぜりふ》だったかもしれない。彼が自分にとってわたしは少々普通すぎると言ったので、本当は羽のついた女の子とつき合いたいのだろうと言い返したのだ。そのとおりになったのだから、世話はない。「ま、観察眼があるとはよく言われるわね。でも、あなたたちがうまくいってるのはうれしいわ」

「ありがとう。じゃあ、わだかまりはなし？」

本当になんのわだかまりも残っていないことにあらためて気づいて、少し驚いた。あれからまだそれほどたっていないのに、すでに遠い昔のことのように思える。「ええ、わだかまりなしよ」

オーウェンがマーリンとの話を終えてやってきた。「帰れる？」

「ええ。あなたは仕事していかないの?」

オーウェンはため息をつく。「このまま残ってもできることはなさそうだからね。彼の店に寄っていくつか魔術を手に入れたいところだけど、たぶんぼく専用の魔法除《よ》けが施されているはずだよ」

「これは二、三時間で解決できるようなことではないし、二、三時間仕事をしたところでたいした進歩はないと思うわ」

「残念ながら、ぼくもそう思う。でも――」オーウェンはまわりに人がいないことを確かめて先を続けた。「店の近くまで行って、どんな状況になっているか見ることぐらいはできるよね」

「まあ、そうね」

「たまたまその辺でランチを取ることになって、店の前を通ったついでに、ウインドウからなかをのぞくってことはあり得るわけだし」

「ランチ?」

オーウェンはなかなかみごとにポーカーフェイスを保っている。「ん? ああ、そう、ランチ。きみは空いてる?」

「そうねえ、スケジュール帳をチェックしてみないと」わたしはわざとらしくしなをつくって言った。

わたしたちは、コートを取りにラボに寄ってから、会社を出て、地下鉄でタイムズスクエアまで行った。そこから五番街へ行き、一ブロックほど歩く。店は通りの向かい側にすぐに見つかった。広告にあった住所のとおりだ。ただし、宣伝文句ほど派手でもきらびやかでもない。店が入っているのは古びた細長いビルで、長い間改装業者の手が入っていないように見える。少なくともわたしの目には——。「あなたにはどんなふうに見えてる?」オーウェンに訊いてみる。

彼は肩をすくめた。「ぼくの趣味からするとネオンが派手すぎるな。ストロボのせいで、店の正面を見てるだけで頭痛がしてくるよ」

「イドリスはずいぶん手抜きをしたものね。わたしにはダウンタウンにある十ドル均一の古着屋と大差ないように見えるわ」

「もう少し近くから見てみよう」オーウェンはわたしの腕を取り、いちばん近い横断歩道に向かって歩き出した。

そのとき、通りの向こう側に立っているひとりの人物が目に入った。八〇年代のプロムドレスとおぼしきフラミンゴピンクの服を着て、頭には変色したティアラをつけている。ドレスの後ろ側は見えないけれど、腰の部分に蝶結びの大きなリボンがついていることに一週間分の給料を賭けてもいい。エセリンダがこちらに向かって杖《ワンド》を振るのを見て、わたしは急いでオーウェンの腕を引いた。「先にランチにしない? 店は帰りにチェックすればいいわ」

「いいよ。ランチにいい店ならタイムズスクエアへ戻る道にたくさんあるよ」

ところが、半ブロックも行かないうちに、また別の見覚えある顔が目に入った。ただし今度は、会わないよう気をつけていた人ではなく、行方を捜していた人物だ。通りの反対側の歩道をブロンドの巻き毛の妖精《フェアリー》が人混みを縫うように歩いていく。わたしはオーウェンの腕をつかんで言った。「急に見たりしないでね。アリが通りの向こう側にいるわ」

オーウェンはわずかに歩く速度を緩めると、さりげなくわたしの言った方向に視線を移した。

「ぼくには見えないな。おそらくめくらましで変装しているんだろう。どこへ行くのか追ってみよう」

「でも、気づかれない？」

「こっちも同じ手を使うのさ。ぼくにくっついていれば、彼女は何も見えない」そう言うと、オーウェンはくるりと方向転換して歩き出した。「彼女がどっちへ向かってるか教えて」

アリから目を離さずにオーウェンの早足についていくのは決して簡単ではない。まっすぐ店に向かうのかと思ったら、彼女は突然向きを変えると、店とは逆の方向に歩き出した。わたしはオーウェンのひじをつかみ、再度方向転換させる。なんだか、ロロに発進・停止の指示を出すロッキーになった気分だ。「秘密のアジトにでも向かうのかしら」

「そうだとありがたいね。もしかして、いま、自分の前を横切ったタクシーに向かって中指を立ててるのが彼女？」

「ええ、そのとおりよ」

「よし、これで追うべき相手がわかった」

よかった。ちょうどいま、エセリンダがこちらに向かってくるのに気づいたのだが、フェアリーゴッドマザーを避けながら、邪悪な妖精を追うなどという芸当は、わたしには難度が高すぎる。幸い、エセリンダはわたしに話しかけようとは思っていないようだ。黙ってあとをついてくるだけで、あえて距離を縮めようとはしない。いずれにしても、彼女にはわたしたちが見えているということになる。オーウェンの魔術は、どうやらアリだけをターゲットにしているらしい。考えてみれば当然だ。混み合った都会の歩道で透明人間になったりしたら、あっという間に踏みつぶされてしまうだろう。

「どうもグランドセントラルステーションに向かっているようだな」オーウェンが歩くスピードをはやめて言った。

「秘密の本部は街の外にあるのかもしれないわね。だからいっこうに見つからないんだわ」

「〝メイド・イン・ヨンカーズ〟（ヨンカーズはハドソン川の東側に位置するニューヨーク州で四番目に大きい市）の魔術なんて、なんだかぴんとこないな」

「だからこそ、潜伏場所としては理想的なのよ」

「よし、駅に向かっているのは間違いないな」オーウェンがさらに歩みをはやめたので、わたしはほとんど小走りになった。「もう少し近づこう。駅の構内に入ったら見失うのは簡単だ」

巨大なメインコンコースは、人の群れが入り乱れるように動いていて、だれかを尾行するのは容易なことではない。幸い、背中に羽のついた人はそう多くないので、わたしには目印になるけれど、オーウェンはどうやって追っているのだろう。彼女が使っている魔術の刺激に反応しているのだろうか、それとも、例の予知能力で動きを予測しているのだろうか。一方、エセリンダの方は完全に見失ってしまった。八〇年代の悪趣味なプロムドレスを着たフェアリーゴッドマザーなら、グランドセントラルステーションのなかでも十分目立ちそうなのに——。

アリはプラットホームとショッピングエリアの両方に続く通路のひとつに入った。こんなに苦労して尾行したあげく、結局本屋に行くだけだったなんてことだったら頭にくるが、彼女はショッピングエリアではなく、ホームの方に向かっていく。一瞬、アリの姿が見えなくなった。

「こっちだ」オーウェンがわたしの腕を引く。

「それ、たしか？　あっちに行ったように見えたけど」

「いや、こっちのホームだよ」

オーウェンに引っ張られつつ後ろを振り返ったが、羽はどこにも見えない。たぶん、わたしの見間違いだろう。しかし、ホームに列車は入ってきていなかった。「彼女、ここをどんどん進んでいったんだ。あ、ほら、あそこにいる」

「どこ？　見えないわ」いや、見えたかも。ホームの先の方で何かが動いたような気もする。

「あんなところ、入っていいの？」

「大丈夫。ぼくらのことはだれにも見えないようにしたから」

ホームの端まで行くと、オーウェンは先に飛びおりて、あとに続くわたしに手を貸してくれた。辺りはかなり薄暗い。線路をたどっていくと、煉瓦づくりの柱に沿って鉄道用資材が積み重ねられた洞窟のような場所に出た。ひどく気味が悪い。この先にろうそくに照らされた地下湖があって、オペラ座の怪人が舟をこぎながら、愛するソプラノ歌手にラブソングを歌っているんじゃないかと思えるほどだ。

わたしたちはいつしか、ホームから遠く離れたところまで来ていた。周囲は真っ暗だ。保安灯のひとつさえない。オーウェンは小さな光る玉を出し、手のひらの上に浮かせた。玉はオーウェンの行く手を照らしているようだけれど、こっちは目がくらんで何も見えない。

そのかわり、何かが聞こえた。復讐に燃える妖精が秘密本部に入るためのパスワードをつぶやく声ではない。どちらかというと、洞窟に響き渡るうなり声といった感じだ。しかも、うなり声に続いて、強烈な硫黄《いおう》臭を放つ炎がこちらに向かって噴射された。

「おっと、まずいな」オーウェンはそう言うと、即座に光の玉を消し、わたしの体をぐいと引いた。

12

炎の明かりは、できれば見たくなかったものを詳細に浮かびあがらせた。うろこに覆われた皮膚、黄色い目、鋭く尖った歯。自分は白馬の騎士の助けを待つかよわい乙女とはかけ離れたタイプだと思っていたけれど、気がつくとオーウェンにしがみつき金切り声をあげていた。もっとも、多少の女の子的振る舞いは許してもらいたい。本物の生きたドラゴンがいきなり目の前に現れたのだ。すぐそこに、恐怖映画からそのまま抜け出してきたような、グロテスクな角となめし革のような羽とギザギザのしっぽをもつドラゴンが何頭もいて、じっとこちらを見据えている。

オーウェンはわたしをかばうようにして立つと、右手で次の炎をかわし、それを火の玉にして天井付近に浮かばせた。状況を考えれば、オーウェンは驚くほど冷静に対応している。でも、その表情はいつになく緊張して見えた。

幸い、ドラゴンはそれほど知能が高くないようだった。皆、宙に浮かんだ火の玉を不思議そうに見ている。これで少し時間が稼げそうだ。彼らのうちの一頭が出口をふさぐ位置に立っている。急いで辺りを見回すと、崩れかけた煉瓦の壁の一角に隠れ場所になりそうな窪みがあった。オーウェンはわたしをその奥に押し込むと、自分も窪みのなかに入った。

怪物たちの数は、最初に思ったよりずっと多いようだ。どうやらわたしたちは、彼らの巣に入り込んでしまったらしい――ドラゴンが巣をつくる生き物だとして。とにかく、グランドセントラルステーションの下がこんなことになっているとは思いもしなかった。彼らは相変わらずものすごいうなり声をあげながら、こちらに向かって炎を吹いてくる。オーウェンはそれを次々とかわしていく。彼のもつパワーを考えれば、おそらく一日じゅうでもそうしていられるのかもしれないが、いずれはここから出なくてはならない。少なくとも、水と食料が問題になる。もちろん、わたしたちにとって。ドラゴンたちはいい。目の前に生きた餌があるのだから。

「下水道に棲むドラゴンていうのはただの都市伝説だと思ってたよ」あらたに放たれた炎をかわしながらオーウェンが言った。天井付近にはすでにたくさんの火の玉が浮かんでいて、この地下洞窟はいまや、七月のテキサスの午後のように明るい。火の玉は古い順からはじけて光の粉と化していく。

「下水道に棲んでるのってワニじゃなかった?」わたしはあらたな火炎噴射に身をすくめながら言った。彼らが炎を吹くのをあきらめて、生のままわたしたちを食すことにするのも時間の問題だろう。

「それは表向きの話だよ」

「そうだったんだ。でも、ここは下水道じゃないわ」

「これだけパワーのある生き物が、下水道のなかだけにとどまってなんかいないだろう。きっと下水道のどこかに、こういう使われなくなった鉄道のトンネルに通じる穴があるんだ」

「なるほどね」自分にも何かできることはないか考えた。「石でも投げてみる?」とりあえず、得意なことをやるしかない。

「いや、大丈夫。いま、やつらはにおいでこちらの位置を探ってるはずだ。まだ姿を消す魔術を解いてないからね。いまのところ、炎をいろんな方向に撥ね返して、やつらを混乱させることができてる。石を投げたら、かえってこちらの位置を教えることになりかねない」

「わかったわ。石はなしね。でもそれじゃあ、こんなふうに話をしているのもよくないんじゃない?」

「自分たちのうなり声で聞こえないと思うよ。それに、ここでは音はいろんな方向に反射する。でもたしかに、あまりしゃべらない方がいいかもしれないな」

ある意味、この状況はロマンチックだといえなくもない。勇ましいヒーローが世にも恐ろしいドラゴンからわたしを守ってくれているのだ。でも、本当にそういえるのはここから無事逃げ出してからのこと。それに、〝よかった、きみが無事で〟の感動的なシーンに行く前に、ふたりともシャワーが必要だ。わたしの髪はすでにかなり硫黄《いおう》くさい。

まずいことに、ドラゴンたちは状況を把握しはじめたようだ。親玉格の一頭が、見えない侵入者を捜すかのように、鋭いかぎ爪のついた巨大な足で宙をかいている。「炎をかわしてくれてることには本当に感謝してるんだけど――」その足がどんどんこちらに迫ってくるのを見ながら言った。「そろそろここから逃げ出す方法を考えた方がいいんじゃないかしら。陽動作戦に出てみるとか」

「何かアイデアは？」あらたに飛んできた炎を撥ね返しながら——今度のはマシュマロをあぶれるくらい近くまできた——オーウェンが言った。

「だから、陽動作戦とか？」

「石を投げる以外に具体的な方法を思いついたら、ぜひ提案して」

もしこれが、恐ろしい怪物から囚われの美女を救い出すヒーロー映画だったら、ここはまさに、主人公の男女が口づけをかわし、愛を告白し合うところだろう。死を覚悟したふたりが、互いに心に秘めた思いを打ち明けるシーンだ。ところが、わたしたちはいま、ほとんど口論まがいのことをしていた。これまでオーウェンとはけんかと呼べるようなことをしたことがない。これはふたりの関係が健全に成長している証だと自分に言い聞かせる。感じたことをそのまま口にできるくらい互いを信頼するようになったということなのだから。オーウェンがいかにキュートだとしても、愛の語らいはいまこの瞬間わたしがいちばんしたいこととはいえない。

「出口をふさいでいる一頭をなんとかできないかしら。あいつさえ片づけられれば、ほかの連中に気づかれる前にここから抜け出すことができると思うわ」

「ドラゴン退治用の魔術なんて知ってたかな。あのうろこを通過して息の根を止めるには、相当強力な魔術じゃないと……。だめだ、すぐには思いつかない。でも……そうだ、あれはどうだろう」親玉格のドラゴンから目を離さずにオーウェンは言った。そいつはいま、ブラッドハウンドのように地面のにおいを嗅ぎながら、わたしたちが移動した道筋を恐ろしいほど正確にたどっている。この壁の窪みまでやってくるのにも、さほど時間はかからないだろう。

「あれって？」

「ドラゴンに対して使ったことは……というか、実践で使ったこと自体が一度もないんだけど、理論的には有効なはずだ。でも、本当にうまくいくかどうかはわからない。かえって裏目に出る可能性もある」

「裏目にって？」

「やつらをもっと怒らせることになるかもしれないってことだよ」

「だとしても、それほど状況が悪化するとは思えないわ。わたしたちを取り囲んでいるのが怒ったドラゴンから、より怒ったドラゴンに変わるだけだもの。たいした違いはないわよ」

「わかった。じゃあ、準備して」

「準備って？」

「よくわからないけど、走り出せる体勢を取るとか、あるいは身をかがめるとか。今度は何か投げるっていうのもいいかもしれない。いったん姿を消す魔術を解かなくちゃならないんだ。同時にふたつの魔術を使いながら、確実に成功させられるだけのパワーはないからね」

　わたしはしゃがんで煉瓦をひとつ手に取った。「オーケー、準備できたわ」

　オーウェンは両手をあげると、何やら奇妙な言葉を叫んだ。地下の空洞に彼の声がこだまする。両腕を高々とあげ、ドラゴンの吹く炎の明かりを受けてシルエットになったその姿は、まさに大物魔法使いといった風情だ。突然、ドラゴンたちが炎を吹くのをやめた。吠えるのも、うなるのもやめた。そして——え？　ひょっとして、きゅ〜んって言ってる？

いちばん前にいるやつはしっぽさえ振っている。危険だという点では、かぎ爪のついた足を振り回すのと大差ないけれど。やがてドラゴンは、頭を地面にすりつけ、服従の姿勢を取りはじめた。わたしの見間違いでなければ、子犬のような上目遣いでオーウェンのことを見つめている。いや、これはどう見ても、飼い主にボールを投げてくれとせがんでいる子犬だ。

「これって、予定どおり？」

「正直いって、どうなるのかよくわからなかった」

「ええっ？」

「しかたないよ、実践でやったのははじめてなんだから」

「いつもそうやってジェイクにいろんなことを試させてるのね」

「まさかこんなふうになるとはな」オーウェンは首をかしげると、にやりとして言った。「やつらを眠らせるか、それが無理なら、少しでもおとなしくさせられないかと思ってやってみたんだけど。何か間違えたのかもしれない。でもまあ、とりあえず敵意は消えたようだ。そろそろ脱出をはかってみる？」

「いつでもオーケーよ」

オーウェンはわたしの手を取り、壁に沿ってこっそり移動しはじめた。親玉格のドラゴンがふたたびきゅ～んと鳴き、わたしたちのあとをついてくる。「ねえ、取ってこいをしてほしいんじゃないかしら」

「そんな感じだな」オーウェンは片手をあげて、隅の方に山積みになっている朽ちかけた枕木の一本を飛ばした。ドラゴンたちはいっせいにそれを追いかける。わたしたちはそのすきに出口に向かって走り出した。まもなく背後でドサッという音がした。振り返ると、ドラゴンのよだれでべとべとになった枕木が地面に横たわっていて、その向こうにドラゴンが一頭、わくわくした表情で座っている。「ええと、よし、いい子だ」オーウェンはそう言って、再度枕木を飛ばした。

なんとかさらに数ヤード走り、洞窟のようなエリアから抜け出した。ドラゴンがふたたび枕木をくわえて戻ってくると、オーウェンは今度は複数の枕木をばらばらの方向へ飛ばした。ドラゴンたちがそれぞれ別の枕木を追おうとして互いにぶつかり合った分、時間を稼ぐことができた。隣接する同じようなエリアを抜け、細い通路に入ったところで、ドラゴンたちが枕木をくわえて戻ってきた。彼らは通路の手前に枕木を落とす。

通路はドラゴンたちにはせますぎるので、ひとまず安心だ。ところが、先を急ごうとしたとき、背後で悲しげな鳴き声が聞こえはじめた。オーウェンはたまらず立ち止まり、後ろを振り返った。ドラゴンたちがせまい通路の入口からなんとか彼の姿を見ようと押し合いへし合いしている。オーウェンが、「ステイ《待て》、いい子だ」と言うと、彼らはおとなしくなり、前腕にあごをのせて床に伏せた。その姿はオーウェンがおりてくるのを階段の下で待つアラウンを思わせた。「また遊んでやるから、な?」オーウェンは申しわけなさそうに言う。

「ペットの扱いがうまいのね」駅へと続くトンネルに向かって走りながら、わたしは言った。

「まあ、さすがのあなたもテーブルから彼らにディナーを分けてやったりはしないだろうけど」

いよ」

「ルーニーが焼きもちをやくからね。彼女が本気で怒ったら、きっとドラゴンだって敵じゃないよ」

「まさか、本当にあそこに戻って彼らと遊んであげる気じゃないわよね」

「うーん、そうするかも。あんなふうに手なずけておいてほったらかしにするのは気がとがめるよ。それに、ドラゴンの群れを味方にしておけば、何かのときに役に立つかもしれないし」

「鞍をつけて背中に乗れたりしないかしら」昔読んだドラゴンを移動手段として使う人たちの話を思い出して言った。ドラゴンにまたがって空を飛ぶ自分を密かに想像してみる。

「まずは飛ぶことそのものから教える必要がありそうだな。あのドラゴンたち、地下から出たことがないみたいだし、羽だって退化しているかもしれない」プラットホームにたどり着くと――幸い、どちらの側にも列車は来ていなかった――オーウェンは言った。「心配しなくていいよ。ぼくらの姿はまた見えなくしたから。とりあえず、家に帰るまでこの状態でいよう。見た目を考えると、その方が無難だ」明るいところで見ると、彼の顔も服も煤で真っ黒だった。おそらく、わたしも大差ないはずだ。ふたりとも汗と煤と埃とドラゴンの硫黄臭で、おせじにもさわやかな匂いだとはいえない。もっとも、さまざまな臭気のうずまくニューヨークの地下鉄なら、さほど注意を引くこともないだろうけれど。

靴形の煤をあとに残しながらグランドセントラルステーションを出て、地下鉄の駅へ向かう。わたしたちが通るのに合わせて改札口のバーがひとりでに回転しても、気にとめる人はだれもいない。この魔術が話し声も消すのかどうかわからないので、とりあえずずっと黙っていた。

ユニオンスクエアのひとつ前の駅で、オーウェンはわたしに向かってうなずき立ちあがった。ひとまず彼の家に行くようだ。

グラマシー・パークのそばのひとけのない歩道まで来ると、オーウェンは言った。「アパートに帰る前に少しきれいにしていった方がいいよ」

「そうね。こんな姿とにおいで帰宅したことについて、まともな説明をするのは不可能だわ」

わたしたちを玄関で出迎えたルーニーは、オーウェンのにおいをひと嗅ぎするなり、背中を弓なりにしてフーッとうなった。「はい、はい、ごめんよ、たしかにほかのペットと浮気してたよ」オーウェンはため息交じりに言うと、わたしの方を向いた。「もう流れはわかってるよね。きみの緊急時用の服はゲストルームにある。シャワーも遠慮なく使って。洗濯機と乾燥機があるから、家に帰る前に着ている服もきれいにしよう。コートについては、ぼくがクリーニング用の魔術で対処しておくよ。それから、いま気がついたけど、結局ランチを食べ損なったね。デリバリーを頼もう。チャイニーズ？　ピザ？　それとも何か別なものがいい？」

「フランベ以外ならなんでもいいわ」

ゲストルームのシャワーで髪にこびりついた煤を洗い落としながら、少なくともいつものパターンは破られたことに気がついた。ずぶ濡れで震えながらオーウェンの家にたどり着くかわりに、今日は汗だくの煤まみれで帰ってきた。まあ、それが進歩なのかどうかはわからないけれど。災難のあと始末のためではなく、純粋に彼に求められてこの家を訪れる日は、果たしてくるのだろうか。もちろん、それには、ふたりのデートがなんのハプニングにも見舞われずに展開することが前提となるわけで、いまの職務についているかぎり、その確率はきわめて小さいような気がする。

肌をごしごしこすって煤を落とし、硫黄くささが消えるまで何度もシャンプーを繰り返した。すべてがそろっているオーウェンのゲストルームだけれど、唯一ヘアドライヤーだけはなかった。それでも、タオルでよく水気を取り、くしでとかしてはまたタオルでふくという作業で、ある程度乾かすことができた。そして、いつものスウェットスーツを着る。どうやらこれは、わたし用として確定したらしい。多くの場合、交際相手の家に自分の服を置くという行為は、ふたりの関係がかなり真剣なものになりつつあることを意味する。いってみれば、同棲への第一歩だ。でも、わたしたちの場合、わたしがこの家に自分の服をもってきても、それは単に、次の災難に備えてより体の大きさに合った服を用意したということにしかならないのだろう。

下へ行くと、オーウェンはすでにシャワーを浴びて着がえを済ませ、電話でチャイニーズフードの宅配を注文していた——中国語で！　もっとも、あれだけ多くの言語が読めるわけだから、そのうちのいくつかをしゃべれたとしても不思議ではない。わたしはソファに座り、そんなオーウェンの姿を堪能する。タオルでざっとふいただけの、とかした気配すらない髪。そして眼鏡。それでも、相変わらず見とれてしまうほど素敵だ。いつものように不安が襲ってくるのを待つ。いつものように、こんな素晴らしい男性が——ドラゴンを手なずけ、中国語で宅配をオーダーできるような男性が——どうしてわたしのような娘《こ》といっしょにいるのだろうという思いがわいてくるのを待つ。ところが、今日はそういう気持ちにならなかった。彼のわたしに対する気持ちを疑わなければならない理由は、見つからなかった。もっとも、それとふたりの関係がうまくいくかどうかは、また別の問題だけれど。

「すごいわ」電話を切ったオーウェンにわたしは言った。

予想どおり、頰がピンクに染まる。オーウェンは平静を装いながら、デスクの角に寄りかかって言った。「まあ、一応、少しはしゃべれるよ。こっちの英語を理解してもらうより、ずっと確実だしね」

「あなたには毎回驚かされるわ。今日のドラゴンとのことといい――」

オーウェンは目にかかった髪を払いのけると、湿っていることにいまはじめて気づいたかのように、濡れた指を見て眉をひそめた。「きみがはじめてMSIに出勤した日のこと覚えてる？　ロッドに案内されてぼくのラボに来たとき、ジェイクがズボンの裾をぼろぼろにして入ってきたんだけど――」

わたしはうなずく。彼がこんなにはっきり覚えていることに驚いた。こっちはなんとなくしか思い出せないのに。「何かの魔術を試してたのよね。たしか、犬と関係があったような……」

「猛獣をなだめるための魔術だよ。ジェイクが飛びかかってきた犬に対して使ったときには効かなかったらしいけど。実はあのあと、いろいろ試してみたんだ。ジェイクが使ったときには、たぶん誤訳があったか、でなければ呪文の一部を言い忘れたかしたんだろう。今日は明らかに効き目があったようだからね」

「それも、野良犬よりはるかに大きな生き物に！　でも、ドラゴンになつかれたら、それはそれで大変よね。だいたい、あの大きさに見合うサイズのミルクボーン（骨の形をした犬用ビスケット）なんてあるのかしら。ピュリナ（アメリカのペットフード大手）だって、さすがにドラゴン用の餌はつくってないと思うわ」

　たいしたジョークではないけれど、にやりとぐらいはしてほしかった。オーウェンは真顔のまま、ふいにこぶしでデスクをたたいた。「信じられない、みすみす罠にはまったなんて」

「罠？」

「アリの罠だよ。彼女を追っていて偶然ドラゴンの巣に迷い込んだなんて変だろう？」オーウェンは部屋のなかを行ったり来たりしはじめた。体の内側からわき立ってくるエネルギーが目に見えるようだ。「どうして気づかなかったんだろう。警備部隊が一週間以上かけて徹底的に街を捜索しても見つからなかった彼女が、たまたまぼくらの前を通り過ぎるなんて、どう考えてもおかしいよ。それなのに、まんまと引っかかって自ら危険に飛び込んだんだ」

「いずれにしても、あんなことになるなんて予想できなかったわ」

　オーウェンは歩くのをやめ、こちらを見た。「きみはできてたよ。トンネルに入ろうと言い張ったのはぼくだ。きみは違う方向に行こうとしてたんだ。完全に彼女にやられたよ。きみの言うことを聞くべきだった。アリはぼくにめくらまし《イリュージョン》を追わせて、罠のなかへ誘い込んだんだ。まさに彼女の思うつぼにはまったってわけだよ」

「わたしだって、アリがどっちへ行ったのか確信があったわけじゃないわ。一時的に彼女を見失ったんだもの。そういう意味ではふたりとも同じよ。だいいち、潜伏場所を突き止められるかもしれない状況で、追うのをやめるわけにはいかなかったわ。それに、アジトはドラゴンたちの向こう側にあって、彼らを番犬がわりにしているという可能性だってあるでしょう?」

オーウェンはやや落ち着きを取り戻した。「たしかに、可能性は否定できない」

「あの場所をもう一度調べて、本当に罠だったのかどうかがはっきりするまではね。ドラゴンたちはもうすっかりあなたの言いなりなんだから、あそこへ戻ったところでどんな危険がある?」オーウェンの表情を見て、言い直す。「わかった。いまのは忘れて。あえて知りたくないわ。とにかく、何が出てきたとしても、あなたに危害を加えようとするものはドラゴンたちが追い払ってくれるわ。それに、本当にたまたま曲がる場所を間違えて、ドラゴンの巣に入り込んだだけかもしれないでしょ? この世には実際、偶然というものが存在するわけだし」

オーウェンはしばし考え込む。玄関のブザーが鳴った。「ランチだ。ちょっと待ってて」彼はそう言って階段をおりていき、まもなく大きな紙袋をもって戻ってきた。

「どこの軍に食事を供給するつもり?」

「残った分はあとで食べるから平気だよ。好きなメニューをふたつどうしても入れたかったし、そのほかに、食べたことのないやつでひとつ試したいのがあったんだ」

キッチンのテーブルにデリバリー用の容器をすべて並べると、取り皿を二枚置くスペースさえ満足に残っていなかった。「案外、全部食べられるかもしれないわ」自分の皿に料理を取りながら言う。「ドラゴンと戦うと、お腹が空くわね」

食事のあと、帰るときに着られるよう汚れた服を洗濯し、それからふたたびアリの今日の行動や、イドリスの新しい戦略や、次に自分たちがやるべきことについて、互いに思うところを話し合った。仕事に関係ない会話をするのはあきらめた。敵に殺されかけたと思い込んでいる彼に、耳もとで甘い言葉をささやいてくれることを期待するのは、しょせんむだというものだ。

アパートでは、わたしが意地悪なボスに一日じゅう働かされたと思い込んでいるルームメイトたちが待っていた。「あの地獄の使者のミミでさえ、休日に一日じゅう働かせるなんてことはしなかったわ」コートをハンガーにかけていると、後ろでマルシアが言った。コートはオーウェンが魔法でかなり入念に洗浄してくれたにもかかわらず、まだかすかに硫黄のにおいがした。

「一日じゅう会社にいたわけじゃないのよ」こんなとき、オーウェンのようにすぐに赤くなれたら便利なのに。あまりに疲れていて、はにかんだ乙女を演じる気力もない。「仕事のあとオーウェンとランチに行ったんだけど、なんだかあっという間に時間がたっちゃって」

ふたりはひゅうと口笛を吹く。わたしの頰にもようやくそれなりの熱が巡ってきた。彼女たちが何を想像していてもかまわない——事実を説明しなくてすむなら。「楽しいときって、ほーんと時間のたつのが早いのよねえ」ジェンマが言った。

「ええ、まあ、そうね」

「楽しいといえば——」マルシアが言う。「大晦日はどうする？　クリスマスを別々に過ごしたんだから、今度は何かいっしょにやりたいわ」

「クリスマス休暇が終わったばかりよ。そんなに先のこと、まだ考えられないわ」わたしは言った。下手をすると、大晦日は大規模な魔法戦争に巻き込まれていないともかぎらない。悪党魔法使いの企みを阻止するチームの一員でいると、先のことを計画するのが難しいのだ。

「じゃあ、せめて今夜のディナーのことぐらいは考えられる？　おなかがぺこぺこなの」マルシアが言った。

お昼にあれだけチャイニーズフードを食べたのだから、今日はもう何も食べられないと思っていたのに、マルシアが食べ物のことを口にしたとたん、お腹が鳴った。「そうね、何か食べようか」

ジェンマがソファの上で伸びをする。「通りの先のサンドイッチ屋に行って何か買ってきてくれるなら、わたしがお金を出すわ。あそこのサンドイッチが食べたい気分なんだけど、デリバリーはやってないのよね」

ふたりの注文を聞いてお金を受け取り、コートを着てアパートを出る。一ブロックほど行ったところで、ふと、ひとりで出てきたのはまずかったかなと思った。わたしには、一応、敵がいるのだ。それとも、会社を設立したいま、イドリスにとって、わたしなど取るに足らない存在になっただろうか。いずれにしても、周囲によく目を光らせて歩いた方がいい。

三人分のサンドイッチを買い、イドリスへの対抗策をあれこれ考えながら店を出る。角を曲がりアパートのある通りへ入ったとき、突然、だれかがわたしの前に飛び出してきた。「なかなかエキサイティングだったじゃない？」と言いながら。

13

テイクアウトの袋を落としそうになり、三秒ほどあたふたとジャグリングみたいな動作をして、ジェンマに頼まれたローストビーフ&ブリーチーズサンドイッチが歩道の上で無惨に潰れるのをなんとか回避する。顔をあげると、そこにはエセリンダがいた。「こういうのやめてくれる?」わたしは叫んだ。「心臓発作を起こさせる気?」

「悪かったわ」エセリンダはくすくす笑って言う。依然として例のおそろしくいけてないプロムドレスを着ていて、襟もとからミセス・サンタクロースの衣装の毛皮部分がはみ出している。

「驚かすつもりはなかったのよ」

「驚かすつもりがない場合、普通、虚空から突然目の前に出現したりしないものよ。それに、エキサイティングってなんのこと? わたしはただサンドイッチを買ってきただけよ」

エセリンダは、尊大な身ぶりで杖《ワンド》を振る。「サンドイッチの話じゃないわ。ドラゴンのことよ」

「どうして知っているの?」

「あたしをだれだと思ってるの? あなたの身に起こることで、この耳に入らないことはないといっても過言じゃないわ」

あまりうれしくない話だ。わたしは常々、どんなに出演料がよくてもリアリティー番組にだけは出たくないと思っている。自分の日常を他人に観察されるなんて耐えられない。「ドラゴンのことをエキサイティングという言葉で形容しようとは思わないけど……」

「そうね。でも、ドラゴンに襲われたところを勇敢な若者に助けられるってところはエキサイティングじゃない？」

「そう思うでしょ？　でも、現実は違うのよ」そのときふと、ドラゴンが罠だったというオーウェンの考えは、案外当たっているかもしれないと思った。エセリンダがしかけたという可能性もあるのだ。もちろん、わたしたちを危険に陥れるためではない。ヒーローが囚われの美女をドラゴンから救い出すというのは、ロマンチックな英雄伝説の定番中の定番だからだ。いや、いくら彼女でも、そこまで浅はかではないだろう。もし本人が言うように、クライアントの過去の男性関係やこの先の宿命なるものまで知ることができるなら、わたしたちの仕事の現状や、ドラゴンがどれほど危険であるかなんてことぐらい、十分わかっているはずだ。灰になった男女の仲を取りもつのは、そう簡単ではない。「まさか、ドラゴンはあなたが仕組んだことじゃないわよね」

「あたしが？」エセリンダはあらぬ言いがかりにひどく傷ついたとでもいうように激しく瞬きをした。しかし、はっきり否定するわけでもない。「ドラゴンから乙女を救い出すのは、ロマンスを生み出す最も確実な方法よ。そうやって出会ったカップルをいくつ見てきたかしら。でも、だからといって、あたしが今回の件に関係しているとはかぎらないわ」

「でも、わたし、五番街であなたを見たわよ」

「クライアントの様子を観察してただけよ。あなたたち、すごい勢いでだれかを追いかけていっちゃうんだもの、とてもついていけなかったわ」

いまひとつ納得できないが、こうして言い合っていても埒《らち》が明かない。「ま、とにかく、ドラゴンとの遭遇にロマンチックな要素は何もなかったわ。怖いし、吠えるし、くさいし。おまけにオーウェンは罠にはめられたと思い込んで、あのあとずっと敵のことで頭がいっぱいだったんだから。たとえわたしが腕のなかで気を失ったとしても、気づかなかったんじゃないかしら」

「あなた、彼の腕のなかで気を失わなかったの？」エセリンダの表情が曇る。

「ええ。わたしはそういうタイプじゃないの。ついでに言うと、かよわい乙女を演じるのも苦手よ。年じゅう助けられるのは好きじゃないわ。自力でなんとかする方が性に合ってるのよ。もともと彼とは力の差が大きいの、文字どおりにね。いつも彼に助けられてばかりじゃ、ますますバランスが取れないわ」

「じゃあ、ロマンチックじゃなかったのね」

「そうよ！」エセリンダがしゅんとしても、わたしは謝らなかった。今日ばかりは礼儀正しい南部の娘を演じる気にはなれない。わたしはサンドイッチの袋をもち直し、家に向かって歩き出した。エセリンダは羽ばたきながらついてくる。「もしあなたが今日の件に関係してるなら、あるいは、このてのことをしようと考えてるなら、お願いだから考え直してね。ロマンスに関してあなたのやってることは、おせじにも役に立ってるとはいえないわ。そもそもロマンスに関して何かしてくれと頼んだ覚えもないし。一度ほんの小さな情報を求めただけよ。結局、あなたはその情報をもってなかったわけだけど」

「じゃあ、氷の下に落ちたときも熱々ムードにはならなかったの？」

「やっぱりあなたの仕業だったのね！　まあ、たしかに、彼には親切にしてもらったし、そのあと寄り添って過ごす時間も多少あったけど、デートが台無しになったことに変わりはないわ。しかも、ちょうどロマンチックなムードになりかけてたときに！　あのまま自然のなりゆきに任せていたら――」

「いやだ、あたしが何かしたとでも思ってるの？　あなたを危険な目に遭わせるようなこと、このあたしがするわけないでしょう？」

エセリンダがあまりに悲しげな顔をするので、少し気がとがめた。「ねえ」いくぶん口調を和らげて言う。「いま、ふたりとも仕事の方でいろいろ複雑な問題を抱えてるの。だから、自分たちの身に何かよくないことが起こったとき、とてもロマンスに結びつける余裕なんてないのよ。それどころか、敵の仕業だと思ってすごく不安になるの。それってロマンチックとはいえないでしょう？　それに、彼はものすごく仕事熱心な人だから、そういうことがあると、とたんに仕事モードになって、真相の追究を始めてしまうわ。ロマンチックなムードはそこで完全に終了よ」

エセリンダの表情がぱっと明るくなる。「じゃあ、そのあたりをなんとかできないか考えてみるわ」

「いいの！　お願いだから何もしないで！」思わず叫んだが、〝いいの〟の部分を言い終える前に、すでに彼女は消えていた。一連の出来事が実際に彼女の仕業だとしたら、果たして次はどんなことをしでかしてくれるのか、考えただけでぞっとする。

翌朝、キムははやばやとオーウェンのラボにやってきた。彼から任務の指示を受けるためだ。おとり捜査員として現場に送り込まれるなどというのは、彼女にとって相当久しぶりの刺激的な体験に違いない。いつも土気色をしている肌はほとんど健康的といえるぐらい紅潮し、口もとのひきつりも今朝は消えている。もしかすると、彼女には何かの役に立っているという実感が必要だっただけなのかもしれない。いや、やはり、単にわたしから仕事を奪いつつあることがうれしいのだろう。

彼女の戻りを待つ間、わたしはインターネットで参考にできそうな広告関連のケーススタディーを探した。オーウェンは自分の体ほどもある巨大な本に顔を埋めて何やら調べているようだったが、キムが出かけて一時間もたつと、本を読むのをやめてオフィスのなかを行ったり来たりしはじめた。いよいよ騎馬隊でも招集しそうな顔つきになってきたとき、ようやくキムがスペルワークスの大きな袋をふたつもって戻ってきた。

「ちゃんとしたショッピングバッグをつくったということは、彼、かなり本気よ」キムから袋を受け取るオーウェンに向かって、わたしは言った。光沢のあるロゴを両面に配し、もち手の部分に布製のリボンを使ったショッピングバッグは、高級ブティックのそれに匹敵するクオリティだ。

「これ、すごく素敵な袋よね」キムが言った。「分析が済んだらひとつもらってもいいかしら」

「ああ、考えておくよ」オーウェンは上の空で答える。

「じゃあ、わたしはこれで。何かできることがあったら、いつでも電話してね。遠慮は無用よ」

そのとき、今日の彼女の血色のよさが興奮によるものではないことに気がついた。化粧だ。オーウェンに会うためにめかし込んできたのだ。この人、わたしの仕事の領域に侵入してきただけでは飽きたらず、ボーイフレンドまで奪うつもりなのだろうか。幸い、オーウェンは目下の問題で頭がいっぱいで、キムのめくばせはおろか、彼女が目の前にいることにすら気づいていないような感じだ。彼の仕事に対する集中力と集中したときのほかのことへの無頓着さは、こういうときとてもありがたい。

その後は、わたしが魔術のマニュアルを音読し、オーウェンがわたしの肩越しにそれを黙読して、それぞれが見ているものを比較するという作業をひたすら続けることになった。わたしにとってはかなり自制心を要する作業だ。ジェイクが経過を見にちょくちょく現れなかったら、オーウェンに抱きついてラボのテーブルの上に押し倒していたかもしれない。もちろん、その前にまずテーブルを埋め尽くしている書類の山を片づける必要があるけれど。

少なくとも六つの魔術を読みあげ、さすがにのどがかれてきたとき、オーウェンが両手で顔を覆った。「かなりまずいことになったよ」

「どうして？　何か悪質なものでも隠されてた？」

オーウェンは首を振る。「いや、いまのところ何も隠されてない。どれも合法で真っ当な魔術だよ。必ずしも性能がいいとはいえないけどね。必要以上にエネルギーを消費するし、日常生活にそれほど役立つとも思えない。でも、ぼくらが彼のビジネスを不当だとして阻止する理由もないんだ。彼が正面切って競争をしかけてくるとは思ってなかったよ」

「本当にそうかしら。まずは正攻法で会社の信用を確立してから、別のものを売り出すつもりなのかもしれないわ」

オーウェンは椅子の背にもたれかかると、片手で髪をかきあげた。「たしかに、そうかもしれない。彼がこれまでやってきた路地裏の怪しげな店を通じて商品を売るっていう方法は、ある意味、違法な魔術の販売に適していた。この規模でいきなり道徳的に問題のある魔術を売っても、市場を得るのは無理だからね。でも、このやり方なら顧客を確保できる。そのなかに、彼が次に提供する魔術に興味を示すグループが存在しないともかぎらない」

「カエルを茹《ゆ》でるのと同じ原理ね」

「え？」

「熱湯にいきなりカエルを放り込んでも、すぐに鍋から飛び出してしまうわ。でも、水のうちから入れておいて徐々に温めていけば、異変に気づく前に茹であがってるってわけ。もちろん、自分で試したわけじゃないけど」

「なるほどね、言わんとすることはわかるよ。かなりグロテスクなたとえだけど」オーウェンは顔をしかめる。

帰るころには、オーウェンもわたしもへとへとになっていた。「夕食、どうする?」わたしの暫定オフィスの壁がわりになっているホワイトボードの横からオーウェンが顔を出す。「昨日ランチがあんなことになったし、いっしょにディナーはどうかなと思って」

「今夜はとても自分でつくる気になれないから、だれかにテーブルまで料理を運んでもらうっていうのは魅力的だわ」

「じゃあ、いったん家に帰って着がえをして、ぼくが迎えにいくっていう正式なデートにする? それとも、このままどこかに寄って食べて帰ることにする?」

「着るものを考える気力もないわ。このまま食べにいきましょう」

「よかった。実はそう言ってくれるといいなと思ってたんだ」オーウェンの顔に、今日はじめて心からの笑みが広がる。「ぼくの家の近くにおいしいイタリアンの店があるんだ。出る前に電話で予約を入れておくよ」

「わあ、楽しみ」オーウェンが取り扱いに注意が必要なものをより安全管理の厳重な自分のオフィスに移動させている間、わたしは急いで廊下の先の化粧室へ行き、軽くパウダーをはたいて口紅を塗り直した。ドレスアップこそしなくても、多少の色気はあった方がいいだろう。化粧室を出る前に、ブラウスのボタンをもうひとつ外して、ほんの少しセクシーさを演出する。まあ、しょせん仕事着だから、たかが知れてはいるけれど。

気分を変えようとしているのはわたしだけではなかったようだ。ラボに戻ると、オーウェンが外したネクタイを上着のポケットに押し込んでいるところだった。「行ける？」

「コートを取ってくるわ」

ユニオンスクエア駅からレストランへ向かって歩き出したとき、驚いたことにオーウェンが手をつないできた。これまでは、こちらがどんなに期待しても、そういう素ぶりすら見せなかったのに。「今夜は仕事のことは忘れよう」オーウェンは言った。「難しいとは思うけど、とりあえず試すだけでも、ね」

「そうね」一応そう答えておく。このふたりが奇妙な出来事や仕事がらみの事件に見舞われずに二、三時間過ごせる確率は、果たしてどのくらいあるだろう。

レストランは間口のせまい、こぢんまりした店だった。フレスコ画の壁に囲まれた細長い店内に、真っ白なクロスのかかったテーブルが並んでいる。厨房から漂う匂いがたまらない。店に一歩足を踏み入れたとたん、猛烈にお腹がすいてきた。オーウェンは近づいてきた店長に、「予約したパーマーです」と言った。

店長は予約帳を広げ、顔をしかめると、訛りの強い英語で言った。「申しわけありません、シニョーレ。手違いがあったようです。お電話をいただいたとき、予約をお受けすべきではありませんでした」

「でも、あそこに空いているテーブルがあるし、それに、予約帳にちゃんとぼくの名前が書いてあるじゃないですか」オーウェンが指さしたところには、たしかにパーマーの名前で六時に二名と記されている。

「ああ、それは、お客様の予約を別のレストランに移したからです。便宜をはからせていただきました」

オーウェンはわけがわからないといった顔でわたしを見た。わたしは肩をすくめる。彼は店長の方に向き直って言った。「どういうことなのかよくわからないのですが。二名で予約を入れたのはついさっきですよ。ぼくの記憶違いでなければ、あなたと話したはずです。なのに、予約を別の店に移して、しかも、それがこちらへの便宜だというのは、どういうことでしょうか」オーウェンの口調はとても穏やかで落ち着いていた。彼のことをよく知らなければ、内心どれほど怒っているかを察するのは難しい。彼の顔が紅潮するかわりに青白くなっているのが、目に見える唯一のヒントだ。

わたしはオーウェンの腕に手を置いた。「いいわよ。テイクアウト用に何か用意してもらって家で食べましょう。かえってその方がいいかもしれないわ」

店長は首を振る。「いえ、そういうことではありません。誤解なさらないでください。予約はここよりグレードの高いレストランに移してあるんです。移動のための車も用意してあります。素敵な夜になること間違いなしですよ」

オーウェンはふたたびこちらを見た。わたしは肩をすくめる。「せっかくだもの、行ってみましょう。車を運転するのがこの前のドライバーでさえなければ、かまわないわ」

わたしたちは店を出て車の到着を待った。「どうもわからないな」オーウェンは依然として腑に落ちない様子だ。「あそこではよく食事をするけど、こんなはからいをされるほどの得意客ってわけでもない。だいたい、自分のところに来た客をわざわざほかの店に行かせるレストランなんて聞いたことがないよ。たしかに、ぼくがデートをするなんてかなりめずらしいことだけど、二名分の予約を入れたからといって、こんなことまでするなんて……」オーウェンは一瞬黙ると、ふいに笑い出した。「待てよ、わかったぞ。ロッドだ。昼間、今夜きみを誘おうと思っていることを話したんだ。こういうことにかけては労を惜しまないやつだからな。ぼくのプランじゃ十分じゃないと思ったんだろう。たしかにぼくの場合、デートのノウハウについて達人から教わるべきことは多そうだから」

「あまり教わりすぎないようにしてね。このあと別のだれかとふたつ目のデートが控えてたりしないわよね」

「ぼくには一度にひとりが精いっぱいだよ」そのとき、角を曲がってきた白いリムジンが、わたしたちの前に止まった。

制服姿の運転手が降りてきて——よかった、ちゃんとした人間だ——後部座席のドアを開ける。「ミスター・パーマー？」

「え、ああ、これはぼくたち用なんだね」

「そうです。さあ、お連れ様から」運転手はそう言って、わたしに片手を差し出す。わたしはオーウェンに向かって肩をすくめると、リムジンに乗り込み、豪華な革のシートに身を沈めた。オーウェンも続いて乗り込んでくる。「よろしければ、シャンペンをお楽しみください」そう言うと、運転手はドアを閉めた。

「これは間違いなくロッドだよ」アイスペールに入ったシャンペンとシートの真ん中に置かれた一本の赤いバラを見ながらオーウェンが言う。「まさに彼のスタイルだ。じゃあ、さっそくいただくとする？」

「そうね。せっかくだもの」

オーウェンはシャンペンの栓を抜き、ふたつのグラスに注いで、ひとつをわたしに差し出した。「乾杯」自分のグラスをわたしのそれに当てて言う。

「仕事なし、ストレスなしの夜に」とわたし。

「いいね、ぜひともそれに！」

シートの背に寄りかかり、足を伸ばす。「ん〜、最高」ラッシュアワーの道路事情など、この際どうでもいい。地下鉄や徒歩の方がはやかったとしてもかまうものか。運転手つきの車でシャンペンを飲めるなら、渋滞もそう悪いものではない。

「それに、今日の運転手はこのあいだの連中よりずっとまともだ」オーウェンが言う。「ブレーーーキ！」

彼がロッキーのまねをするなんて、あまりに意外で、しかも驚くほど似ていたので、危うくシャンペンを吹き出しそうになった。「いやだ、いつからコメディアンになったの？」

「ぼくにはきみの知らない部分がまだたくさんあるってことだよ。というか、ぼく自身、自分について知らないことが山ほどある」オーウェンは、なんというか、ほとんどはしゃいでいる。シャンペンがいっきに頭にのぼったに違いない。彼はそれほど飲む方ではないし、今日はたしか、昼食を取っていないはずだ。

「ピッチに注意した方がいいわ」自分自身、少し頭がぼうっとしてきたのを感じながら警告する。幸い、本格的に酔いが回りはじめる前に車が止まり、後部座席のドアが開いた。

その店は、あるふたりの超有名人が本人たちと同じくらい有名なデザイナーのとびきり素敵な服を着て食事をしたとかで、ジェンマがしょっちゅう話題にしているレストランだった。つまり、有名人がひょっこり現れるのを期待して夜な夜なパパラッチが待ち伏せる類の店だ。さほど混んでいない夜でさえ、タブロイド紙向きの〝おしゃれセレブ〟のショットを一枚も撮れずに帰るということはまずないだろう。

突然、仕事着のままの自分がひどく場違いに思えた。スタイリッシュとはほど遠い。というか、ほとんど〝野暮ったい〟の範疇に入るだろう。ボタンをひとつ外したくらいではなんの足しにもならない。話に乗ったのは、大きな過ちだったような気がしてきた。だいたい、店はこんな格好の客を入れてくれるのだろうか。

そんな不安を抱いているのはわたしだけではないようだ。店内に一歩足を踏み入れたとたん、オーウェンは立ち止まって上着のポケットを探りはじめた。「ネクタイはした方がいいな。どうやら、そういう感じの店みたいだ」

そのとき、オーウェンの服装が変わっていることに気がついた。黒っぽいコートを着ているせいで、会社を出るときには気づかなかったのかもしれない。コートのボタンを外すと、その下に昼間とは違うスーツが現れた。彼の仕事用のスーツはたいていとても上等だから、格段にいいスーツというわけではないけれど、いつもの白いワイシャツのかわりに、やや光沢のある濃紺のドレスシャツを着ていて、同じような色のシルクのネクタイを締めている。たしか去年のアカデミー賞の授賞式で、ある映画スターがこれと同じ服装をしていたような気がする。

「もうネクタイしてるわよ」

オーウェンは自分の胸もとを見おろす。彼が偉いのは、こちらの言うことを頭から否定せずに、そうやって一応確かめるところだ。

「変だな。それに、きみに見えるということは、めくらまし《イリュージョン》ではなく本物ってことだ」そう言うと、オーウェンはわたしを見て目を丸くした。「しかも、ぼくだけじゃないらしい」

今度はわたしが自分の体を見おろすことになった。いつの間にか、野暮ったい仕事着のかわりに、襟の大きく開いた複雑なプリント柄のフェミニンなドレスを着ている。ジェンマのファッション雑誌でこれとよく似た——ひょっとするとまったく同じかもしれない——ドレスを見た覚えがある。もし同じなら、とてもコートを脱ぐ気にはなれない。あんなドレス、わたしにとっては裸も同然だ。すでに胸もとが気になってしかたがない。テーブルでは常に背筋を伸ばしていなければ——。少しでも前屈みになったら、ネックラインがウエストに到達してしまいそうだ。

接客主任がオーウェンにあいさつし、クローク係を呼んだ。一瞬、コートの死守を試みようかとも思ったが、ここはとりあえず大人になることにした。それでも、案内されて二階へ移動する間、胸の前で腕組みせずにはいられなかった。ドレスはノースリーブで両腕がむき出しだ。

食事をする場所が暖かいことを祈る。

ハイブランドの服で武装してはいても、わたしたちはしょせん無名の一般人だ。オーウェンは一見、映画スターに見えなくもないが、彼のことを知る人はひとりもいない。わたしなど、もし素性を知られたら、店のクールなイメージを壊すという理由でなかに入れてさえもらえなかっただろう。案の定、わたしたちは巨大な鉢植えの裏側に隠すように置かれたテーブルに案内された。「遭難しそうね」皮肉を言いつつ、大きなシュロの葉を手でよけながら席につき、まわりを見回す。美しく着飾った人々が見られていることをしっかり意識して食事をする姿に、こちらもつい背筋が伸びる。「ロッドには言わないでね。彼の心遣いはうれしいけど、正直いってさっきの店の方が好きだわ。たしかにここも素敵だけど、あっちの方がもう少しくつろげた気がする」

「わかるよ。だいぶ調子が狂っちゃったな。今夜はリラックスするつもりだったのに」オーウェンも心なしか背筋を伸ばして座っている。

ウエイターがやってきて、片手でシュロの葉を押さえながら豪華な革装のメニューを差し出した。続いて本日のスペシャルを口頭で列挙しはじめる。はっきりいって、わたしには前衛詩を暗唱しているようにしか聞こえない。表情を見るかぎり、オーウェンも似たような心境のようだ。彼はただにっこりほほえみ、ウエイターを見ながら黙ってうなずいている。メニューの方はもう少し理解可能なものだといいのだけれど。それにしてもこのメニュー、『戦争と平和』の縮約版ぐらいの厚さがある。オーウェンのオフィスにさえ、ここまで大仰な魔術書はそうたくさんない。

「どうやら、適当に指をさすしかなさそうだわ」メニューにある料理はどれもいささか凝りすぎているように思えた。自分で言うのもなんだが、料理にはそこそこ自信がある。書かれている料理用語や材料はすべて理解できた。でも、材料の組み合わせと調理法にはちょっと首をかしげてしまう。これはいけそうだと思うと、必ず何か奇妙な食材が放り込まれていたりするのだ。シェフは何かしら変わったことをしなければ気がすまないらしい。つけ合わせのビートすらそのままではだめなようで、ビートの泡仕立てでなければならないのだ——どんなものなのかは見当もつかないけれど。

ウエイターが注文を取りに戻ってきた。とりあえず、ソースのかかったステーキとおぼしきものを注文する。ソースが気に入らなければ、ナイフでよけてステーキだけ食べればいい。オーウエンも同じものを頼んだ。ソムリエの紹介を断ると、ウエイターは不満げにうなずいて戻っていった。

「今夜はすでに十分飲んだ感じだよ」ウエイターがいなくなるやいなや、オーウェンはこめかみをもみながら言った。「シャンペンのせいで、まだ少し頭がぼうっとしてる。これじゃあ、おせじにも洗練されてるとはいえないよね」

「わたしはもともとテキサス出身の田舎者だもの、しかたないわ」思いきり訛りを強調して言う。「あなたの言いわけは何？」シュロの葉をかき分けて、ほかの客たちの様子を見る。「この辺りをちょっと伐採すれば、絶好の人間観察スポットになるのにね。サインをせがんだら、店から追い出されるかしら。ああ、田舎のみんなにこの光景を見せてやりたいわ」

シャンペンはたしかに効いているようだ。さほど面白いとも思わなかったジョークに、オーウェンは大笑いしている。「いつもほろ酔いぐらいでいてくれた方がいいかも」わたしは言った。

オーウェンはふたたびこめかみをもむ。「グロリアは怒るだろうな。彼女、筋金入りの禁酒家だから」

「それじゃあ、お酒が強くないのも無理ないわね。あ、でも、会社のパーティではシャンペンを飲んでたじゃない？」

「そんなに飲んでなかったよ。それに、パーティに行く前にしっかり食事をしたしね。今夜はまったくの空腹にいきなり飲んだから。ランチを食べてなかったのを忘れてたよ」

ふたりがつき合うようになってから、これほどリラックスした時間を過ごしたことはなかったかもしれない。わたしたちはいま、仕事の話をしていない。この状況はとても普通だとはいえないにしても、いまのところとんでもない事件も発生していない。こんなことを考えているだけで、ツキが逃げてしまうんじゃないかと怖くなる。「グロリアだって、リムジンで出されたシャンペンを断りなさいとは言わないわ。多少は楽しむべきだって思うわよ」

「きみが会ったグロリアって、ぼくの知ってるあのグロリア？　いや、たしかに、クリスマスのときの彼女はいつものグロリアじゃなかったな。あり得ないくらい愛想がよかったよ。でも、自制を失うことに関しては、彼女、ものすごく厳しいんだ。これだけのパワーを手にしている者は、常に完璧に自分をコントロールできる状態になければならない。一歩間違えば、深刻な事態を招きかねないからね」そう言うと、オーウェンは気まずそうに顔をしかめる。「タイムズスクエアではとんだへまをやらかしたよ。まったく軽率だった」ほらね、仕事の話が始まった。よけいなことを考えるんじゃなかった。

あらためてシュロの葉のすき間から店内を見渡し、有名人の姿を探す。だれがいたのか、どんな服を着ていたのか、根ほり葉ほり訊いてくるに違いないジェンマのために、一応チェックしておかなければ。ふと、知っている顔が目に入った。部屋の反対側にシルヴィア・メレディスが座っている。連れの男性はこちらに背を向けているので、だれだかわからない。サイドテーブルにアイスペールに入ったシャンペンが置いてあるから、何かを祝っているようだ。もっとも、こういう店に定期的に来るような人たちは、特に祝うことがなくても、アイスティーでも飲むかのごとくシャンペンを飲むものなのかもしれない。

「シルヴィア・メレディスが来てるわ」わたしは茂みの後ろに顔を引っ込め、小声で言った。部屋は騒々しく、普通に話したところで彼女のテーブルまで声が届くとは思わなかったけれど。

「イドリスと組んでいるかもしれない、例の女性よ」

オーウェンはすぐさま警戒した表情になって周囲を見回した。「どこ?」

「部屋の向こう端。ほら、サメの血が流れていそうなブロンドがいるでしょ」オーウェンは首を伸ばしてそちらの方向を見る。「だめよ、見ちゃ。っていうか、そんなにあからさまに見ちゃだめ」

「いっしょにいるのはだれかな」

「わからないわ。後ろ姿に見覚えはないけど」

そのとき、健康状態を心配したくなるほどスリムな若い女性が——たしか有名な富豪一族の孫娘……いや、ポップスターだったかな？　あるいはその両方かもしれない——シルヴィアのテーブルのそばを通った。女性はわたしのドレスよりもさらに体を覆う面積の少ない薄膜のようなキャミソールを着ていて、繰り返しずり落ちてくる片方の細い肩ひもを無造作にあげながら歩いている。無理もない、彼女は基本的に脚のついたハンガー同然で、肩ひもを維持する肩などないに等しいのだから。そうこうしているうちに、ついに肩ひもがひじまで落ち、決して豊かとはいえないノーブラの胸が露《あらわ》になった。

シルヴィアの連れが、あわてて肩ひもをあげる女性の方を向いた。食べている最中じゃなくてよかった。でなければ、のどを詰まらせていたところだ。「イドリスだわ！」彼はいつものみすぼらしい黒いトレンチコートのかわりに上等そうなスーツを着ていて、髪もさっぱりと短くしている。どうりで後ろ姿に見覚えがなかったわけだ。

「ほんとだ。彼女の服も、案外、彼が脱がせたのかもしれないな」

そのとき、ウエイターが料理を運んできた。大仰な身ぶりで皿を置き、その上にグリーンサラダを慎重に並べると、最後にマクドナルドのハンバーガーの極小版のようなものを真ん中にのせた。上段のパンは肉の上の紫色のソースが見えるよう、ほんの少しずらしてある。

「これなの？　これって、ハンバーガーじゃない」ウエイターがいなくなるのを待って、わたしは言った。これならひと口で食べ終わってしまう。なるほど、どうりでこの店の客は皆あんなに痩せているわけだ。

オーウェンはいぶかしげにフォークで自分のハンバーガーをつつく。そのままわたしを見て何か言おうとしたところで、別の声がそれをさえぎった。「これは、これは、オーウェン・パーマー。この店も最近は客を選ばなくなったらしいな」フェラン・イドリスだ。ウエイターがわたしたちの皿に芸術的な盛りつけを施している間に来ていたのだろう。

「新会社の設立祝いかい？」ピンチのときに見せる例のクールな態度でオーウェンは言った。わたしは椅子に深く沈み込んで、シュロの葉の陰に身を隠そうと悪あがきを試みる。イドリスがシルヴィアを連れてきていたからだ。ああ、どうか、スーエレンと同一人物であることがばれませんように。

「まあな、出だしはなかなか好調だぜ」イドリスがしたり顔で言う。上等なスーツを着た彼は、はじめてのダンスパーティにめかし込んでやってきた高校生のように見えた。袖丈が足りなくて手首が丸見えだ。「今夜は、新しいパートナーシップの誕生も祝ってるんだ」そう言ってシルヴィアの体に腕を回す。シルヴィアは、家に帰ったら着ていた服を即座に燃やしかねないような顔をした。

「アリのことはどうしたの？」わたしは訊いた。

イドリスはふいに赤くなった。オーウェンのお株を奪うような赤面だ。シルヴィアの顔はもっと赤い。「そういう意味のパートナーじゃないの」彼女はあわてて訂正した。「あくまでビジネス上の関係よ」そう言ってイドリスから横に一歩離れると、あらためてわたしの方を見た。「どこかでお会いしたかしら」

「いいえ」テキサス訛りが出ないよう細心の注意を払って答える。イドリスがわたしの深く開いた襟もとを見ている。わたし自身には効かなくても、服に魔法をかけるのは可能だ。万一に備えて、親指をさりげなく片方のストラップに引っかけた。「キャスリーン・チャンドラーです。そちらは？」

「ヴァンダミア＆カンパニーのシルヴィア・メレディスです」彼女は自分を知らないのは潜りだといわんばかりに、素っ気なく答えた。

「イドリスに出資されるのですか？」オーウェンが訊いた。「採算が取れるとは思えませんが」

こちらが知るよしもない大計画でもあるような余裕綽々の態度を見せるのかと思ったら、意外にも彼女は守勢に回った。「いろいろ考えがあるんです、おわかりにならないとは思うけど」シルヴィアはオーウェンの目を見ずに言う。しかも、その様子にはどこかせっぱ詰まったものさえあった——こちらにこっそりSOSのサインを送ってきてもおかしくないくらいに。もっとも、わたしだって、もしイドリスとディナーをするはめになったら、口紅で化粧室の鏡一面に〝助けて〟と殴り書いていただろうけれど。

空気を読めないことにかけてはイドリスの右に出る者はいない。彼は薄っぺらな胸をぐいと張って言った。「これだから無知なやつらは困る。おれに投資することがどれほど重要か、彼女に訊けばよーくわかるぜ」オーウェンもわたしも、イドリスがついうっかり何か耳寄りな情報を漏らしてくれるのを期待して身を乗り出したが、シルヴィアが彼の脇腹にきついひじ鉄を食らわせて、それはかなわぬこととなった。

その直後、イドリスの注意は例によって実にあっけなく別のところへ流れた。先ほど彼のターゲットとなった人気若手女優だか億万長者の孫娘だかポップスターだかが、わたしたちのそばを通った。またしても肩ひもがずり落ちはじめる。彼女は明らかに頭の切れるタイプではなさそうだ。あるいは、露出の趣味があるのかも。肩ひもをあげる素ぶりすら見せない。キャミソールがついにウエストまで落ちたとき、わたしの後ろの鉢植えの辺りで突然フラッシュが光り、シュロの葉の陰からカメラマンがひとり飛び出してきた。女性が思い出したように悲鳴をあげる。

14

パパラッチの登場に、店内にいたほかのセレブたちはいっせいにざわめき立った。憤慨しながらもカメラに対してしっかりポーズを取るあたりはさすがだ。目の前でフラッシュが続けざまにたかれて、一瞬何も見えなくなった。思わず顔をそむけると、ロッキーとロロが舞いおりてくるのが目に入った。

「この件はおれたちに任せときな」ロッキーが言う。

「この件てどの件？」

「この店にあんたの天敵が来てる。やつのことはこっちで対処するぜ」

一瞬、オーウェンに瞬間移動《テレポーテーション》を頼もうかと思った。サムにだってたまには休みも必要だろうけれど、よりによってイドリスと遭遇することになった夜に、ガーゴイル界の〝キーストンコップ〟が夜勤担当でなくてもよいではないか。

もっとも、当のイドリスはすでにわたしたちのことなど完全に忘れているようだ。シルヴィアの警告に耳を貸す様子もなく、有名人を見つけてはすかさず横に立ってポーズを取っている。彼は心底大騒ぎが好きらしい。ロッキーとロロが標的を捜すかのようにふたたび空中を旋回しはじめたところを見ると、どうやらイドリスはめくらまし《イリュージョン》をまとったようだ。今週、タブロイド紙に自分の写真が掲載されて仰天することになるのは、どの有名人だろう。そしてどのタブロイド紙が、外国に滞在中のセレブがニューヨークのレストランにいる写真を捏造《ねつぞう》したかどで訴えられることになるのやら。

オーウェンはカメラマンの方に向かっていくウエイターを呼び止めた。「チェックを」ウエイターはうなずいたが、そのまま歩を緩めずに進んでいき、ほかのふたりのウエイターとともにカメラマンを取り押さえると、瞬き続けるフラッシュもろとも部屋の外へ引きずり出した。カメラマンがいなくなっても、混乱は収まらなかった。いまにも食べ物が宙を飛び交いはじめそうな勢いだ。手つかずのままの自分の皿を見る。たしかにこのハンバーガーなら、ディナーより飛び道具向きだといえなくもない。

さっきのウエイターがジャケットの襟を正しながら戻ってきた。「こちらはすでにお支払いいただいております。ありがとうございました」

このばかげたディナーの支払いをしたのがだれなのか、もはや確かめる気にもならない。一刻も早くレストランから脱出しようと出口へ急ぐ。騒ぎの収拾に駆り出されたらしく――上の階では互いのボーイフレンドを奪い合ったとかでここしばらくゴシップの的になっているふたりの歌姫がつかみ合いのけんかを始めていた――クロークにはだれもいなかった。オーウェンが片手を振ると、ふたりのコートが飛んできた。わたしたちはコートをつかみ、走って店を出る。

歩道の上でひと息つくと、わたしはオーウェンの方を向いて言った。「もう、勘弁して。どうしてこうなっちゃうの?」

オーウェンは一瞬びっくりしたようにこちらを見ると、やがてお腹を抱えて笑い出した。笑いはいっこうに止まらず、ひざに手をついて苦しげに息継ぎまでしている。まだ若干酔いが残っているのだろう。それに、このところずっと神経が張りつめていたはず。そういうときに一度感情のたがが緩むと、たいてい歯止めがきかなくなるものだ。いつの間にか、わたしもつられて笑い出していた。デートのたびにこんな調子では、実際、笑うしかないではないか。

ようやく笑いが収まると、オーウェンは通りを見渡して言った。「あのリムジン、家まで送ってくれるのかな。それとも、帰りは自力でってことなんだろうか。だいたい、ここはどこなんだろう」

「知ってる建物は見当たらないわね。たぶん、アップタウンのどこかだと思うけど。とりあえず歩いてみましょう。通りの名前がわかれば、見当がつくかもしれないわ」そう言いながら、内心困ったことになったと思った。レストランを出ても、服装はそのままだった。この格好で長い距離を歩くのはつらい。コートの襟をできるだけ引き寄せ、大きく開いた胸もとを覆う。

オーウェンは周囲を見回しながら言った。「たぶん、こうして歩いてるうちに、本物のハンバーガーを出すバーガーショップの前を通ったりするんだ。明日、ロッドを殴ってやらなきゃ」

「ロッドのことはもう殴ったじゃない。お願いだから習慣にしないで。それに、今夜の支払いをしてくれたのは彼よ」

そのとき、わたしたちの横にリムジンが止まり、運転手が降りてきて、すばやくドアを開けた。オーウェンとわたしは顔を見合わせ、肩をすくめて車に乗り込む。

リムジンが発車すると、オーウェンは腕時計を見て顔をしかめた。「もうこんな時間か。時がたつのが早いのは楽しいときだけかと思ったよ」

「いま振り返れば、それなりに楽しかったといえなくもないわ」

「それに、思いがけず有益な情報も得られたしね」

「シルヴィアがイドリスと組むのを喜んでいないように見えたのは、わたしだけかしら」

「無理もないよ。もしイドリスがビジネスパートナーだったら、きみはうれしい？」

「そんなこと想像すらできないわ。彼女、だれかに命令されてるってことはないかしら」

「彼に直接出資しているのは彼女だけれど、背後にさらに別の人物がいて糸を引いているってことか……」

「彼女みたいな人にイドリスへの出資を強要できるくらいだから、かなりの人物だわ。だれか思い当たる人はいる？」

「いや、まったく。でも、ジェイムズならいくつか名前をあげられるかもしれない」

運転手の声がスピーカーを通して後部座席に流れた。「どちらへお連れしましょうか」

「チャイニーズの残りでよかったらどう？　まだたくさんあるんだ」

わたしは腕時計を見る。「そうねえ。でも、あなたの言うとおり、たしかにもう遅いわ。明日は仕事だし、このまま家に帰った方がよさそう」運転席と話をするための装置を見つけるのに少し手間取ったが、無事こちらの意思を伝える。リムジンが停車し、運転手が目的地への到着を宣言すると、オーウェンはいっしょに車を降りた。「妙な夜だったけど、それなりに面白かったわ」わたしは言った。

「次は必ず普通のデートにするよ。約束する」

「守れない約束はしない方がいいんじゃない？」

オーウェンは車に戻り、窓を開けた。手を振る彼を見送りながら、ふと、おやすみのキスをしなかったことに気がついた。まったく、ロマンチックとはほど遠いふたりだ。お互い、デートという行為にちっとも慣れない。もっとも、世間が少しの間わたしたちを放っておいてくれたら、もう少しうまくやれる気はするのだけれど。いっそのこと、もうデートはあきらめて、すべてが落ち着くまで友達でいた方がいいのかもしれない。どのみち、いまだって友達みたいなものだ。友達だと割りきった方が、いっしょに過ごしたあとで感じるフラストレーションも少なくなるだろう。

表玄関の鍵を開けたとき、自分がまだ例のドレスを着ていることに気がついた。このドレス、もらってしまってもいいのだろうか。それとも、シンデレラの夜会服のように夜中の十二時を回ったら消えてしまうのだろうか。しかし、問題はそういうことではない。いま早急に考えるべきは、ドレスのことをどうジェンマに説明するかだ。彼女は先月、雑誌に載っていたこのドレスにかなり注目していた。それだけではない。もし明日の朝ドレスが消えていたら、どんな言いわけをすればいいだろう。

階段をのぼるにつれて、緊張が増していく。ふたりともまだ帰っていなければいいのだけれど。やはり、そんなに都合よくはいかなかった。部屋に入るやいなや、ジェンマとマルシアがぎょっとした顔でこちらを見た。「ちょっと」ジェンマが言う。「それ、どこで買ったの？」

「チャイナタウンで見つけた偽物よ」でまかせを言う。「糸がほどけてバラバラになるのも時間の問題だわ。ほんとに、すっごく安かったから。とりあえず、今夜のデートが終わるまでもてばいいと思って買ったの」

ジェンマはすぐさま歩み寄ると、生地を触り、縫い目をチェックする。「こんな完璧な偽物見たことないわ。クチュール級の出来よ」

「えー、ほんとに？」大げさに驚いて見せる。「どこかの貧しい少女が手仕事でやったのね、ただ同然の賃金で。それを買ったわたしも、不当な強制労働に荷担したことになるんだわ。素敵なドレスだと思って、よく考えもせずに買っちゃったのよ」嘘泣きの涙を浮かべてベッドルームに駆け込むと、ドアを閉めてドレスを脱ぎ、小さく丸めて小型トランクのなかに押し込んだ。明日の朝トランクを開けたときには、おそらく今日着ていた仕事用のスカートとブラウスに変わっているのだろう。

ん？　ちょっと待って。これって、オーウェンとの最初のデートの際、エセリンダが出してくれた服がたどったプロセスと同じじゃない。まさか、また彼女が見当違いなロマンチシズムを演出しようとしたのだろうか。それとも、オーウェンの言うように、やはりこれはロッドの仕業なのだろうか。

翌日、オーウェンとジェイクは朝からイドリスの魔術のテストにかかりきりで、わたしの方もキムが引き継がなかった分の仕事に追われていた。書類を抱えて廊下に出ると、向こうからロッドがやってきた。「ああ、ちょうどよかった」彼は言った。

「大晦日の夜パーティをやるんだけど、もしまだ予定がなければぜひ来てよ。オーウェンにメッセージを残しておいたんだけど、あいつまだ何も言ってこないんだ。よかったら友達も連れてきて。できるだけ大勢で賑やかにやりたいから」

「本当に友達を連れていってもいいの？ みんな魔法のことは知らないんだけど」

「そこはちゃんと考えてあるから大丈夫。これ、仮装パーティなんだ。だから、妖精《フェアリー》やエルフやそのほかの生き物がめくらましなしでうろうろしていたところで、だれも変だとは思わない」

「わかったわ。面白そうね。オーウェンと、それからルームメイトたちにも訊いておくわ」そうだ、ついでにゆうべの一件の黒幕がだれなのかを確かめておこう。「ああ、それから」さりげなくつけ足す。「ゆうべはありがとう。素敵な夜になったわ」

「ゆうべ？」ロッドはぽかんとする。「ゆうべはオーウェンといっしょにディナーに行ったんじゃなかった？」

「そうだけど……オーウェンのプランをこっそりアップグレードしてくれたんじゃなかったの？」

「まさか。警告もなしに、あいつを自分の安全地帯から引っ張り出すような無謀なことはしないよ。そういうの、すごくいやがるからね。どうして？　何かあったの？」

「ううん、別に。ちょっとした誤解があっただけ」やはり彼女か。まったく困った人だ。わたしたちが彼女のおせっかいを必要としていないということが、どうしても理解できないらしい。彼女がまた突拍子もないアイデアを思いつく前に、きちんと話をつけなければ。

コートを取りに、そのままオーウェンのラボに戻る。「外でランチしてくるわ。何か買ってきてほしいものはある？」

オーウェンは顔をあげた。「食べたいものがあるなら、出してあげられるけど？」

「ありがとう。でも今日はいいわ。郵便局とか、いろいろ寄らなきゃいけないところもあるし。じゃあ、ちょっと行ってくる。少し時間がかかるかも」ひとりでいっきにしゃべると、オーウェンが何も言えないうちにそそくさと部屋を出た。

当面彼女を呼び出すつもりはなかったので、ロケットはナイトテーブルの鍵のかかった引き出しに入ったままだ。アパートまで戻るのは面倒だけれど、地下鉄に乗ればそれほど時間はかからない。運よく、ホームに着くと同時に電車が入ってきた。ユニオンスクエアで降り、アパートまでの数ブロックを走って戻る。部屋に入ると、さっそくベッドルームのナイトテーブルからロケットを取り出した。

ロケットを開けばあとは指示に従うだけだと、エセリンダは言っていた。手のひらにロケットを置き、ふたを開く。するとロケットの下の部分に文字が現れた。ちょうど携帯電話のメールのようだ。〈エセリンダとのミーティングを希望しますか？〉優雅な装飾文字でそう書いて

ある。〈希望するなら、ふたの内側を親指で押してください〉

言われたとおり、ロケットのふた側を親指で押してみる。すると、さらに文字が現れた。〈ようこそ、ケイティ。エセリンダは都合がつき次第、あなたのもとへ現れます。それでよろしければ、もう一度ふたの内側を押してください〉驚いた。まるで魔法版ボイスメールだ。なんだか銀行に電話しているような気分になってくる。再度ふたを押すと、〈ありがとうございました〉の文字が現れ、画面は暗くなった。ロケットを閉じてハンドバッグに入れる。彼女の都合がつくのはいつごろだろう。なるべく早いといいのだけれど。

ピーナツバターのサンドイッチをつくり、冷蔵庫から炭酸飲料の缶を一本取り出して、ユニオンスクエアに戻った。公園のベンチでランチを食べながら、フェアリーゴッドマザーを待つ。一日かかってもかまうものか。この件を片づけるまでは会社に戻る気になれない。

結局、たいして待つ必要はなかった。フェアリーゴッドマザーは数分もしないうちに、突然わたしの隣に現れた。驚いたハトたちがいっせいに舞いあがる。今日の衣装は、スカーレット・オハラがカーテンでつくった、かの有名なドレスを思わせた。ただし、こちらのカーテンは、何十年も窓辺にかかったまま何世代もの蛾に養分を提供していたような感じだ。あちこちに開いた虫食い穴からプロムドレスのフラミンゴピンクがのぞいていて、カーテン生地の緑とおぞましいまでにかち合っている。取れかかった裾の房飾りは地面についているし。

「呼び出してくれてよかったわ。早くあなたと話したかったのよ」羽をぱたぱたさせながら、エセリンダはうれしそうに言った。「ゆうべのこと、詳しく教えてもらわなくちゃ」

「やっぱりあなただったのね。レストランを変更したのも、リムジンを手配したのも、わたしたちの服を変えたのも、全部!」

「もちろんですとも! まったく、あの青年たら何を考えているのかしらね。あなたを誘っておきながら、あんな普通の店に行こうとするなんて。きちんとした食事とワインで女性をもてなすのが紳士ってもんでしょう? 彼はもっと勉強すべきだわ。で、あたしが少々軌道修正をしてあげたってわけ。ねえ、どうだった? 早く教えてちょうだい」

「ええと、そうね……」いつもの癖で、なかなかよかったと言いそうになったが、ここはあえて正直になることにした。「率直にいって、大失敗だったわ」

彼女の羽がみるみるしおれる。「ロマンチックじゃなかったの?」

「ええ、まったくね。まあ、ある意味、面白くはあったけど、ロマンチックとはほど遠かったわ」

「でも、リムジンに、シャンペンに、バラに、素敵なレストランに……これだけそろってどうしてロマンチックにならないの? 全部、最近の若い女性たちが望むものじゃない」

なんてことだ。どうやら彼女、非ドラゴン退治型ロマンス達成法を、リアリティー番組を見て研究したようだ。たしかに、いま思い返すと、すべてが『ザ・バッチェラー』（エリート独身男性を複数の女性とお見合いさせ、選ばれたひとりが彼と婚約するという視聴者参加型番組）でやりそうな演出だった。

「ロマンスっていうのは、ひとつの方法がだれにでも通用するってものじゃないのよ」このわたしが、シンデレラとハンサムな王子の仲を取りもったフェアリーゴッドマザーにロマンスについて解説しているとは、なんとも皮肉な話だ。「ゆうべのようなデートをロマンチックだと思う人ももちろんいるけど、オーウェンとわたしは違うの。昨日はほんとに、途中まではすごくいい感じだったのよ。レストランに向かってるとき、彼、手をつないできたの。そういうこと、それまでまったくしたことがなかったのに。彼の選んだレストランも、わたしはとても気に入ったわ。居心地がよさそうで、ゆっくり食事が楽しめそうな雰囲気だったもの。彼、なんていうか、ようやく鎧を脱いで、打ち解けはじめていたの。あのままいけば、お互い心を開いてじっくり話ができたかもしれない。まあ、うまくいかなかったのは、すべてあなたのせいというわけじゃないけど。レストランにたまたまわたしたちの敵が来ていたせいで流れがおかしくなったのも事実だし。とにかく、いろんなことに気を取られて、おやすみのキスをするのさえ忘れちゃったわ」

エセリンダは釈然としない様子だ。「あたしのお膳立てがうまくいかないのは、あなたたちふたりが結ばれる運命にないからだという可能性もないわけじゃないわ」

正直、心の奥深くにそんな不安がないわけではないが、まだそれを直視する勇気はない。

「つき合いはじめてまだ二週間足らずよ。結論を出すには、ちょっと早すぎない？」

「シンデレラは三日で確信したわ」

実は、シンデレラがどうしてそんなに簡単に運命の相手を知り得たのか、そして王子がどうして靴のサイズなんかで妻を選ぶことができたのか、常々疑問に思っていた。でも、いまそのことについてエセリンダと議論を始めるつもりはない。「だけど、わたしたちって運命の糸で結ばれてるんじゃなかった？」

「もしかしたら、仕事仲間としてってことかもしれないわ」エセリンダは背筋を伸ばす。「あたしの手法は何世紀にもわたる実践を経て有効性が証明されているの。それが通用しないなら、ふたりがそういう運命にないってことよ」

「要するに、ドラゴンでだめなら見込みなしってわけね」皮肉を言ってみる。

エセリンダはわたしの手をぽんぽんとたたいた。「まあ、気を落としなさんな。異種族間の結婚がどれほど大変か考えてみなさい。あれだけの力量をもつ魔法使いを、あなたのような免《イミ》疫者《ユーン》とくっつけようとした自分が信じられないわ。あなたたちふたりは、同じ世界をまったく異なる形で見ているの。彼はたしかに、普通に振る舞おうとはしているわ。でも、あれだけの力をもつというのがどういうことか、あなたわかる？　そこがわからなければ、彼のことを真に理解するのは絶対に無理ね」

わたしは首を振った。それが事実でないからか、それとも、現実を認めたくないからかはわからない。「で、でも、魔力のあるなしが問題になったことは一度もないわ。わたしたちの抱えてる問題のほとんどは、職場が同じだってことと、仕事がかなり特殊なものだってことに原因があると思うの。敵がこれだけしょっちゅういやがらせをしてくるんだもの――」あらためて口に出してみると、まさにそのとおりのような気がして、少し気持ちが軽くなった。

しかし残念ながら、エセリンダの方はそう思っていないようだ。「あなたは自分たちの違いをよくわかってないのよ。いまはいいかもしれないけど、そのうち必ず大きな問題になる。傷つく前にやめておいた方がいいわ」

「もしそうなら、もし、わたしみたいな人間は彼みたいな人と幸せになれないなら、そもそもどうしてわたしたちに関わろうとなんかしたのよ」

「たぶん、あたしの役割はあなたたちを結びつけないことなんだわ。運命というものは、ときに明確な姿を見せないことがあるの」

わたしはベンチから立ちあがった。「あなたの助けはいらないわ。お願いだから、もう放っておいて。ここからは自分でなんとかする。どう転んでも、自分自身の責任よ」

オフィスに戻ってもいらいらは続いていた。理不尽な八つ当たりだとわかっていたが、オーウェンが遅かったねと言ったとき、ついきつい口調で言い返してしまった。「だから？」

彼は戸惑った顔をして言った。「その、会議があったから――。心配したよ」

そうだった……！　イドリスの新事業について話し合うことになっていたのをすっかり忘れていた。「ごめんなさい！　なんだかほかのことに気を取られてて――」一瞬、エセリンダのことを話そうかと思ったが、やはりやめておくことにした。ふたりは結ばれる運命にないと思っているのだから、今後はもう干渉してくることもないだろう。わざわざ彼の心配ごとを増やす必要はない。

「大丈夫。現時点できみが知っていることはだいたい把握しているから、ぼくからみんなに説明しておいた。次の会議でぼくのかわりにスピーチしてくれれば、それでいいよ」そう言うと、わたしを見て顔をしかめる。「何か問題でもあった？」

狂ったように笑い出したいのをなんとか堪《こら》える。問題になっていないことがあるなら、ぜひとも教えてほしい。敵の計画はどうやら順調で、いまのところ打つ手はないようだし、無能なフェアリーゴッドマザーはデートをさんざんじゃましたあげく、わたしは結局、恋い焦がれる男性とは結ばれる運命にないと言い放った。たしかに、オーウェンとの関係はいまひとつロマンチックな方向に進めずにいるが、それが果たして、わたしたちを取り巻く諸問題のせいで普通のデートをするのが難しくなっているせいなのか、ふたりが本当に友達以上の関係にはならない運命にあるからなのかはわからない。いずれにしても、オーウェンが訊いたのはそういうことではないだろう。「ううん、何も。列が遅々として進まないうえにカウンターの人がすごく無愛想で、頭にきただけ。ごめんなさい、なんだか八つ当たりしちゃって」

「いいよ。だれだっていらいらすることはあるさ」オーウェンはわたしの頬の横にすっと片手を伸ばすと、その手を目の前に差し出した。手のひらにアルミ箔に包まれたチョコレートがのっている。「いらいらの解消に」

さっそくアルミ箔をむきながら言った。「これ、いま魔法で出したことを祈るわ。あなたの袖のなかか、わたしの耳の後ろにずっと隠されてたチョコは、ちょっと食べる気になれないもの」こちらを見つめるオーウェンの表情は謎めいていて真相は読めなかったけれど、どうしてもチョコレートが必要だったので、かまわず口に放り込む。「会議で何か新しいことは判明した？」チョコレートが胃のなかに収まると、気持ちもだいぶ落ち着いてきた。

オーウェンはテーブルの上の書類の束を並べかえながら言った。「いや、特に何も。すでに出ている見解をあらためて確認し合っただけだよ。きみの言ったカエルを茹《ゆ》でる理論はみんなに伝えたけどね。ミスター・ランシングを怖がらせないよう、比喩は変えたけど。それと、ゆうべのイドリスとシルヴィアの一件についても話しておいた。イーサンは会社に対するフィリップの権利申し立てについて調べているみたいだけど、一世紀前にかけられた魔法を立証するのはなかなか難しいらしいよ。ああ、それから、ミスター・マーヴィンがきみに例の実験をやってほしいと言ってた」

「例の実験て？」

「免疫を一時的に無効にして、一般の人々が何を見ているかを確かめるやつだよ。彼には調べる価値があると思えるらしい」

「ああ、あれ……」不安を感じる必要がないことはわかっている。オーウェンが調合する薬については百パーセント信頼しているし、前回イドリスたちがアパートの水道管に薬を流し込んだときも、無事危機を乗りきることができた。そもそもこれはわたしのアイデアだ。でも、いざ実践するとなると、なんだか身がすくむ。

オーウェンはビーカーや薬瓶が並ぶ別のテーブルに移動し、中味を混ぜはじめる。「効果が現れるのは明日の朝、二回目を服用してからになると思う。前に飲んだものより濃度が高いから、効き目はより急激に出るはずだ。薬の効果が現れたことは、はっきり自覚できるよ」

「それで、効果はどのぐらい持続するの？」

「どれだけ早く目的を達成できるかにもよるけど、最大限の効果を得るために三回服用した場合、薬の影響が完全に消えるのは年が明けてからになると思う」

年明けで思い出した。大晦日のパーティのことをオーウェンに確認しておくようロッドに言われていたんだ。「そうだ、ロッドに電話した？　さっき彼に会って、大晦日のパーティにあなたといっしょに来てほしいって言われたの。友達も連れてきてって。仮装パーティだから問題ないって言ってたわ」

オーウェンはビーカーの中味をかき混ぜながら顔をしかめる。「仮装パーティね。こんな時期にどこでコスチュームを調達しろっていうんだろう」

「いざとなったら、魔法使いとして行けばいいわ」

「面白いこと言うね」

「大丈夫よ。長いマントをつけて、星や月がついたとんがり帽をかぶるの。絶対似合うわ。それに白いあごひげでもつければ完璧よ」

「あるいはミッキーマウスの耳とかね」オーウェンは片方の眉をあげて言う。「何味がいい？」

「え？」

「薬だよ。飲みやすいように味をつけられるけど、どうする？　チョコレート味？」

細かい泡の立ちのぼるビーカーの中味に目をやる。「チョコレートに適した質感とはいえないわね。紅茶味なんかはできる？」

「できるよ」オーウェンは液体の上に手をかざし、何か言葉を唱えてから、ビーカーごと差し出した。「はい、全部飲んで」

とりあえず、ひと口飲んでみる。たしかに甘いアイスティーの味がした。残りを飲みはじめたわたしを、オーウェンはじっと見つめている——突然何かに変身するんじゃないかとでも思っているように。激しく震え出すか気を失うふりでもして、オーウェンの反応を見てみたい気もするが、悪ふざけはやめておいた方がいいだろう。彼はすでに十分張りつめた顔をしている。もともとこの実験には乗り気でなかったのに、マーリンの命令でしかたなくやっているのだ。

「なかなかいけるわ」空になったビーカーをテーブルに置いて、わたしは言った。

「気分はどう？」

「大丈夫よ。何か感じた方がいいの？」

オーウェンは首を振り、額にかかった髪を手でかきあげた。「いや、ただちょっと心配で。このところ何度も危険な目に遭わされてるのに、きみを薬の影響下に置いていいんだろうかって——」

「気づきっこないわ。この前はあなたのことさえだませたのよ。免疫を失ったことは絶対ばれないから大丈夫」やはりエセリンダのことを話した方がいいだろうか。いや、やめておこう。安心させるどころか、かえって怖じ気づかせてしまうだろう。「で、パーティのことだけど——」話を変えてみる。

「きみは行きたい？」

「面白そうじゃない？　あなたの言うとおりなら、パーティのときはまだ免疫が完全には戻っていないはずよ。友人たちと同じものを見ることになるだろうから、話が合わなくて困ることもないわ」

「警告しておくけど、ロッドのパーティは悪名高いからね。たいがいぼくにはちょっとワイルドすぎる展開になる。まあ、一度は体験する価値があるといえなくもないけど」

ひょっとして、オーウェンはほかのプランを用意しているのだろうか。彼なら、どんちゃん騒ぎより、ふたりきりで静かな夜を過ごす方を好みそうだ。それも素敵だけれど、カウントダウンの瞬間はぜひ親友たちとも分かち合いたい。このパーティは、オーウェンとも彼女たちともいっしょに新年を迎えられるという、まさに理想的なプランだ。「あなたがいやじゃなければ、行ってみたいわ。大晦日の大規模なパーティなんて体験したことがないもの。ルームメイトたちには、あなたをいじめないよう、よーく言っておくから」

オーウェンはにっこり笑ってうなずいた。「わかった。じゃあ、そうしよう」特にがっかりした様子はないので、ほかにやりたいことがあったのだとしても、具体的に計画していたわけではなさそうだ。オーウェンのことだから、仕事のことで頭がいっぱいで、今夜、クリスマスのあとに大晦日がやってくること自体忘れていた可能性もある。「だったら、今夜、コスチュームについて考えがてら、いっしょに食事するっていうのはどう？　これだけ災難が続いたんだ、そろそろ運も巡ってきて、今度こそ普通のディナーができるかもしれないよ」

オーウェンのことは大好きだけれど、いまのわたしには二日続けてリスクを冒す気力も体力も残っていない。今夜ふたたびとんでもないことが起こってデートを台無しにされたら、今度こそ参ってしまいそうだ。「今夜はパスしない？　イドリスの広告をチェックするために、明日の夜またいっしょに過ごすことになるわけだし」

「ああ、そうか。そうだね」オーウェンのことをまだあまり知らないころだったら、たぶん彼の瞳に現れた落胆を見逃していただろう。


その夜、ルームメイトたちにロッドのパーティのことを話すと、ふたりともおおいに盛りあがって、さっそくクロゼットのなかを掘り返しはじめた。「大晦日の仮装パーティなんて最高だわ」赤ずきんちゃん風に赤いパシュミナをかぶって、ジェンマが言った。「日付が変わったら別の人物に変身するっていうのもいいわね」

「このパーティの主催者って、例のとびきりハンサムな彼なのよね？」マルシアが訊く。

「そうよ。彼、オーウェンの親友なの」

「彼の仕事ってなんだっけ」

「人事部長よ」

「あ、そっか」妙にうれしそうだ。彼女、このパーティのこと、ボーイフレンドのジェフにちゃんと伝えるつもりだろうか。

翌朝、出かける前にオーウェンにもらったネックレスをつけた。会社に着いたら外すことになると思うが、少しでも免疫が弱まっている可能性があるなら、周囲で魔法が使われたときちゃんとわかるようにしておきたい。アパートを出ると、オーウェンがテイクアウト用のコーヒーカップをもって待っていた。「それ、ひょっとして、あなたの特製ブレンド？」カップを受け取りながら言う。

「そのとおり。特製中の特製だよ。ネックレス、してるんだね」

「ええ。今日は重宝するかと思って」

「そういうつもりであげたわけじゃないんだけど、まあ、役に立つことはたしかだね」

コーヒーをひと口飲んでみる。わたしがふだん飲む、砂糖とミルク入りのごく普通のコーヒーの味だ。ほかのものが入っているとはまったく思えない。「これを飲めば、いよいよ効果が出るわけね?」

「効果が自覚できるようになるのは、たぶん夕方以降だと思う。午後に一度テストをして、状況によっては会社を出る前に三回目を服用することになるかもしれない。今日は帰りに地下鉄の広告をチェックしたあと、ぼくの家に行って、夕食を取りながらテレビのコマーシャルを見ようと思ってるんだけど、それでいいかな」

「問題ないわ」

「じゃあ、そういうことで。明日はタイムズスクエアに行って、外から店を見てみよう」

地下鉄に乗ったとたん、ネックレスが反応しはじめた。案の定、車内にはスペルワークスの広告があった。昨日までと同じように見えるから、免疫はまだ健在らしい。ついほっとしてしまう。任務上必要なことだとわかってはいるけれど、前回免疫を失ったときに感じた恐ろしさと心細さはいまも記憶に新しい。もしいま、やはりやりたくないと言えば、オーウェンはきっとただちに薬の服用を中止して別のプランを考えてくれるだろう。彼はもともとこの計画には反対なのだから。でも、これが重要だということもわかる。敵に関する情報は多ければ多いほどいい。そのための最も手っ取り早い方法がこれなのだ。

社屋が近づいてくると、ネックレスがふたたび振動しはじめた。会社でつけているのはとても無理だ。この時点で、ほとんど苦痛ですらある。鎖をつかんで引きちぎりたくなったとき、オーウェンが手を伸ばしてネックレスを外してくれた。「ごめんね。このロケットは考え直す必要がありそうだな。もっといい方法がないか探してみるよ。とりあえず、会社では外すようにした方がいい。この建物のなかは特にパワーが強くなっているから、とてもつけてはいられないよ」そう言ってネックレスを差し出す。わたしは手のなかで振動し続けているロケットを急いでハンドバッグにしまった。

ラボに入ったとたん、ふとりとも唖然として立ち止まった。巨大な花束がラボのテーブルの真ん中に鎮座している——書類の束が無造作に脇へ押しやられて。

「あれ、きみにかな、それともぼくにかな」オーウェンが言った。

15

わたしは花束に歩み寄り、そっと花をかき分けてカードを探した。出てきたカードにはわたしの名前が記されていたが、メッセージの欄にはただ次のように書かれているだけだった。

〈いろいろありがとう。愛を込めて〉サインはない。

「どうやら、わたし宛のようね。わたしの隠れファンがいるらしいわ。だれなのか見当もつかないけど」横目でちらっとオーウェンの様子をうかがったが、顔をしかめただけだった。オーウェンの場合、こういう状況で素知らぬ顔をするのは体質的に不可能なので、彼が贈り主でないのはほぼ間違いない。もしもなんらかの形で関わっていたら、いまごろ真っ赤になって、わたしの顔を見られないはず。

オーウェンは両手を前に出し、目を半分閉じてテーブルのまわりを一周すると、首を振って言った。「魔法の存在は感じないな。花は本物だし、魔術が隠されているわけでもなさそうだ」そして大きなくしゃみをする。「そのかわり、花粉が飛んでるみたいだけど」

スターゲイザーリリーのむせ返るような甘い香りに、なんだかわたしも目がしばしばしてきた。このユリを見ると、どうしてもお葬式を連想してしまう。「そうね、そばにいると胸が悪くなりそう。ひょっとすると、それが贈り主の真のねらいなのかも」

「きみさえよければ、消してあげられるけど」

「ええ、お願い」

オーウェンが片手を振って何やら言葉を唱えると、花束は瞬時に消えた。彼はさっそく、勝手に動かされた書類の束をもとの位置に戻しはじめる。「それにしても、だれが贈ってきたんだろう。きみの友達のだれかってことはないよね」

「巨大な花束といえばフィリップが思い浮かぶけど、もし彼が会社奪還の件に対するお礼としてて花束を贈ってくれたのだとしたら、きっと正式な礼状が添えられているはずよ。それに、わたしがしたことといえば、弁護士を紹介したぐらいで、まだなんの成果も出てないわ」

仕事を始めようと自分のデスクについたとき、ふと、エセリンダのことが頭に浮かんだ。考えてみれば、これはまさに彼女のやりそうなことでもある。陳腐な花の選び方といい、そのサイズといい、いかにもエセリンダ的だ。フィリップならさすがにもう少し趣味がいいだろう。まあ、エドワード朝も繊細さや慎み深さで知られる時代ではないけれど。もしこれがエセリンダの仕業だとすれば、ねらいはオーウェンを嫉妬させるか、でなければ、花を贈ることすらしないオーウェンにわたしが腹を立てるよう仕向けつつ、謎の崇拝者の存在をほのめかすことで彼から気をそらさせる、といったところだろう。そうだとすれば、彼女はもう絶望的に何もわかっていない。オーウェンには嫉妬という発想すらないようだし、わたしはわたしで、架空の崇拝者になどこれっぽちも興味はない。それに、わたしは好きな人を嫉妬させたいと思うタイプの女ではない。彼にはわたしのことを常に信頼していてほしい。だいたい、この数週間、隠れファンをつくるような出会いがどこにあったというのだ。

午後遅く、オーウェンが深刻な顔でわたしのデスクにやってきた。「そろそろ免疫のテストをしようと思うんだけど、いいかな」

「いまさら気が変わったと言っても、もう遅いわよね」

「そもそもこれはきみのアイデアだよ。ぼくは反対したんだから」

「わかってる。自分で自分を蹴飛ばしたい気分よ。さてと、じゃあさっそく、あなたの薬の効果を見てみましょうか」

オーウェンは左手を差し出し、手のひらを開く。その上に右手をかざすと、左手の上にコインが現れた。「何が見える?」

顔を近づけてよく見る。「二十五セント硬貨ね。いまのは手品?」

オーウェンはふたたび右手を左手の上にかざす。今回は魔法が使われたことを示す刺激を感じた。例のロケットをしていれば、激しく反応していただろう。「じゃあ、今度は何が見える?」オーウェンは訊いた。

「二十五セント硬貨よ」肩をすくめて答える。

「それだけ?」

「あ、ごめんなさい。州別の特別な二十五セント硬貨だったわ」コインから目を離したとき、視界の隅に何かカラフルなものがちらっと見えた。瞬きしてゆっくり向き直り、あらためてオーウェンの手のひらを見る。カラフルな何かはすでに消えていた。「ちょっと待って。いま視界の端に何か見えたわ。すぐに消えてしまったけど」

「どうやら三回目の服用が必要になりそうだな。今夜までに効果が完全に現れてくれるといいんだけど」

オーウェンといっしょにラボのテーブルまで行く。彼はあらたに薬を調合し、わたしの前に差し出した。「魔法使い稼業がだめになっても、バーテンダーとしてやっていけるわね」そう言って薬を飲み干す。今回はまた紅茶味だった。

オーウェンは心配そうにこちらを見ている。「用量が間違ってなければいいんだけど。もしかしたら、きみの体重を低く見積もりすぎたかもしれないな」

「悪いことじゃないわ」

オーウェンはにやりとする。「だろ? 体重について訊くようなへまもしなかったしね。ぼくだって女性のことをまるっきりわかっていないわけじゃないんだ」そう言って腕時計をちらりと見る。「一時間後にもう一度テストしてみよう」デスクに戻って仕事を再開したものの、いよいよ免疫を失うことになるのかと思うとなかなか集中できなかった。薬が効かないことをどこかで願っている自分がいる。いっそのこと、わたしの免疫はもはや人為的に操作できなくなったということが判明すればいいのに。

一時間後、オーウェンがデスクにやってきた。彼の顔を見たとき、胃の辺りがきゅっと痛んだ。「さて、お手並み拝見といきましょうか、大魔法使いのオズ様」

「オズはペテン師だけど、ぼくは本物だよ」オーウェンは例によって大真面目に答える。今回は手品の部分は省略し、左の手のひらに二十五セント硬貨をのせて差し出すと、すぐに呪文を唱えた。「何が見える？」

「サカガウィア一ドル硬貨（アメリカ先住民の少女をモチーフに一九九九年につくられた一ドル硬貨）」

「え？」

「冗談よ。相変わらず二十五セント硬貨が見えるわ、残念ながら」ところが、目を離そうとしたとき、またさっきのように視界の端に何かが映った。目を細めながらゆっくり向き直ると、かろうじて消えずにいる。「レインボーカラーのスーパーボールだわ、あのガチャガチャで出てくるような」

「そのとおり。でも、そうやって目を細めなきゃ見えない？」

「そうね。普通に見るとぼやけてしまうわ。でも、視界の端でしかとらえられなかったさっきに比べれば、ずいぶんましだけど」

「きみはなかなかしぶといな」

「ひとつぐらいは自己主張の強いところもなくちゃね。もしかすると、前に一度飲んだ薬は効きにくいのかもしれないわ。あるいは、免疫の喪失は回を重ねるごとに時間がかかるようになるのかも」そうだとすれば、回復させるのにもより時間がかかるかもしれないということだ。敵が虎視眈々とこちらのすきをねらっているときに、実質的に感覚のひとつを失うのは、決して楽しいことではない。

「今夜、予定どおりやってみる？　それとも、時間のむだかな」

心配そうにこちらを見つめるオーウェンの青い瞳を見て、はじめて会ったときのことを思い出した。あのとき彼は緊張のあまり、わたしとまともに言葉を交わすことすらできなかった。

「あなたといっしょに過ごす時間にむだなものなんてないわ」胸がどきどきしてくる。「もちろん、今夜どれだけノルマを果たせるかをあなたが気にしなければの話だけど」

オーウェンはほんの少し顔を赤らめたが、恥ずかしそうに下を向いてしまうかわりに、わたしを見つめ続けている。「まあ、もともとすべて、きみとふたりきりになるための作戦だからね。何か成果があればボーナスみたいなものだよ。それに、厳重に魔法除《よ》けの施されたぼくの家にいれば、ぼくらに危害を加えるのも、ぼくらのプランを勝手に変更するのも、ほぼ不可能だ。今度こそ、静かにふたりきりの時間を過ごせるかもしれない」

「じゃあ、お互い同じ意見ってことね。よかった」これで、もし今夜、エセリンダが介入したこれまでのデートよりスムーズにことが運べば、ふたりが運命の糸で結ばれていないという彼女の見解が間違っていることを確信できるだろう。

オフィスを出るころには、胸のどきどきがお腹や頭やひざにまで転移していた。これが果たして、魔法に対して無防備になることに対する不安からくるものなのか、それとも、じゃまの入らない環境でオーウェンとふたりきりになれることへの期待からきているのかは、自分でもよくわからない。

会社の廊下を出口に向かっていっしょに歩いていくとき、オーウェンはずっとわたしの背中に手を添えていた。傍目には、わたしの体調がよくないように見えたかもしれない。エセリンダにいつも助けられる側でいるのはいやだと言ったのはもちろん本心だけれど、こんなふうに気遣われると悪い気はしない。というより、彼がわたしに触れてくれること自体がうれしいのだ。オーウェンはあまりスキンシップをするタイプではない。せっかくの機会だ。密かに楽しませてもらおう。

ロビーへおりる階段でロッドに会った。厳密には、世間一般が見るロッドの姿であるとびきりハンサムな男性に会った、ということになる。彼のめくらまし《イリュージョン》が見えるということは、ついに薬の効果が現れたと考えていいだろう。「ああ、ちょうどよかった」ロッドは言った。「ふたりともパーティには来るってことでいいね」

オーウェンはさりげなくわたしの方をうかがってから答えた。「ああ、行くよ。でも、仮装パーティっていうのは冗談だろ？」

「退屈なやつって思われてもいいなら夜会服にマスクでかまわないけど、こちらとしてはもう少し遊び心があることを期待したいね」

「ルームメイトに話したら、すごく楽しみにしてたわ」わたしは言った。「オーウェンのことは心配しないで。わたしが何かしら衣装を着せるようにするから」われながら大それたことを言ったものだ。自分が何を着るかさえまったく見当がついていないのに。でもまあ、わたしの洋服選びはジェンマの生き甲斐だから、今回も彼女に任せておけばいいだろう。

「オーウェンが何を着てくるか楽しみだな」ロッドは笑った。「言っとくけど、こいつはハロウィンに、体が大きくなって着られなくなるまで毎年同じロビンフッドの衣装を着てきたやつだからね。彼にコスチュームを着せるのはなかなか大変な仕事だと思うよ」

ロッドに別れを告げ、ロビーへおりていくとき、オーウェンを見あげて言った。「ロビンフッド？」やはり訊かずにはいられない。

「映画が好きだったんだ」

「エロール・フリンの？」

「ディズニーのだよ。ロビンフッドがキツネのやつ。グロリアは盗みをよしとすることに賛成じゃなくて。たとえ盗まれるのが悪党であってもね。でも、動物が擬人化されて描かれてるアニメ映画なら、比較的害が少ないと思ったらしい。獅子心王リチャードとジョン王子についての史話をちゃんと勉強するという条件がついたけど」オーウェンはそこで、悲しげな苦笑いを見せる。「ぼくとしては、ただ弓矢を使いたかっただけなんだけどね」

「わたしも好きだったわ、あの映画。ある年のハロウィンにマリアン姫に扮していったら、だれもわかってくれなくてひどくがっかりした思い出があるけど。ところで、免疫は消えたみたい。ちゃんとロッドのめくらましが見えたわ」そういえば、彼の誘惑の魔術の影響はまったく感じなかった。わたしに対して使ってもむだだと思ってあえて使用を控えたのかもしれない。それとも、オーウェンの非魔法的魅力のパワーがあまりに強くて、彼がそばにいるときにはほかの男性のことなど目に入らなくなってしまうということだろうか。

「それはよかった。とりあえず」オーウェンは正面玄関のドアの前で立ち止まる。「あのロケット、もしもってたら、ここでつけておいた方がいいかもしれないな」わたしがハンドバッグからロケットを取り出すと、オーウェンはそれをもって背中に回った。わたしは髪の毛をもちあげてじっとする。留め金がうまくはまらないのか、つけるのにやけに手間取っていて、彼の指が何度もかすめるようにうなじに触れる——ひょっとして、意図的にわたしを拷問しているのだろうか。

駅に着いて、地下鉄に乗り、手すりを挟んで向かい合って立つ。電車が発車すると、オーウェンは天井のすぐ下の部分に端から端まで貼られた広告を眺めてから、顔を寄せて耳もとでささやいた。「何が見える？」

顔をあげると、すぐそこに彼の瞳があった。夜空を思わせるダークブルーの微妙な色の変化が見て取れるほどの近さだ。見間違いでなければ、ブルーのなかにシルバーの斑点がある。でも、彼が訊いたのはそういうことではないはずだ。「ええと、広告ね」彼の瞳からなんとか目をそらし、広告を見る。「よくあるスペイン語の広告ね。〝資格を取ってよりよい人生を送ろう〟みたいなやつ」

「スペイン語が読めるの？」

「外国語がわかるのはあなただけじゃないわ。わたしはテキサス出身よ。スペイン語は学校で必修だもの」

「広告はそれだけ？」

「ええ」

「ネックレスは反応してる？」

オーウェンがすぐそばにいることですでに全身がしびれているせいか、胸もとでずっと続いているネックレスの振動に神経がいかなかった。「ものすごい反応ってわけじゃないわ。でも、低いレベルで一定の活動はあるみたい。ひょっとして、この車両全部が例の広告で埋め尽くされてる?」

「まあね。でも、正直いってがっかりしたな。どうせなら、もう少しクリエイティブなめくらましを使ってほしかったよ」

「どうやら先にあった広告をそのまま使ったみたいね。テレビコマーシャルはもう少しましだといいけど。マットレス店のCMみたいな、退屈きわまりないものじゃないことを祈るわ。もしタイムズスクエアでペプシの広告を使ってたら、彼にはとことんイマジネーションがないってことになるわね」

オーウェンはにやりとした。深いブルーの瞳のなかのシルバーの斑点がきらりと光る。「きみならどんな広告を使う?」

「うーん、そうねえ。何かしゃれになるようなものがいいかな。いろんな会社が自社製品を表現するのに〝魔法〟という言葉を使ってるでしょう? 魔法のようにきれいになるとか、魔法みたいに簡単だ、とか。そういうCMはどうかしら。本物の魔法についての広告をカモフラージュするための広告に、あえて魔法を語らせちゃうの」地下鉄の車内でこんな会話をするのは変な感じだが、わたしたちはほとんど耳打ちに近い形で話していたから、ほかの乗客が全員iPodを聞いているわけではないとしても、だれかに聞かれる可能性はまずないだろう。

「なるほど、面白い」オーウェンはうなずく。「きみ、広告の仕事をすべきだよ」

「あら、じゃあ、世界を救う仕事の方はあきらめなくちゃだめね」

ユニオンスクエアに到着し、わたしたちは電車を降りた。オーウェンの腕は改札にたどり着くまでわたしの腰に回されたままで、回転バーを越えるときにいったん外されたものの、またすぐにもとの位置に戻った。これまでずっともの足りないほどスキンシップがなかっただけに、この変化はずいぶん唐突な感じがする。

「ねえ、もの陰からいきなり何かが襲ってくるってことは、たぶんないと思うわ」

「いま、まわりに保護シールドを張っていて、きみもそのなかに入ってるんだ。なんだかいやな予感がするから——」

わたしは身震いした。彼の勘の鋭さは尋常ではない。どうりですごいスピードで家に向かっているわけだ。「あなたが感じることっていつも現実になるの？　それとも、未然に防げたりするの？」

「ぼくが感じるのはたいてい危険の存在だけで、それがもたらす結果まではわからないんだ。だから、現時点でたしかなのは、何か危険なことが迫っているということだけで、それが実際に襲ってくるのかとか、どの程度の危害を加えられるのかということまではわからない。そういうわけで、途中で何か買っていくかわりに、家から宅配を頼もうと思うんだけど、いいかな。この間のことがあるから、なるべくリスクは冒したくない」

「家から電話したからって、ハンバーガーを注文してオイスターロックフェラー（牡蠣の上にほうれん草、バター、ハーブなどをのせパン粉をふってオーブンで焼いた料理）を食べるはめにならないっていう保証はないわよ」

「そうなったらルーニーにやればいい」オーウェンはいたずらっぽく笑った。

タウンハウスのなかに入ったとたん、オーウェンは見るからにほっとした顔になった。いや、いやな予感は相当強いものだったに違いない。玄関を開けると、軽く片手を翻して明かりをつけ、大きな声で鳴いているルーニーを抱きあげる。「くつろいでて。先に彼女に夕飯をやってしまうよ。でないと、いつまでもこの状態だからね」

わたしはコートを階段の手すりにかけ、オーウェンのあとについてキッチンへ行った。缶詰のキャットフードを開けるオーウェンの足もとを、ルーニーが踊るように飛び跳ねている。

「ずいぶん必死な感じね。ちゃんと毎日ご飯をあげてるの？」

オーウェンはルーニーの前に皿を置くと、にやりとしてわたしを見あげた。「そう見えるよね。クリスマスにここへ帰ってきたときは、危うくぼくもだまされそうになったよ。いかにも哀れな捨て猫って感じの顔をするから、キッチンに空になった缶が置いてなければ、ロッドが餌をやるのを忘れたのかと思うところだった。さてと、今度はぼくらの夕食だ。さっきハンバーガーって言ってたけど、それでいいかな。あの夜以来、ずっと食べたくて。本物をね」

「大賛成」

オーウェンは冷蔵庫に磁石でとめてある宅配用のメニューのひとつを手に取って言った。

「ここのバーガーはかなりいけるよ。好きなものを選んで」わたしが欲しいものを決めると、彼はさっそく電話をかける。注文が済むと、食事中のルーニーをキッチンに残して、ふたりでリビングルームへ移動した。オーウェンが暖炉に向かって片手を振ると、瞬時に火がついた。

「グロリアにもブラウニーがいるんだから、このくらいはいいよね」ソファに座りながら言う。「それに、普通に手で火をおこすと、たいていやけどをするんだ」

オーウェンの横に腰をおろし、突然強くなってきた自意識と闘う。今夜の彼は、いつになくくつろいでいるように見える。せっかくのいい雰囲気を壊したくはない。なんの事件にも遭遇していない状況でふたりきりになれることなど、めったにないのだ。こんなときにふたりしてはにかんでいては、いつまでたってもキスより先に進めない。わたしは体の関係への移行に時間がかかる方だけれど、いずれたどり着きたい場所としてセックスのことは一応念頭にある。

「言いつけたりしないから安心して。もし片手をひと振りするだけで火がおこせるなら、わたしだってそうするわ。そんな能力をもっていて活用しないなんて、もったいないもの」

「彼女は基本的に、魔法に依存しすぎてものごとを普通のやり方でできなくなることを心配したんだと思うよ。それと、すぐに手抜きをしたり、安易に楽な道を選ぶようになってほしくなかったんだと思う。いろんな面でね」

「彼女、うちの父と気が合うと思うわ。〝人生はすべてが勉強〟って人だから」

オーウェンはスーツのジャケットを脱ぎ、ソファのアームの上に投げると、ネクタイを引き抜いてシャツのいちばん上のボタンを外した。「一応仕事は残っているけど、ネクタイはいいよね」おどけた表情で言う。

「今夜のところは大目に見てあげるわ」これまで何度、これ以上素敵に見えることはないと思う瞬間に遭遇してきたことだろう。そのたびに彼はやすやすと記録を塗りかえてしまうのだ。少し乱れた髪、あごにうっすらと伸びた無精ひげ、ボタンの外された白いワイシャツの襟もと――今夜の彼はおそらく、これまで見てきたなかでいちばんセクシーだ。

「残業代つけるのを忘れないで」オーウェンはリモコンをつかみ、テレビをつける。「そろそろテレビをチェックしようか。せっかくリスクを負って免疫を喪失させたんだからね。今夜、彼のコマーシャルが流れるといいんだけど」

最初のコマーシャルが流れはじめたとき、ルーニーがキッチンからやってきて、オーウェンとわたしの間に飛び乗ってきた。オーウェンがチャンネルを替えている間、わたしは彼女の首をなでてやる。「前回見たのは、たしかローカルチャンネルのどれかだったわ」次のコマーシャルの時間帯も、スペルワークスのＣＭは流れなかった。「もしかしたらゴールデンタイムにしか流さないのかも。ということは、八時まで可能性はないってことね」

「見るに堪《た》えるものをやってることを祈ろう。他人のデートを見せられるリアリティー番組とか、映画スターたちが社交ダンスを競う番組とかじゃなくてね」

彼が自分と同じことを思っていたので、ちょっとうれしくなる。「わたしもそのての番組、だめなの」オーウェンのことはだいぶわかったつもりでいたけれど、実は知らないことがまだ山ほどあるのだ――どんなテレビ番組が好きなのかということさえわからない。

階下で玄関のブザーが鳴り、オーウェンは勢いよく立ちあがった。「ぼくらの夕食だ。コマーシャルのときに来なくてよかった」彼は廊下に出る手前でいったん立ち止まる。「いまの、妙な台詞《せりふ》だよね」

オーウェンが下へ行っている間、わたしは靴を脱ぎ、ソファの上に横座りになった。裾の広いスカートをはいてきたのは正解だった。ルーニーがころんと仰向けになって、前脚の片方をわたしの方に伸ばす。お腹をなでろというかなりあからさまな命令だ。「ここまでのところ、どう思う？」命令に従い、お腹をなでながら、そっと訊いてみる。

オーウェンは紙袋をふたつもって戻ってきた。袋の横に透明な油の染みができている。わたしたちのハンバーガーがロマンチックなデート向けのハイブローな食べ物に変身していないことの何よりの証拠だ。「コマーシャルはやった？」

「いいえ、ニュースをひとつ聞き逃しただけよ」

「よかった。ふだんならテーブルへ移動するところだけど、今夜はテレビを見るという使命があるから、リビングルームでピクニックというのはどう？」

「ん～、楽しそう」

「何か座るものを用意するから、きみは飲み物を取ってきてくれる？　冷蔵庫に何種類か炭酸飲料が入ってるから、好きなものを選んでもってきて」

缶ジュースを二本もって戻ってくると、テレビの前の床に赤と白のチェックのブランケットが敷いてあった。ネックレスは反応していないから、この家にもともとピクニック用のブランケットがあったということになる。意外なような、意外じゃないような……。オーウェンは中味を出した袋を平らにし、その上にハンバーガーとフライドポテトをのせた。わたしは彼に缶をひとつ渡して、腰をおろす。

オーウェンはさっそくハンバーガーにかぶりつく。「うん、やっぱりこうでないと。この前のディナーよりずっといいよ」そう言うなり、ふいに心配そうな顔になる。「あ、でも、ひょっとしてぼくだけかな、そう思っているの。きみはたしか、面白かったたって言ってたよね」

「あなたといっしょだったから面白かったのよ。最初からああいう場所を選ぶような人とだったら、楽しめたかどうかわからないわ。リビングルームの床でハンバーガーを食べる方が、ずっとわたし向きよ」それに、こうしてみると、この暖炉のそばの室内ピクニックの方が、リムジンや高級レストランより——たとえあのとき妙な展開にならなかったとしても——はるかにロマンチックな気がする。

「よかった。考えてみたら、きみについてはまだ知らないことだらけだな。かなり極端な状況をいっしょに切り抜けてきたから、きみという人をある程度わかっているつもりでいたけど、実際はきみが何を好きなのかさえほとんど知らない」

「ふたりで出かけるたびに、火事から避難したり、氷の下に落ちたり、ドラゴンと戦ったり、悪党の攻撃をかわしたりしてたら、まともな会話をするのは難しいわ」

「クリスマスには魔法探知機を兼ねたネックレスを贈る始末だし」

「わたしがあげたのはマフラーよ。こっちの方がよっぽど陳腐だわ」

「本当は何がよかった？　クリスマスのプレゼント」

「このネックレス、十分気に入ってるわ。実際、とても重宝してるもの」

「じゃあ、質問を変えよう。ぼくが子どものころいちばん好きだった映画が『ロビンフッド』だってことは、もう知ってるよね。きみのは何？」

「そうねえ。『眠れる森の美女』かな。五歳か六歳のころに映画館でリバイバル上映をやって、家族でわざわざ街まで見にいったの。そのあとしばらく、森のなかでいかれた妖精《フェアリー》たちといっしょに暮らすのも悪くないと思ってたわ。大人になったいまは、ドラゴンを退治する勇敢な王子の方に興味がいくけどね」

「意外だな。きみはどちらかというと、シンデレラタイプかと思ってたよ。だれかが状況を変えてくれるのを寝ながら待つというより、自ら舞踏会に出かけて欲しいものを手に入れる方かなって」

「まあ、たしかにそうかもしれないわ。でも、王子様に関しては、やっぱり『眠れる森の美女』の方が好き。だいたい女の子にとって、あの映画でポイントになるのは、結局王子様なのよ。じゃあ、今度はあなたの番ね。ええと、いま、いちばん好きな映画は？」

「うーん、映画館にはもうずいぶん行ってないから、すぐには浮かばないな」

「わかったわ。じゃあ、大人になってからいちばん好きな映画」

オーウェンはしばし考えてから言った。「そのときの気分によって変わるけど、そうだな、『カサブランカ』はいつ見てもいいと思う」

「なるほど、ロマンチックなのが好きなのね」

「いや、それが理由じゃないんだ」オーウェンはほんの少し赤くなりながら言った。「自分が何か大きなものの一部であることを知るということに共感できるというか——。それと、状況がどれほど壮大なものであっても、そこにはひとりひとりの人間の物語があるということを、あの映画は教えてくれる。あとはやっぱり、ハンフリー・ボガートが最高にクールだからね。彼は常に言うべきことを心得てる。あんなふうにすんなり台詞を言えたらどんなにいいかと思うよ。何時間もたったあとに思いついたり、せっかくそのとき頭に浮かんでも言う度胸がなかったりするんじゃなくてね」

「やっぱりあなた、ロマンチストだわ。悪いことに、理想主義のロマンチストよ。世のために何か大きな自己犠牲を払って、そのまま黙って霧のなかに去っていくタイプね」

オーウェンはわたしの腰に腕を回して、自分の方に引き寄せた。「まあ、多少ロマンチストなところはあるかな。ハンバーガーをあえてオニオン抜きにしたぐらいだから」

「台詞回しの方もなかなかのものだと思うけど——」こちらが言い終わるのを待たずに、オーウェンは唇を重ねた。魔法の影響下ではじめて交わしたキスの、さらに上をいく素敵なキスだ。そのあと何度かキスをしたけれど、こんなに情熱的なものはなかった。彼がするほかのすべてのこと同様に、緻密で丁寧で、巧みだ。幸い、今回は愕然とした表情で体を引くこともなく、彼はキスを続け、わたしも体の力を抜いてそれに応えた。この数週間のごたごたを経て、ふたりはようやくぎこちなさを乗り越えたのかもしれない。

とろけるようなひとときに身も心もゆだねかけたとき、突然、胸もとのロケットが猛烈に振動しはじめた。

16

やはり、そんなにうまくいくはずはないということか——。「あの、オーウェン？」キスとキスの合間に言う。

「うん？」

「あなたがわたしに何か強烈な魔術をかけようとしているのでなければ、どこか別のところで魔法が使われてるようだわ」

オーウェンは腕をわたしの腰に回したまま体を起こす。わたしたちは同時にテレビの方を見た。「何が見える？」

「思ったとおりね。マットレスのコマーシャルよ」

「ぼくには違うものが見える。卸価格のマットレスのCMと質的にはたいして変わらないけど」

「それ、たぶんわたしが見たのと同じCMだわ」

「きみが見ているコマーシャルに不自然なところはまったくない？」

「ええ。新しくつくったコマーシャルでさえないわ。いつも流れてる例の耳障りなマットレスのCMよ。彼、本当に時間枠を買ってるのかしら。ひょっとしたら、勝手にコマーシャルをハイジャックして、放送局の方にはいつものCMだと思わせてるだけなのかも」

「それでも実際にコマーシャルを制作して、なんらかの形で電波にのせる必要はある。このCMはめくらましじゃなく、現実《イリュージョン》に流れているわけだから」コマーシャルが終わると、オーウェンはリモコンをつかんでテレビを消した。「これで今夜の仕事は完了ってことだね。さてと、なんの途中だったんだっけ」彼は体をかがめて、わたしのこめかみ、頬、首の順にキスをしていく。

わたしはため息をつきながら彼に寄りかかった。「何かまだ釈然としないものがあるわ。裏で糸を引いている人がいるとして、動機がいまひとつ見えてこない。さほど大きな利益があるとは思えないことに、どうして大金を出すのかしら。それと、この状況はいったいどういうこと？」

「この状況って？」

わたしはオーウェンの方に向き直った。「あなたよ。この二週間、あなたがわたしに触れることなんてほとんどなかったわ。一応つき合ってることになっているにもかかわらず。なのに、今夜は突然こんなふうで……。わたしたち、また魔法の影響下にあるわけじゃないわよね」

オーウェンは鎖骨の窪みに収まっているロケットを軽くつつく。「これはなんて言ってる？」

「いま現在、近くで魔法は使われてないって」

「つまり？」

「つまり、わたしがひとりで混乱してるだけってこと？」

「きみも言ってただろう？　アリの逃亡、見せかけの火事、スケートリンクでのこと、ぼくの家族、教会での騒ぎ、ドラゴンとの遭遇、勝手に変更されたディナーのプラン――。ハプニングなしでふたりきりの時間を過ごせるのは、本当に久しぶりだよ。だから今夜は、緊張したり怖じ気づいたりせずに、ふたりの時間を存分に味わうって決めたんだ」

「あなたの内なるボギーが顔を出したってわけね」わたしはオーウェンの頰に手を当てる。「わかったわ。その意見に賛成よ」

オーウェンは両腕でわたしを包み込むと、自分の方に引き寄せ、抱き締めた。「ときどき、魔法や世界を救うことなんかを全部忘れて、しばらくの間ただのふたりでいたいと思うことがあるよ」

「でも、妙なことが起こらないわたしたちって、本当にわたしたちっていえる？」

「たしかに。どうもそういう宿命らしいね」

「必ずしも悲観的なことじゃないわ」彼の胸に頭をのせる。心臓の鼓動が聞こえる。「少なくとも、わたしたちのつき合いを成功させる方法がひとつはっきりしたもの。デートは家のなかに限るってこと」

「いいね、そのアイデア」


しかし、そういうわけにもいかないのが現実だ。問題は相変わらず山積みだし、わたしたちにはやらなければならない仕事がある。それから一時間ほど、ふたりで寄り添い、好きなものについて質問し合う至福の時間を過ごしたあと、オーウェンにアパートの前まで送ってもらい、明日の朝、出社前にタイムズスクエアに出向くことを確認して別れた。今回は、表玄関の階段でちゃんとおやすみのキスも交わした。うん、悪くない。わたしたちもようやく、それらしい感じになってきたような気がする。

アパートでは、ルームメイトたちがパーティに着ていくコスチューム選びの真っ最中だった。

「あー、幸せいっぱいって顔してる」わたしがベッドルームに入るなり、ジェンマが言った。

「この部屋の電気全部消しても、きらきらしてるだれかさんのおかげで、十分ものが見えそうよ」

「デートは楽しかったみたいね」マルシアが片方の眉をあげて言う。

「うん、まあね」

「何をしたの？」ジェンマがマスクの束をぱらぱらめくりながら訊いた。

「リビングルームの床でいっしょにディナーを食べて、おしゃべりしたの」

「ふうん、おしゃべりね」ジェンマはキャットウーマン風の黒いマスクを掲げて言う。「これ、どう思う？」

「すごくセクシーね。まあ、おしゃべり以外にももう少しいろいろあったけど」

「それにしちゃあ、ずいぶん早いご帰宅じゃない」とジェンマ。

「そこまでいろいろあったわけじゃないもの」

マルシアがそばに来てわたしの頭をぽんぽんとたたく。「この娘《こ》は古風なのよ。それに賢いの。深入りする前にまずしっかり状況を把握するのよね？」

ジェンマがやれやれというように目玉を回す。「賢いのもいいけど、人生を楽しみ損ねないようにしてね。で、あなた、コスチュームはどうするの？」

わたしは肩をすくめる。「あの赤いハイヒールに合わせて何かできないかと思ってるんだけど。オズの魔法使いのドロシーなんかはどうかな。青いギンガムチェックのエプロンでもつければ、それっぽくなるでしょ？」

ジェンマとマルシアは顔を見合わせる。「この娘《こ》、いま、ドロシーになるって言った？」ジェンマはそう言うと、わたしの方を向いた。「ねえ、これはハロウィンのパレードじゃないのよ。大晦日の仮装パーティなんだから、キュート路線でいってどうするの。あれだけゴージャスな彼氏といっしょなんだから断然、セクシー路線よ。でも、あの赤い靴を使うっていうのはいいアイデアね。ん〜、何かいい手はないかしら。そうだ、こういうのはどう？」

そう言うと、ジェンマはウォークインクロゼットのなかに消えた。ときどき、これは内部が拡張する魔法のクロゼットなんじゃないかと思えることがある。ジェンマのもっている大量の服に加えて、マルシアとわたしのそれがすべて収まっているなんて、とても信じられない。ジェンマは赤いサテンのドレスとわたしの赤い靴の片方をもって出てきた。「微妙に違う赤だけど、合わなくはないわ」彼女がドレスを掲げたとき、後ろに先のとがったしっぽがついているのが見えた。「これに合わせる角は、たしかそのアクセサリーボックスに入ってたはずよ」

「でも、あなたのドレスじゃ、わたしの体には合わないわ」ジェンマはわたしより背が高くて、しかもわたしより細い。にもかかわらず、凹凸はわたしよりもある。まったく、この世は不公平だ。

「いいから着てみなさい」ジェンマは命令する。

今回ばかりは、彼女より数インチ背が低くてよかったと思った。ドレスの丈は腿の半分ぐらいまでしかない。ジェンマが着れば、マイクロミニになるだろう。意外にも、幅の方はぴったりだった——胸もとがゆるいのを除けば。「大丈夫よ」ジェンマは言った。「そのためにワンダーブラというものがあるんだから」彼女は角のついたヘッドバンドをわたしの頭にのせると、そのままわたしを半回転させてベッドルームのドアについている姿見の方に向けた。「はい、小悪魔の一丁あがり。網タイツにするかシーム入りのストッキングにするかが悩むところよね。いっそのこと、シームの入った網タイツにする？　そういうのがあればだけど。とにかくこれで、彼氏をノックアウトすること間違いなしよ」

しっぽを振り回しながら鏡に映った自分の姿を見ていると、心の片隅に芽ばえたいやな予感とは裏腹に、パーティが待ち遠しく思えてきた。


翌朝、オーウェンとわたしは会社へは向かわず、直接タイムズスクエアを目指した。「わたしの免疫、ちゃんと消えたままかしら」アップタウン行きの地下鉄のホームでわたしは言った。

「何か変なものは見える？」胸もとでロケットが振動する。

「いいえ」

「じゃあ、免疫は消えたままだ」

今朝のオーウェンはやけに陽気だ。昨日ついにはじめてデートらしいデートができたことと関係がありそうだ。「パーティに着ていくもの、決まったわ」オーウェンの手を取り、彼に寄りかかりながら言う。「次はあなたの衣装を考えなくちゃね」

「へえ、何を着るの？」

「それは見てのお楽しみ」ホームに電車が入ってきた。オーウェンに促され、車内に乗り込む。

わたしたちはタイムズスクエア駅で降り、地上へあがった。巨大な看板やネオンサインのインパクトは夜ほど強烈ではないにしても、十分息を呑ませるものがある。ロケットの振動が激しくなった。でも、何が原因なのかはわからない。タイムズスクエアで魔法界の住人を見かけることはめずらしくない。ここはニューヨークでもひときわクレイジーな場所だから、彼らが多少変わったことをしたところで人目を引くことはないだろう——比較的人出の少ない夜に、辺り一帯で使われているカモフラージュ用のめくらましを一度に外すような荒業さえしなければ。地元っ子はたいていのことは見て見ぬふりをするし、観光客はニューヨークならではのパフォーマンスだと思うはず。それに、この辺りで目にすることのなかには、魔法による現象よりずっと突拍子もないものがあったりする。だいたい、真冬にブリーフ一枚で通りに立ってギターを弾くような人など、魔法界にはいない。

「どんな感じ？」クリスマスの晩にスペルワークスの広告を眺めた安全地帯《トラフィックアイランド》まで来ると、オーウェンは訊いた。

「いつものタイムズスクエアね。ソフトドリンクの広告に、コンピュータの広告。魔術の広告は見当たらないわ」

「ほかの媒体でやってるのと同じだな。前にそこにあった広告をそのまま使ってるんだ。そうなると、たしかにスペース代を払ってるのか疑わしくなる」

「広告の制作費だけでも安くはないから、いずれにしてもある程度の資金は必要よ。ただ、多国籍企業レベルのスポンサーは必要ないと思うわ。いい後援企業が一社もあれば――たとえばシルヴィアのところのような――十分かもしれない。そう考えると、事態は心配するほど深刻ではないかもしれないわね。イドリスのことだから、一、二週間もすればすっかり飽きてしまって、別の何かに夢中になっていてもおかしくないわ」

「そうだといいけど」

「そうだ、案外、その手が使えるかもしれない」

「その手って?」

「シルヴィアの背後にいる人物は、なんらかの理由があるから彼女にイドリスへの融資をさせているわけで、そう簡単に気が変わったりはしないと思うの。イドリスがいまのプロジェクトに飽きて別のことに興味を移したら、彼のボスはきっと腹を立てるわ。彼らの間に亀裂ができれば、プロジェクトもうまくいかなくなるはず。つまり、わたしたちは、何か確実にイドリスの気を散らせるようなことを考えればいいのよ」

オーウェンはうなずき、しばし考え込む。やがてにやりとすると、「きみって最高だよ!」と言って、いきなりわたしを抱き寄せ、そのままのけぞらせるようにしてキスをした。突然、背後でフラッシュが光る。見ると、観光客のひとりがわたしたちの写真を撮っていた。たしかにこの体勢は、第二次大戦の終わりに水兵と看護婦がタイムズスクエアでキスを交わしているかの有名な写真と似ていなくもない。真っ赤になったところを見ると、オーウェンもいま同じことに気づいたようだ。彼は慎重にわたしの上体を起こす。これ以上狼狽させないよう、わたしは必死にくすくす笑いを堪《こら》えた。

「そろそろ店をチェックしにいこうか」オーウェンは懸命に平静を装いながら言った。「なかには入れないだろうから、外から様子をうかがおう」

「そうね。きっとレジの裏にわたしたちの写真が貼ってあるわ。万引き常習者の写真を貼るみたいに」

ブロードウェイ界隈によくあるキッチュな土産物店の前を通ったとき、わたしはオーウェンの腕を引いて言った。「ねえ、ちょっと寄っていかない？」

「どうして？」

本当の理由は、まだわたしたちをじろじろ見ている観光客たちから逃れるためと、オーウェンに気持ちを落ち着かせる時間を提供するためだったけれど、彼には別のことを言った。「ポストカードを買いたいの。そんなに急いで店の偵察を終わらせて会社に行くこともないじゃない？　今日はもうほとんど大晦日みたいなものだし。仕事だってお昼で終わりよ」

「いいよ、きみがそうしたいなら」彼の言い方は、この台詞《せりふ》が口にされるときにありがちなあきらめ交じりの口調ではなく、本当に心からそう思っているように聞こえた。

舞台のポスターやTシャツを眺めているうち、壁にかかっているあるものが目にとまった。

「あなたにおすすめのコスチューム、思いついたわ」オペラ座の怪人の白いマスクを指さして言う。「タキシードはもってるでしょう？　それを着てこのマスクをつければ出来あがり。正装してマスクをつけただけだけど、立派な仮装だわ。ロッドも文句は言えないはずよ」

「そうかな」オーウェンはマスクを見ながら言葉を濁す。

「少なくとも、タイツをはいたりメイクをしたりする必要はないわ」

「それはいえてる」オーウェンはマスクを買った。わたしたちは店を出て通りのスタンドでコーヒーを買い、そのまま五番街へ行くと、道の反対側からスペルワークスの店を眺めた。もっとも、わたしの目には、入口に板の打ちつけられた空き店舗が見えるだけだ。わたしたちはしばらくの間、バス停に立ってバスを待つふりをしながら、店の前の人の流れを見ていた。ほとんどの歩行者は店の前を通り過ぎていくのだが、ときどき窓ガラス越しに店内をのぞく人がいて、少しすると彼らはわたしの視界から消えていく。オーウェンによると、それは店のなかに入っていったということらしい。

「なーるほど」やがてわたしは言った。「わたしはこれを見るためにわざわざ大切な免疫を手放したってわけか。さてと、ひとまずここでの仕事は終了ね。オフィスに行きましょうか」

オーウェンは賛同するように歩き出したが、急に立ち止まった。「ちょっと待って。あそこにいるの、アリじゃないか？　あの女性、この前彼女がまとっていためくらましとまったく同じ人だ」

「わたしにはなんとも言えないわ。あのときの彼女のめくらましは見ていないんだから。今日は今日で、アリの真の姿が見えないし」

「来て。今度はどこへ行くのか見てみよう」オーウェンはわたしの手を取って歩き出す。

「ねえ、大丈夫？」ほとんど小走りになって訊く。「この間のこと覚えてるでしょう？　彼女がめくらましを別のものに変えたり、わたしたちを惑わすために何かしかけてきても、今日のわたしにはわからないのよ」

「でも、それは彼女がぼくらに気づいたらの話だろう？」わたしたちは通りを渡った。しかし、先ほどから彼女が動いた様子はない。じっとひとところに立ったまま、わたしたち同様、店のなかをうかがっているように見える。

まもなくイドリスが店のなかから飛び出してきた。「ここで何してんだよ！　外に出たら危険だろ？　隠れてなきゃだめじゃねえか」

アリはうんざりした顔をする。人間の姿をした彼女は、昼間の外出に慣れていないパンク少女のように見えた。「あんなとこにずっといたら、退屈で頭がおかしくなるわ」

「あいつらに捕まったら、もっと退屈なことになるんだ。だれも面会には来ねえぞ」

「捕まるわけないでしょ。ちゃんとめくらましをまとってるんだから」

「あっちには免疫者《イミューン》がいるんだ」

「イミューンのことは、あんたがなんとかするんじゃなかったの？」

「思うほど簡単じゃねえんだ。ドジったおまえに言われたくないね。とにかく、早く行け。こっちは仕事があるんだ」

「あんた、変わったわね。あのシルヴィアって女のせいでしょ」

イドリスは苛立たしげにため息をついた。「またその話か」そのとき突然、パンク少女の姿が消えた。「おい、ふざけんなよ!」叫ぶイドリスの横を、歩行者たちは何ごともなかったように通り過ぎていく。

オーウェンの合図で、わたしたちはそっとその場をあとにした。店から一ブロックほど来たところで、わたしは言った。「あのふたり、なんだか雲行きが怪しそうね」

「あんなビジネスライクなイドリス、はじめて見たよ。ずっとあんなふうだとしたら、一日の終わりにはへとへとになってるんじゃないかな」

「たぶん、ビジネスライクに振る舞う魔術を自分にかけてるのよ。きっと数分もすれば魔法が切れて、すぐにまたビデオゲームをやり出すか、従業員にフレンチカンカンを踊らせる方法を考えはじめたりするはずよ」

わたしたちはダウンタウンへ向かった。シティホール・パークを会社に向かって歩いているとき、オーウェンが言った。「今夜、またいっしょに過ごさない?」わたしが答える前に、彼はすぐに首を振って続けた。「ごめん、なんかまるで、きみにはほかに予定がないものと決めつけてるような言い方だね。こういうことはちゃんと何日か前に訊くべきなんだろうけど、でも、今回はデートっていうわけじゃないんだ。きみはいま免疫を失っているから、できればそばについていたいと思って」

「でも、わたしのアパートには魔法除《よ》けがしてあるわけだし、ゆうべもそうだったように、最終的には家に帰らなきゃならないわ。わたしは大丈夫よ。心配しないで」

オーウェンは一瞬横を向く。「わかった。そしてふたたびわたしの方を見たときには、両方の頬が鮮やかなピンクになっていた。正直にいうと、きみの安全だけが理由じゃない。ぼくがきみに会いたいんだ。ゆうべはやっとふたりきりで、なんの事件も起こらない平穏無事な時間がもてた。またあんなふうに過ごせたらと思って」

「う～ん、すごく魅力的な誘いだけど、ルームメイトたちと約束してしまってるの。ごめんなさい」

「いいよ、気にしないで」オーウェンは肩をすくめたが、耳がしっかり赤くなっている。拒絶されたと思っていなければいいのだけれど。でも実際、わたしには先約があった。ボーイフレンドができたとたんに友達に冷たくなるような女にはなりたくない。

オーウェンのオフィスにコートとマスクを置き、魔力の充満する社屋に入ったとたん激しく反応しはじめていたネックレスを外すと、わたしたちはマーリンに会うため社長室へ向かった。あいにく、受付に座っていたキムと最初に顔を合わすことになった。今日休みを取っているトリックスの代役ということなのだろうが、わたしのオフィスを乗っ取ったときと同じように、デスクまわりはすでに彼女のものであふれていた。写真立てに観葉植物、デスクの上には彼女の名前の書かれたネームプレートまで置いてある。

「アポは取ってあるのかしら」わたしたちがデスクに向かっていくと、キムは言った。

「いや、でも、ミスター・マーヴィンはぼくたちを待っているはずだよ」オーウェンはこうした状況で見せるいつもの落ち着き払った態度で言った。プライベートでは内なるハンフリー・ボガートをうまく引き出せないことが多いとしても、仕事の場ではたいていこんなふうにクールに振る舞えるのだ。

「一応確認してみるわね」キムはそう言うと、心なしかしなをつくってオーウェンを見つめ返したが、彼はまったく気にとめることなく、マーリンのオフィスに向かって歩き出した。

キムが抗議しようと口を開けたとき、オフィスのドアが開いてマーリンが笑顔でわたしたちを出迎えた。「ああ、来ましたね。報告を待っていましたよ」振り返ってキムに勝ち誇った笑みを見せたいのをぐっと堪え、わたしはオフィスに入る。マーリンはソファに座るよう合図すると、部屋の奥のカウンターへ向かった。「ちょうどお茶をいれたんですよ。いいタイミングで来てくれました」カップにお茶を注ぎながら言う。三つのカップをふたつの手で運ばなければならないという難題を、彼はふたつを手でもち、ひとつを自分の横に浮かばせるという方法で解決した。マーリンは手で運んだカップをわたしたちの前に置く。三つめのカップは彼が腰をおろしたウイングチェアの横の小さなテーブルにひとりでに着地した。「さて、免疫のない状態で、どんなものが見えましたかな?」

地下鉄の車内広告やテレビコマーシャル、タイムズスクエアの看板や店の外観などについて説明する。「彼らはこちらが最初に思ったほど広告にお金をかけていないかもしれません。媒体会社は広告が存在することすら知らない可能性があります。とはいえ、物理的にあれだけの広告を出すには、やはり相応の物流業務と資金が必要にはなりますが」

「つまり、世界征服までにはまだ若干猶予がありそうだということですな？」マーリンは皮肉たっぷりに言った。

「ケイティは、イドリスへの対応策も提案してくれました」オーウェンが言う。

わたしはひとつ深呼吸し、このアイデアが最初に思いついたときと変わらずいい案に思えることを祈った。「イドリスにはかなり気の散りやすいところがあって、そのことが彼にとって大きな足かせになっているように思えます。何か悪事を思いついても、それを達成する前に別のことに興味が移ってしまうんです。たとえば、スパイ騒ぎで社内の機能がまひしたとき、彼はこちらの混乱にもっとつけ込めたはずなのに、結局そうしませんでした。わたしたちが右往左往するのを面白がって見ているうちに、本来の目的をすっかり忘れてしまったんです」

「ここにいるときの働き方もまさにそんな感じでした」オーウェンがつけ加える。「プロジェクトはいつも中途半端で終わっていました。新しいことに手を出してばかりで、彼が何かを完成させるということはほとんどなかったはずです」

「でも今回は、融資をしていいと思うほど彼のやろうとしていることに興味をもった人が現れたわけですから、そう簡単に飽きたからやめるというわけにはいきません」わたしは続けた。「彼のスポンサーには何か考えがあるはずです。イドリスが新しいことを思いついたからといって、すぐにプランを変更したりはしないでしょう。ですから、イドリスを確実に脱線させられる方法を考えて実行すれば、彼と陰のスポンサーとの関係を悪化させるか、もしくはその人物が姿を現さざるを得ない状況をつくり出せるんじゃないでしょうか」

マーリンはあごひげをなでながらうなずく。「なるほど、一理ありますな。たとえ計画を全面的に中止させられなくても、時間を稼ぐことはできるでしょう。彼の背後にいるのがだれで、何がねらいなのかということも、突き止めやすくなるかもしれない。いいアイデアです、ミス・チャンドラー。あなたが魔法使いでないのが残念なくらいだ。あなたならどんな革新的な魔術を考え出したか、ぜひ見てみたかったですな」

「さあ、どうでしょう。魔力をまったくもたないからこそ、既成概念にとらわれずに考えられるのかもしれません。もし魔法を使えたら、おそろしく平凡な魔法使いになっていたかもしれませんよ」わたしは一瞬躊躇してから、やはりずっと気になっていたことを訊いてみることにした。「ところで、こちらはどんな具合ですか？　何かお手伝いすることはありますか？」

「いいえ、大丈夫ですよ。キムがよくやってくれていますから。少々熱心すぎるきらいもありますが、仕事はちゃんとこなしています。あなたは何も心配せずに、このプロジェクトに集中してください」

「そうですか、それはよかった」笑顔がひきつっていないことを祈る。キムがわたしの代役をきちんとこなしたからといって、わたしが仕事を失うことになるわけではない。ここは言われたとおり、イドリスを阻止することに集中すればいいのだ。いまの会社にとって、それはメモをタイプしたり会議でいかさまが行われないよう目を光らせたりすることより、ずっと重要なのだから。

マーリンのオフィスを出ると、キムは相変わらず取り澄ました顔でトリックスのデスクにいた。いましがた頭のなかで自分に飛ばしたげきの効果が急激に萎えていく。だれにでもなぜか頭にくる人というのがいるものだが、いまのわたしにはまさにキムがそうだ。彼女のすることなすことがいちいち癇にさわる。

「次は事前にアポイントを取ってくれると助かるわ」キムは言った。

実際、彼女のすることなすことの多くは、わたしを苛立たせるために意図的に行われているように思える。幸い、今回はオーウェンのおかげで、品位を落としてまで彼女に反撃する必要はなかった。「基本的に、ミスター・マーヴィンはだれかにスケジュールの調整をしてもらう必要はないんだ。何か重要なことがあるときは前もってわかるからね」オーウェンは言った。

「そのうち気づくと思うけど、突発的に予定が入っても決して約束がぶつかることはないよ」

「彼のスケジュール管理に慣れるには、たしかにある程度時間がかかると思うわ」ん、ちょっとえらそうだったかな。でも、言葉に詰まった彼女の顔は、クリスマスにもらったどのプレゼントよりも満足感をくれた。キムが何かうまい反撃の台詞を思いついて、勝利の喜びを半減させられる前に、わたしは急いで受付エリアをあとにした。

オーウェンのラボに戻ったときには、休暇前の短縮就業日はほとんど終了していた。「家まで送るよ」オーウェンが言った。「きみの免疫を喪失させた以上、最低でもそのくらいはしないと気がすまない」

ルームメイトと約束をしたことが後悔された。できることなら、このまま彼といっしょに家に帰りたい。「マルシアとこの近くでランチをすることになってるの。彼女、金融街で働いてるのよ。ランチのあとアップタウンでジェンマと合流してショッピングに行くことになってて――」わたしはオーウェンの手を取り、ぎゅっと握った。「でも、心遣いは本当にうれしいわ。ふだんなら、あなたにボディガードをしてもらうことは大歓迎なんだけど」

オーウェンはわたしの手を握り返したが、表情は深刻なままだ。「護衛なしで歩き回るのは心配だな。今朝の様子だと、彼らはぼくたちが動き回っていることを知っているようだし」

「マルシアに会ったでしょう？　彼女に挑もうとする魔法界の住人がいるなら、ぜひお目にかかりたいわ。それに、いつもの護衛チームがいるはずだもの。わたしは大丈夫よ。おっと、そろそろ行かないと。彼女、時間にうるさいのよ。遅れたりしたら、どんなモンスターより彼女の方がよっぽど怖いわ」

マルシアの選んだレストランは地下鉄でひと駅のところにある。わざわざひと駅電車に乗るのもばからしいので、歩いていくことにした。二ブロックほど歩いたところで、先ほどからずっとひとりの老女が後ろをついてくることに気がついた。無視して先を急ぐ。はじめてニューヨークに来たときマルシアが教えてくれた都会でのサバイバル術のひとつだ。レストランに入ると、待合いエリアにマルシアの姿が見えた。「時間どおりよ」彼女はそう言ってわたしを抱擁する。「もうすぐテーブルの用意ができるって」

返事をしようとしたとき、ひじの辺りでだれかの声がした。「ちょっと、今日はずいぶん失礼じゃない？」

振り返ると、わたしの後ろを歩いていたあの老女がいた。自分に気づかないことが信じられないといった顔でわたしを見あげている。この街に来てから行った、年配の人に会う可能性のある場所をかたっぱしから思い浮かべてみる。だめだ、まったく心当たりがない。

「あたしに腹を立ててるからって、こんなふうに邪険にしていいって法はないわ」

そのときようやく、顔のつくりとどこか聞き覚えのある声で、それがエセリンダであることがわかった。なるほど、これが世間一般の見る彼女なのか。羽とティアラと幾重にも重なった時代遅れの夜会服がなくなると、彼女はまったくの別人に見えた。あくまで無視し続けるという手もあったが、騒ぎ出されるとやっかいだ。「ごめんなさい、すぐに気づかなくて」そう言いながら、必死に彼女を追い払う口実を考える。

「お友達?」マルシアが訊いた。

「あ、ええ、こちらはエセ……ル」エセルなら少々古くさくはあるけれど、エセリンダよりははるかにまともな名前だ。「彼女は、ええと、その……」

「ケイティのフェアリーゴッドマザーよ」エセリンダはわたしの肩に腕を回して誇らしげに宣言した。

17

わたしは凍りついた。こんな形で友人たちに魔法について明かすつもりはなかった。だめだ、なんとかごまかさなくては。「アハハハッ、そうなのよ！　彼女、会社でみんなにそう呼ばれてるの。わたしたちにとってはフェアリーゴッドマザーみたいなものなのよね。デートや男性とのつき合い方なんかについて、すごくいいアドバイスをくれるから」

マルシアに特に何かをいぶかる様子はないので、少し安心する。「はじめまして。あなたのアドバイスはかなり効果があるみたいですよ。ケイティはなかなか素敵な人を見つけたようですから」

「最高の人よ」エセリンダは誇らしげに満面の笑みを見せた。まるで自分の手柄みたいに。

「なんとかうまくいってくれればいいんだけど」

「あー、問題はそこなのよね」わたしはむりやり笑顔をつくる。

「よかったら、ランチいっしょにどうですか？」マルシアが言った。わたしは心のなかで悲鳴をあげる。でも、あえて反対する理由もない。むしろ、ここで誘わなければ失礼になる。

待合いエリアに戻ってきた接客係がマルシアに訊いた。「ご予約は二名じゃありませんでした？」

「ひとり友人が加わることになったんです」マルシアが答える。

接客係はわたしたちを席に案内すると、メニューをテーブルに置き、「ごゆっくりどうぞ」と言った。

全員が席につき、接客係が去ると、エセリンダが上機嫌で言った。「こんな年ごろの娘たちとランチをするなんて何年ぶりかしら。で、あなたの恋の悩みは何？」

マルシアはきまり悪そうに笑うと、自分のシルバーウエアをまっすぐに整えながら言う。

「実はちょうど、あることについてアドバイスが欲しいなと思っていたの」

「それって、ジェンマの担当じゃない？」わたしは言った。エセリンダの前で恋の悩みを打ち明けるのがマルシアにとって得策だとは思えない。徹底的にこじれさせたいなら別だけれど。

「いまはまだジェンマには話したくないの。男女問題については、必ずしも彼女と意見が合うわけじゃないから。その点、あなたはいつも客観的な意見を言ってくれるし――」マルシアはにっこり笑ってエセリンダの方を向く。「エキスパートの知恵もぜひ拝借したいわ」

「で、悩みはなんなの？」エセリンダが訊く。

「いまつき合ってる彼のことよ。最初のうちは、お互いにバランスを取り合えるいい関係だと思えたの。彼は瞬間を生きるタイプで、わたしはなんでもきっちり計画しなきゃ気がすまない方でしょ？　野心も向上心も強いわ。でもバランスが取れるということと人生観が根本的に違うということは、別だという気がしてきて――」マルシアはわたしの方を見る。「あなたの方が先に彼に会ったのよね。彼について何か知ってる？」

わたしが知っているのは、彼が仲間同士の悪ふざけか何かでカエルのめくらまし《イリュージョン》と自分をカエルだと思い込む魔術をかけられて、セントラル・パークの池のほとりに全裸でしゃがんでいたということだけだ。わたしがあるなりゆきからキスをして魔術を解いたあとは、魔術の第二の作用のせいで、今度はわたしに夢中になった。そしてさんざんつきまとったあげく、マルシアに出会ってひと目惚れし、ようやく魔法の呪縛から完全に解放されることになったのだ。

「ほとんど何も知らないの。一、二度、街で偶然会っただけだから」とりあえずそう言っておく。

「お高くとまってるつもりはないし、職場に連れていくのが恥ずかしいとか、そういう気持ちはまったくないの。でも、このままずっとつき合っていけるとは思えなくて。長くいっしょにいるには、基本的なところがあまりに違いすぎる気がする。わたしは大人で、彼は子どもがそのまま大きくなったような人なんだもの。こんなこと考えるなんて、ひどい女かしら」

「いいえ、とても賢明よ」エセリンダが言った。「納得がいかないのなら、無理をして続ける必要はないわ。結婚しているわけじゃないんだから」わたしもほぼ同じことを言おうとしていた。どうしてわたしの友人にはこんなにまともなアドバイスができて、わたしとオーウェンのことは引っかき回すだけなのだろう。

「ジェンマはきっと、親密なつき合いを避けてるんだって言うわ。完璧じゃないものが自分の人生に入ってくるのがいやなんだって」

「なら、ジェンマが彼とつき合えばいいわ。これはあなたの人生だもの」わたしは言った。

「ふたりが結ばれる運命にあるとは考えにくいわね」エセリンダが言う。

マルシアはため息をついた。彼女の緊張がいっきにほぐれるのがわかる。「そう言ってもらえてよかった。実は、ゆうべ彼と別れたの。これで大晦日のパーティは、わたしだけ彼氏ナシよ。でも、まだジェンマには話さないで。大晦日前に別れるなんてばかだって言われるに決まってるから」マルシアはそう言うと、くすくす笑い出す。「なんだかわたし、男みたいね。大きな祝日の直前に別れを切り出すなんて」

「大晦日のパーティにひとりで行ってもいいと思うくらいだから、彼とは本当に終わりにしたかったってことなんじゃない？」

「ええ、そうね。ところで、あなたのハンサムなお友達もパーティに来るのよね」

ふだんロッドをハンサムだと思うことはないので、一瞬彼女がだれの話をしているのかわからなかった。「もちろんよ。主催者は彼だもの」

「彼、つき合ってる人はいるの？」

「マンハッタン全部ね。近郊の街もいくつか含めた方がいいかな。そうそう、外国の航空会社のフライトアテンダントも何人かいたかしら。とにかく、彼は相当な遊び人よ。ロッドのことは友達として大好きだけど、ボーイフレンドとしてはおすすめしないわ。一回きりのデートならいいけど、本当に好きになったら絶対傷つくことになるもの」

「彼はいま、そういう段階にいるのよ」エセリンダが言った。「とっくに卒業しているべき段階ではあるけどね。でも、彼本来の人柄を反映しているものだとは思わないわ。もっとも、彼がその段階を抜け出すのがいつになるかはわからないけど」またしても至極まともなアドバイスだ。

マルシアは髪に指をからませながら言う。「なるほど、道は険しそうね」

「わたしは警告したわよ」顔をあげると、驚いたことにロッドが店に入ってきた。考えてみると、日常生活のなかでこのてのことはかなりひんぱんに起こる。話題にしていた人をその場に登場させる無意識の魔術があるとしか思えない。「噂をすれば――」わたしはつぶやいた。

「まあ、すごい偶然！」エセリンダがうれしそうに言う。「本人が来たわ」

マルシアが入口の方を振り返っているすきに、エセリンダは片手を振って四人分のスープ＆サラダのランチセットを出現させた。ロッドはわたしに気づいて、まっすぐこちらへやってきた。「やあ、皆さん、おそろいで」スマートにあいさつする彼に、マルシアが色っぽい視線を送る。わたしは茶々を入れたいのをぐっと堪《こら》えた。

「こんにちは、ロッド。マルシア、ロッドを覚えてるでしょ？　いまちょうど、エセルはうちの会社のフェアリーゴッドマザーみたいな存在だって、マルシアに説明してたところなの」

〝フェアリーゴッドマザー〟の部分を特に強調して言いながら、ロッドが彼女の魔力を感知して状況を理解してくれることを祈った。

「そうなんだ。まさにそんな感じだよね」ロッドはわたしに向かってウインクしながら、かすかにうなずく。

「いっしょにランチをどう？」エセリンダが言った。「すでにあなたの分も頼んであるの」

「あら、これ、いつの間にきたの？」

わたしは肩をすくめて言った。「あなたが向こうを向いている間にウエイトレスがもってきたわ」そのとき、厨房からウエイトレスがトレイをもって出てきた。彼女はわたしたちのテーブルを見て顔をしかめ、厨房のなかに引き返していく。厨房のドアが前後に揺れ、なかで飛び交う大声がここまで聞こえた。

「どんなアドバイスをしてあげたんですか？」ロッドがエセリンダに訊く。わたしの気のせいだろうか。それとも、めくらましを少し変えたのだろうか。彼は相変わらずとてもハンサムだけれど、これまでのようなやりすぎ感がない。わたしが彼のめくらましに慣れてきただけだという可能性もある。あるいは、真の姿の方でも身だしなみに気をつけるようになったために、めくらましとのギャップがそれほど大きくなくなったということかもしれない。

「マルシアはボーイフレンドと別れることにしたの」エセリンダは、まるでそれが自分のアイデアであるかのように得意げに言った。なんだか、シンデレラと王子が結ばれたのは、〝ガラスの靴とかぼちゃの馬車のおかげ〟ではなく、〝ガラスの靴やかぼちゃの馬車といった障害にもかかわらず〟と言うべきなのかもしれないという気がしてきた。エセリンダはあくまで自分の手柄だと信じているようだけれど。

「本当？」ロッドは片方の眉をあげて、マルシアの方に体を寄せる。もし彼が向かい側の席ではなく、わたしの隣に座っていたら、足首を蹴っていたところだ。ふと、今日もまた例の誘惑の魔術の影響を感じないことに気がついた。前回免疫を失ったときには、彼に抱きつかないようにするだけでもかなりの努力を要したのに、いま、そうした衝動はまったくない。彼、本当に魔術の使用をやめてしまったのだろうか。それとも、より的を絞って使っているということなのだろうか。

マルシアは悲しげな笑みを見せる。「ええ、そうなの。最悪のタイミングよね。あなたのパーティにはひとりで参加することになりそうだわ。連れがいなくてもかまわないわよね？」

「ぼくだって連れはいないよ。自分のパーティだっていうのに」ロッドにデート相手がいない？　よりによって大晦日に？　残りの三百六十四日、ほぼ毎晩デートしてきた男が？　信じられない。いや、彼のことだから、パーティでだれか新しい娘《こ》を引っかけようという魂胆かもしれない。「ぼくでよければ相手になるよ」

マルシアは赤くなって、心なしかどぎまぎしている。こんな彼女も見たことがない。魔術の影響かと思ったが、オーウェンのくれたロケットはかすかな振動を続けているだけだ。これはおそらく、ロッドのめくらましとエセリンダのカモフラージュ用のそれに反応してのことだろう。エセリンダがランチを出現させたとき以外、魔法が使われたことを示す強い刺激は感じていない。

ウエイトレスが相変わらず合点のいかない表情のまま、わたしたちのテーブルに伝票を置いていった。「ここはあたしが払うわ！」エセリンダが宣言するのと同時に、お金がテーブルの上に現れた。ウエイトレスのためにも、本物であることを祈る。「さてと、あたしのここでの仕事は終わったみたいね。会えてよかったわ。うまく展開するよう祈ってるわね」

皆でランチのお礼を言ったあと、わたしは思わず固唾を呑んだ。彼女はどんなふうにこの場を去る気だろう——もし、いつものように虚空に消えたら、説明はロッドに任せよう。幸い、彼女は普通にドアを使って出ていってくれた。続いてロッドも、パーティの準備があると言って店をあとにした。

マルシアとわたしはアップタウン方向へ向かい、ガーメント・ディストリクト（三十四丁目から四十二丁目、五番街から九番街の間に位置するアパレル産業地帯）で仕事を終えたばかりのジェンマと合流した。「この近くに巨大なヴィクトリアズシークレットがあるから、そこでコスチュームに必要な小物をそろえましょう」あいさつもそこそこに彼女は言った。

店に入ると、ジェンマはブラジャーのコーナーに直行した。ラックにかかったブラジャーをざっと見ていき、ひとつ取り出す。「これがいいわ。一カップは確実にアップするわよ。赤のサテンはセクシーだし、あのドレスにも合うけど、ベージュの方が使い回しはきくわね。サイズは？」

ジェンマの質問に答えようと顔をあげると、思わぬ人物が近くにいて、目が合ってしまった。わたしをさんざんいびった前の職場の上司、ミミだ。彼女の薄ら笑いを見れば、いまジェンマが言ったことをすべて聞かれたのは間違いない。さぞ優越感に浸っていることだろう。ミミにはパッドつきのブラジャーなど必要ないはず。彼女がわたしを見下す星の数ほどある理由のひとつだ。「まあ、ケイティ、こんなところで会うなんて」ミミはそう言って、形だけのエアキスをする。「健全で善良なあなたがこのてのものをつけるとは思わなかったわ」

「健全で善良がノーブラじゃ、逆にまずいんじゃないですか？」わたしは思いきり無邪気な表情で言った。うまく反撃できたことに、心のなかでガッツポーズをする。ミミを相手にすると、どうもむきになってしまう。もう上司でもなんでもないのに――。

彼女は笑った。「それもそうね」いきなり善良なミミに変身している。そこが彼女の恐ろしいところだ。ミミは瞬時に人格を変えることができる。まるで十数年来の親友であるかのごとく振る舞い、こちらをすっかり安心させておいて、ある瞬間、突然牙をむいて飛びかかるのだ。「あのときいっしょだった素敵な彼はどうしちゃったの？」前回、街で偶然ミミと会ったとき、わたしはオーウェンといっしょだった。彼女が攻撃をしかけてきたとき、彼は実に鮮やかにわたしを擁護してくれた。

「大晦日に備えて、今日は休憩してもらってるんです」わたしはそう言うと、近くにあったすけすけのきわどい下着を手に取った。「それでいま、ここに来ているというわけ」

ミミは、わたしがつかんだものとジェンマがまだもっているぶ厚いパッドの入ったブラジャーを交互に見た。「じゃあ、ひとつアドバイスしておくわ。ごまかしはやめておくことね。パッド入りのブラで期待をもたせておいて、あとから悲しい現実を見せつけたんじゃ、彼があまりに気の毒だわ」これはかなり辛辣だ。彼女自身そう思ったようで、わたしが「大きなお世話よ！」よりましな台詞《せりふ》を考えているうちに、さっさと別の売り場へ行ってしまった。

ミミがいなくなるやいなや、ジェンマとマルシアが声をそろえて言った。「何、あの女！」

「だれなの、いったい？」ジェンマが訊く。

「あれが、かの有名なミミよ」

マルシアは、向こうで店員をしかりつけているミミを見ながら首を振った。「あなたが彼女の話をするとき、いつも多少は誇張してるんだろうと思って聞いてたわ。あんな女の下でよく一年も働けたわね」

「家賃を払うためよ」すけすけの下着をラックに戻しながら言う。「さてと、じゃあ、その魔法のブラを見せてもらおうかな」

「それは買わないの？」ジェンマが片方の眉をあげて言う。

「まさか！　あんなの着たら、彼、心臓発作を起こしちゃうわ」

「あら、それが本来の目的じゃない」

「だめよ。そういう段階になったら、つまり、あと何週間かつき合って、そうなってもいいというときになったら、こんないかにもって感じのじゃなく、もっとさりげなくて、かつおしゃれなものを用意するわ」

「はい、はい、わかりました。じゃ、これ試着して」ジェンマはそう言って、わたしを試着室の方へ引っ張っていく。マルシアもいっしょについてくる。「自分のサイズぐらいちゃんとわかってるから大丈夫よ」わたしは言った。

「デザインによって違う場合があるの。それに、二サイズぐらい試さなきゃだめよ」

「ひとりでできるってば」わたしの抗議を無視して、ふたりはせまい試着室のなかに押し入ってきた。

わたしは観念してブラウスを脱ぐと、ふたりに背中を向けてブラジャーを外し、ジェンマに渡されたものをつけた。意見を聞こうと向き直ると、ふたりはわたしのブラウスとハンドバッグとコートをもってこちらを見ていた。「それじゃあ、みんなそろったことだし、話をしましょう」ジェンマが言う。

「なんなの？」

「内政干渉よ」とマルシア。

「は？」試着室から出ようとドアの方に移動したが、ふと自分がブラジャーしかつけていないことを思い出した。わたしのブラウスとコートは、彼女たちがもっている。

「あなたのことが心配なのよ」ジェンマが言った。「最近、様子がおかしいわ。わたしたちに何か隠してるようだし」

「あなたがわたしたちに嘘をつくなんてこと、これまでなかったじゃない」マルシアが続ける。「あなたは嘘がつけない性分なの。すぐ顔に出るもの。何か隠してるのはわかってるわ。どんなにひどいことでもわたしたちはちゃんと受け止めるし、あなたの味方よ。だから心配しないでなんでも話して」

「なんのことだかさっぱりわからないわ」いまこの瞬間も、嘘をついているのが丸見えなのだろう。「それに、どうしてここでこんな話をしなきゃならないの？」

「今日は最初からそのつもりだったの」マルシアが言った。「家だと、なんだかんだ理由をつけて、バスルームに閉じこもったり、出かけたりしちゃうもの。こうすればもうどこへも行けないわ。わたしたちの話を聞くしかないでしょ?」

「やだ、どうしちゃったの、あなたたち変よ」まずい、パニックになってきた。

「あなたの行動は、麻薬中毒者や精神病患者が見せる症状と同じだわ」ジェンマが言う。「インターネットで調べてみたの。理由を言わずによく家を空けるし、どこへ行ってたかについて嘘をつく。交友関係が変わったし、いままで楽しんでたことを楽しまなくなった」

「職場が新しくなったのよ。新しい知り合いができて当然でしょ。よく出かけるようになったのは、それだけ責任ある仕事を任されてるからよ」

「その会社、ちゃんとした会社なのよね?」マルシアが訊く。「それから、その新しいボーイフレンド、ドラッグディーラーじゃないでしょうね。あるいは、本人がドラッグをやってるとか」

「彼に会ったでしょ? 自分の目で見てどう思った?」

「会ったっていったって、あなたが彼を部屋から追い立てるまでのほんの二十秒ほどよ。あ、ひょっとして、新しい同僚にわたしたちを会わせるのが恥ずかしいんじゃないでしょうね。今日だって、会社の人がランチに加わるのに乗り気じゃなかったみたいだし」

「そんなことないわ」言いわけを考えようとしたが、何を言っても状況を悪化させるだけのような気がした。彼女たちはわたしの嘘にも隠蔽工作にも完全に気づいている。こうなったらもう真実を告げるしかない——とりあえず、部分的に。「こんなふうに仕事とプライベートが重なることに慣れてないのよ。わたしはこれまで、職場は職場、あなたたちはあなたたちって、はっきり分けてきたわ。仕事とプライベートはいつも別にしてきたの。それが今回、職場の人とつき合うようになったり、同僚の何人かが親しい友人になったりしたでしょう？　これまで別々だったふたつの世界の境界が急に消えてしまったみたいで、わたし自身戸惑ってるのよ」

ああ、まさにそのとおりだ。「さっき見たでしょ？　昔の上司に会っただけで、あれだけ動揺するのよ。今日のランチは、わたしにとって、まさにそういう種類のことだったの」

ジェンマがブラウスを差し出す。「とにかく、何か話したいことがあったら、わたしたちはいつでも耳を傾けるってことを忘れないで。それから、そのブラ、ぴったりだわ。それ買いなさい」

「いずれにしても、パーティではあなたのボーイフレンドのこと、もっとよくチェックさせてもらうからね。本当にちゃんとした人なのか確かめないと」マルシアが言った。「彼がわたしをマインドコントロールしたり、危険なカルト集団に引きずり込んで友達や家族から引き離したりしないことだけは保証するわ。じゃ、そろそろいい？　着がえたいんだけど」

着がえを済ませ、いくぶん動揺も収まったところで試着室から出ていくと、ふたりは売り場で待っていた。ジェンマは手に肌色の網タイツをもっている。危なかった。これまで、魔法界と一般世界との二重生活の秘密がここまでばれそうになったことはなかった。ふと見ると、フロアの向こうで、ミミが店員の女の子に次々と在庫用の引き出しを開けさせている。自分の欲しいブラジャーがどこかに隠れていないか調べているのだろう。気の毒に。わたしにはあの女の子のつらさが手に取るようにわかる。お目当てのブラジャーが見つかったとたん、ミミの気が変わって別のものを要求されることになるのは、まず間違いない。

支払いを済ませ、出口に向かって歩きはじめたとき、オーウェンのネックレスが突然反応しはじめた。痛いくらいに激しく振動している。近くでかなり強い魔術が使われているらしい。たとえネックレスがなくても、空中に飛び交う魔力を十分感じ取れただろう。どうしようかと思っていると、突然だれかに腕をつかまれ、出口の方へ引っ張られた。

ジェンマとマルシアが即座に駆け寄ってきて、わたしの腕をつかんでいる男をショッピングバッグとハンドバッグで力任せにたたきはじめた。男はおそらくミスター・ガイコツだろう。ルームメイトたちの猛攻撃に、男はついに手を離した。さて、どこへ逃げたものか。仲間が待ち構えているだろうから、店の外へ出るのは得策ではない。とりあえず、わたしも男にキックを食らわせる。女三人の攻撃を受けて、やがて男の方が店から逃げ出していった。

男が外へ出たとき、開いたドアからまた何か別のものが入ってきた。依然として魔法が使われているのを感じる。ＭＳＩのボディガードたちが来てくれたのだろうか。免疫がないと、何が起こっても推測しかできないので困る。そのとき、ネグリジェを着たマネキンがバランスを崩して揺れはじめ、向こう側にいたミミの方に倒れかかった。ミミは両手でマネキンを支え、なんとか立て直したが、頭に薄いレース素材のひらひらしたものが引っかかっていることに気づいていないようだ。その姿を見られただけで、先ほどの恐ろしい体験は帳消しになった。

「早くここから出ましょう」ジェンマが言った。ジェンマとマルシアはそれぞれ両脇からわたしの腕を取って、店の外へ出た。「いったいいまのはなんだったの？　これだもの、心配にもなるわよ」

「わたしのせいじゃないわ」歩幅の広い彼女たちに後れを取らないよう懸命に歩きながら言った。「わたしが仕組んだとでも言うの？」

「まさか。でも、あいつ、真っすぐあなたに向かっていったわよ」

「たまたまよ。犯罪って、たいていそういうものでしょう？　わたしがいちばん近くにいたわけだし、たぶん注意力散漫に見えたんだわ。友人たちに頭がおかしくなったのかとか、ドラッグをやってるのかとか、さんざん責められたおかげでね。だからねらいやすかったのよ、きっと」

「でも、そのあとのあの騒ぎは？」ジェンマが言う。「ものが飛び交ったり、あちこちでマネキンが倒れはじめたり」

「わかった、白状する」彼女たちから腕を引き抜き、そのまま降参というように両手を頭の上にあげた。「わたしには魔力があって、ミミを懲らしめるために魔法を使ったの。これで満足？」

ジェンマが笑う。「まあ、たしかにあなたのせいにはできないわね。ここはニューヨークだもの。どんなことでも起こり得るわ。でも、本当に大丈夫ね？　何かあったら、ちゃんと言うのよ」

「本当に大丈夫よ」わたしはきっぱりと言った。ちゃんと言うかどうかについてはあえて答えなかったけれど、彼女たちは特に気にとめるふうでもなく、ふたたびわたしの腕を取った。ふたりがわたしの心配をしなくてすむようになるのは、まだまだ先のことのような気がする。

大晦日の夕方、わたしは頭にホットカーラーを山のようにつけて椅子に腰かけ、顔にいろんなものを塗りたくられていた。家でふたりきりの時間を過ごすというオーウェンのアイデアが、いまさらながら名案に思えてくる。「じっとして。瞬きしちゃだめ」アイライナーを振りながらヘアメイク担当のジェンマが命令する。出来あがりを見るのが、だんだん怖くなってきた。

メイクが終わって鏡を見たとき、そこにはまったくの別人が映っていた。アイライナーとアイシャドウで強調した挑発的な目もと。真っ赤な唇。「さ、服を着て」ジェンマは言った。「次は髪よ」

パッド入りブラをつけ、網タイツをはき、赤いドレスと赤い靴を身につけると、ますます別人になったような気がした。ブラジャーのおかげで胸もとはほぼ埋まり、ドレスは体のすべてのカーブにフィットしている——自前のものにも、そうでないものにも。ジェンマはホットカーラーを外し、「さ、前屈みになって指で髪をすきながら頭を振って」と言った。指示どおりにすると、彼女は縦巻きになったカールを手で軽く整え、スプレーをまんべんなくかけてから、角のついたヘッドバンドを髪に差し込んだ。「これでよし」満足そうに自分の作品を眺める。「小悪魔の一丁あがり」

自分で言うのもなんだが、たしかに悪くはない。キャットウーマンスーツにひざまでのロングブーツを履いたジェンマのセクシーさには、はるかに及ばないとしても。そのとき、バスルームからマルシアが出てきた。

ジェンマもわたしも、一瞬自分たちのルームメイトがだれだかわからなかった。マリリン・モンロー風のドレスを着て、髪をカールしたマルシアは、本当にマリリンそっくりだった。こんなにセクシーな彼女は見たことがない。「どうかしら」マルシアは不安げに訊く。

「ぜひとも地下鉄の通気孔の上を歩いてもらわなくちゃね」わたしがそう言うと、マルシアはにんまり笑ってかの有名なポーズを取って見せた。

表玄関のブザーが鳴って、ジェンマがインターフォンに走っていく。まもなくフィリップが部屋に入ってきた。フィリップはお伽話《フエアリーテール》に出てくる典型的な王子様の格好をしていた。マントをつけ、冠までかぶっている。彼はわたしたちに深々とおじぎをすると、緑色のカエルのマスクをつけた。わたしは思わず吹き出しそうになる。フィリップはマスクを外し、わたしに向かって茶目っ気たっぷりにウインクした。「こんな感じでいかがでしょうか」

「素敵だわ」ジェンマはそう言って彼に歩み寄り、キスをした。

「ほんと、最高よ」わたしも同意する。

ふたたびブザーが鳴った。今度はオーウェンだ。部屋にあがってきたオーウェンは、タキシードにフルレングスのオペラケープをつけていた。彼はわたしを見て目をむく。さっそく赤くなりはじめたとき、マルシアが言った。「あなたは何になったの?」オーウェンはため息をつき、やれやれという顔でわたしを見ると、つば広の黒いシルクハットをかぶって怪人のマスクをつけた。マルシアはうなずく。「あら素敵。でもオペラ座の怪人になるには、素顔がちょっとキュートすぎるわね」

オーウェンの顔がみるみる真っ赤になっていく。「そろそろ行きましょうか」オーウェンから皆の注目をそらすために、わたしは言った。マルシアが話しかけなければ、わたしの姿を見たときのオーウェンの反応をもっとちゃんと確認できたのに。男の人にあんなふうに見つめられることなどめったにないことを考えると、ちょっと残念だ。「下へ行ってタクシーを拾いましょう。二台あればいいわね」

「ちょっと待って」ジェンマがマルシアの方を向いて言った。「ジェフはどうしたの?」

「彼は来ないわ」マルシアはコートを手に取る。「行きましょう」

オーウェンはマスクを外して言った。「車を手配してあるんだけど、よかったかな」

「もちろんよ。ありがとう」ジェンマが投げキスをする。オーウェンはふたたび赤くなった。

皆で部屋を出て、ぞろぞろと階段をおりていく。わたしとオーウェンは最後尾を歩いた。

「そのケープと帽子、素敵ね」

「ジェイムズに借りたんだ。ゆうべ彼らの家に行ってきたんだよ。きみを連れてこなかったんで怒られたけどね。ところで、きみのコスチューム、その、なかなかいいね。ふだんのきみとはちょっと違うけど、案外きみにはそういう一面もあるのかもしれない。ひと晩パーティを楽しむには、面白いんじゃないかな」

「ありがとう」オーウェンの方を見ることはできなかった——わたしの顔はいま、ドレスより赤くなっているに違いない。それにしても、わたしの小悪魔的な部分が面白そうだとは、どういう意味だろう。歩道に出て皆に合流する前に、わたしはオーウェンの方をちらりと見た。

「さっき車を手配したって言ったけど、まさか……」彼の表情が質問への答だった。「うそ、ほんとに？」

甲高いブレーキ音とともに、片方の前輪を歩道に乗りあげて、一台の車が急停止した。ただし、運転席から降りてきたのは、おかしな顔をした二頭のガーゴイルではなく、ひとりの人間の男だった。ロッキーを思わせる細長い顔に飛び出たぎょろ目がついていて、脚は短くずんぐりしている。オーウェンとわたしが助手席に座り、ほかのメンバーは後部座席に乗り込んだ。

「出発進行！」ロッキーの声がして、車は走り出す。後ろの面々は運転について特に違和感を抱いていないようだが、わたしは道中ほとんどの間、目をつむり、オーウェンの手をしっかりと握っていた。

パーティ会場は、はるか眼下に通りを見おろすソーホーの広々としたロフトだった。部屋のなかに何本も鋳鉄製の柱が立っている。会場に入ったわたしたちをロッドが出迎えた。彼はジーン・ワイルダー版のウィリー・ウォンカ（『夢のチョコレート工場』に登場する工場主。最近では映画『チャーリーとチョコレート工場』でジョニー・デップが演じた）を彷彿とさせる紫のフロックコートを着ていた。「覚えていると思うけど、こちらはルームメイトのジェンマとマルシア」わたしは言った。「そしてフィリップ。ジェンマのボーイフレンドよ」

ロッドは女性陣の頬にキスをし、フィリップと握手をした。それから、マスクと帽子をつけ、オペラ座の怪人に戻っているオーウェンの方を向き、わざとらしく二度見をした。「ええと、それでこちらは？」

「今回はロビンフッドじゃないよ」オーウェンは言った。「では、失敬。向こうの暗がりがぼくを呼んでいるんでね」彼はわたしの腰にさっと腕を回して歩き出す。

「あまりなりきらないでね。まあ、この人混みを逃れて、わたしを地下に連れ去りたいっていうなら別だけど」まだ比較的早い時間であるにもかかわらず、パーティ会場は人であふれていた。皆コスチュームをまとっているので、だれがだれだかほとんどわからない。会場は魔力に満ちているはずだと思い、オーウェンのロケットは家に置いてきた。だから、コスチュームが本物かめくらましかの区別さえつかない。

「地下に連れ去るアイデアはかなり魅力的だけど、たぶんもう少しあとにした方がいいね」オーウェンは部屋を見回しながら言った。「何か飲む？」

「そうね。なんでもいいわ。手に入りやすいもので」

オーウェンは人混みに紛れていく。入れかわるように、ジェンマとフィリップがやってきた。

「マルシアったら、コスチュームのせいでずいぶん大胆になってるわ」ジェンマが言う。「あっちであなたの友達といちゃついてるわよ」見ると、マルシアがロッドの前で例の〝通気孔の上のポーズ〟をやっている。

「でも、それが仮装パーティの主旨じゃない？　ふだんの自分を忘れて楽しむっていうのが――」

「彼女、後悔しなければいいけど」

ジェンマがマルシアの方をにらんでいるすきに、フィリップがそっとわたしの横に立った。彼のカエルのマスクを見ると、また笑いがこみあげてくる。「弁護士の件、あらためてお礼を言います」

「どういたしまして。その後、どんな感じ？」

「休暇のあと、イーサンとわたしで先方と会って問題提起をする予定です」

「幸運を祈るわ」

マスクをつけた海賊がティンカーベルを同伴して、わたしたちのところにやってきた。ティンカーベルはトリックスだ。ということは、海賊はイーサンに違いない。革のズボンをはき、シャツのボタンをお腹の辺りまで開けている。片方の耳にしているフープイヤリングは、どうやらクリップ式ではない。ワイルドな人生を追求するという彼の決意は半端なものではなかったようだ。

「もしかして、ケイティ？」トリックスはそう言うと、鈴の音のような笑い声をあげた。

「ええ。内なる自分を表現してみたの」お尻のしっぽをひと振りしてみせる。

「きみが悪魔になるのは無理だよ」イーサンが言った。

イーサンの声に気づいたフィリップが身を乗り出す。「ミスター・ウェインライト？」互いがだれであるかを確認し合ったふたりは、すぐに法律の話を始めた。

「あの人たち、どうしちゃったの？」ジェンマが訊く。

「いま、あることでいっしょに仕事をしているのよ。世間はせまいわね」魔法関連にテーマを絞ればさらにせまくなる。ふと、トリックスがまだそこにいることに気がついた。連れが仕事の話に夢中になって、ひとり取り残されてしまっている。ワイルドな人生を追求するとは言っていても、彼はやはり弁護士なのだ。「ジェンマ、こちらはトリックスよ。覚えてるでしょう？」

「あら、ほんと。羽をつけてるからわからなかったわ。素敵なコスチュームね！」

オーウェンが飲み物をもって戻ってきた。「バーカウンターの前、すごい行列だったよ」グラスを差し出しながら言う。「なんだかわからないけど、とにかくつかめるものをつかんでってきた」

「液体でさえあれば、わたしは満足よ」

ジェンマはフィリップのそばへ行き、耳もとで何かささやくと、彼を従えてダンスフロアへ向かった。トリックスとイーサンも彼らに続く。「踊りたい？」ノーと答えたら一生感謝してくれそうな言い方でオーウェンが訊いた。

「覚えてるかぎり、公衆の面前で踊ったのは、魔術の影響下にあった一度きりよ。しばらくその事実を変えるつもりはないわ」

「よかった、ありがとう。滑稽な姿は人にさらしてもらった方が楽しいからね。グロリアにはワルツとフォックストロットを教えられたけど、この音楽で踊るわけにもいかないし――」

フィリップはあえてそれに挑戦しているようだ。彼は正式な社交ダンスのポーズでジェンマの体を支え、心臓に響くハウスミュージックのビートに合わせてフロアの上を滑るように動いている。意外にも、それほどとんちんかんな感じはしない。

「どこかに座る場所はないかしら」靴のなかでつま先をもぞもぞさせながら、わたしは言った。

「この靴、長時間立ってるのには不向きなのよね」すでに中指の感覚がなくなってきている。

「向こうに椅子があるよ」

「先に行ってふたり分確保してて。あとからついていくから」たしかに素敵な靴ではあるけれど、あのとき魔術にかかっていなければ、決して買いはしなかっただろう。どんなに素敵でも、ほとんどの時間を座って過ごすような場にしか履いていけないようでは、あまり意味がない。

「ああ、助かった」腰をおろし、ため息をつく。

時間とともに人はどんどん増えていき、メインのダンスフロアからずいぶん離れた場所に座っているにもかかわらず、踊る人たちがこちらまで迫ってきた。人間観察にはもってこいの状況だが、友人たちを連れてきたのが果たしてよかったのかどうか、次第に自信がなくなってきた。彼女たちが奇妙な現象に気づくのも時間の問題だろう。もっとも、真実を知らない以上、奇妙だから即、魔法だという発想にはならないと思うけれど。

「きみの友達、大丈夫?」オーウェンがダンスフロアの方を指して言った。見ると、マルシアとロッドが体を寄せ合うようにして踊っている。

「彼女、ボーイフレンドと別れたばかりなの。いまの彼女なら、魔術なんか使わなくても誘惑できるんじゃないかしら。案外、彼はマルシアの好みなのかもしれないわ」

「で、案外、ロッドの方が夢中になったりして。だとすれば、新しい展開だな」

一瞬、ダンスフロアにエセリンダがいたような気がしたが、よく見ると、フェアリーゴッドマザーに扮したロッドの秘書のイザベルだった。数世紀前の全盛期のころのエセリンダは、ちょうどあんな感じだったんじゃないだろうか。ドレスを一枚しか着ていないことと、体の大きさが四倍ぐらいあることを別にすれば。イザベルには絶対、巨人の血が入っているはずだ。

彼女は杖《ワンド》を振り――どうかおもちゃでありますように！――踊りながらこちらにやってきた。「ハーイ、そこのおふたりさん」満面の笑みで言う。「すっごくいけてるじゃない、ケイティ。お隣のミステリアスな紳士は、ひょっとしてミスター・パーマーかしら？」

オーウェンはマスクをわずかにもちあげて、にっこり笑った。

「あなたたち、どうして踊らないの？」

オーウェンとわたしは顔を見合わせる。「ぼくたちはみんなを見てる方が楽しいんだ」オーウェンが答えた。

「休暇のあと同僚たちをゆするためのネタも集められるしね」わたしはつけ足す。

イザベルは偽の羽をはためかせながらダンスフロアに戻っていった。傍目には壁の花に見えるかもしれないけれど、こうしてオーウェンと並んで座り、仮装した人々の正体を推理するのは、とても楽しかった。マルシアとロッドは相変わらずいっしょに踊っている。噂に聞くロッドの社交生活のパターンから考えて、ひとりの女性といる時間としては、この数年来で最長なのではないだろうか。フィリップはこの人混みのなかで社交ダンスを踊るのをついにあきらめたらしく、キャットウーマンスーツに若干どぎまぎしつつも、ジェンマの現代的なダンススタイルを果敢にまねようとしている。見あげると、妖精《フェアリー》がひとり人々の頭上でくるくる回っている。わたしに見えるということは、ジェンマとマルシアにも見えるということだ。踊ることに夢中で気づかなければいいのだけれど。

「パーティは大成功ね」わたしはオーウェンに言った。

「パーティはロッドの得意分野だからね」オーウェンは腕時計を見る。「日付が変わるまであと少しだ。バーに行ってシャンペンを取ってくるよ」

オーウェンを待つ間、わたしは靴を脱いでつま先を屈伸させた。靴を履こうと前屈みになったとき、ふいに頭がくらっとした。オーウェンにはシャンペンではなく、何か食べるものを頼めばよかったかもしれない。

オーウェンは思ったより早く戻ってきた。「テーブルの上にすでにたくさんグラスが並べてあったんだ」わたしにグラスをひとつ手渡すと、ジャケットの内ポケットから、パーティのときによく使う、口で吹いて丸まった紙を伸ばすおもちゃをふたつ取り出した。「それと、新年を告げる小道具がいるよね」そう言って、ひとつを差し出す。「これにするかクラッカーにするか迷ったんだけど、ここはもう十分うるさいからこっちでいいかと思って」

「こっちで正解だったわ」そう言うと、彼に向かっておもちゃを吹いた。

バンドの演奏が止まり、ロッドがマイクをもった。「みんなー、カウントダウンの準備はいいかー？」

オーウェンとわたしは立ちあがってダンスフロアの集団に加わった。皆でいっせいに十からカウントダウンを始める。ゼロが告げられると同時に天井から風船とリボンが舞いおりてきて――さっきまで天井には何もなかったはずなのに――歓声があがった。オーウェンとわたしはグラスを合わせる。彼はかがんでわたしにキスをし、「ハッピーニューイヤー」と言った。「ハッピーニューイヤー」あいさつを返し、シャンペンをひと口飲む。すると、まもなく視界がぼやけはじめ、やがて真っ白になった。

目が覚めると、わたしは自分のアパートの自分の部屋の自分のベッドの上にいた。頭が割れるように痛い。相変わらず赤いサテンのドレスを着ていて、網タイツもはいたままだ。

18

ベッドルームには通気孔からほんのわずかな外光しか入らないので、何時なのか見当がつかないが、少なくとも朝の光ではない気がした。目をこらして、ベッドサイドの目覚まし時計になんとか焦点を合わせる。うそ！　この時計、狂っているに違いない。もう少しで午後の三時だ。そんなことはあり得ない。もし本当だとすれば、十五時間近く眠っていたことになる。最後に覚えているのは、日付が変わった瞬間にオーウェンとキスをしたことなのだから。

痛むこめかみに手をもっていくと、ヘッドバンドが頭についたままだった。外すといくぶん頭痛は和らいだが、まだ十分ではない。力を振り絞ってなんとか上体を起こし、とりあえず座ってみる。シャワーを浴びれば、少しは気分がよくなるかもしれない。バスルームまでたどり着ければの話だけれど。足もとがひどく不安定で、まるで氷の上を歩いているような感じだ。綱渡りでもするように両腕を左右に広げ、バランスを取りながら少しずつ前に進む。

時間をかけて熱いシャワーを浴びたけれど、期待したほどの効果は得られなかった。脳の大部分は依然として目覚めていなくて、残りの部分がそれを引きずって歩いているような感じだ。平衡感覚はいくぶん改善され、ベッドルームへ戻るのは、バスルームへ行くときほど難しくはなかった。スウェットスーツを着、意を決してリビングルームへ出ていく。記憶が欠落している間に何があったのか、知るのが怖いような気もするけれど、ルームメイトたちからいやがおうでも聞かされることになるだろう。

「生きてたみたい」マルシアがわたしを見て、ダイニングテーブルから冷ややかに言った。ジェンマは読んでいたファッション雑誌からちらっと目をあげると、ふんと鼻を鳴らす。

「ええ、生きてるわ。なんとかね」わたしはお尻の下にちゃんとソファの座面があるかを確認しながら、慎重に腰をおろした。すべてが自分に見える位置から少しずつずれているように感じられる。赤いハイヒールの片方がドアの前に転がっていた。もう片方はどこにも見当たらない。パーティから帰るときに脱げたのだろうか。どこかの王子様がわたしを捜す手がかりとしてもってたりして――。「日付が変わったあといったい何があったのか、だれか教えてくれる？まるっきり記憶がないの」

「かなりの武勇伝よ」ジェンマが言う。「全部話せるだけの時間があるかしら」

「じゃあ、とりあえず簡単なところから始めましょう。わたしはどうやって家に帰って自分のベッドに入ったの？」

マルシアが立ちあがり、わたしの前まで来た。「どうにも手に負えない状態になったとき、オーウェンとフィリップがあなたをパーティ会場から引っ張り出したの。オーウェンが車を呼んで、みんなでアパートに帰ってきて、オーウェンとフィリップがふたりがかりであなたを階段の上まで運んで、わたしとジェンマがベッドに寝かせたのよ」

わたしはうなずいた。「なるほど。どうやって家に帰ったかについてはそれでわかったわ。

でも、手に負えなくなったってどういうこと？」

「はっ！」ジェンマは憤慨とも笑いとも取れる声をあげた。

「ちょっと、ふたりとも、ほんとに何があったの？　どういうわけか何も覚えてないのよ。カウントダウンの直後にオーウェンとキスをしたのを最後に、その後の記憶がまったくないの」

「あなたがあんなに酒癖が悪いとは知らなかったわ」マルシアはそう言うと、マリリン・モンロー風のカールがまだ少し残っている髪を無造作にかきあげながらキッチンへ行った。

「わたし、酔っぱらってなんかなかったわ。カクテルをグラス一杯飲んだだけだもの。それも、わたしにさえ薄く感じるカクテルよ。カウントダウンのあとにシャンペンを飲んだけど、それだって全部飲んだ覚えはないし――」

「酔ってたって言ってくれた方がよっぽどいいわよ」ジェンマがぴしゃりと言った。「もししらふであんな態度を取ったとしたら、あなたはもうわたしたちの知ってるあなたじゃないわ」

「わたし何をしたの？」

「最悪な女になったの。わたしたちやオーウェンにそれはひどいことを言ったんだから。彼になんか、ボーイフレンドとして最低だとまで言ったのよ。そのあと、そこらじゅうの男たちに言い寄ってたわ。それも、彼女のいる男ばかり」

わたしは呻《うめ》き声をあげ、両手で顔を覆った。これまでの人生で本当に酔っぱらったことは、ほんの二、三度しかない。そのときでさえ気を失うような飲み方はしなかったから過去の経験は参考にならないにしても、気絶するほど酔ったにしては、二杯しか飲んだ記憶がないというのは妙な気がする。それとも、これは一種の脳しんとうのようなもので、気絶する前のそれも含めて記憶がすっぽり消えてしまったということだろうか。

「わたし、あなたたちに何を言ったの？」顔を覆ったまま発した声はくぐもって聞こえた。

「まず――」マルシアが言う。「わたしがジェフと別れたことをみんなに言いふらしたわ。えと、なんて言ってたっけ。そう、たしか、あの女、自分はジェフにはもったいないって思ってる、だったかしら」

わたしは相変わらず顔を覆ったまま言った。「わたしがそんなふうに思ってないことは知ってるでしょう？　わたし、ちゃんとそう言ったわよね」

「ええ、覚えてるわ。だれにも言わないでって頼んだこともね」

顔をあげると、マルシアは湯気のあがるコーヒーカップを前に、ふたたびキッチンのテーブルについていた。思わず唾液がわき出てくる。コーヒーこそ、いまのわたしに必要なものだ。カフェインを送り込めば、脳も少しは働くようになるはず。それにしても、自分の分しかいれないなんてずいぶんじゃない？　彼女が二日酔いのときは、いつだってコーヒーぐらいいれてあげてるのに。

「全然覚えてないわ、本当よ。そんなこと言ったなんて信じられない。言いふらす気なんてまったくなかったもの」

「別に言ったっていいじゃない」ジェンマが口を挟む。「だいたい、どうしてわたしには教えてくれなかったのよ」

「わたし個人の問題でしょ？」

　ふたりが言い合ってる間、わたしはよろよろとソファから立ちあがり、ポットにコーヒーが残っていることを願いながらキッチンへ行った。少なくとも二杯分は残っているのが見えたとき、うれしくて思わず泣きそうになった。カップに半分ほど注ぐと、ミルクと砂糖を入れ、慎重にひと口すする。数少ない二日酔いの経験からひとつ思い出せるのは、食べ物や飲み物のことを考えただけでひどい吐き気を催したことだ。でも、いま、吐き気はない。コーヒーを飲み干してもまったく平気だ。頭もだいぶはっきりしてきた。でも、頭痛は相変わらず続いている
――いや、ますますひどくなっているかもしれない。

　ジェンマとマルシアはまだやり合っている。わたしは通りに面した窓までふらふらと歩いていき、外をのぞいた。雪が舞っている。降りはじめてまもないのか、地面にはまだほとんど積もっていない。普通なら、部屋でポップコーン片手に古い映画でも見ながら、親友たちとおしゃべりをして過ごすのにうってつけの日だ。残念ながら、今日がそんな日になることはないだろう。わたしはなんとかルームメイトたちの方に注意を戻す。

「あなただって、言うほど完璧なつき合いはしてないじゃない」マルシアが言った。

「何よ、フィリップとうまくいってないって言いたいの？　例の件については、ちゃんとゆうべ話し合ったわ。このところ様子が変だったのは仕事のせいだったのよ。彼、言ってたもの。これからはもっと努力するって。なかなか会えなくて寂しかったたって」

「よかったじゃない！」親友の明るい未来に対する喜びを精いっぱい声に出してみる。

ふたりは同時に振り返り、わたしをにらみつけた。わたしなど消えてしまえばいいとでも思っているように。「いまさらそんなこと言ってもだめよ」ジェンマが言った。「ゆうべの台詞《せりふ》とずいぶん違うじゃない。わたしは、いつまでたってもセックスしてくれない彼をそろそろ捨てようと思ってるあばずれなんじゃなかった？」

わたしはすくみあがった。でもそれって、いつかジェンマ自身が言っていたことじゃないだろうか。もちろん、〝あばずれ〟の部分は除いて。少なくとも、わたしが説いた新説というわけではない。

マルシアがくすくす笑い出す。「皮肉よね。そのあと、オーウェンが同じような態度を取っていることについて、さんざん文句を言ったんだから。でも、フィリップに対しては、男の面《メン》子《ツ》を傷つけたままじゃ悪いと思ったんじゃない？　ちゃんとただの堅物じゃないことを証明するチャンスをあげたんだもの」

胃が痙攣を起こしそうだ。「オーウェンはどんな反応をしてた？」彼の気持ちを想像すると、心臓が締めつけられる。

ジェンマは肩をすくめる。「マスクをしてたから表情はよくわからなかったけど、とにかくすごく無口になったわね。たいていの男はあそこで帰っちゃうわよ。でも彼は、あなたをちゃんと家まで送り届けたわ。あなたのことほんとに好きなのね。そして、すごくいい人よ」

わたしは頭を振った。「まったくわからない。どうしてそんなことになったの？」

「それはこっちの台詞よ」マルシアが言う。

「あなたのいい子ぶりっこを見抜けなかったわたしたちが間抜けだったわ」

悔恨は怒りに変わった。「ちょっと！　わたしたち何年つき合ってるのよ。合計すれば、少なくとも五年はいっしょに過ごしてるのよ。わたしが酔ったところを見たのも一度や二度じゃないでしょ？　別の人格を隠してたとしたら、とっくにばれてるはずだわ」何をやったにせよ、魔法がからんでいるのは間違いない。前回免疫を失ったとき、魔術の影響下でわたしはかなりらしくない行動に出た。あれだけの人混みなら、だれかがわたしにこっそり魔術をかけるのも難しいことではないだろう。でも、彼女たちにそれを話すことはできない。「飲み物にドラッグを入れられたのかもしれない。よくニュースで聞くでしょ？　ママがこの前、そういう事件について特集している雑誌を送ってきたわ」

相変わらず頭蓋骨に対して脳みそが大きすぎるような感覚は続いていたが、意識はようやく完全にはっきりした。今日はじめて、ちゃんと目が覚めたような気分だ。ふだん以上に冴えているといってもいいかもしれない。状況が見えてきた。彼女たちは嘘をついている──頭のなかの声が言った。飲みすぎたことを後悔させようと、わたしをかついでいるのだ。彼女たちが言ったことは、何ひとつ起こっていない。わたしはきっとパーティの途中で寝込んでしまい、そのまま半日以上眠っていただけのことなのだ。

わたしは笑った。「わかったわ。悪ふざけはそろそろ終わりにして。いくらなんでもやりすぎよ。ここまでやったら面白くもなんともないわ」

このままコートをつかんでアパートを飛び出したい気分だったけれど、雪は本降りになりはじめていた。わたしはとりあえずベッドルームへ行き、ドアをばたんと閉めた。オーウェンに電話して本当のことを聞こうかと思ったが、家の電話番号を知らないことに気がつき、愕然とする。わたしたちの関係っていったいなんなのだろう。オーウェンから様子をうかがう電話がくることを期待したが、ついに電話は鳴らなかった。その後はずっと、部屋の明かりを消して、ルームメイトたちへの仕返しを考えないよう努めながら、ベッドのなかで丸くなっていた。

かなり早く寝たこともあって、翌朝はルームメイトたちより先に目が覚めた。そっとベッドを抜け出して身支度をし、黙ってアパートを出る。一日じゅう連絡しないで、心配させるつもりだ。ふたりにはたっぷり反省してもらわなければならない。いつもより早く出るということは、オーウェンにも会わないということだ。抱えられなければ家に帰れなかったくらいなのに、翌日電話をかけてどんな具合か訊こうともしないのなら、こっちだって会う必要はない。待ち合わせの時間にわたしが現れなければ、きっと心配するだろう。おおいに心配すればいいのだ。

通りかかったデリでロールパンとコーヒーを買い、地下鉄の駅へ向かった。駅の構内に入ったところで、自分がいつものダウンタウン行きではなく、アップタウン行きのホームに向かっていることに気がついた。引き返そうとしたが、体が言うことを聞かない。だれかに操られているかのように、脚が勝手にアップタウン行きのホームに向かっていく。階段でエルフに追い越された。エルフが見えるのだから、免疫は戻っているようだ。つまり、だれも魔術を使ってわたしをコントロールすることはできないということだ。ひょっとして、潜在意識が何かを訴えているのだろうか。だとしたら、直感に従ってみるべきかもしれない。

アップタウン行きの急行に乗り、タイムズスクエアで降りると、脚は無意識にスペルワークスの方へ向かった。通りの反対側の角に立って、様子をうかがう。次第に体が冷えてきた。ここでただ漫然と待っていても意味がないように思え、歩き出そうとすると、わたしのなかの何かが抵抗した。今朝のわたしの潜在意識はやけに強情だ。渾身の力を込めてなんとか一歩踏み出したところで、イドリスが店に向かってくるのが目に入った。やはり、もう少しここで様子を見てみよう。

そう思ったとたん、潜在意識は別のアイデアを思いついたらしい。わたしはいきなり走り出すと、クラクションを浴びながら通りを渡り、イドリスに駆け寄った。彼がわたしの存在に気づくのに三秒、わたしがだれだかわかるのにさらに三秒かかった。「あんた、ここで何やってんだ」彼はびっくりしたようにわたしを見た。そしてすぐに、周囲を見回す。近くにわたしのボディガードがいないか確かめているのだろう。そういえば、わたしも彼らの姿を見ていない。いつもの時間よりだいぶ早く家を出たことで、オーウェンだけでなく、彼らのことまでまいてしまったのだろうか。

イドリスの問いに答えようと口を開いたが、出てきた言葉は、「何ぼーっとしてんのよ。例の女に夢中で、何も目に入らなくなってんじゃないの?」だった。潜在意識とは実に不可解なものだ。自分が何を言っているのかさっぱりわからない。

イドリスはやれやれというように目玉を回す。「シルヴィアとはつき合ってるわけじゃねえ。彼女はスポンサーだ。今度の仕事は本気だぜ。あんたの会社をぶっ潰すことになるから覚悟しとけよ」

　わたしは彼の後ろの小さな店舗をちらりと見て言った。「まあ、それは大変」

「おれが何をやってるか探ってんだろ？　特別作業班《タスクフォース》までつくって」イドリスは腕組みをして、ラップスター気取りのポーズを取る。「怖くってしかたねえって感じだな」

「あなたのことが怖いわけじゃないわ。あなたがつくり出す混乱が怖いのよ。罪のない人たちが巻き添えになることがね」いまのはわたし自身の言葉だ。

「まあ、なんとでも言えや」イドリスはふたたび周囲を見回すと、にやりとして言った。「彼氏はどうした。おれに説教するのはあいつの役目だと思ってたぜ」

「彼はあなた相手に時間をむだにするほど暇じゃないの」心のどこかにこのままイドリスのそばにいたいと切望する気持ちがあって、自分の潜在意識がいよいよ心配になってくる。でも、そろそろ会社に行かなければならない。自分を説き伏せるようにしてなんとかその場から立ち去り、地下鉄の駅へ向かった。ホームでダウンタウン行きの電車を待ちながら腕時計を見る。すぐに電車が来なければ遅刻だ。トンネルの方を見つめる。早く来て——そう念じたとたん、幸運にもそのとおりになった。

　会社に到着すると、オーウェンのラボにはだれもいなかった。ちょうどいい。しばらく仕事に集中できる。スペルワークスへの対抗策を盛り込んだ新しいマーケティングプランをつくって、マーリンに提出しなければならない。仕事に没頭している間は、パーティで起きたことや今朝の自分の妙な行動についてあれこれ考えずにすんだ。いまでもルームメイトたちが本当のことを言っているとは思えない。

マーケティングプランの最終稿をプリントアウトし、マーリンのオフィスに行くと、トリックスが心配そうな笑顔で出迎えてくれた。「大丈夫？　パーティが終わるころ、かなりひどい様子だったから」

「ひどいって？」

トリックスは羽をすくめる。「ふだんのあなたとは別人みたいだったわ」そう言うと、例の鈴の音のような笑い声をあげる。「イーサンがあなたと別れたことを後悔するんじゃないかって、ちょっと心配になったくらいよ」

「そんなにひどかったんだ……」彼女もルームメイトたちとぐるに違いないと思ったが、とりあえず話を合わせる。

「まあ、わたしはもっとすごいのを見てるけどね。なにしろ、以前はアリと遊んでたんだから」

一瞬、瞳が怒りできらりと光ったが、すぐにいつもの朗らかな彼女に戻った。「で、何か用だったのよね」

「ボスに新しいマーケティングプランを見せにきたの」

トリックスのデスクのインターフォンが鳴った。「わたしのところにもってくるよう彼女に言ってちょうだい」キムの声だ。

トリックスはわたしを見あげ、やれやれという顔をした。「女王さまのご命令よ」

いまこそ、マーリンがオフィスから顔を出してわたしを呼んでくれるのに最高のタイミングなのだけれど、残念ながらそんな気配はなかった。わたしはため息をつき、肩をすくめ、かつてわたしのものだったオフィスへ入っていった。「至急ミスター・マーヴィンに届けてね」これは上からの命令だというニュアンスを精いっぱい込めて言う。「急ぎの書類だから」

キムは書類を受け取ると、書類受けにぞんざいに投げ入れた。「彼は忙しいかたなの。様子を見て渡しておくわ」

我慢はついに限界を超えた。このひどい頭痛さえなければ、彼女に飛びかかって取っ組み合いのけんかを始めていただろう。わたしは書類受けから書類をつかみ取って言った。「いい？ずいぶん偉くなった気でいるみたいだけど、あなたは、わたしが悪いやつらを捕まえるという重要な任務を完了するまで事務仕事を代行しているだけなの。わたしのポジションを乗っ取ろうと思うのは、敵の陰謀を二度ほど阻止してからにすることね」

キムは唖然として言葉を失っている。いい気味だ。コンピュータの横に置かれたスターバックスのトールサイズのモーニングラテに彼女のひじがぶつかって中味がすべてキーボードの上にこぼれたりすれば、もっとすっきりするのだけれど、まあ、そこまでは望むまい。キムが反撃の台詞を思いつく前に、わたしは言った。「これはトリックスからミスター・マーヴィンに渡してもらうわ」そのとき、目の前でコーヒーカップがひとりでに倒れた。キムは一瞬固まったあと金切り声をあげ、あわててコーヒーをふきはじめた。

彼女が激しく取り乱してるわりに、被害はそれほどでもないようだ。何かがショートして火花が散ったりでもすれば面白かったのに——。そう思ったとたん、キーボードが爆発し、火花とともにキーが四方に飛び散った。そうそう、これよ！「どのみち、いまは忙しくて手が回らなそうだしね」わたしは肩越しにそう言うと、パニック状態のキムを置いてオフィスを出た。

「あら、めずらしいこと」受付デスクに戻ってきたわたしにトリックスは言った。「キムのところに行ったあとはいつも苦虫を嚙みつぶしたような顔してるのに、今回はやけに満足そうじゃない？」

「望んだことがそのまま現実になるっていう経験、したことある？　つまり、こうなればいいなと思ったことが、そのとおりになるの」

「もちろんよ。こう見えても魔法が使えるんだから」

「そうじゃなくて。そうね、たとえば、車を運転してて、別の車が猛スピードであなたを追い越していったとするわ。こっちがのろまだと言わんばかりのふてぶてしい態度で。あなたは次の角にスピードガンをもった州警察がいればいいのにと思う。そしたら本当に次の角に州警察がいて、その車が捕まってるの。で、世の中にはまだいくらか正義が存在するんだって思えるわけ」

「つまり、いま、キムは州警察に捕まったのね？」

「ある意味ね。コンピュータの横にコーヒーカップが置いてあって、彼女のひじがカップのすぐそばにあったの。彼女、例によって、ものすごい上から目線でものを言うのよ。で、ひじがカップに当たってコーヒーがキーボードの上にこぼれたら面白いのにって思ったら、本当にカップが倒れてキーボードがコーヒーまみれになったの。彼女、いま必死にコンピュータの復旧に取り組んでるわ。でもたぶんむだね。爆発しちゃったんだから」

トリックスは切なそうにため息をつく。「あーん、わたしも見たかった。ビデオに撮れたらよかったのに。ま、とりあえず、そのシーンを頭に思い描いて楽しむことにするわ。それだけでも、今日一日がんばれそう」

「じゃあ、お楽しみの間にボスが洞窟から顔を出したら、これを渡しておいてくれる？」

「任せといて。活力をもらったお礼よ」

研究開発部へ戻る途中、廊下ですれ違った男性がひどくいやらしい視線を投げてよこした。わたしはそのまま歩き去りながら、「くたばれ……」とつぶやく。すると、一瞬の間をおいて、背後で突然のどを詰まらせるような音が聞こえた。びっくりして振り返ると、男性がかがみ込んで顔を真っ赤にしながら激しく咳き込んでいる。床にはもっていたポップコーンが散らばっていた。彼の目つきは気に入らなかったけれど、このまま見殺しにするわけにはいかない。わたしは彼に駆け寄り、背中をたたいた。それでも状態が変わらないので、彼の体を背後から両腕で抱え、ハイムリック法（腹部を圧迫して胸腔内圧を高め、異物を排出させる方法）を試みる。すると、男性はようやく普通に呼吸をしはじめた。

ひとまず危機を脱して、大きなため息をつく。見あげると、周囲に人だかりができていた。女性たちが男性に駆け寄り、彼の状態をチェックする一方で、男性たちはわたしをまじまじと見つめている。「彼女、あいつに抱きついてたぜ」だれかがつぶやくのが聞こえた。

その声を無視し、立ちあがってオーウェンのラボへ行こうとしたとき、別の声が聞こえて、今度はわたしがのどを詰まらせそうになった。「コスチュームを脱いだら、それほどかわいくないな。まあ、向こうから抱きついてきたら、あえて拒みはしないけど、パーマーと競ってまで落とす気はないね。まあ、あいつだって、あんなことがあったら考え直すと思うけど」

最初の声が言う。「ああ、どう考えても、あの真面目男の趣味じゃないよな」

聞こえないふりをして、なんとかその場を立ち去る。これこそまさに天罰の下ってほしい状況だけれど、たまたまキムに対して正義が存在を示したからといって、世の中そう何もかも思いどおりにいくわけではない。彼らの上に天井が落ちてくるなんてことは、望むべくもないだろう。そのとき、背後でどさっという音がして、悲鳴があがった。振り返ると、天井にぽっかり穴が開いていて、その下に割れたタイルが散乱していた。ふたりの男性が頭にタイルの破片を被って呆然としている。さすがに気味が悪くなってきた。突然、カルマの法則がフル稼働しはじめたようだ。それに、先ほどの男性たちの会話を考えると、ジェンマとマルシアはどうやらふざけていたわけではないらしい。となると、オーウェンが連絡してこないのはわたしをなおざりにしているからではなく、深く傷ついているからに違いない。何が起こったのか、真実を確かめなければ。わたしを批判せずに本当のことを言ってくれそうな人物がひとりだけいる。

わたしはまっすぐロッドのオフィスに向かった。日常的に偽の顔をまとっている男性がいまいちばん信頼できる人だというのも皮肉だけれど、ロッドとわたしの間にはすでにいろんなことがあった。だからこそ、わたしには正直に接してくれるような気がするのだ。それに、彼はオーウェンの親友ではあるけれど、客観的な立場で意見を言ってくれるようにも思えた。

イザベルは席を外していたが、ロッドは自分のデスクにいた。「いま、ちょっといい？」

「もちろん」ロッドはそう言ってそばの椅子を指す。「気分はどう？」

「割れるように頭が痛いわ。でも、それ以外は大丈夫。わたしがパーティで何をしたのか教えてほしいの。誇張も遠慮もいっさいなしで、本当のことを聞かせて」

「本当に知りたい？」

ロッドの表情に一瞬ためらったが、わたしは言った。「細部にわたる生々しい描写はいいわ。全体像がわかれば」

「日付が変わってすぐ、きみはまるで別人のようになった。なんていうか、その、突然、男にべたべたしはじめて、大声で騒いだり、ひどいことを言ったり――」

わたしは天を仰いで椅子に沈み込んだ。「ジェンマとマルシアが言ってたことは本当だったのね。わたしをかつごうとしているんだと思ってた。自分がそんなことをしたなんて、どうしても信じられなくて」

「あのとき、まだ免疫は戻ってなかったんだよね？」わたしはうなずく。「おそらく魔術をかけられたんだろう。きみのルームメイト以外のだれかが、きみに悪ふざけをしたんだ」

「そう思う？」

「間違いないね。きみは卑劣な人じゃない。自分をコントロールできる状態にあったら、絶対あんな行動は取らないはずだよ」ロッドはにっこり笑う。「大丈夫。オーウェンもそれはわかってるから。少しの間ぐずぐずふさぎ込むかもしれないけど、そのうちもとに戻るよ。それに、おそらくもう、その線で調査を開始してるんじゃないかな」

こんなふうにほほえむと、ロッドはとても素敵に見えた。髪と肌の手入れをきちんとするようになったのでなおさらだ。ふと、彼の素顔とめくらまし《イリュージョン》とは思っていたほど違わないということに気がついた。こうしてみると、彼のめくらましは、素顔から特に目立つ欠点だけ取り除いて、ほかの部分をほんの少しずつよくしたような顔だとわかる。

わたしは深いため息をついて立ちあがった。「相変わらず頭が割れそうに痛いわ。おまけに、これ以上ないほどの屈辱感よ。今日は早引けする。お願い、魔術の影響下にあったこと、みんなの耳に入れておいて。次に顔を合わせるときには、今回のことがある程度理解されていることを願うわ」

「大丈夫、ぼくに任せといて」

わたしはロッドと短い抱擁を交わした。「あなたは本当の友達だわ。マルシアにだってすすめられるかもしれない」

「きみの承認が得られてうれしいよ。実は今度、彼女を誘おうと思ってたんだ」

コートとハンドバッグを取りにラボに戻ったとき、オーウェンはオフィスのなかにいたので、あえて話しかけなかった。彼と向き合うのは、もう少し気分がよくなってからにしたい。会社を出て、シティホール・パークを地下鉄の駅に向かってとぼとぼ歩く。一歩足を出すごとに頭が重くなっていくようだ。地下鉄はそれほど混んでおらず、座ることができた。向かい側に座っている女性が、おそろしく醜悪な靴を履いている。服装の方はとてもきちんとしているのに、靴がぞっとするくらい悪趣味だ。見たところデザイナーもののようだから、お金はかかっているはず。一見、ゴミ置き場から拾ってきて適当に修理したみたいに見えるのだが、もともとそういうデザインなのだ。ダクトテープに発想を得たとしか思えない銀色のテープ状のものがあちこちに貼られている。その靴を見ながら、デザイナーが選んだ素材のかわりに本物を使ったら、彼女はどう思うだろうと考えた。何百ドルも出して買った靴が、本物のダクトテープでとめただけの代物だったら――。

一度彼女から視線を離し、ふたたび足もとに目をやったとき、靴がさらにひどくなっていることに気がついた。靴に貼られたダクトテープは端がめくれあがり、靴底は剝がれかかっている。瞬きをしてもう一度よく確かめたが、やはり同じものが見える。たしかに悪趣味な靴ではあるけれど、さっきはここまでひどくはなかった――つまり、わたしが妙なことを考えはじめるまでは。

今日これまでに起こったことの多くは偶然として片づけられる。念じたとたんに電車が来たことも、キムのコンピュータにコーヒーがこぼれたことも、男性がのどを詰まらせたことも、天井が落ちてきたことも、論理的に説明しようと思えばできるだろう。でも、靴というものは、そうなればいいと思ったからといって目の前で勝手に形を変えたりはしない。そういうことをできる人たちが存在することは知っている。でも、わたしは彼らではない――少なくとも、いままでは。

思い違いでなければ、どうやらわたしは魔法が使えるようになったらしい。

19

二回大きく深呼吸して、なんとか気持ちを落ち着かせる。地下鉄の車内でパニックを起こすわけにはいかない。この街には魔法界の住人がたくさんいる。そのうちのだれかがこの車両に乗っていて、靴に関してたまたまわたしと同じ趣味をもっていたという可能性だって十分にある。念のために、彼女の靴に神経を集中し、さっきまでの状態を思い浮かべてみる。すると、魔法の使用を示す例の刺激が感じられた。ただし、ふだん近くで魔法が使われたときに感じるものより、はるかに強い。瞬きすると、靴はふいに以前の状態に戻った。女性は何も気づかず、視線を本に落としたまま脚を組んだ。

これは明らかに尋常ではない。奇妙で、かつ危険をはらんでいると思われることが起こったとき、必要以上のトラブルを回避する最も賢明な方法はオーウェンに相談することだということを、最近、身をもって学んだばかりだ。わたしは次の駅で電車を降りると、ブロードウェイを会社に向かって歩き出した。まわりの風景も目に入らず、吹きつける冷たい風もほとんど感じないまま、ひたすら先を急ぐ。横断歩道の信号はわたしが渡る直前にすべて青になったが、それが魔法によるものなのかはわからない。一定のペースでだれにもじゃまされずに歩けば、うまく青信号ばかりに行き当たるということがないわけではない。何か別の方法であらたに手にしたこのパワーを試してみたい気もするけれど、魔法界は一般人に見られる可能性のある状況で魔術を使うことを禁じている。でも、わたしには魔法をカモフラージュする方法がわからない。

もし本当に魔力をもったのだとしたら、学ばなければならないことが山のようにある。それにしても、いったいどういうことなのだろう。オーウェンが調合した薬の副作用だろうか。免疫を消したことで、魔法にかかるようになっただけでなく、自分でも魔法が使えるようになったとか？ それとも、パーティで起こったことと何か関係があるのだろうか。片手をひと振りするだけで好きなものが手に入るというのは魅力的ではあるけれど、同時に少し怖い気もした。

ようやくＭＳＩの社屋まで来たとき、正面玄関の前で突然脚が止まった。今朝、スペルワークスの店に向かったときと同じだ。わたしの潜在意識はもう少し魔法で遊びたいらしい。潜在意識の要求を却下し、むりやりドアを開け、階段を駆けあがる。ラボではオーウェンとジェイクが何かの書類を見ていた。「話があるの」わたしはドアを入るなり、荒い息のまま言った。

オーウェンは顔をあげると、瞬きをして、虫歯でも痛むかのような表情をした。「これが終わってからじゃ……」

「いますぐよ」彼をさえぎって言う。「心配しないで、ふたりの関係について議論しようっていうんじゃないから。でも、とてつもなく重要なことよ。いますぐオフィスに来て」

気でも狂ったのかと思っているような顔でこちらを見ているオーウェンをよそに──案外、そのとおりなのかもしれない──わたしは彼のオフィスに向かって歩き出した。入口まで来たとき、ふと魔法除《よ》けのことを思い出した。免疫者《イミューン》であるわたしは、ふだんなんの問題もなく出入りしている。でも、魔法が使えるようになったいまはどうなのだろう。

結果としてなかには入れたものの、敷居をまたいだ瞬間、頭が爆発するのではないかと思った。痛みに悲鳴をあげ、よろめきながら頭を抱える。オーウェンが駆け寄ってきてわたしの体を支え、そばにあった椅子に座らせた。「ケイティ、どうしたの？」心配そうな優しい口調ではあったが、まだ少しよそよそしさを感じる。

「何かものすごく変なことが進行中なの」泣き出したいのを必死に堪《こら》えながら、潜在意識がふたたび我を張る前に急いで言った。「わたし、魔法が使えるみたい」

オーウェンの表情が変わった。「なんだって？　いつから――」

「今日よ。もしかしたら、わたしの妄想かもしれない。本当に頭がおかしくなっちゃったのかも。でも、偶然だけではどうしても片づけられなくて。今朝、キムのコーヒーがコンピュータの上にこぼれたら面白いだろうなってちらっと思ったら、数秒後にそのとおりになったの。彼女、天罰が下ってもおかしくないような態度を取ってたから、そのときはいい気味だって思ったわ。でもそのあと、ここへ戻ってくる途中、廊下でものすごく奇妙なことが続けざまに起こったの。頭痛がひどくなってきたから早引けすることにしたんだけど、帰りの地下鉄で、同じ車両にものすごく変な靴を履いている女の人がいて、その靴を変えることを想像したら、そのとおりに変わったわ。で、もとに戻さなきゃと思ったら、今度はもとに戻ったの。それで、これはただごとじゃないと思って、次の駅で電車を降りて、大急ぎで会社に戻ってきたってわけ」

オーウェンはまるで検査検体でも見るかのように、わたしのことを見つめた。「きみがいま言ったことは、いずれもほかの方法で説明できなくはないけど、それだけのことが続けて短時間に起こるというのは、やはり妙だ。それに、頭痛がするって言ったね」

わたしはうなずく。そのとたん、痛みが激しくなった。「一日に目が覚めて以来ずっとよ。最初は二日酔いのせいかと思ったんだけど、二日酔いの頭痛とは明らかに違うの。頭蓋骨に対して脳みそが大きすぎるっていうか。いまは少しましだけど、痛みはずっと続いているわ。さっきそのドアを通ったときが、いちばんひどかった」

「なるほど。わかった。ちょっと魔法を使ってみてくれる?」

「魔法って、どんな?」

「何か、偶然ではあり得ない現象を起こしてみて。単純でわかりやすいものがいい」

ものが散在する彼のオフィスを見回してみる。すべてが自然に崩れ落ちてもおかしくないような状態だ。デスクの上の羊皮紙の束の上に拡大鏡がのっているのが目にとまった。「あれをひっくり返してみるわ」

オーウェンはうなずく。「わかった。やってみて」

わたしは神経を拡大鏡に集中させ、それが立ちあがって反対向きに倒れる様子を想像した。すると拡大鏡が徐々に、やがてよりしっかりと浮きあがっていき、空中で裏返って、そのままデスクの上におりた。

「なんてことだ……」オーウェンは拡大鏡を凝視しながら言った。

「つまり、本物ってこと?」

「ああ、本物だ。ぼく自身、パワーを感じたよ」

「これって、いいこと? それとも悪いこと?」

「わからない。どうしてこういうことになったのかによるよ。ただ、その頭痛は気になるな。このことに関係があるとしたら、いいとはいえない」

「どうしてこういうことになったのかを知るにはどうすればいいの?」

「わからない」オーウェンは眉間にしわを寄せて首を振る。「自然発生的に魔力をもつようになったなんて人の話は聞いたことがない。とりわけ、免疫者《イミューン》にそんなことが起こるなんて、絶対あり得ないはずだ。もしそうなら、魔力に関する概念がすべて覆されることになる」

「でも、どうやら、そういうことじゃない? ここに生きた証拠がいるんだもの」

「だからこそ、どうしてこうなったのかが問題なんだ」オーウェンはわたしの前にひざをつき、目を閉じて両手を掲げた。「ん〜、これは妙だな」ますます眉間のしわが深くなる。

「すでに妙なことだらけよ。もう少し具体的に言ってくれる?」

「きみは、なんていうか、きみじゃないみたいだ」

「たしかにここ二日ばかりそんな感じよ。パーティで起こったことも含めてね。でも、もしわたしがわたしじゃないとしたら、自分でわかるはずじゃない?」

「前にも話したと思うけど、すべての魔法使いは一種のシグネチャーをもっているんだ。言ってみれば、指紋のようなものだよ。一度知った相手なら、姿を見なくても、その人の放つ魔力でだれであるかがわかる。たとえ魔術を使っていないときでもね」

「つまり、その人独自の香りのようなものね？」

「そのとおり。イミューンであるきみは魔力をまったくもたないわけだから、そういう意味では無臭のはずなんだ。もしぼくが、ほかのすべての感覚を失ったとしても、知っている魔法使いのことは認識できる。でも、きみのことは、ほとんど見えなくなってしまうはずだ」

「ほとんど？」

オーウェンは赤くなった。「きみのことは、通常の身体的感覚以外でも認識できるようになったみたいだから。とにかく、きみにはいま魔力のシグネチャーがある。免疫を失ったことで得たわずかな魔力のそれとは別にね。もう一度、魔法を使ってみてくれる？」

デスクの上にコップがあるのを見て、それに水を満たすことにした。コップに神経を集中させると、体のなかからパワーがわき起こってくるのが感じられた。そして次の瞬間、コップに水がたまっていた。ふと見ると、オーウェンが驚愕の表情を浮かべている。「なんてことだ。きみ、アリだよ」彼は後ずさりしながら言った。

「ええっ？ やだ、わたしはケイティよ。たしかにこのところ変な行動を取ってるみたいだけど、自分が別人になってたらさすがにわかるわ。だいいち、このオフィスに入れたじゃない。アリに対しては特に専用の魔法除《よ》けを施してあるんでしょう？」

オーウェンはわたしの手首をつかんで立ちあがった。「行こう。ボスに話さないと」そう言うなり、有無を言わせずわたしを引っ張った。オフィスを出るとき、ふたたび頭が爆発しそうになったが、オーウェンはかまうことなく歩き続けた。ジェイクが何か訊こうと近づいてきたが、それも無視してラボを出る。手首をつかまれ、引きずられるようにして歩きながら、これではまるで囚われた罪人ではないかと思った。もっとも、もしオーウェンがわたしをアリだと思っているなら、たしかにわたしは囚われた罪人なのかもしれない。

なんだかわけがわからなくなってきた。もしわたしが本当にアリで、わたし、つまりケイティ・チャンドラーの体を乗っ取ったのだとしたら、わたしは果たして自分のことをケイティだと思うだろうか。アリの頭で考えて、何も言わずに、皆をまんまとだましたことを面白がっているんじゃないだろうか。自分をケイティだと思うのであれば乗り移った意味がない。だいい、もしそうなら、ケイティはいまどこにいるのだ。それに、アリがわたしのなかにいるなら、イドリスや彼の会社について彼女が知っていることがすべてわかっていいはずじゃない？

ふたたび頭に激しい痛みが走って、気がつくと、脚をふんばってオーウェンの手を振りほどこうとしていた。「ねえ、ちょっと、待ってよ」

オーウェンは振り向き、険しい表情でこちらを見る。「ケイティ、いまはそんな場合じゃないんだ」

「あら、こんなふうに強引で男っぽいあなたもなかなか素敵ね。ベッドでもそんなふうなの？」たしかに自分の口から出た言葉だけれど、頭のなかでそんな台詞《せりふ》を構成した覚えはない。まるで別のだれかがわたしの口を使って勝手にしゃべっているかのようだ。「やめて！」わたしは頭を振った。そして、真っ赤になっているオーウェンに向かって言う。「ごめんなさい。もう、わけがわからないわ。とにかく、早くこの状態をなんとかしたいの」

オーウェンはわたしの手首を放し、かわりに手を握った。「わかってる。そのためにボスのところへ行くんだ。さあ」

マーリンのオフィスが近づくにつれ、オーウェンに抵抗しないでいるのがどんどん難しくなった。次から次へとひどい言葉を発しそうになり、言わないよう必死に唇を噛んでいるうち、とうとう血がにじんできた。頭痛はどんどん激しくなっていき、痛みで涙が出てきた。

幸い、わたしたちが受付エリアに到着すると同時にマーリンのオフィスのドアが開いたので、アポイントを取った取らないでキムとやり合う必要はなかった。わたしのなかの悪魔がキムに対して何かむごいことをしようとしたら、果たして抵抗しきれたかどうかわからない。もともとそういう欲求がまったくないわけではないから。

わたしたちがなかに入ると、マーリンはオフィスのドアを閉めた。オーウェンはわたしをひじかけ椅子に座らせると、そのまま横に立って肩に片手を置いた。いたわりと拘束の両方を兼ねた行為だろう。マーリンはわたしたちの正面に座ると、説明を待つようにこちらを見つめた。

「ケイティは何かをされたようです」オーウェンが言った。彼はわたしが話した一連の奇妙な偶然をマーリンに話して聞かせる。「実際にやってもらったところ、たしかにそのとおりでした。彼女は魔法を使えます。パワーも感じました」わたしが座っている位置からマーリンの顔はよく見えなかったが、彼が息を呑むのが聞こえた。「驚くのはそれだけじゃありません。彼女の魔術にはアリのシグネチャーがあるんです。ぼくにめかくしをして、近くでケイティに魔術を使ってもらったら、ぼくは彼女をアリだと思うでしょう」

「行動もアリみたいになっていて――」わたしは言った。「言うつもりのないことを次から次へと口にするんです。それも、人を傷つけるひどいことばかり。でも、自分ではどうすることもできないんです。ロッドの大晦日のパーティで自分がしたことも、まったく覚えていなくて。でも、話を聞くかぎり、相当ひどかったみたいです。ルームメイトたちはほとんど口をきいてくれません」

「何かをされたとしたら、おそらくそのパーティのときでしょう」オーウェンが言った。「日付が変わるまではいつものケイティでした。それがそのあと急に……」そこでいったん言葉が途切れる。ふたたび発せられた声にはどこか乱暴な響きがあった。「ケイティではなくなりました」

マーリンはうなずく。「たしかに妙です。魔法に免疫をもつ者が魔力をもつようになったという話は聞いたことがありません。ただ、アリのシグネチャーがあるというのが、手がかりになりそうですな」

「それから、頭がひどく痛むそうです」オーウェンが言う。

「ものすごい頭痛なんです。いまにもエイリアンが頭蓋骨を破って出てくるんじゃないかと思うくらいに」わたしは言った。

マーリンは立ちあがると、わたしのすぐ前まで来た。「ケイティ、魔法を使ってみせてください」

わたしは、オーウェンのそれよりはるかに整頓されたオフィスを見回した。そばにあるテーブルにティーカップが置いてある。意識を集中し、カップを宙に浮かばせて、回転させようとした。何度かやってみて少しずつ魔法を使うこつがわかってきていたはずなのに、今回はやけに苦労した。わたしのなかに魔術の成功を望まない何かがいて、執拗にじゃまをされているような感じがする。ようやくティーカップがソーサーから浮かびあがり、回転しはじめたときには、額から大粒の汗がしたたり、腋の下の制汗剤は機能しなくなっていた。

ソーサーまであと数インチのところまでカップを下げたところで、わたしはついに力尽き、椅子のなかに崩れ落ちた。肩に置かれたオーウェンの手に力が入る。マーリンは顔をしかめ、あごひげをなでた。「これは驚きましたな」彼はわたしに歩み寄ると、頭の上に手を置いた。一瞬、軽い魔法の刺激を感じた。マーリンは手を離して言う。「ふむ、これはますます興味深い。彼女のなかに、もうひとつ別のシグネチャーが存在します」

オーウェンはわたしの肩から手を離して、頭の上に置く。思わず背筋がぞくっとする。その趣旨でまたとんでもないコメントを口走りそうになって、あわてて唇を噛んだ。「別の妖精《フェアリー》ですね。でもちょっと特殊なタイプの妖精のような……」オーウェンはそう言って、手をわたしの肩に戻した。

「わたしもそのように思います」マーリンが言う。

突然、すべての謎が解けたような気がした。「エセリンダ！」わたしは天を仰ぐ。

「えっ？」ふたりは声をそろえて言った。

「フェアリーゴッドマザーです。二週間ほど前、ちょうどオーウェンとわたしがつき合いはじめたころ、ある奇妙な妖精が現れて、自分はわたしのフェアリーゴッドマザーだと言ったんです。わたしの恋愛歴がすべて書かれた本までもっていました。助けは必要ないと言ったんですけど、その後、デートのたびに妙なことが起こるようになったんです。すべてはわたしたちを親密にさせようとする彼女なりのアイデアだったらしいんですが、それがことごとくうまくいかないことがわかると、今度は、ふたりは結ばれる運命にないんだと言い出して――」

「それは、いかにもフェアリーゴッドマザーらしいですな」マーリンは言った。そしてオーウェンの方をちらりと見る。「彼女たちは、いまでも活動を続けているのですか？」

「そのようですね。彼女たちと関わるはめになった人をふたりほど知っています。どうも時代感覚がかなりずれているようで、最近ではますます疎まれるようになっていますよ」

マーリンはふたたびあごひげをなでた。「フェアリーゴッドマザーを呼び出すには、それぞれに独自の儀式があるはずですが、このフェアリーゴッドマザーに接触する方法を調べてみましょう」

そのとき、自分が依然としてコートを着たままだということを思い出した。肩にはハンドバッグがかかっている。会社に戻ったあとすぐにオーウェンと話を始めたので、コートを脱ぐのもバッグをしまうのも、すっかり忘れていたのだ。バッグのなかには、たしかまだエセリンダのロケットが入っていたはずだ。

バッグを開け、内ポケットからハート形のロケットを取り出し、マーリンに見せる。「彼女を呼び出す道具としてもらったものです。彼女に抗議するために一度使っただけですけど」

マーリンの表情が明るくなる。「これは助かります。ありがとう」

マーリンがロケットで何かをしている間、わたしはコートを脱いだ。オーウェンがそれをオフィスの隅にあるコート掛けにかけてくれる。ちょうど彼がわたしの横に戻ってきたとき、突然大きな破裂音がして、空中に銀色の塵が舞い、ソファの上に何かがどすんと落ちた。

やがて塵が消え、ブルマー（足首のところで裾をすぼめた女性用下着）をはいた脚がぶ厚い布の層から天井に向かって突き出ているのが見えた。足にはパイル地の室内履きを履いている。布の束がもそりと動いて、二本の脚が床までおり、上半身が起きあがった。エセリンダだ——言うまでもなく。ヴィクトリア朝風のハイネックのナイトガウンを服の層のいちばん上に着ていて、頭にはピンクのスポンジカーラーをつけ、顔じゅうに白いクリームが塗りたくられている。

エセリンダは憮然として立ちあがったが、目の前にいる人物に気づくやいなや、その足もとにひざまずいた。「あなた様があたしを呼び出してくださったのですか？」そう言って、床に頭をすりつける。

「いかにも、そのとおりです」マーリンは彼女の最敬礼を無視して言った。「あなたがうちの社員のひとりを困らせているようなのでね」

「とんでもない！」エセリンダはひざをついたまま、わずかに顔をあげた。「困らせるなんて！　あたしは決して人を困らせたりしません。助けるだけです」

「そうですか。では、いま現在、ミス・チャンドラーを苦しめている症状について説明していただけますかな。魔法に対して免疫をもつ者が突然魔法を使えるようになるとは、どういうことなのか。彼女に何もしていないとは言わないでくださいよ。あなたの魔術の痕跡はちゃんと確認してあるのですから」

エセリンダはもぞもぞと立ちあがると、得意げにほほえんだ。「手前みそになりますけど、これはあたしが試した手法のなかでも最も巧妙なもののひとつです。もちろん、彼女は自分で魔法を使っているわけではありません。彼女の免疫が消えているときに、魔法を使える別の人物を彼女のなかに入れたんです」

わたしは思わず身震いする。「どうしてそんなことを！」

「あら、いやね、もちろん魔法というものを理解してもらうためじゃない。あなたのような人が魔法使いとうまくやっていくのは難しいって言っても耳を貸そうとしないから、魔力をもつというのがどういうことなのかがわかれば、それを理解できると思ったのよ」

「どうしてそういう理屈になるのかさっぱりわからない」オーウェンが言った。

マーリンが咳払いをして言う。「いま問題なのは、このようなことをした理由ではなく、その方法と、ほかにだれが関わっているかということです」

エセリンダはくすりと笑って、瞬きしながらマーリンを見あげた。「もちろん手柄をひとりじめするつもりはありませんわ」そう言って、今度はわたしの方を見る。「あなたのお友達が最初にアイデアをくれたの。そして、自ら協力を申し出てくれたのよ」

その〝お友達〟がだれであるかは、すでにはっきりしている。「友達って？」金切り声をあげないよう懸命に自分を抑えながら訊いた。

「あなたたちが駅で追いかけていたお友達よ。パーティで彼女に会ったの。彼女もあたしと同じようにあなたを見てたので、あなたの恋の問題を話したら、協力を申し出てくれたのよ。彼女はなかなか勇敢だわ。あそこまで小さくなってもいいっていう妖精はそうはいないもの」

オーウェンが肩をしっかりつかんでいなかったら、わたしは彼女に飛びかかっていただろう。

「つまり、わたしの頭蓋骨のなかに妖精がいるってこと？　アリがわたしの友達で、善意から協力を申し出たと思ったわけ？　冗談でしょ？」

肩に置かれたオーウェンの手に力が入る。それがわたしを押さえようとしてのことなのか、彼自身の緊張が増したからなのかはわからない。「魔術を解いてください」オーウェンは冷ややかなほど落ち着いた声で言った。つまり、猛烈に怒っているということだ。

エセリンダは肩をすくめて、ソファにどさっと腰をおろす。「できないわ」

「できない？」わたしはついに金切り声をあげた。「これって、もとに戻せないの？」

「イミューンには魔法が使えないってことよ」エセリンダは茶化すように杖《ワンド》を振る。「そんなこと、ここにいる全員が承知のはずよ。免疫があんなに早く戻るとは思わなかったんだもの。魔術を解き損なっちゃったわ」そう言って、ワンドをオーウェンの方に向ける。「あなたがあれほど急いで彼女を連れて帰らなければ、手遅れになる前に魔術を解くことができたのに」

わたしは半泣きになった。オーウェンが優しく肩をなでてくれる。それだけでずいぶん気持ちが落ち着いた。その趣旨でまたもやアリ的コメントが出そうになるのを懸命に堪える。そのとき、わたし自身の脳みそがあることを思い出した。「免疫を消す方法はわかってるわ。もう一度消したら、アリを頭から出すことができる？」

エセリンダは目をぱちくりさせる。「ええ、まあ、できるはずよ」

わたしは安堵とあきらめが混在するため息をついた。やっと取り戻したばかりの免疫を、また消さなければならないなんて。でも、今回ばかりは自ら進んでそうしたい気分だ。魔力をもつというのはなかなか魅力的なことではあるけれど、いかれた性悪妖精を頭のなかに入れてまで欲しいとは思わない。そう思ったとたん、またもや鋭い痛みが頭に走った。ふと、あることに気づいた。「彼女、わたしの思考が読めるのかもしれません」

マーリンの注意がエセリンダからわたしに移る。「なぜそう思うんです？」

「たったいま、アリについて、その、あまりよいとはいえないことを思ったら、直後に頭のなかを蹴りつけられるような痛みを感じたんです。それに、わたしがパーティでルームメイトに言ったひどいことは、わたししか知らなかったことです。アリが知っていたはずはありません。あのときの記憶がまったくないことを考えると、アリは完全にわたしを支配していたんだと思います。たぶん、わたしが考えることはすべて彼女に筒抜けなんです。つまり、わたしの周囲で話されることも聞かれてしまう可能性があるということです。これでは、ふたたび社内にスパイを抱え込んだも同然です」

「それは簡単に解決できますよ」マーリンはそう言って、オフィスに備えつけられた簡易キッチンまで行くと、コップをひとつ取り出して、キャビネットを開け、いくつかのキャニスターの中味をコップのなかで混ぜ合わせた。そして、それをわたしのところにもってくる。「これを飲みなさい。妖精専用の鎮静剤です。魔法に頼ったものではないので、現在の状況下でも有効なはずです。あなたにも軽く影響が出ると思いますが、残念ながらそれは避けられません」わたしはコップを受け取ると、いっきに飲み干した。薬はかなり苦かったが、アリを黙らせるためだと思えばなんだって我慢できる。

マーリンはあらためてエセリンダの方を向いた。「ミス・チャンドラーの免疫が完全に消えるには二日ほどかかります。そのとき再度あなたを呼び出して、魔術を解いてもらうことになりますが、よろしいですな」偉大な魔法使いマーリンの威厳を強調するかのような口調で言う。

「ええ、もちろんですとも！」エセリンダは言った。「必要とあらば、いつでも参上いたしますわ！」マーリンが片手を振ると、彼女は一瞬にして消えた。

さっそく頭がぼうっとしてきた。「どうして彼女に頼まなくてはならないんですか？」椅子のアームにひじをついて、手で頭を支える。「彼女に欠陥があるのは明らかです。信用してもいいんですか？」

マーリンはベストのポケットにロケットをしまいながら言う。「残念ながら、フェアリーゴッドマザーの魔術はフェアリーゴッドマザー本人にしか解くことができないのですよ。魔術によっては対抗魔術《カウンタースペル》で作用を弱めることができる場合もありますが、魔術そのものを解くことはできない」

「ああ、『眠れる森の美女』でお姫様にかけられた呪いが解けないのと同じですね。糸紡ぎ車に指を刺して死ぬという部分を眠るに変えるのが精いっぱいっていうのと――」

「ぼくが聞いたところでは、たしかあれはフェアリーゴッドマザーのケースではなかったと思うけど――」いまにも学術的な解説へと脱線していきそうな口調でオーウェンが言った。「でも、たとえとしては近いものがあるかもしれないな」

わたしはあくびをした。「眠るっていうのは、たしかにいいアイデアかも――」

「鎮静剤が効いてきたようですな」マーリンが言う。「では、ミスター・パーマー、あなたにはそろそろ免疫喪失のための薬の調合に取りかかっていただきましょうか。できるだけ早く対処した方がいい。魔法に免疫をもつ者にむりやり魔力をもたせているのですから、どんな弊害があるかわかりません」

オーウェンは部屋を出ていった。彼の姿が見えなくなり、少し心細くなる――彼の態度からはまだ完全によそよそしさが消えたわけではないけれど。無理もない。話を聞くかぎり、わたしは彼におそろしく不快な思いをさせたはずだ。パーティ会場でアリがわたしの体を使ってやったことをすべて聞く勇気は、この先もずっともてない気がする。

わたしは目を閉じて、頭がどんどん重くなっていくのを感じながらうとうとしはじめた。いよいよ眠りに落ちると思ったとき、ふいに頭がすっきりした。年が明けて以来はじめて、なんの干渉も受けずに、はっきりとものを考えることができるようになった。「なんだか、すごくすっきりしました」座ったまま背筋を伸ばして言う。オーウェンはすでに戻ってきていて、手に薬の入ったビーカーをもっていた。どうやら思った以上に長い時間うとうとしていたようだ。

オーウェンはわたしにビーカーを差し出した。「これ、一度にたくさん飲んでも、効果が早く出るってものではないのよね？」薬を飲み干してから訊く。

「ああ、残念ながら。体内で徐々に効き目が構築されるタイプのものだからね。これまでの経験を考慮に入れて、より効果が出やすいように調整はしたけど、それでも一日、二日はかかると思う」

「その間、あなたをしっかりと保護する必要がありますな」マーリンが言った。「免疫の喪失にふたたびつけ込まれるようなことがあってはなりません。鎮静剤の投与は続けますが、万が一ということもある」

「ぼくといっしょにいればいい」オーウェンが言った。「ぼくの家は安全だし、プライバシーもある。何かあったときルームメイトたちへの言いわけを考える必要もない。彼女たちはすでに多くを見すぎているからね」

そうする以外ないだろう。彼の言うとおりだ。でも、その間、ふたりが暖炉の前で寄り添って過ごすことはないだろう。ぴりぴりと張りつめた、ひどくぎこちない時間になるのは間違いない。「わかったわ。ルームメイトたちには出張が入ったことにする。彼女たちが仕事から帰る前に、アパートに必要なものを取りにいって、その足であなたの家へ行きましょう」

「いいアイデアですな。この問題が解決するまで、ふたりともそこから出ないようにしてください。会社と家の往復も含めて、いまはどんなリスクも避けたい」

なんてことだ。これでわたしは、自分に双頭の怪物でも見るような視線を向ける男性といっしょに缶詰状態となるわけだ。わたしのなかにアリの気配が少しでも感じられるかぎり、オーウェンがわたしに触れることはないだろう――たとえわたしに対して腹を立てていなくても。考えてみれば、アリがわたしのなかにいて聞き耳を立てている可能性があるかぎり、わたしだってオーウェンに触れたくはない。アリが自分を主張せずにはいられない我の強い女だったのは、かえって幸運だった。パーティ会場で彼女が品行方正に振る舞っていたら、異変に気づくのにもっと時間がかかっていただろう。その場合、職場や私生活で彼女に何を見られることになったかわからない。

わたしは椅子から立ちあがった。「じゃあ、行きましょうか」オーウェンはすぐにそばに来て、背中に手を添えた。

自分の運命がもはや自分のものでなくなってしまったかのように思える。魔力を手にしたのだから――たとえそれがどんなに例外的で一時的なものであるにしても――もっと強くなったように感じてもよさそうなのに。自分の力でものを出したり消したりできるようになったというのに、わたしはひどく不安で、信頼するふたりの魔法使いはわたしをガラス細工のように扱っている。

オーウェンとわたしはラボに戻り、この件が解決するまでの間、家で仕事をするのに必要なものをまとめて、わたしのアパートへ行った。バッグに荷物を詰め、ルームメイトたちに、急な出張が入ってボスにお供することになった旨を書いたメモを残す。彼女たちが信じるとは思わない。おそらく、ふたりを避けているのだと思うだろう。ただ少なくとも、真実を悟られることはないはずだ。

準備ができると、オーウェンは何も言わずにわたしの鞄をもち、ふたりとも黙ったまま彼の家まで歩いた。ドアを開けると、玄関でルーニーが待っていた。ルーニーはいつものようにオーウェンにあいさつしたあと、わたしの足首に体をこすりつけるかわりに、シャーッとうなって背中を弓なりにした。「エリーンド!」オーウェンがしかる。彼がニックネームではなく本当の名前を使ったのには、たぶん、うちの母がわたしをキャスリーン・エリザベスと呼ぶときと同じニュアンスがあるのだろう。

「いいのよ」わたしは力なく言った。「彼女はたぶん混乱しているのよ。動物は人のバイブレーションやにおいを敏感に感知するっていうじゃない? きっとわたしのなかにいつもと違うものを感じてるんだわ」階段の方に視線を向けて訊く。「いつものゲストルーム?」

「ああ。必要なものがあったら遠慮なく言って」

わたしが階段をのぼりはじめると、オーウェンはルーニーを抱きあげてキッチンへ向かった。ゲストルームで、仕事着からより楽な服装に着がえる。いつもの古いスウェットスーツがベッドの上に置いてあったけれど、いまのふたりの間に流れるぎくしゃくした空気を考えると、彼の服を着るのは適当でない気がした。

階段をおり、キッチンへ行く。オーウェンはスーツのジャケットを脱ぎ、ネクタイを外していたが、それ以外は仕事着のままだった。キッチンの隅で水を飲んでいたルーニーは、わたしに怪訝そうな一瞥をくれると、ふたたび水を飲みはじめた。オーウェンはティーポットに熱湯を注ぐ。「お茶を入れようと思って。グロリアはこういうとき、いつもお茶をいれるんだ」

「ありがとう」カウンターに寄りかかり、ため息をつく。「ごめんなさい、本当に」

「きみが悪いんじゃない」オーウェンはわたしに背を向けたまま言った。心なしか肩がこわばっている。背中をなでて緊張をほぐしてあげたい衝動にかられたが、いまそうするのはかえって逆効果だろう。

「あなたの反対を押しきって、カモフラージュ用の広告を見るために免疫を消したりしなければ、こんなことにはならなかったわ」

依然として背中を向けたまま――その肩はますますこわばって見えた――オーウェンは言った。「きみがぼくの反対を押しきったわけじゃない。ミスター・マーヴィンがそうしたんだ。そして彼は正しかった。ぼくたちはたしかにその情報を必要としていた。それに、もしこれがほかのイミューンに、つまり、異状を認識するすべを知らなくて、きみのような強い自制心をもたない人に起こっていたら、どんな惨事になっていたか――」彼は頭を振る。「ぼくが反対したのは、まったく個人的な理由からだよ。客観的な見地からじゃない」

「でも、パーティに行きたがったのはわたしよ。自分の置かれている状況をもっとよく考えるべきだったわ」

「ぼくはそのパーティできみといっしょだったんだ。つまり、今回のことが起こったとき、ぼくはきみといっしょにいたんだ。目と鼻の先でまんまとやられたんだよ」オーウェンはポットから茶こしをあげながら、自嘲的な笑いを漏らした。「スーパー魔法使いが聞いて呆れるね」

わたしには何も言えなかった。もちろん、彼に全面的に同意するわけではない。そもそも、今回のことを確実に防ぐ方法など果たしてあっただろうか——わたしをどんな魔法も届かない高い塔のてっぺんに閉じ込めて、訪問者はわたしの髪の毛をよじ登ってこなければならないようにでもする以外に。でも、そう言ったところで、オーウェンは耳を貸さないだろう。彼は、自分にコントロールできないものがこの世に存在することを認めるよりも、落ち度があったからこうなったと思いたいのだ。

「フェアリーゴッドマザーのこと、どうして黙ってたの?」しばしの沈黙のあと、オーウェンは訊いた。どこかよそよそしい冷めた声だ。

わたしは肩をすくめる。そうしたところで、彼はこちらを見ていなかったけれど。「たいしたことじゃないと思ったの」

オーウェンはようやくわたしの方を向いた。「たいしたことじゃない? あれだけのことが起こって、一歩間違えればきみは、場合によってはふたりとも、死んでいたかもしれないのに? ぼくはそのたびに、イドリスが関与した形跡を懸命に調べていたんだ。すべてが把握できてたら、そんな回り道をしなくてすんだのに」

自分が頭のなかのアリのサイズまで縮んでいくように思えた。「彼女のことは、ひとまず解決できたと思ったのよ。助けは必要ないってしつこく言ったし。いずれにしても、彼女が一連の出来事に関与しているという確証は得られてなかったの」自分の顔が赤くなるのを感じながらつけ加える。「それに、フェアリーゴッドマザーを使ってまであなたの気を引こうとしていると思われるのがいやだったし。それって、すごく必死な感じで、みじめじゃない？」

「ちゃんと話してくれれば理解できたよ。フェアリーゴッドマザーのやり方はわかってるし、彼女たちが一度介入を決めると、こっちには抵抗するすべがほとんどないってことも知っている。わからないのは、なぜぼくを信頼してくれなかったかってことだよ。ぼくにも関係することなのに――」

「あなたを信頼しなかったからじゃないわ」わたしがそう言ったときには、オーウェンはふたたび背を向けていた。彼はティーポットとふたつのカップ、クリーマーとシュガーポット、そしてクッキーをのせた小さな皿をトレイのうえに美しく並べた。グロリアの教育の賜《たまもの》だろう。オーウェンのあとについてリビングルームへ行き、ソファの端に座る。彼はカップにお茶を注ぎ、わたしの分を黙ってわたしの好みにアレンジし、そのままソファの反対端に座った。

沈黙に耐えられなくなって、ついにわたしは訊いた。「怒ってるの？　たしかにとんでもなくひどいことを言ったりしたりしたみたいだけど、あれはわたしじゃないのよ。フェアリーゴッドマザーのことを黙ってたのは謝るわ。こんな大変なことになるとは思わなかったし、何より、ほかに考えなければならないことが山ほどあるときに、あなたによけいな心配をさせたくなかったの」

「パーティのときは、怒るというより傷ついたよ。それ以上に困惑した。いずれにしても、何かおかしいとは思ったよ」

「じゃあ、そう言ってくれたらよかったのに！　次の日はじめて話を聞いたときは、ルームメイトがわたしをかつごうとしているのかと思ったわ。どうもそうではないらしいとわかったときには、世界一の嫌われ者になった気分だった。少なくとも、いま、会社の空気はそんな感じよ。あなたがいつわたしをふるかで、賭けが行われてるみたい」

「きみをふろうなんて考えてないよ」オーウェンは、ほかの人ならいやらしくさえ見えたかもしれない表情を浮かべたが、激しく赤面した顔では、ほんのわずかな下品さを演出することさえ無理だった。「きみが提案したことのなかには、なかなか興味をそそるものもあったし」そう言いながら、彼はまったくわたしに近づこうとしない。

ルーニーがやってきた。彼女はわたしに向かってシャーッとうなると、オーウェンの脚に寄りかかって丸くなり、彼に近づくなとでも言うようにこちらをにらんだ。あんまりだ。アリは、親友であるふたりのルームメイトに会社の全同僚、そしてオーウェンだけでは飽きたらず、動物までわたしから遠ざけようというのか。ルーニーの態度について、さっきは理解を示すようなことを言ったけれど、こうまでされてはさすがにこたえる。一瞬、そんなにわたしが気にくわないなら本当に嫌いになるようなことをしてやろうかという気持ちになった。

その直後、ルーニーがギャッと言ってソファから飛びおり、ものすごい勢いで部屋から飛び出していった。「ほら、まただ」オーウェンはルーニーが出ていった廊下の方を見つめる。「ときどき、この家には幽霊でもいるのかと思うよ。ああやって、ぼくにさえ感知できないものに反応するんだ」

「あら、猫ってそういうものじゃない？　特に理由はないのよ」声が震えないよう気をつけながら言う。たったいま彼の猫に魔法を使ってしまったことを白状する勇気はなかった。どうやら、アリが眠っていても魔力にはアクセスできるらしい。こうした能力をもつことが、いかにして危険な衝動を生み出すかということが、なんとなくわかった気がした。

その後はほとんど会話を交わすこともなく時間が過ぎた。オーウェンは魔法の書物にかじりついたままで、わたしはラップトップの画面を見つめながら報告書を作成するふりをしていた。そろそろ寝室にあがっても差し支えない時間かなと思いはじめたとき、玄関のブザーが鳴った。オーウェンが応対にいき、まもなくロッドを連れてリビングルームに戻ってきた。

ロッドの顔は真っ青だった。恐怖と心配が入り交じったような表情をしている。「どうしたの?」わたしは訊いた。

「マルシアが——」

20

「マルシアがどうしたの？」返事を聞く前から、心臓が激しく鼓動しはじめた。いいニュースをもってきた人が、こんな表情をしていることはあまりない。

ロッドは暖炉の前を行きつ戻りつしながら話しはじめる。「今日の午後、彼女をデートに誘おうと思って会社に電話したんだ。そしたら彼女はオフィスにいなくて、どこにいるのかも、いつ戻るのかもわからないって言われた。ランチに出ていったきり連絡がないって言うんだ。それで、アパートに電話したんだけど、やっぱりだれも出なくて、次に携帯に電話してみたら、直接ボイスメールにつながった。しばらくしてからもう一度アパートにかけたら、きみのもうひとりのルームメイトが出て、マルシアはまだ帰ってないって言う。彼女も心配しているみたいだった。これって、おそらくマルシアらしくないんだよね」

「というか、おまえらしくないな」オーウェンがつぶやく。「すぐに次の候補に乗りかえなかったなんて――」

ロッドはオーウェンをにらみつける。「彼女が好きなんだ、悪いか。おれは彼女と出かけたいんだ、次の候補とじゃなくて。それに、いまは次の候補なんかいないし――」

「ええ、たしかに彼女らしくないわ」彼らがつまらない口論を始める前に、わたしは口を挟んだ。本当に兄弟みたいなふたりだ。「マルシアはいつも神経質なくらいに自分の居場所や行き先を知らせる人なの。それに、彼女にメッセージを残せば、都合がつき次第必ず連絡をよこすわ。まさか彼女、今回のことに巻き込まれているわけじゃ――」

ロッドは肩をすくめる。可哀想なくらい悲愴な顔をしている。「わからない。でも、こっちがアリの身柄を確保しているときにマルシアが行方不明になるなんて妙じゃないか?」どうやら、わたしの身に起こっていることは、すでに会社じゅうの知るところとなっているらしい。

ふと、恐ろしい考えが頭に浮かんだ。「アリとは関係ないかもしれない。今日、フィリップとイーサンがシルヴィア・メレディスに会ってるはずなの。フィリップが会社の所有権を正式に主張するつもりだということを伝えたはずよ。彼女、フィリップがわたしのルームメイトとつき合ってることを知ったのかもしれないわ。アリは知ってたから、おそらくイドリスも知ってたはずよ。それで、いいえ、ルームメイト違いでマルシアの方を連れ去ったっていう可能性はないかしら」

「イーサンに電話してみる」オーウェンはそう言ってデスクに向かった。

まもなく、オーウェンのダイニングルームには、わたしがよく知っている魔法界の人々の約半数が集まった。オーウェンは見るからに居心地が悪そうだ。彼は皆への電話連絡を済ませると、ものすごい勢いで書類の束や本の山を別の場所に移動したのだが、それがお客を迎えるためなのか、他人に勝手に触られるのをいやがってのことなのかは定かでない。

マーリン、フィリップ、イーサン、ロッド、オーウェン、そしてわたしは、オーウェンのめずらしくすっきりしたダイニングテーブルを囲んで座った。テーブルには腹ごしらえ用にチャイニーズフードが並べられていたが、だれも手をつけようとはしない。フィリップの口は真一文字に結ばれ、ロッドは冷静さを装うことすら放棄している。オーウェンは部屋のなかを行きつ戻りつし、マーリンでさえいつになく硬い表情をしている。そんななか、イーサンだけが比較的余裕のある様子だ。刺激的ななりゆきに士気が高まっているということだろうか。

「あなたがご友人を大切に思っていることは承知しています」状況の確認がひととおり済むと、マーリンはわたしに向かって言った。「しかし、ミスター・ヴァンダミアに要求を取りさげてもらうわけにはいきません。あの会社はスペルワークスの最大の資金源になっています。その意味でも、より安全な所有者の手に委ねる必要があります」

「彼らがマルシアを連れ去ったのはまさにそれが理由なんですよ」イーサンが言った。「この訴訟では完全にこちらが有利です。カエルの件さえなければ、普通の裁判でも十分勝てるでしょう。魔法界の裁判なら、なおさらミス・メレディスに勝ち目はありません。それで彼女はパニックになり、誘拐という非常手段に出たんです」

「マルシアを見殺しにする気じゃないですよね」ロッドが言った。声がうわずっている。彼女のことが本当に好きらしい。もしかしたら、ついに理想の相手を見つけたということなのかもしれない。彼女を救うよう真っ先に訴えたのが自分でなかったことにうしろめたさを感じるけれど、この問題にかかっているものの大きさは、わたしにも十分わかる。

ふとあることに気がついた。「ちょっと待って。こっちにだって人質がいるじゃないですか」

皆がいっせいにわたしの方を見る。わたしは自分のおでこをぽんぽんとたたいた。「わたしの寄生虫妖精《フェアリー》ですよ。こっちにも交換するものがあるんです」

「でも、マルシアを引き渡してもいいと思うほど、彼らにとってアリは重要でしょうか」フィリップが訊いた。

「彼らはそもそも、こちらの拘束下にあった彼女を逃がしているんです」わたしは言った。「しかも、イドリスがそれを知らなかったということは、おそらく彼のボスが自ら指示したんです。情報が漏れるのを嫌ってのことでしょう。彼らはいまも、アリが何をしゃべるか不安なはずです。助けることを拒否すれば、性格からして、彼女が腹を立てて何もかもぶちまけかねないこともわかっているでしょうし――」

オーウェンは歩くのをやめ、ダイニングチェアの背にひじをついて身を乗り出した。「もしかすると、彼女は、こちらにとってより価値のある人質となり得る人物をおびき出す餌になるかもしれません」

彼が何を言おうとしているのかはすぐにわかった。「そうです。イドリスはアリに対してそれなりに好意をもっているはずです。こちらがアリを拘束したことを知らせれば、彼を捕らえることができるかもしれません。そして彼を使ってマルシアを取り戻すんです。アリでさえ彼らにダメージを与えられるだけのことを知っているとしたら、こちらがイドリスを拘束することは相手にとって大きな脅威になるはずです。なんといっても、彼はこのプロジェクトの顔ですから。イドリスを失えば、彼らは少なくとも広告をすべてつくり直さなければならなくなります」

「どうやら敵のアキレス腱は、彼だと考えてよさそうですな」マーリンが言った。「たとえ、陰の首謀者がだれなのかを突き止められなくても、ミスター・イドリスの身柄を確保できれば、なんらかの情報を得られるかもしれません。あるいは、相手が情報の漏洩を怖がれば、交換条件を受け入れさせることができるでしょう」

「では、マルシアを取り戻すための駆け引きにはアリを使い、フィリップは会社の奪還を断念しないということで、合意したと考えていいですね」イーサンが言った。「それで、具体的にはどういう方法を取りますか」

「彼らを呼び出すのにいい場所があります」オーウェンが言った。「グランドセントラルステーションの地下に使われなくなった鉄道のトンネルがあります。彼らはその付近にアジトを構えている可能性があるので、おそらく自分たちに有利だと思って承諾するでしょう。でも、こちらにも有利な点があります」

オーウェンの言おうとしていることがまたもやわかってしまった。彼の考えが読めるのも善し悪しだ。「ねえ、ちょっと、本気なの？　いまでも安全かどうかわからないじゃない」

「大丈夫、安全だよ」オーウェンはきちんと目を合わさずに言った。

「ひょっとして、あそこへ戻ったの？」

オーウェンは赤くなった。「手なずけておいてほったらかしにするのは悪いと思ったんだ」

「オーウェン、彼ら、いつか家までついてきちゃうわよ。ご近所は歓迎しないと思うわ」

「ええと、ちょっと話が見えないんだけど」イーサンが言った。

「ドラゴンよ。わたしたち、そのトンネルのなかでドラゴンの群れに出くわしたの。それで、どうやら、ここにいるドラゴン使いが彼らをすっかり飼い馴らしちゃったみたい」

「こいつはいつもそうなんだ」ロッドが言う。「子どものころ、しょっちゅういろんなものを引き連れて家に帰ってたよ」

「別に飼い馴らしてはいないよ」赤い顔のままオーウェンが言った。「でも、ぼくの指示はそれなりに聞くと思う。少なくとも、ぼくがいいと言うまで、だれもトンネルから出られないようにすることはできる。戦力は多いに越したことはないよ」

「オーケー」イーサンはうなずく。「では、人質の交換はどういう順番でどのようにする？　ん〜、なんだか燃えてきたな」

「人質の交換は同時にやるよ」オーウェンが言った。「でも、彼らには、皆がその場にいることを隠しておく。ロッド、めくらまし《イリュージョン》はおまえの得意分野だ。しかるべきタイミングがくるまで、彼らが互いを見られないようにしてほしい」

その後も作戦会議は続いたが、頭痛がひどくなる一方で集中するのが難しかった。わたしがすべきことは、基本的に、こちらがアリを捕らえていることを相手に証明する必要が生じるまでその場で様子を見ているということらしい。皿の上の料理をつついてみたが、すっかり冷めていた。ふと、いまの自分には魔法が使えることを思い出し、神経を集中して料理を温め返してみる。さっそく口に入れてみたところ、舌をやけどしそうになった。オーウェンたちのように魔力を正確に操るには、まだまだ学ぶべきことがたくさんあるようだ。

ようやく各自の役割と作戦の段取りが決まり、あとは相手がこちらの話にのってくるかどうかをみるだけとなった。「ミスター・ウェインライト」マーリンがイーサンに向かって言った。「明日の朝、ミス・メレディスに連絡し、人質の返還を要求してください。あなたのクライアントに譲歩する用意があることをにおわせるといい。ただし、約束と取られるような言い方はしないように。わたしはスペルワークスの店舗へ行き、ミスター・イドリスに伝言を残してきます。店員のだれかは彼の連絡先を知っているはずです。状況を考えれば、伝言は必ずミスター・イドリスに伝わるでしょう」

その様子をぜひともこっそり見てみたいものだ。本物のマーリンが店に入ってきたのを見て、店員はどんな反応をするだろう。いってみれば、エルヴィス・プレスリーがその辺のレコード屋に突然入っていくようなものだ。

「ジェンマのことはどうしますか？」ふと思いついて言った。「彼らが人違いに気づいたら、今度は彼女の身が危なくなります」

「彼女にはすでに見張りをつけていますよ」マーリンが言った。

「彼女、死ぬほど心配してるはずだわ。すでに警察に電話しているかもしれない」

「電話して当然だよ」ロッドが険しい表情で言う。「マルシアが行方不明なんだから」

「もうひとつ質問があります」わたしは手を挙げて言った。「アリのことはいつ出すんですか？」

「すべてが無事終了したら、彼女を確実に拘束できる安全な場所に移動し、そこでフェアリーゴッドマザーを呼び出して、魔術を解いてもらいます」マーリンは言った。つまり、まだ当分の間は彼女といっしょにいなければならないということか……。

全員で時計を合わせ、再度、各々の役割を確認し、解散となった。皆が帰ったあと、わたしはオーウェンを手伝って、ほとんど手のつけられていないチャイニーズフードを片づけた。

「うまくいくかしら」

「明日わかるよ。きみの友達がこんなことになって本当に申しわけない」オーウェンの声にはいくぶん温かみが戻っているが、まだいつもの彼ではない。

「もとはといえば、アリのせいよ」ぎこちなさを和らげようと、あえて明るく言ってみる。「そもそもフィリップの魔術を解いたのは彼女なんだから。それで、ボーイハントを兼ねて土曜の朝セントラル・パークでジョギングしていたジェンマが、公園でうろうろしてた彼に出会っちゃったんだもの」

「きみの友達は必ず無事に取り戻す。ぼくにできることはすべてやるつもりだから」オーウェンは誓いでも立てるような口調で言った。

「ありがとう」わたしがささやくと、オーウェンは黙ってうなずく。抱き締めてほしかったが、彼の方はそんな気分ではないようだ。ふたりの間にはいま、手で触れることさえできそうな壁があった。

寝る前に、オーウェンは免疫用の薬と妖精用の鎮静剤をくれた。こんなに薬漬けになって、すべてが終わったら、解毒治療が必要になるんじゃないだろうか。

薬のせいか、それとも疲労のせいかはわからないが、その夜は深く眠り、目が覚めると体がひどくだるかった。シャワーを浴び、身支度をしておりていく。オーウェンはキッチンで朝食をつくっていた。わたしに気づくと、彼はテーブルの上のふたつのグラスを指す。「ああ、朝の分ね」わたしは言った。

「コーヒーの前にそれを飲んで」オーウェンはわたし以上に疲れて見えた。おそらく一睡もしていないのだろう。ひげは剃っておらず、眼鏡をかけている。

先に妖精用の鎮静剤を飲み、続いて紅茶味の免疫用の薬をチェーサーがわりに飲み干した。ふたつ目のグラスをテーブルに置いたとき、オーウェンがわたしの手にコーヒーの入ったマグカップをあてがった。「ありがとう」わたしはそう言って、ひと口ゆっくりと飲んだ。

オーウェンはスクランブルエッグとベーコンとトーストを皿に盛りつけた。そして、ふたりともほとんど無言でそれを食べた。わたしはおしゃべりをする気分ではなかったし、オーウェンはただ沈黙を埋めるために話をするタイプではない――わたしに対して腹を立てているいないにかかわらず。いつもなら、いいと言われても食後の食器洗いは手伝うのだが、今日は椅子に座ったまま、彼に片づけを任せた。「これが終わったら――」食器を洗うオーウェンの姿を眺めながらひとりごとのように言う。「休暇が欲しいわ。どこか静かな場所へ行って、フロントポーチの長椅子かハンモックにでも横たわって面白い長編小説を読むの。魔法はなしで。妖精も、ガーゴイルも、エルフも、地の精《ノーム》も、いっさいなし――」顔をあげると、オーウェンがこちらを見ていた。悲しそうな目をしている。「あ、でも、魔法使いは別よ。魔法を使わないかぎり問題ないわ。それに、別にいま言った生き物たちが嫌いだというわけではないのよ。ただ彼らは、できればしばらくの間忘れていたいことを思い出させるの」

「たしかに、きみには休みが必要かもしれない」オーウェンは〝ぼくたち〟ではなく、〝きみ〟と言った——魔法使いは問題ないことをちゃんと強調したのに。

「でも、まだ有休を取る資格がないわ」

「危険手当か、もしくは代休扱いにすればいいよ」

さっそくいまから代休を取らせてもらうことにしよう。こんな調子では、仕事に集中するのは無理そうだ。オーウェンはぶ厚い書物の山に顔をうずめている。決戦のときに備えて、何か特別な魔術でも調べているのだろうか。書棚にスパイスリラーのペーパーバックがずらりと並んでいるのを発見し、彼が仕事している間、ソファで読書をすることにした。

午後遅く、オーウェンはあらたに薬をもってきた。「ここからは免疫用の薬だけだよ。こちらがアリを捕らえていることを証明する必要が生じたとき、彼女には目覚めていてもらわなくちゃならないからね。薬が切れるまで数時間かかるけど、一応気をつけていた方がいい」

「何か意地悪なことを言ったりしたりしたらごめんなさい。先に謝っとくわ」わたしは薬を飲み、そう言った。「ただでさえむしゃくしゃしてるのに、これにアリの影響が加わったら相当ひどくなるはずよ」

オーウェンは苦笑いする。どんな種類の笑顔でも、いまはうれしかった。「覚悟しておくよ」

彼は言った。

人質交換作戦を実行するために家を出たときには、わたしの頭痛はこれまでで最悪の状態になっていた。だれかが頭蓋骨を内側から蹴りつけているような感じがする。考えてみれば、そのとおりなのかもしれないけれど。

ドラゴンたちを落ち着かせる必要があったので、わたしたちはひと足先にトンネルへ行った。オーウェンを見たドラゴンたちは大喜びで、興奮を静めるために、彼はひとしきり〝取ってこい〟をすることになった。まもなくマーリンとロッド、サム、そしてロッキーとロロが到着した。サムは片方の羽でオーウェンに敬礼する。「店の方に見張りを置いた。敵の一味と思われるやつには尾行をつけてある。ひとり残らずというわけにはいかないが、ほぼカバーできているはずだ」

オーウェンはうなずく。「ありがとう。どんな手を使ってくるかわからないから、一応用心しておきたいんだ」

イーサンとフィリップがやってきた。イーサンはスーツにブリーフケースという、弁護士モード全開のいでたちだ。オーウェンはふたりをこの洞窟状の巨大な地下室の反対端へと導く。

「それじゃあ、ロッド、頼む」

ロッドは両手をこすり合わせる。「いまから選択的めくらましをかけるよ。ぼくらの側はすべてを見る。一方、彼らには、この場所の自分たちのいる側しか見えない。オーウェンの合図を待って、めくらましを外すか、あるいは設定を変えることになる」

「で、めくらましが効かないぼくは、全員のありのままの姿を確認できるわけだ」イーサンが言った。ふだんなら、それはわたしの仕事だ。でもいまは、アリを頭から出すときに備えて免疫を消しているので、その役目を担うことはできない。アリはすでに完全に目覚めていた。そして、かなり不機嫌になっている。頭に次々と浮かぶ耳をふさぎたくなるような台詞《せりふ》を口に出さないために、わたしは必死に口を結んでいた。

オーウェンはドラゴンたちを地下室の隅に移動させる。彼が片手を振ると、ドラゴンたちの姿は消えた。「よし、準備はできた」

マーリンは懐中時計を取り出して時刻を確認する。「そろそろミスター・イドリスが現れるころですな」

「もう現れてるぜ」暗闇から声がした。フェラン・イドリスが数人の取り巻きとともに暗がりから現れた。二カ月ほど前の魔法による決闘のときと同じ連中だ。相変わらず、魔術開発の最先端にいる者たちというよりは、『マトリックス』マニアが集まるＳＦセミナーに行く途中のおたく連中といった感じだ。

もっとも、わたしたちの側も、その真の実力を知らなければ、あまり手強そうには見えないだろう。マーリンはこざっぱりした身なりの小さな老紳士という風貌だし、オーウェンはとびきりハンサムな隣の男の子といった感じだ。サムとその部下たちにいたっては、そのままディズニーのアニメに出演できるだろう。

「おう、そろそろ始めようぜ」イドリスが言った。「そっちの要求はなんだ。まあ、本当にそっちにアリがいての話だけどよ」

「もちろん、アリはこっちにいるわ」こめかみをもみながら、わたしは言った。

「あなたの仕事仲間のひとりが、ミス・チャンドラーの友人を誘拐したようです」マーリンが言った。「彼女を帰していただきたい」

イドリスの目がスープ皿ぐらい大きくなった。「マジかい？」声が一オクターブほどあがる。「言っとくけど、おれはまったく関係ねえぜ。会社を取り戻そうとしてる野郎がケイティの友達とつき合ってるってことは話したかもしれねえけど、あくまで世間話として言っただけだ。それで彼女がなんかするとは思わなかったし――」

「いずれにしても」マーリンが言う。「わたしたちは彼女を帰していただきたいのです。こちらも、あなたの組織にとってそれなりに価値のある人物を拘束しています。価値がなければ、そもそも彼女が逃がされることはなかったでしょう。あなたの上司は、彼女がふたたびわたしたちの監視下に置かれたことをよく思わないのではないですかな？」

「で、おれに何ができるっていうんだよ」

「やらざるを得ないよ。アリを取り戻したいならね」オーウェンが言う。「きみがボスにアリを取られたと報告したいなら別だけど」

イドリスは焦りはじめたようだ。「まあ、とりあえず、なんか考えてみるけど、すぐにっつうのはちょっと――」

「大丈夫よ」わたしは言った。「別に十五分ごとに彼女の指を一本ずつ切り落とすとかいうんじゃないから。拷問は趣味じゃないの」拷問が行われるとすれば、受けるのはむしろわたしの方だ。いままさに、わたしの頭のなかは、彼女がかんしゃく玉を投げつけているような状態になっている。

「もし、おれがアリのことなんかどうでもいいと思ったらどうすんだよ」イドリスは作戦を変えた。これこそまさに、こちらが望むとおりの展開だ。シルヴィアがマルシアを連れて現れるまで、彼をここに引きとめておく必要がある。

「彼女はわたしたちの拘束下にとどまります。そうなれば、彼女はあなたに対してあまりよい感情をもたないでしょうな」

「で、本人はどこなんだよ」

「ここよ」わたしは自分の頭をぽんぽんとたたいて言った。「フェアリーゴッドマザーがらみでね。話せば長くなるわ」

イドリスはひとしきり笑ってからようやく言った。「おれにそれを信じろって言うのか」

わたしはしかたなく、口もとの制御を緩めて、頭のなかにたまりにたまっていた他人の台詞をいっきに吐き出した。「このばか！　こいつらに言われるまで、わたしがいなくなったことにすら気づかなかったんでしょう？　仕事が忙しかったなんて言いわけは聞きたくないからね。ああ、もう最悪！　わたしはこんなことのために契約したんじゃないわ！」ほかの人の言葉を自分の声で聞くというのは、実に妙なものだ。

イドリスはまだ納得していないらしい。「アリのそばに五分もいれば、だれだってあいつがそのてのことを言うのはわかるぜ」

気がつくと、わたしは腰に手を当てて言い放っていた。「あらそう。じゃあ、これはどう? わたし知ってんだから、ミッキーマウス形のあざがあんたの——」

「わかった、信じる!」彼が叫んだのと、わたしがむりやり口を閉じたのは、ほぼ同時だった。そんなこと、こっちが知りたくない。「おれに何をしろっていうんだよ。おれにはあんたの友達を逃がすことなんかできない。連中に対してそんな権限はもってねえんだ」

「あなたはすでにやるべきことをやってくれていますよ」マーリンが言った。「あなたはここにいてくれればいいのです」

「じゃあ、何か、おれがここに来たんで、アリを帰すっていうのか」

「いや、そういうわけではない」オーウェンが言った。穏やかな口調だが、その声は地下室じゅうに響き渡った。

イーサンとフィリップの方をうかがうと、シルヴィアとミスター・ガイコツがマルシアを連れてきているのが見えた。マルシアはめかくしをされている。よかった。彼女にこの状況を見られたら、言いわけのしようがない。

「つまり——」オーウェンは続ける。「きみにはこちらの人質となってもらいたい。マルシアとの交換要員だ」彼はロッドに合図を出す。するとロッドは片手を振った。おそらく、イドリスにも地下室の向こう端が見えるようにしたのだろう。

「もしおれが人質になるのを断ったら？」

「逃げることはおすすめしないな」

「なんだよ、おれを力ずくで止めようってのか」

「きみを止めるのは、ぼくじゃなくて彼らだ」オーウェンが指を鳴らすと、ドラゴンたちが現れ、すべての出入口をふさいだ。そのうちの一頭はイドリスに向かって炎を吹くというサービスまでしてみせた。

イドリスは平静を装おうとしているが、目は明らかに怯えている。炎がすぐそばまで迫ったとき、彼はあわてて飛びのいた。「どうせめくらましだろ？」

「自分で確認してみればいい。とりあえず、この辺できみの友達には帰ってもらおう」

オーウェンが片手をあげ、ドラゴンたちを静止させている間に、おたく集団はイドリスを置いてそそくさと逃げていった。イドリスは青くなった。手が震えている。それでも虚勢を張ろうとするところには、ほんの少し敬意を表したい気もする。「ふん、おれを交換要員にね」イドリスは言った。「おれがあっちに行ったら、アリを逃がすんだろうな」

「だれがそのようなことを言いましたか？」マーリンが冷ややかに言った。「あなたは意見を言う立場にありません。あなたはわたしたちの人質です。そしてアリエルも、何者かが不法に逃亡させるまでは、わたしたちの拘束下にあったのです。彼女をミス・チャンドラーの頭から取り出したら、そのままもとの拘束下に戻すだけです。では、人質の交換を始めるとしますか」

マーリンがロッドに向かってうなずくと、ロッドは何やら指で複雑な動きをしてみせた。

「ミス・メレディスですね？」マーリンが言った。

彼女はくるっとこちらを向くと、マーリンの姿を見るなり、まるで宿敵にでも再会したかのような顔をした。「あなたは！」

「ええ、いかにも。そこのお嬢さんを解放していただきたい。彼女にはなんの関係もないことです」

「なぜあなたの言うことを聞く必要が？」

「わたしたちもあなたの仲間をふたりほど拘束しているからです。こちらが望めば、彼らはきっとあなたがたの活動について貴重な情報を提供してくれるでしょう」

ロッドはふたたび指を動かす。シルヴィアの表情が固まった。「あなた、ここで何してるの？　彼らとはいっさい接触するなって言われてるでしょう」

イドリスは一瞬、しかられた小学生のような顔になったが、すぐにふてぶてしい態度に戻った。「心配すんなって。手は打ってあるんだ」そう言って、オーウェンの方を向く。「奥の手を用意したのはおまえだけじゃないぜ。こっちは街じゅうに仲間を配置してある。おれの合図ひとつで、広告にかかっているめくらましがいっせいに外れることになってんだ。そうなれば、マンハッタンがいっぺんに魔法の存在を知ることになる」

わたしは思わず吹き出した。皆がわたしの方を向く。「冗談でしょう？　だれもあんな広告信じないわ。悪ふざけか、せいぜい何かのばかげた企画だと思うぐらいよ。それも、広告に気づく人がいての話だけど。いつだったたか、映画の宣伝のために、タイムズスクエアに身長七十フィートのロボットが設置されたことがあったけど、ほとんど気づかれずに、映画も大コケに終わったわ」いまのは果たして自分の言葉だろうか、それともアリのだろうか。なんだかやけに意地の悪い口調だったけれど、内容については同意見だ。

イドリスの顔に一瞬不安の色が浮かんだようにも見えたが、すぐにいつもの薄ら笑いに変わった。「それだけじゃねえぜ。連中には一般人の前で魔法を使うよう指示してある。おれから連絡がない場合は、行動に出ることになってんのさ」

「何言ってるのよ！」シルヴィアが金切り声をあげる。「いまそんなことをしたらすべてが台無しだわ。時期尚早よ」

彼女の剣幕にイドリスはしゅんとなった。「わかったよ。そう怒んなって」

オーウェンとマーリンは不安げに視線を交わす。サムはふたりに向かってうなずくと、ドラゴンの頭上を抜けて、出口のひとつから飛び出していった。ドラゴンはサムと遊ぼうとするような仕草を見せたが、オーウェンに注意されてもとの体勢に戻った。

「わかりました」シルヴィアは言った。「この娘《こ》はお渡しするわ。でも、これで終わりじゃないわよ」彼女はフィリップの方を向く。「簡単には手放さないので、そのつもりで」

「すでに百年待ちましたから、気長に闘います。でも、自分のものは必ず取り戻しますよ」フィリップは言った。

シルヴィアがうなずくと、ミスター・ガイコツはマルシアを前に押し出した。ロッドが駆け寄って彼女を支える。「いったい何がどうなってるの？」マルシアが怯えた声で訊いた。

「もう大丈夫だよ、心配しないで」ロッドが言った。彼はマルシアのめかくしをほどき、彼女を出口へと導く。ロッキーとロロがふたりを挟むようにして飛んでいく。マルシアのためにも、ロッドが周囲のすべてにめくらましをかけていることを祈る。

ところが、彼らが部屋を出ないうちに、シルヴィアがフィリップに魔法で攻撃をしかけた。皆がいっせいに彼に向かって走り出す。オーウェンはシルヴィアが放ったものをほとんどはねのけたが、フィリップは固まったままで、やがて地面に崩れ落ちた。イーサンがシルヴィアからかばうようにしてフィリップのそばにしゃがんだ。「生きてる。気を失ってるだけだ」

そのとき、地下室に悲鳴が響き渡った。振り向くと、マルシアが驚愕の表情を浮かべている。フィリップの救助に向かった際に、ロッドがめくらましを落としてしまったのだろう。「マルシア、大丈夫よ。あとで説明するから」わたしはそう叫ぶと、ロッドに向かって言った。「早く彼女をここから連れ出して」

「答を聞くまで出ていかないわよ。ケイティ、いったい何が起こってるの？」

彼女の性格からいって、納得するまではてこでも動かないだろう。「わかった、とりあえず手短に言うわ。魔法は存在するの。それで、ここにいるのはみんな魔法使いなの。わたしは魔法使いじゃないけど、魔法の会社に勤めてるの。あっちにいるのは悪いやつらよ。あとでちゃんと質疑応答をやるから。じゃあ、ロッド、マルシアをお願い」

わたしがマルシアと話しているすきに、シルヴィアとミスター・ガイコツは出口に向かって走り出したが、うなり声をあげるドラゴンが行く手を阻んだ。ドラゴンはシルヴィアに向かって炎を吹く。マルシアがふたたび悲鳴をあげた。

「あ、ええと、そうなの、ドラゴンもいるの」わたしは言った。「でも、彼らは味方よ。オーウェンにぞっこんだから」気絶しないだけでもたいしたものだ。マルシアはやはり肝が据わっている。

「ここから出してちょうだい」シルヴィアがマーリンに言った。「欲しいものはお渡ししたはずよ」

「欲しいものはまだあるのですよ。あなたを拘束すれば、あなたに指示を出しているのがだれなのかを探り出せるかもしれません」マーリンが言った。その声と挙動には、彼がいま着ている現代のビジネススーツよりも、長いローブととんがり帽の方がずっとふさわしく思えた。そこにいるのはまさしく、アーサー王を玉座につかせた人物だった。

「わたしを止められるものなら、止めてみるがいいわ」

「ああ、おれのこともな」イドリスが斜に構えてふてぶてしく言った。

魔術の応酬が再開する。飛び交う魔力で、全身の産毛が逆立った。アリまでがわたしの頭のなかで魔術を放ち、バトルに加わろうとしている。この場が収まったら、とりあえず頭痛薬が必要だ。シルヴィアの挑発的なもの言いは、必ずしも虚勢ではなかったようだ。両陣営の力は拮抗している。オーウェンがイドリスに勝てることはわかっているが、シルヴィアの方はそう簡単にはいかなそうだ。サムがいなくなり、フィリップが倒れ、ロッドがマルシアについていなければならない状態では、双方の勢力はほぼ互角だといえる。彼らの相手はドラゴンたちに任せて、慈悲を請うまで放っておくという手もないわけではないが、理想的な解決策とはいいがたい。

ふと、いまの自分にはアリの魔力が使えることを思い出した。アリは抵抗するだろうけれど、やるだけやってみよう。イドリスがオーウェンに向かって魔術を放ったとき、わたしは神経を集中させ、見よう見まねで両手を差し出した。すると、指先から光線のようなものが放たれ、唖然としているうちに目の前でイドリスの魔術を跳ね返した。オーウェンはそのすきに魔術でイドリスを捕らえ、動けなくさせる。「いいぞ、ケイティ」オーウェンが言った。

「あなた、自分は魔法使いじゃないって言ったじゃない!」マルシアが叫ぶ。

「いまだけよ」わたしはそう言って、シルヴィアたちの方に注意を戻す。どうやら形勢はこちらに傾きはじめたようだ。とりあえずイドリスだけでも拘束できればあとが続く。シルヴィアはボーナスといったところだ。

そのとき、大きな破裂音が地下室にこだまし、銀色の塵のシャワーとともにエセリンダが現れた。低予算のワグナーのオペラに出てきそうなバイキングの乙女風の衣装を着ている――真鍮の胸当てに角のついたヘルメットまでつけて。真鍮の下からフリルやらレースやらチュールやらタフタやらベルベットやらがのぞいている様は、滑稽としかいいようがない。「そろそろあたしの出番だという気がして参上したわ」エセリンダは言った。「あなたを苦痛から解放してあげましょう!」

21

皆が呆気にとられている間に、エセリンダは杖《ワンド》を振りあげると、何やら意味不明の言葉を唱えながら、それをわたしに向かって突き出した。その瞬間、いままでの頭痛など比べものにならないほどの痛みが頭に走った。たまらず悲鳴をあげる。オーウェンが支えてくれなかったら、地面に倒れ込んでいただろう。強烈な痛みでぼやけた視界のなかに、小さな火の粉のようなものが浮いているのが見えた。火の粉は次第に大きくなり、やがて人間大の妖精《フェアリー》になった。

「はい、完了よ」エセリンダは満足げに言う。

「捕まえて!」わたしは叫んだ。いちばん近くにいたオーウェンが、すかさずアリの腕をつかむ。わたしは頭を抱えた。頭痛のせいだけではない。エセリンダが善意にもとづくみごとなまでの間の悪さで事態を非常に複雑なものにしてしまったからだ。アリはこの作戦の唯一の確実なよりどころだったのに、その彼女を自由にしてしまったのだ。

なんとか立ちあがったとたん、だれかがわたしの体をつかんだ。「ちょっと、なによこれ!」何も見えない。見えない力がわたしを押さえ込んでいる。アリを外に出すために免疫を手放し、アリの魔力へのアクセスも失ったいま、わたしは完全に無防備な状態だった。

イドリスがにやりとしてオーウェンを見た。「さてと。おまえはおれの女を人質に取った。

こっちはおまえの女を人質に取った。おれよりおまえの方が、間違いなく相手への執着は大きい。つまり、おれの方が有利ってわけだ」

「何さ！」アリが怒鳴る。「だれがあんたなんかのところに戻るもんか。こっちに残って全部ぶちまけてやるんだから！」

イドリスは彼女を無視して続ける。「ドラゴンを消して、アリとシルヴィアとおれを逃がすか、おれがおまえの女の面倒をみるかのどっちかだ。おまえなら彼女を救えるのかもしれねえが、そのためにはどうしたって、おれから一瞬注意をそらすことになるぜ」

懸命にもがいてみるのだが、まったく動けない。皆が微動だにせずにわたしを見つめている。一瞬、わたしと同じように魔法にかけられたのかと思ったが、まもなく彼らが何を見ているのかがわかった。青い炎がわたしの足もとを取り囲み、徐々に迫ってくる。足先に届くのも時間の問題だろう。すでに熱を感じる。シルヴィアとミスター・ガイコツが、トンネルの奥へと続く出口に向かって走り出した。イーサンが彼女につかみかかったが、すぐにミスター・ガイコツに突き飛ばされた。ドラゴンたちが吠えると、シルヴィアは彼らに向かって何かを放った。

「彼女が逃げるわ！」わたしは叫んだ。皆は依然として、わたしの方に集中している。「ただのちっちゃな炎よ。たいしたことないわ。早く行って！」

イドリスがアリの腕をつかんでシルヴィアに続こうとしたとき、彼らはようやくわれに返って動き出した。オーウェンがシルヴィアの魔術を打ち消す対抗魔術《カウンタースペル》をドラゴンたちにかけている間、マーリンはシルヴィアを、ロッドはイドリスとアリを止めようとした。ロッキーとロロが急降下ダイブで加勢する。

マルシアがわたしのそばへ走ってきた。「なんなの、この火。ケイティ、大丈夫?」

「たぶん大丈夫だと思う。ただ、体が動かないのよ。これをやったやつ、すべてにおいていつも中途半端なの。そのうちきっと、こっちのことは忘れちゃうわ」青い炎は勢いを増しながらじりじりと近づいてくる。免疫があるときならなんの影響も受けないのだろうけれど、いまはどんな事態になるのか想像もつかない。マルシアは足で踏んで炎を消そうとしたが、だめだとわかると今度は息で吹き消そうとした。

「だめよ! これはろうそくじゃないの。吹いたらよけいに勢いが増すわ」

魔法の戦いはますます激しくなっていく。ロッドが吹き飛ばされて壁に体を打ちつけた。マルシアは悲鳴をあげる。イドリスがオーウェンに向かってコンクリートの塊を飛ばすのが見えて、わたしは思わず首をすくめる。オーウェンはすんでのところで身をかわし、コンクリートは彼の体をかすめて地面に落ちた。

炎はどんどん近づいてくる。わたしは汗だくになっていた。恐怖のせいだけではない。熱さが猛烈になってきたからだ。邪悪な魔術から世界を守るという大義は全面的に支持するけれど、だからといってジャンヌダルクになりたいわけではない。世界を救うために自ら犠牲になることを誇りに思えたら素敵だけれど、目の前に炎が迫り、いざそれが現実のものとなりそうになると、なかなか理想の自分ではいられないものだ。

「こんな状況でよく落ち着いていられるわね」マルシアが言った。

「まあ、いつものことだから」

「あなたの様子が変だった理由はこれなのね」

「まあね。なかなかうまい説明が見つからなくて。魔法のことは話しちゃいけないことになってるから――」

思ったとおり、炎は衰えはじめ、指先とつま先が動かせるようになった。まだ十分ではないけれど、いい兆候だ。イドリスは同時に複数のことをするのが得意ではない。オーウェンと戦いながらわたしにかけた魔術を維持するのは、やはり無理なようだ。

そう思ったとたん、突然、炎が勢いを増し、わたしは悲鳴をあげた。マルシアが後ろに飛びのいて叫ぶ。「彼女、焼け死んじゃうわ!」

「そのとおりよ」シルヴィアが言った。「ドラゴンをおとなしくさせなければ、彼女は死ぬわよ」今度はさすがに不安になった。イドリスはただの変わり者だが、シルヴィアは狡猾で、集中力があって、ある意味、やな女だ。自分が逃げるためなら、わたしを殺すことも厭わないだろう。

オーウェンが口笛を吹くと、ドラゴンたちは出口から離れ、彼のそばに集まった。「これでいいですか」オーウェンはいつもに増して穏やかに言ったが、その声は地下室のなかに響き渡った。「ケイティを自由にしてください」

そこから、いろんなことがものすごいスピードで起こった。シルヴィアが「自分で自由にすることね!」と叫び、出口に向かって走り出すと、イドリスはアリの手をつかんで彼女に続こうとした。アリは足を踏ん張って抵抗する。ミスター・ガイコツはもたもたしているふたりを追い越し、トンネルの奥へと逃げていく。炎がわたしの靴の先を焦がしはじめたとき、オーウエンがすばやくこちらを向いて何かをした。彼と知り合ってはじめて、その瞳に恐怖が——パニックとさえいえるかもしれない——浮かぶのを見た気がする。

マーリンは魔術を放ってシルヴィアたちを止めようとした。そのままあとを追いはじめた彼を、オーウエンが呼び止める。「多重構造の魔術です。ひとりでは止められません！」マーリンは一瞬躊躇したものの、すぐにオーウエンのもとにやってきた。

ふたりが同時に何かをし、炎はわたしの脚に触れる寸前に消えた。体も動くようになった。ひざががくんと折れて倒れそうになったが、なんとか体勢を立て直す。「彼らを逃がさないで！」わたしはそう叫んで走り出した。

ドラゴンたちがあとを追ったが、大きな彼らは地下室の出口の手前で止まらざるを得なかった。わたしはそのまま通路へ出る。イドリスがアリを引きずるようにして逃げていくのが見えた。シルヴィアはその先にいるのだろう。アリはついにイドリスの手をふりほどいた。わたしはそのすきに彼女に追いつき、飛びかかった。後ろから走ってきたオーウエンが、地面に倒れ込んだアリとわたしをよけて、そのままイドリスとシルヴィアのあとを追う。

アリの体をしっかりつかもうともがいていると、魔法の刺激を感じ、まもなくマーリンが追いついてきた。「もう大丈夫です。立ちあがっていいですよ、ミス・チャンドラー」わたしはよろよろと立ちあがる。アリは依然として地面に横たわったままだ。わたしを見あげているが、表情からいつもの敵意が消えている。なんだかかえって気持ちが悪い。頭のなかにいる間、彼女がわたしの思考にアクセスできたことを思い出す。彼女はいったいどれくらいわたしのことを知っているのだろう。マーリンがアリに向かって片手を振ると、彼女の体はぐんぐん縮んでいき、最後には光の点となった。『ピーターパン』の舞台で描かれるティンカーベルのように。マーリンはふたたび手を翻す。すると、光の点は彼のベストのポケットに収まった。「ここにいれば彼女も安全です」マーリンはそう言って軽くポケットをたたくと、わたしにひじを差し出した。わたしは彼の腕を取り、いっしょに歩き出す。地下室に戻ると、ドラゴンたちがオーウェンの姿が消えた通路の前に心配そうに群がっていた。

そこではちょうど、マルシアがロッドを抱き起こしているところだった。向こう側では、イーサンが立ちあがろうとしている。フィリップはまだ地面に横たわったままだ。マーリンに彼は大丈夫かと尋ねようとしたとき、突然、ものすごい振動がこの洞窟状の巨大な地下室を襲った。天井から粉塵が降ってきて、わたしは思わずしゃがみ込む。ドラゴンたちはびくりとして、きゅ〜んと鳴いた。魔術の応酬をはたで見物していたエセリンダは宙に舞いあがり、マーリンの表情にも警戒の色が現れた。

まもなくオーウェンが戻ってきた。「逃げられました」そう言ってため息をつく。片方の頬骨の上が赤くなっていて、こめかみから血が出ている。一方で、瞳には何か激しさのようなものが宿っていた。

「たしかに、捕まえようとはしたようですな」マーリンが言った。その声にはいつになく厳しい響きがあった。「それにしても、あれほどのパワーを使う必要はありませんでしたぞ。深刻な事態を招いていたかもしれない。もう少し自らを制御しなければ――」

オーウェンはマーリンを無視してわたしに駆け寄り、いきなり抱き締めた。そして、わたしの肩をつかんで腕を伸ばし、「大丈夫？」と訊くと、わたしが答える間もなくふたたび自分の方に引き寄せ、苦しいくらいきつく抱き締めた。

「ハッピーエンドは何度見てもいいものね」見ると、エセリンダが黄ばんだレースのハンカチで目頭を押さえている。

「ほんと、だれかさんのおかげで素晴らしい展開になったわ」皮肉のひとつも言わずにはいられない。彼女が介入してきたせいで、もう少しで火あぶりにされるところだったのだから。

いつものように自分はへまなどしていないと言い張るのかと思ったら、意外にも彼女はわっと泣き出した。「ここらで挽回するつもりだったのよ。簡単な仕事のはずだったし。人の評判なんて、そう長く続くもんじゃないわ。だいたい、シンデレラはもう何世紀も前の話だもの。それに彼らだって、あのあとそれほど幸せに暮らしたわけじゃないのよ。共通点がなんにもないんだから。そりゃあ、最初の数年間はよかったわよ。でも、そのうち王子の方はしょっちゅう狩りに出かけるようになっちゃうし、彼女の方は子どもの世話で忙しいし、ふたりともあの大きなお城のなかで他人同士みたいに暮らしたわ」エセリンダはしゃくりあげると、ドラゴンたちがびくっとするほど大きな音を立てて鼻をかんだ。そして、「もう、あたしは終わりなのよ。まともな仕事なんて何ひとつできないんだわ」と言うと、そのまま地面に泣き崩れた。

彼女にはさんざんひどい目に遭わされたし、危うく命まで奪われそうになったけれど、こんなふうに泣いているのを放っておくことはできない。「ねえ、ちょっと待って」オーウェンの腕を振りほどいて言った。「あのふたり――」マーリンのベストのポケットとイドリスが逃げていった通路の方を順番に指さす。「見たところ、専門家の助けが必要だわ。彼、彼女のことをちゃんと扱ってあげてないみたい」

エセリンダの顔がぱっと明るくなる。「たしかにそうだわ。あの青年には、二、三、学ぶべきことがあるわね。彼女の方も、もう少しおしとやかになれば、殿方にも愛されやすくなるはずよ。いいことを聞いたわ。さっそく仕事に取りかからなくっちゃ！」

マーリンは彼女に会釈をする。「協力いただき、ありがとうございました。ただし、今後はもう、うちの社員のことは放っておいてくださるようお願いしますぞ」

「あら、彼女についてはもう何もすることはありませんわ。ふたりともとってもいい雰囲気ですもの。それじゃあ、あたしはこの辺でおいとまします。仕事が待ってますので」

オーウェンがわたしの肩をぎゅっと握る。「まだ答を聞いてないよ。大丈夫？」

「ええ、大丈夫よ。一週間ぐらい眠りたい気分だけど、靴の先が焦げた以外は特にやけどもしていないようだし。でも、どうしてドラゴンをおとなしくさせちゃったの？　せっかく彼らを捕まえられそうだったのに――」

オーウェンは信じられないという顔でわたしを見る。「彼ら、きみを殺そうとしたんだよ！」彼は怒鳴った。オーウェン・パーマーがだれかに向かって本気で声をあげるのをはじめて見た。

しかも、怒鳴られているのはわたしだ。

「でも、彼らはまた自由の身よ。この先何をするつもりか……」

オーウェンは首を振る。「わからない。でも、これまでずっと阻止してこれたんだ。また阻止すればいい」

「黒魔術から世界を守るっていう大義はどうしちゃったの？」

「きみの命がかかってたんだ」

わたしはため息をつき、まだ痛むこめかみをもんだ。「わかってる。ごめんなさい。助けてくれて感謝してるわ。人間たいまつにはなりたくなかったもの。でも、彼らが逃げたということも問題だわ。ビジネスは継続されるだろうし、陰で指揮している人物については、結局、何も情報が得られなかった――」

「状況はそれほど悲観的ではないかもしれませんよ」マーリンが言った。「わたしたちは、アリをふたたび拘束下に置くことができました。彼女はきっとこちらに協力してくれるでしょう。たとえそれが、彼女を侮辱したミスター・イドリスへの腹いせ程度にしかならないものだとしても。加えて、あなたのご友人を解放することができましたし、ミスター・ヴァンダミアは会社に対する権利申し立てを取り下げずにすんだ。これはいずれ、彼らへの資金供給を断ち切ることにつながります」

オーウェンはにっこり笑ってわたしの肩に腕を回した。「もしあのフェアリーゴッドマザーがぼくらにしたようなことをイドリスたちにもするとしたら、彼らはこの先何週間もろくな仕事ができなくなるはずだ。イドリスの気を散らせるものが必要だったわけだから、ちょうどいいんじゃない？」

「そういう意味では、エセリンダはたしかに最高の人材だわ」

「つまり、今日はそれほど悪い日でもなかったってことだね」オーウェンはそう言って、肩に回した腕にぎゅっと力を入れた。

「あなたにとってはね。こっちはまた助けられた側よ。悲鳴をあげて助けを求める役回りはもう飽きたわ」

「じゃあ、今度はぼくがとんでもなく危険な目に遭うから、ぜひ助けにきてよ」ほっとしたのか、オーウェンはほとんどはしゃぎ気味でさえある。どうやら、わたしに対するわだかまりは消えたようだ。やれやれ、彼の気持ちが癒えて、ふたりの関係が修復されるには、わたしが殺されかける必要があったというわけか。効果は抜群だけれど、あまり人にすすめられる方法ではない。

「任せといて。でも、しばらくは、とんでもない危険そのものを避けることにしない？　普通にメモをタイプしたり、ファイルを整理したり、マーケティングキャンペーンのアップデートなんかをやりたい気分よ。何かに追われたり、魔法をかけられたりするのはもういいわ。あ、でも、免疫の喪失に関してほかの免疫者《イミューン》たちをトレーニングするなら、喜んで協力するわよ。そのかわり、当分の間わたしにやれとは言わないでね」

「もちろんだよ」オーウェンはきっぱりと言った。

「皆、休息と傷の手当てが必要ですな」マーリンが言った。マルシアが立ちあがるロッドに手を貸す。ロッドはひとりでも十分歩けそうに見えたが、彼女の体から腕を離そうとしなかった。イーサンも立ちあがった。マーリンがフィリップに向かって手を伸ばし何か呪文らしきものを唱えると、まもなく彼は起きあがって目をぱちくりさせた。わたしたちは寂しがるドラゴンたちを残して地下室をあとにし、駅に到達する手前でサムと合流した。

「どうやら、半分はやつのはったりだったようです」サムは言った。「たしかにタイムズスクエアにはやつの手下が待機していましたが、部外者への暴露を目的とする公の場での魔法の使用を禁じる法律にもとづいて取り押さえておきました。ほかにもいくつかちょっとしたごたごたはありましたが、たいした騒ぎにもならず、すぐに収拾できましたよ。秘密は守られているようです。妙な噂も流れていません」

「ガーゴイルがしゃべってる！」マルシアが言った。

「そうなの。ちなみに、あっちにいるガーゴイルもしゃべるわ。詳しいことはあとでね」わたしはマルシアの腕をぽんぽんとたたいて言った。

駅構内は数人の警備員の姿がある以外、がらんとしていた。彼らにはわたしたちが見えないようだ。ロッキーとロロの車が駅の前にとまっていた。「ケイティはぼくの家に連れていきます」オーウェンが言った。「免疫が戻るまでは、ぼくといっしょにいた方がいいと思うので」

ほかの面々は車に乗り込んだ。オーウェンはわたしを連れて通りへ出ると、いつものように片手をひと振りしてタクシーを呼び寄せた。背後でまたマルシアの声が聞こえた。「ちょっと、ガーゴイルがどうやって運転するの？」ああ、すべてを説明するときのことを考えると、かなり気が重い。

タクシーが発車すると、わたしはすぐにオーウェンの肩にもたれて眠り込んだ。家の前で彼に起こされ、支えてもらいながらタクシーを降りる。そのまま正面の階段をのぼり、さらに建物のなかの階段をのぼって、彼の部屋の玄関までやってきた。ドアを開けると、ルーニーが出迎えてくれた。彼女は今回、シャーッとは言わず、わたしの足首に体をこすりつけた。

「どうやらわたしは、完全にわたしに戻ったみたいね」足もとでルーニーがのどをごろごろ鳴らすのを聞きながら、わたしは言った。「自分でもそれがもう少し実感できればいいんだけど」

「ふたりとも何か強い飲み物が必要な感じだね」

「同感だわ」

「知ってのとおり、ぼくはあまり飲む方じゃないけど、薬を兼ねたものが一本あるんだ」オーウェンはそう言ってウインクする。「これならグロリアだって文句は言わないよ」

オーウェンのジョークにもっと笑えたらと思うのだけれど、いまは冗談を言いたい気分ではなかった。何がこれほど引っかかっているのか自分でもわからない。危うく火あぶりにされそうになったことなのか、マルシアが巻き込まれたことなのか、オーウェンがわたしを助けるために彼らを逃がしてしまったことなのか、彼が敵を捕まえようとして、グランドセントラルステーションを吹き飛ばしそうになったことなのか、わたしに向かって怒鳴ったことなのか——。原因がなんであれ、どこかで歯車が狂ってしまい、直すすべがわからないような、ひどく落ち着かない気分だ。

わたしの暗い気持ちとは対照的に、オーウェンは少々異様なくらいに陽気だ。飛び跳ねんばかりの勢いでキッチンへ行き、戸棚のなかを引っかき回す。やがて彼は、棚の奥からボトルをひと瓶取り出した。「このままだときつすぎるから何かで割ろう。温かいのがいい？　それとも冷たいの？」

わたしはふとわれに返る。「え？」

「飲み物は温かいのがいい？　それとも冷たいのがいい？」

丸焼きにされかかったあとだから、しばらくは熱いものを敬遠したくなるのかと思ったが、わたしはなぜかひどく寒くて震えていた。「温かいのを」

「オーケー。じゃあ、氷の下に落ちたときにつくったようなトディ（ブランデーなどのアルコール飲料に湯、砂糖、シナモン、レモンなどを加えたもの）はどう？」

「いいわね」オーウェンはさっそくつくりはじめる。わたしはキッチンの椅子にぐったりと腰をおろした。ルーニーがひざに飛び乗ってくる。反射的に体をなでると、彼女はごろごろとのどを鳴らした。その音がまるで催眠術のようにわたしの意識を遠くへ運び、オーウェンが飲み物を目の前に置いたことにも気づかなかった。ルーニーが前脚をわたしの手にのせて「にゃー」と鳴いたので、ようやく現実に引き戻され、テーブルの上のカップが目に入った。

オーウェンはテーブルの向かい側に座って、自分のトディをする。「明日は会社に行かなくていいってボスが言ってたよ。免疫が確実に戻るのを待てということだと思う。それに、みんな休息が必要だしね」

「つまり、あなたはもう一日わたしに耐えなきゃならないってことね」

「耐えなきゃならないっていうふうには思わないよ」オーウェンは自分のカップを見つめて赤くなる。「きみがここにいるのはけっこう楽しいんだ。むしろ歓迎するよ」

「つまり、もう怒ってないってこと？」

「別に怒ってたわけじゃないよ。ただ、がっかりしてたんだ。もっとぼくを信頼して、なんでも話してほしかったから。きみが最初に免疫を失ったとき、ぼくはかなりのことに対処できるってことを証明したつもりだったけど」

「じゃあ、わたしが頑固なくらいなんでもひとりでやりたがるということにも慣れてもらわなきゃならないわ。自分でできると思ったことは、自分でやるたちなの。人に助けを求めてばかりいるのは好きじゃないのよ」そこでいったんほほえんで見せる。「ただし、魔法がからむことについては、その習慣を克服する必要があるっていうこともわかってるわ。だから、魔法を使えることがわかったとき、真っ先にあなたのもとへ行ったでしょう？　あなたが怒ってると思っていたにもかかわらず」

「じゃあ、おあいこってことにしよう」オーウェンはにっこり笑った。胸がじんわりと温かくなる。わたしたちは大丈夫だ――そう思えた。心の片隅に小さな懸念がしつこく居座ってはいたけれど。

「よかった。だって、あなたはしばらくの間わたしを居候させなきゃならなくなるかもしれないんだから。この出張が終わったとき、ルームメイトたちがわたしをアパートに入れてくれるという保証はないもの」

「心配いらないよ。マルシアはわかってくれる」

「こんなことに巻き込まれて、わたしを大嫌いになっていなければね」少し躊躇してから言ってみる。「彼女たちに本当のことを言おうと思うの。すべてを話すわ。協力してくれる？」

オーウェンはうなずいた。「こういうことになった以上、彼女たちは自らの安全のためにも知る必要がある。きみを受け入れるためだけじゃなくてね」

「じゃあ、明日の夜、彼女たちが仕事から帰ってくるころにアパートへ戻って、すべてを話すことにしましょう」わたしはトディを飲み干した。「とりあえず、今夜はシャワーを浴びて、とことん眠るわ」

わたしは重い足取りで階段をのぼり、たっぷり時間をかけて熱いシャワーを浴びてから、パジャマに着がえた。ルーニーがベッドの上で待っていた。彼女の存在がうれしい。ひとりにはなりたくなかった。でも、いま、オーウェンとはいっしょにいたくない。どうやらわたしは、彼にとって特別な存在になっているらしい。彼はわたしを救うために、迷うことなく敵を逃がした。小説や映画のヒロインに自分を重ねて想像する分にはとてもロマンチックなことだけれど、それが現実となると、ただ無邪気に喜ぶことはできなかった。

わたしを守るためならオーウェンがどんなことでもするということがわかったのは素敵なことである反面、自分が彼のじゃまになっているという現実を突きつけられたような気もした。

オーウェンにはイドリスとその裏で糸を引く人物を阻止するという重要な使命がある。このところ、魔法界の歴史に関する書物をずいぶん読んだので、世俗の権力を手に入れるために魔法が悪用されるとき、どんな恐ろしい事態になるかということもなんとなくわかってきた。陰謀は絶対に止めなければならない。でも、何よりも優先すべきものがわたしであるなら、果たしてオーウェンにそれができるだろうか。そう思うと、これだけ大切にされるというのは、言葉の響きほどいいものではない。この先だれかにもしものことがあったら、わたしは自分を責めずにはいられないだろう。

疲労困憊していたにもかかわらず、完全に眠りにつくまで優に一時間はかかった。何か恐ろしい夢を見た気がしたけれど、目が覚めたときには内容を思い出すことはできなかった。なんとかベッドから這い出したものの、体がひどくだるい。そのまましばらくベッドの端に腰かけて、立ちあがって着がえをする力がわいてくるのを待った。下へ行くと、オーウェンは本を手にソファに横になっていた。ルーニーが胸の上に長々と寝そべっている。

「いま何時?」わたしは訊いた。

オーウェンは本から顔をあげる。「二時ちょっと過ぎだよ。ぼくも少し前に起きたばかりなんだ。もう少し眠れたんだけど、こいつが早くベッドから出ろってうるさくて」彼は本を置くと、胸の上のルーニーをひざに移動させながら起きあがった。「何か食べる?」

食欲がないと言おうとしたら、お腹の方が先に鳴った。「朝食なら食べられるかも」

「じゃあ、朝食でいこう。ぼくの得意分野だ」オーウェンはルーニーをソファの上に置いて立ちあがった。「コーヒーはもうできてるよ」

コーヒーで果たしてこの頭のもやもやがすっきりするかどうかはわからないけれど、試すだけ試してみよう。わたしはオーウェンといっしょにキッチンへ行った。彼はマグカップにコーヒーを注ぎ、わたしの好みどおりにミルクと砂糖を入れた。「大丈夫？」わたしにカップを差し出しながら言う。「顔色が悪いけど」

「言ってくれるわね」オーウェンが真っ赤になったのを見て、あわててつけ足す。「ごめんなさい。そういうことじゃないわよね。ええ、たしかにあまり気分は優れないわ」

「いろいろあったから」

わたしはテーブルについた。「そうね。フロントポーチかハンモックで読書する休暇がますます素敵に思えてきたわ。でも、彼らが野放しになっているいま、そんなことは言っていられない」

オーウェンは慣れた手つきで卵を割り、必要以上とも思える勢いでかき混ぜた。「それはぼくに任せておけばいいよ。イドリスとはいずれちゃんと決着をつけることになるから」

「それって、あなたの予感？　それとも希望？」

「両方少しずつかな」

決着のときがいつ来るにしても、わたしがそこにいない方がうまくいくことだけはたしかな気がした。

夕方、わたしは荷物を鞄に詰め直し、オーウェンといっしょにアパートへ戻った。ジェンマとマルシアが帰宅するまでには、まだ少しある。彼女たちがいるところにわたしが帰ってくるより、この方がいいだろう。ドアの外にわたしのもち物が放り出されていなかったことに、少し驚きながらもほっとした。鍵はちゃんと使えたし、部屋のなかも特に変わった様子はない。

「きみを追い出すつもりはないようだね」

「いまのところはね」

「この先もそうだよ」

「それも予感？」

「違うよ。でも、きみたちは長いつき合いだ。そんなに簡単にきみを見限ったりしないよ。ロッドとぼくがそうだ。きみが知ってる以上のひどいけんかもしたけど、相変わらず腐れ縁が続いている」

「本当？」

「ああ。いつか話すよ」

先に帰ってきたのはマルシアだった。彼女はわたしたちが部屋にいるのを見て驚いたようだが、すぐにわたしのことを抱き締めた。「ケイティ、大丈夫なの？」

「平気よ。ただ疲れてるだけ。いろいろ大変なことが続いたから。でも大丈夫、すぐに回復するわ。あなたはどんな感じ？」

「混乱してるわ。でも、あなたたちがここにいるってことは、説明が聞けるわけね？」彼女はそう言うと、顔をしかめる。「あれって、本当に起こったのよね？　すべて夢だったっていうんじゃないわよね？」

「ええ、すべて本当のことよ」わたしは言った。「ジェンマが何時ごろ帰るか知ってる？」

「遅くなるようなことは言ってなかったけど。どうして？」

「ジェンマにも聞いてもらいたいの。でも、話は一度だけにしたいから、彼女が帰るまで待ってもいいかしら」

ドアの鍵が開く音がして、三人ともびくりとする。ジェンマがフィリップといっしょに入ってきた。フィリップの顔は依然として青白いが、昨夜のことからずいぶん回復しているようだ。彼が来たのはかえってよかったかもしれない。フィリップならわたしの話を第三者の立場から裏づけることができる。「帰ってきたんだ」ジェンマが冷ややかに言った。どうやらマルシアは、まだ彼女に何も話していないらしい。

「ワインを注《つ》いでらっしゃい」マルシアが言った。「ケイティがわたしたちに話があるそうなの」

ジェンマはキッチンへ行ってグラスにワインを注ぐと――フィリップにもすすめたが彼は断った――戻ってきてダイニングテーブルについた。フィリップも彼女の隣に座る。「で、話って何？」ジェンマは言った。

22

わたしはオーウェンをちらりと見てから、ルームメイトたちの方に向き直り、大きく息を吸った。「聞いてほしいことがあるの。信じられないかもしれないけど、本当のことなの。話を聞けば、これまでのいろんなことに納得がいくと思うわ」

「大晦日のことも含めて？」ジェンマが訊いた。

「ええ、大晦日のことも含めて。でも、話はもっとずっと前までさかのぼるの」わたしはそこでいったん言葉を止める。彼女たちに真実を打ち明けるときどう話すかということは、これまでに幾度となく考えたけれど、結論に至らないまま今日まできてしまった。これまでのいきさつを物語のように語ればいいのだろうか、それとも、単刀直入に魔法が存在するという話から始めればいいのだろうか。

結局、その中間でいくことにした。「わたしが勤めている会社って、少し普通とは違うの」そう切り出してみた。「さんざん平凡だとか退屈だとか言ったけど、実はかなり刺激的なの。でも、会社がやっていることのほとんどは極秘事項なのよ」フィリップが目を大きく見開いた。わたしが何をしようとしているのかに気づいたのだろう。顔をしかめるフィリップに、オーウエンは大丈夫だというようにうなずいた。「会社が販売している製品は魔術なの」

「手品ってこと？」ジェンマが訊いた。

「いいえ、本物の魔術よ。本物の魔力をもつ人たちのための魔術」

ジェンマは笑った。「いやだ、ケイティったら。そんなものがあるわけないでしょう」

「あー、それが、あるのよ」マルシアが言う。

ジェンマはぎょっとしてマルシアを見る。「このこと知ってるの？」

「まあ、たまたま現場にいたというか……。とにかく話を聞きましょう。わたしだってほんの一部しか知らないわ」

突然、花を生けた花瓶がテーブルの真ん中に出現し、ジェンマは飛びのいた。「魔法は本当に存在するんだ」オーウェンは静かにそう言うと、花瓶を消した。続いて片手を振り、小声で何かを唱える。すると今度は、マルシアの赤ワインが白に変わった。冷えたグラスの外側には水滴さえついている。もう一度手を振ると、ワインは赤に戻った。

ジェンマは頭を振った。「なかなかみごとな手品ね。でも……」そう言ってふたたび頭を振る。質問を考えることすらできないようだ。

「本物です」フィリップが言う。「ぼくが保証しますよ」

ジェンマは口を開けたまま彼の方を見る。「あなたもこれに関わってるの？」

「ぼくも彼と同じなんです」フィリップはオーウェンの方を見る。「彼ほどの魔力はもっていませんが――」

「で、あなたはこれにどうからんでくるわけ？」マルシアがわたしに訊いた。

「わたしは魔法に免疫があるの。まあ、ふだんはってことだけど。いまは一時的に免疫を失ってる状態なの——話せばすごく長くなるんだけど。ロッドとはじめて会ったときのことを覚えてる？　彼がわたしをヘッドハントしにきたときのこと。あれは、わたしが魔法に対して免疫をもつということを知ったからなの。彼らが使う魔法はわたしにはまったく効かないの。彼らが一般の人々から魔法を隠すために使うめくらまし《イリュージョン》もわたしには見えないわ。この特性は彼らの会社にとって、とても便利なのよ」

　彼女たちは呆然としている。この話を信じているのか、それ以前に、ちゃんと理解できているのかさえわからなかったけれど、とりあえず先を続けた。「で、いま、魔法を悪い目的のために使おうとしている悪党がいて、うちの会社はそいつの企みを阻止しようとしているの。オーウェンはその戦いの中心にいるんだけど、わたしも関わるようになって、連中に目をつけられちゃったのよ。この二、三カ月の間にわたしの身に起こった妙な出来事は、みんなそのせいなの」

「大晦日のことも？」ジェンマが訊いた。

「とりわけ、大晦日のことはね。すごく複雑な話なんだけど、うんと簡単にいうと、わたしは敵の仲間のひとりに取り憑かれたの。あのときわたしが言ったりしたりしたことは、すべて彼女の仕業よ。昨夜ようやく彼女を体から出すことができたわ」

「でも、あなたは魔法に免疫があるんじゃなかった？」

「一時的に彼女の免疫を消す必要があったんだ」オーウェンが言った。「敵はそれにつけ込んだんだよ」

「それで、ゆうべの件は？」マルシアが訊く。

「それはわたしのせいです」フィリップが言った。「彼らの敵のひとりはわたしの敵でもあるんです。わたしに魔術をかけ、家業を乗っ取った人物の子孫です」フィリップはかけられた魔術の内容には触れなかった。それについては、たぶん、ジェンマとの信頼関係がもう少し深まるまで秘密にしておきたいということだろう。「わたしが会社を取り戻せば、彼らは資金源を断たれることになります。わたしがケイティのルームメイトに好意を抱いていることを知った彼らは、その人物を人質に取るという暴挙に出たのですが、人違いをしたというわけです」

「それでこの二日間、マルシアを救出して敵の企てを頓挫させる方法を探っていたの」わたしは思いきりシンプルに話をまとめた。

「つまり、悪いやつらはやっつけたのね？」

オーウェンとわたしは顔を見合わせた。「残念ながら、そうともいえないの」わたしは言った。「まだ決着はついていないわ。ただ、いくらかダメージを与えることはできたと思う。でも、彼らの活動は依然として続いていて、この先、より深刻な事態になる可能性もあるわ。だから真実を伝えることにしたの。あなたたちも事情を知っておいた方がいいと思って」

「どうしていままで黙ってたの？」ジェンマが訊く。

「部外者には知られてはいけないことになってるんだ」オーウェンが言った。「今回、例外的に真実を打ち明けることになったのは、昨日のことにマルシアが巻き込まれてしまったからなんだ。もし、普通の人たちが、すごい能力をもった連中が自分たちに紛れてその辺を歩いているということを知ったら、世の中は大混乱に陥る。このルールはぼくたちを守るのと同時に、一般の人たちを守るためのものでもあるんだ。一般の人の前で魔力を使うことが禁止されていれば、必然的に彼らに対して魔法を悪用することも難しくなるからね。ところが、今回の敵はそのルールを無視しようとしている。ぼくたちは、彼らが魔法を使って世の中を支配しようとしているんじゃないかと危惧してるんだ」

ジェンマはうなずき、マルシアの方をちらりと見て言った。「わかったわ。あなたたちを信じる。で、こっちは何をすればいいわけ?」

何時間もかけて説明し、いろんな魔術を披露して、それでも懐疑的な表情しか見せてもらえないだろうと思っていたので、なんだか拍子抜けした。「あの、本当に信じてくれるの? わたしを興奮させないようとりあえず話を合わせておいて、あとからこっそり精神病院に予約を入れようとしてるんじゃないわよね?」

「わたしは現場を見たもの」マルシアは肩をすくめる。「あなたが隠蔽用にでっちあげた話より、よほど納得がいくわ」

「で、そいつらをやっつけるのに、わたしたちは何をすればいいの?」ジェンマがふたたび言った。「それと、何か自分たちの身を守る方法はあるのかしら。玄関にニンニクをぶら下げておくとか、十字架を身につけるとか——」

懸命に笑いを堪《こら》えていたオーウェンは、なんとか真顔をつくって言った。「これは『バフィー』（吸血鬼と戦う女の子を主人公にしたテレビシリーズ）ではないし、そもそも、ぼくらは吸血鬼を相手にしてるわけではないよ」

わたしはオーウェンの方を向く。「ひょっとして吸血鬼も存在するの？」

「この国にはいないよ。それに、彼らは映画やテレビで描かれるような人たちじゃない」

「いずれにしても、当面、吸血鬼の心配はないってことね。じゃあ、十字架やニンニクを用意してもしょうがないか」ジェンマは言った。

「このアパートには魔法除《よ》けが施してある」オーウェンが言った。「だから、だれも魔法を使って侵入することはできないし、魔法で室内に何かを入れることもできないよ」

フィリップがうなずく。「なるほど、それでバリアのようなものを感じるわけですね」

「基本的に、あなたたちには常に用心していてほしいってことなの」わたしは言った。「そして、何か変なことが起こったとき、このこととの関連を疑ってほしいの。どうやらわたしは、連中の目の敵みたいになってしまってるわ。だれかがわたしの友人だと言って近づいてきても、わたしといっしょに会ったことのある人でないかぎり信用しないで。ただ問題は、たとえ会ったことのある人に見えても、めくらましを使われている可能性があるってことなんだけど――」

「パスワードがいるわね」マルシアが言った。「あるいはＱ＆Ａみたいなもの。あなたに関して、その人しか知り得ないようなことを質問するの。たとえば、だれかがあなたのふりをして近づいてきた場合、あなたの子どものころのペットの名前が言えなかったら、本物じゃないってわかるわ」

「それはいいアイデアかもしれないな」オーウェンがうなずく。「ただ、それ以外では、できるだけ関わらないようにしてもらうのがいちばん安全なんだ。きみたちは魔法にかかってしまうし、一方で、身を守るための魔力ももっていない」

マルシアは立ちあがると、自分のブリーフケースからノートとペンを取り出した。「とりあえず、パスワードを決めることから始めましょう。それから、全員の連絡先を教えて」

マルシアが本人確認のための合い言葉を皆に暗記させている間に、オーウェンはそっと隣にやってきてわたしの体に腕を回した。「思ったよりスムーズにいったね」

「ええ、ちょっと意外だったわ。彼女たち、わりと冷静に受け止めているみたい」

マルシアが電話番号とパスワードのリストをつくり終えるのを待って、オーウェンは家に帰ることにした。わたしは外の廊下まで彼を見送る。「協力してくれてありがとう」部屋のなかのルームメイトや隣近所に聞こえないよう小声で言った。

「きみはひとりで十分対処できていたよ。ぼくは少しだけ証拠を提示しただけだ」

「いつものドラマチックな演出でね」

オーウェンはうつむき、赤くなった。オーウェンの最もオーウェンらしい仕草をあげるとすれば、きっとこれになるだろう。それは、はじめて会ったときに彼が見せた仕草であり、いまでも日に何回かは必ず目にするものだ——彼がわたしに心を許すにつれて徐々に減ってはきているけれど。彼を見ているうちに、胸がいっぱいになった。わたしはまだ、彼が昨夜見せてくれたような形で自分の彼への気持ちを証明する機会を得られていないけれど、もしあのとき立場が逆だったらわたしも同じことをしていただろうと、いまはっきり悟った。敵と戦うチャンスはまたあるかもしれない。でも、わたしにとって彼のかわりになる人はいないのだ。まだこんなふうに考えるのは早いのかもしれないけれど、わたしは彼を愛しているのだと思う。

「明日は会社を休むといいよ」オーウェンは言った。「フロントポーチかハンモックで読書っていうのは無理だろうけど、ゆっくり休息を取って免疫の回復を待った方がいい」

「そうね」わたしはうなずいた。

「じゃあ、そろそろ行くよ」オーウェンがそう言って後ろを向こうとしたとき、わたしは彼の腕をつかんでそのまま自分の方に引き戻し、つま先立ちになってキスをした。オーウェンは一瞬ふいをつかれたようだったけれど、すぐにわたしのキスに応えて、地下の廃墟でそうしたようにきつく体を抱き締めた。

「わたしも自分が無事でよかったわ。本当に無事でよかった。きみにもしものことがあったら……」ずっとそのままでいたい気持ちを振りきるようにして、彼の胸から体を離す。「あなたのおかげよ」「あなたも気をつけてね」

「努力はするよ」オーウェンは苦笑いをしてそう言うと、階段をおりはじめた。わたしは彼の姿が階下に消えるまで見送った。

部屋に戻ると、フィリップがコートを着て帰ろうとしているところだった。彼が出ていったあと、わたしはルームメイトたちといっしょにキッチンの椅子に腰をおろした。「魔法ねえ……」しばらくしてからジェンマがつぶやく。

「そう、魔法よ」わたしはうなずいた。

「なんか、すごいわね。で、あなたのボーイフレンドは大人になったハリー・ポッターってわけ?」

「いや、ハリーよりキュートだわね」マルシアが言う。

「あら、ハリーだって子どもなりにキュートだわ。大きくなったらかなりのハンサムになるはずよ」

「映画の彼はかわいいけど、本を読むかぎり、あんなにキュートな感じじゃないわね」マルシアは反論する。「それに、小説のハリーは緑色の目だけど、オーウェンは完璧にブルーよ。それに、ハリーは眼鏡をかけてる」

「オーウェンもときどき眼鏡になるわよ」わたしは言った。「ふだんはコンタクトレンズをつけてるの。ただ、額に傷はないけど」

「そういえば、彼、孤児なんじゃなかった?」マルシアが訊く。

「ええ。でも、彼自身、両親がだれかは知らないの。だからたぶん、悪いやつらに殺されたってわけではないんじゃないかな。彼を育てた夫婦はとても厳格だけど、基本的にいい人たちよ。彼のことを階段の下で眠らせるようなことはなかったと思うわ」わたしは少し考えてから言った。「彼はどちらかというと、スーパーマンって感じね。まあ、宇宙人ではないし、もっているパワーの種類も違うけど。ああ、あと、スーパーマンほど背は高くないか」

ジェンマはうなずく。「たしかに、黒髪に青い瞳ってところは同じね。それに、養父母に育てられたところも」

いて言った。「そして、わたしは彼のクリプトナイト（スーパーマンからパワーを奪うという鉱石）なの」わたしは深いため息をつ

「どういうこと？」マルシアが訊く。「あなたの免疫が彼のパワーを相殺しちゃうとか？」

わたしは首を振る。「そういうことじゃなくて。ただ、わたしは彼の弱点になるような気がするのよ。オーウェンは敵を捕まえることより、わたしを救出する方を選んだわ」

「当たり前よ」ジェンマが言う。「彼、あなたに夢中なんだもの」

「だけど、問題の悪党をついに捕まえて、向こうが企んでいることを明らかにするまたとないチャンスだったのよ。でも、わたしのせいで、それができなかった」

「少なくとも、あなたが彼にとってどれほど大切なのかがわかったじゃない」マルシアが言った。「あんなふうにはっきりとした形でそれを確認できることなんて、めったにないわ」

「でも、わたしが彼の足かせになっているのはたしかよ。彼が任務を遂行するのを妨げる存在にはなりたくないの。いまのわたしは、彼の最大のウィークポイントになってる」

「でも、同時に彼に強さを与えてもいるわ」ジェンマが言った。「世界を救うっていうのはずいぶん抽象的な概念だけど、世の中をあなたにとって安全な場所にするっていうことなら、かなり取り組みやすい目標になるわ。彼はパワフルな人なのかもしれない。でも、あなたを必要としていることはたしかよ」

頭がくらくらしてきた。こんな矛盾があるだろうか。わたしはオーウェンの最大の弱みであると同時に最大の強みでもあるなんて。わたしのようなごく平凡な人間には、どう対処してい

いのかわからない。

その夜はぐっすり眠り、朝、ルームメイトたちが仕事に出かけたことさえ気づかなかった。それでも、目が覚めたときには、まるで徹夜でもしたかのような疲労感があった。

バスローブを羽織ってスリッパを履き、ふらふらとキッチンまで行ってコーヒーをいれる。コーヒーメーカーが稼働している間、窓から外を眺めた。夜の間にまた雪が降ったようだが、ラッシュアワーを経て、積もった雪はすでに灰色の雪泥《せつでい》になり、排水溝や歩道の隅に寄せられていた。灰色の雪泥の上には灰色の建物が、そのさらに上には灰色の空がある。ここから確認できる唯一の色はタクシーの黄色だけだ。通りの木立さえ灰色に見える。葉の落ちた裸の枝や幹は寒々しい銀色がかった灰色で、生命を感じさせるものはどこにも見当たらない。

これは冬のニューヨークの影の部分でもある。クリスマスのデコレーションが取り外され、すべてが日常に戻ったとき、街は灰色一色となる。たしか去年のいまごろは、荷物をまとめて実家に帰ることを真剣に考えていた。ミミのいびりがひときわ激しかったときで、天気予報でテキサスは気温十八度の快晴だと知ったとき、灰色の街がどうにも耐えられなくなったのを覚えている。

いま、故郷へ帰ることは別の意味でいいアイデアだと思われた。あそこは、わたしが思いつくなかで最も普通で安全な場所だ。フロントポーチやハンモックでのんびり読書することだってできる。曇り空の寒い日があったとしても、たいてい二日もすればまた太陽が姿を現す。

カップにコーヒーを注ぎ、ふたたび窓のそばへ行った。免疫はまだ戻っていないはずだから、歩道を歩く人たちが本当に見た目どおりなのかは知るよしもない。魔法界の生き物が木の陰に潜んでいても、この窓の前を飛び回っていても、まったくわからないのだ。

イドリスの手下たちは表でわたしを待ち伏せているだろうか。わたしがオーウェンのアキレス腱であることがわかったいま、彼らはこれまで以上にわたしをねらってくるだろう。それはオーウェンにとって、間違いなく大きな負担となる。常にわたしの身を案じながら仕事に集中することなど不可能だ。ようやく素晴らしい男性を見つけ、互いの気持ちを確認し合えたというのに、ふたりの関係が彼の任務のじゃまになってしまうなんて。しかも、その任務が黒魔術から世界を守ることである以上、わたしたちの関係がもたらす弊害は、彼の出世が遅れるという程度のことではすまないのだ。

自分のすべきことがはっきり見えた気がした。いや、本当はゆうべのうちからすでにわかっていた。ただ、自分を納得させるのに少し時間が必要だったのだ。わたしは身支度をし、ラップトップを入れた鞄をもって、冷たい灰色の街へと出ていった。地下鉄に乗り、会社へ行くと、サムが正面玄関のいつもの場所にいた。「よう、お嬢。今日は休むのかと思ってたぜ」

「ちょっと終わらせてしまいたいことがあって」わたしはまっすぐマーリンのオフィスへ向かった――途中で知り合いに会わないことを願いながら。これをするためには自分の決断に集中している必要がある。自分が大切に思う人と顔を合わせたら、決心が揺らいでしまうような気がする。

「グッドタイミングね」マーリンのオフィスがある小塔の受付エリアに入っていくと、トリックスが言った。「どうぞ、ボスが待ってるわ」社長室のドアが開く。わたしはひとつ大きく深呼吸してなかに入った。

「おはよう、ミス・チャンドラー」わたしを見て、マーリンは言った。「調子はどうですか」

「まだ少し疲れていますけど、大丈夫です。ルームメイトたちは魔法のことを思った以上にちゃんと受け止めてくれました。アリの影響下でわたしがしたことについても、わだかまりはもっていないようです」

「それはよかった」マーリンはわたしに椅子をすすめると、自分も隣の椅子に座った。「今回もまた、みごとな働きでしたね。問題を究明し、解決策を提示し、さらには脱走犯をふたたび拘束下に置くことにも貢献してくれました」

「必死でしたから。ただ、オーウェンが彼らを逃がしてしまったことが気になります」

マーリンの表情が曇る。「ええ、わたしもそのことを懸念しています。彼はあなたを大切に思っている。しかし、現状下では、個人的な感情を優先することはとても危険です。彼が自分の力を制御しきれなかったことも心配です。わたしの知るかぎり、これはきわめて彼らしくないことです」

わたしもまったく同じことを考えていたのだが、こうしてあらためて言葉にされると、思いのほかこたえた。二回ほど大きく深呼吸し、意を決して口を開く。「わたしは彼のじゃまになっているようです。オーウェンが彼らを阻止することより、わたしを守る方を選ぶということを、敵は知ってしまいました。いまとなっては、免疫者《イミューン》としてわたしが貢献できること以上に、そのことの与える影響の方が重大だといえるかもしれません」わたしは声の震えを止めようと、もう一度大きく息を吸い、今朝目が覚めたときからずっと考えてきたことを思いきって吐き出した。「しばらく姿を消した方がいいのかもしれません」

「それがいちばんいい選択肢かもしれませんな」マーリンは厳粛な口調で言った。

思わず息を呑む。提案が却下されることをどこかで期待していた——その必要はない、別の手を考えてあると言ってくれることを。そうすればわたしは罪の意識をもつことなくここに残ることができる。マーリンはわたしに同意するはずではなかった。「あなたがそう思うのなら……」わたしは言った。

「何よりもまず、あなたの安全を考えてのことです。ミスター・パーマーなら自分の身を守ることは十分できますし、わたしは彼がやがて必ず勝利することを信じています。しかし、敵はいま、あなたが彼にとってきわめて重要な存在であることを知ってしまいました。今後はますますあなたを標的にしてくるでしょう」

「わかりました。しばらくテキサスに帰ることにします。少なくとも、事態が落ち着くまでは。いずれにしても、両親は喜ぶと思います」

マーリンは片方の眉をあげる。「この街でものごとが完全に落ち着くというのは、少々難しいかもしれませんぞ。とにかく、あなたがいなくなるのは非常に残念なことです。あなたの会社に対する貢献はきわめて大きいものがありますからな。しかし、いまはこれが最もよい方法かもしれません。キムがきちんと仕事をしてくれていますので、あなたの不在中もなんとかやっていけるでしょう」ああ、ついにキムの野望がかなったわけだ。わたしの仕事はとうとう彼女のものになった。そう思ったら、お願いだからここに残らせてくれとなりふりかまわず懇願したくなった。

いや、これはより大きな目的のためだ——そう自分に言い聞かせる。いまはくだらないプライドにこだわっているときではない。何よりも優先すべきは、邪悪な陰謀を完全に潰すことなのだ。それが実現した日には、きっとまた戻ってこられる。かつて、ルームメイト以外に頼るものがまったくなかったときでさえ、テキサスからひとり、この未知の街へ出てくることができたのだ。わたしは立ちあがった。「お世話になりました。ここでの仕事は本当に楽しかったです。まあ、魔法にかけられたり襲われたりしたことを除いて——ですけど。皆さんの幸運を祈っています。ええと、正式な辞表を出した方がいいですか?」

「それには及びませんよ」マーリンは立ちあがり、うなずいた。「あなたのこれまでの働きに心からお礼を言います」彼が長い別れのスピーチをしなかったことに感謝した。これ以上涙を堪えていられる自信はないし、どんな理由であれ上司の前では泣きたくない。幸い、オフィスを出たときトリックスは電話中だったので、わたしは軽く手を振ってデスクの横を通り過ぎた。彼女にはあとでメールを送ろう。

でも、オーウェンのことはそんなに簡単に済ませることはできない。彼には事情を説明する必要がある。いや、いっそすべてを終わりにすべきなのかもしれない。ニューヨークとテキサスで遠距離恋愛をしようというわけでもあるまいし。彼がわたしを恋しく思い、電話をしたり